Margit Steinborn

Ein neuer Himmel

TINTE & FEDER

Das Buch

»›Ich verstehe‹, sagte Hannah. ›Solange die Lagerleitung ein Orchester wünscht, bleiben die Musiker am Leben.‹«

Würzburg 1933: Kurz nach der Machtergreifung verliert die junge Jüdin Hannah Rosenberg ihre Stelle als Musiklehrerin. Auf dem abgelegenen Sandnerhof findet sie ein neues Zuhause für sich und die kleine Melina, aber auch auf dem Land wird es immer gefährlicher.

Während Hannah ein Leben im Verborgenen führen muss, macht Peter Hagen, der Mann, den sie immer noch liebt, schnell Karriere im Reichsministerium. Als dem ehrgeizigen Juristen klar wird, dass er für den beruflichen Erfolg seine Seele verkauft hat, ist es fast zu spät für ihn, das Richtige zu tun …

Die Autorin

Margit Steinborn wurde 1964 geboren und ist in einem kleinen idyllischen Ort in Bayern aufgewachsen. Seit Abschluss ihres Fremdsprachenstudiums arbeitet sie als Übersetzerin und lebt mit ihrer Familie in der Nähe von Frankfurt am Main. In ihrer Freizeit begeistert sich die Autorin für Musik, Geschichte, Malerei und Literatur. »Ein neuer Himmel« ist ihr erster Roman.

MARGIT STEINBORN

Ein neuer Himmel

ROMAN

TINTE & FEDER

Deutsche Erstveröffentlichung bei
Tinte & Feder, Amazon Media EU S.à r.l.
38, avenue John F. Kennedy, L-1855 Luxembourg
Juni 2020

Umschlaggestaltung: zero-media.net, München
Umschlagmotiv: © PHOTOCREO Michal Bednarek / Shutterstock;
© Lukasz Szwaj / Shutterstock; © NetPix / Shutterstock;
© Jelena Simic Petrovic / ArcAngel
1. Lektorat: Ute Köhler
2. Lektorat und Korrektorat: VLG Verlag & Agentur, Haar bei München,
www.vlg.de
Gedruckt durch:
Amazon Distribution GmbH, Amazonstraße 1, 04347 Leipzig /
Canon Deutschland Business Services GmbH, Ferdinand-Jühlke-Straße 7,
99095 Erfurt /
CPI books GmbH, Birkstraße 10, 25917 Leck

ISBN 978-2-49670-435-8

www.tinte-feder.de

In diesem Roman sind die Protagonisten Hannah und Melina Rosenberg, Peter Hagen, Friedrich und David Sandner, Simon Petersen und die Familie von Schönwald fiktive Figuren, die eingebunden sind in historische Ereignisse. Auch den Sandnerhof sowie das Dorf Erlenthal gibt es nicht in Wirklichkeit, ebenso wenig wie ihre Bewohner. Doch stehen diese Romanfiguren beispielhaft für Millionen von Menschen, die in der Zeit des Dritten Reiches Ähnliches wie sie erlebt haben.

»Und ich sah einen Engel vom Himmel herabsteigen, der hatte den Schlüssel des Abgrunds und eine große Kette in seiner Hand. Und er ergriff den Drachen (…) und legte ihn in Fesseln für tausend Jahre und warf ihn in den Abgrund und schloss über ihm zu und legte ein Siegel an, damit er die Völker nicht mehr verführe, bis die tausend Jahre vollendet wären. Danach muss er auf kurze Zeit losgelassen werden.«

(Aus der Offenbarung des Johannes)

Teil 1

1932 – 1945

Sandnerhof

April 1939

Als der Zug in den Bahnhof des Dorfes Erlenthal einfuhr, griff Hannah nach ihrem Gepäck, nahm ihre kleine Tochter Melina an der Hand und stieg mit ihr aus dem Waggon. Nach einem kurzen Halt fuhr der Zug weiter, und Hannah schaute ihm für einen Moment sehnsüchtig nach. Seit sie am gestrigen Abend in Berlin in den Nachtzug gestiegen waren, hatte er sie und Melina immer weiter weggebracht von ihrer bisherigen Heimat, über Halle und Leipzig bis nach Nürnberg, wo sie umgestiegen waren, und nun in dieses Dorf in der Nähe von Würzburg. Solange sie gefahren waren, hatte das Ziel, das ihnen unbekannt war, noch in weiter Ferne gelegen, doch nun waren sie angekommen, und Hannah fragte sich mit bangem Herzen, was sie hier wohl erwarten mochte. Sie spürte den Blick ihrer kleinen Tochter auf sich, die erschöpft und mit hängenden Schultern neben ihr stand, und gab sich einen Ruck. Melina gegenüber durfte sie sich ihre Verzagtheit nicht anmerken lassen. Agnes, ihre mütterliche Freundin aus Berlin, hatte sie hierhergeschickt, da die Repressalien gegen die Juden in der Stadt immer schlimmer wurden. Seit der Reichskristallnacht im November, als unzählige jüdische Geschäfte zerstört und Synagogen in Brand gesetzt worden waren, hatte sich die Lage verschärft, und die seit Jahren andauernde Diskriminierung der jüdischen Bevölkerung hatte ihren Höhepunkt in gewalttätigen Übergriffen gefunden, denen die Menschen schutzlos ausgeliefert waren. Immer mehr Gesetze beschränkten ihre Rechte, und Berufsverbote nahmen ihnen die Lebensgrundlage. Hannah dachte an jenen schrecklichen Moment, als sie ihre Arbeit als Lehrerin verloren hatte und ihr zudem die Wohnung gekündigt worden war. Sosehr sie auch gesucht hatte, niemand war mehr bereit gewesen, ihr als Jüdin ein Zimmer zu vermieten oder ihr eine Anstellung zu geben. Hannah wusste, dass sie nicht mehr zurück nach Berlin konnte. Sie stellte ihr Gepäck ab und holte einen Zettel mit einer Adresse aus ihrer Jackentasche.

Franziska Berger, Brunnenstraße, Erlenthal.

»Komm, Melina. Agnes sagte, Frau Bergers Hof liegt nicht weit vom Bahnhof entfernt. Wir haben es bald geschafft.« Sie lächelte ihrer Tochter, die sie mit müden Augen anschaute, aufmunternd zu und ging mit ihr durch das Bahnhofsgebäude hinaus auf die Straße. Dabei fragte sie sich, ob sie Melina zu viel versprochen hatte. Sie trug zwar den Brief bei sich, den Agnes ihr für Frau Berger mitgegeben hatte, doch würde die Frau zwei völlig fremden Menschen tatsächlich helfen?

»Franziska ist meine Freundin seit Kindertagen«, hatte Agnes gesagt. »Dass sie damals durch ihre Heirat so weit weggezogen ist von Berlin, war für uns beide schmerzlich. Ihr Mann hat einen Hof in einem Dorf nahe Würzburg, den sie seit seinem Tod mit ihrem Sohn bewirtschaftet. Sie wird euch bestimmt aufnehmen.«

Sie überquerten den Marktplatz mit dem Dorfbrunnen in der Mitte, und Hannah entdeckte neben der Kirche ein

Gasthaus. Sie zögerte kurz, dann trat sie mit Melina ein, um sich nach dem Weg zu der gesuchten Adresse zu erkundigen. In der Wirtsstube herrschte, da die Mittagszeit gerade vorbei war, im Augenblick kein Betrieb. Eine Frau räumte Geschirr von den Tischen, und hinter dem Ausschank stand ein Mann, der mit einem Tuch den Tresen abwischte. Hannah ging mit Melina an der Hand auf ihn zu.

»Entschuldigen Sie«, sagte sie, und der Mann schaute von seiner Arbeit auf. »Ich suche Frau Franziska Berger. Können Sie mir sagen, wie ich zu dieser Adresse komme?«

Der Mann beugte sich über den Tresen, schaute sich den Zettel an und meinte: »Den Weg kann ich Ihnen beschreiben, aber wissen Sie, die Frau Berger treffen Sie dort nicht mehr an. Die Franzi ist vor acht Wochen verstorben. Der Sohn hat den Hof verkauft und ist weggezogen.«

Hannah spürte bei seinen Worten einen dumpfen Stich in der Brust. Franziska Berger, die Frau, die ihr laut Agnes' Worten helfen würde, lebte nicht mehr! Der Wirt schien ihre Bestürzung zu bemerken, denn er schenkte unaufgefordert zwei Gläser Wasser ein und stellte sie auf den Tresen. Hannah schenkte ihm ein dankbares Lächeln, nahm ein Glas und gab das andere ihrer Tochter. Die Frau, die die Tische abräumte und ihr Gespräch mitbekommen hatte, ließ ihr Tablett stehen und trat zu ihnen.

»Was wollten Sie denn von der Frau Berger?«, fragte sie mitfühlend. »Sind Sie eine Verwandte von ihr? Wissen Sie, wir haben sie alle sehr gern gehabt, die Franziska, sie war sehr beliebt im Dorf.«

Hannah seufzte und stellte die leeren Gläser zurück auf den Tresen. »Nein, eine Verwandte bin ich nicht. Aber eine Freundin von ihr hat mir ihre Adresse gegeben. Ich suche Arbeit.«

»Arbeit hätte die Franzi bestimmt für Sie gehabt. Ihr Hof war groß«, meinte der Wirt und kratzte sich nachdenklich am Kopf. »Aber versuchen Sie es doch einfach mal auf dem Sandnerhof. Da gibt's auch immer Arbeit.«

»Der Sandnerhof?«, fragte Hannah.

»Ja, das ist ein Weiler außerhalb des Dorfes. Die Familie Sandner betreibt dort eine Sägemühle und ein landwirtschaftliches Gut, und außerdem haben sich auch einige Arbeiter mit ihren Familien dort angesiedelt. Der Weiler ist ein bisschen abgelegen. Am Ortsende müssen Sie erst ein Stück der Landstraße folgen, dann kommt an einer Abzweigung eine Straße, die durch den Wald zum Sandnerhof führt.«

Unterschiedliche Gedanken schossen Hannah durch den Kopf. Was sollte sie tun? Die nächste Zugverbindung nach Berlin heraussuchen und zurückfahren? Und dann? So bitter es auch war, sie musste sich immer wieder vor Augen führen, dass sie dort nicht mehr leben konnte. Und dieser Sandnerhof? Ein abgelegener Weiler im Wald? Sie kannte dort niemanden. Was waren diese Sandners für Leute? Würden sie eine Jüdin aufnehmen? Der Brief, in dem Agnes ihrer Freundin Franziska Hannahs Situation erklärt und sie inständig gebeten hatte, ihr und dem Kind weiterzuhelfen, würde ihr in diesem Fall nichts nützen. Sollte sie sich wirklich an diese ihr völlig fremden Menschen wenden? Ein Blick auf das müde Kind an ihrer Hand sagte Hannah, dass sie es zumindest versuchen musste.

Die Wirtin schien ihre Sorgen zu spüren, denn sie sagte nun mitfühlend: »Es sind zwar nur ungefähr zwei Kilometer, aber zu Fuß schaffen Sie den Weg mit dem Kind und dem Gepäck nicht.« Sie wandte sich an ihren Mann. »Wolfgang, du wolltest doch schon längst die Bretter für den neuen Hühnerstall beim Friedrich Sandner in Auftrag geben. Es ist grad nicht viel los, du könntest das jetzt erledigen und die beiden im Wagen mitnehmen.«

Der Wirt nickte zustimmend und legte sein Tuch aus der Hand. Hannah überlegte noch einen Augenblick. Heute konnte sie sowieso nirgendwo anders mehr hin. Wohin auch? Auf dem Tresen sah sie das Schild »Zimmer frei«. Wenn man sie auf dem Sandnerhof zurückwies, konnte sie immer noch mit Melina hier übernachten und sich überlegen, wie es weitergehen sollte.

»Danke für das freundliche Angebot«, sagte sie zu der Wirtin und reichte ihr die Hand. Sie nahm ihr Gepäck und folgte mit Melina dem Wirt hinaus in den Hof. Er packte ihren Koffer auf die Ladefläche eines Lieferfahrzeugs, Hannah setzte sich neben ihn auf den Beifahrersitz und nahm Melina auf den Schoß. Dann startete der Wirt den Motor.

»Was für eine Arbeit suchen Sie denn?«, fragte er, während sie durch das Dorf fuhren.

Hannah, die nicht viel über sich erzählen wollte, hielt es für besser, ihre Arbeit als Lehrerin nicht zu erwähnen. Wie sollte sie erklären, dass sie ihre Anstellung verloren hatte, ohne preiszugegeben, dass sie Jüdin war? Besser war es, Bezug auf ihre Kindheit auf dem Bauernhof ihrer Großeltern zu nehmen. »Ich habe auf einem Bauernhof gelebt.«

»Das trifft sich gut«, meinte der Wirt redselig. »Der Friedrich Sandner bewirtschaftet einige Felder, außerdem hat er Kühe und Schafe, Enten und Hühner. Der sucht immer gute Arbeiter.«

Hannah betrachtete die umliegende Landschaft, als sie das Ortsschild hinter sich ließen und über die Landstraße fuhren. Äcker, Wiesen und Felder zu beiden Seiten der Straße, begrenzt von dichtem Wald.

Sie erreichten die Abzweigung, und der Wirt bog in eine schmale Straße ein, die in den Wald hineinführte. Sie folgten der Straße, bis sich nach kurzer Zeit ein weites Tal vor ihnen öffnete. Hannah sah eine kleine Anzahl Häuser, die sich zu beiden Seiten der Straße in einem Halbkreis um ein großes Sandsteinhaus reihten, neben dem sich ein Werksgebäude und einige Stallungen und Scheunen befanden.

Der Wirt fuhr in den Hof des Sägewerks, und als er den Motor abstellte, hörte Hannah das gleichmäßige Rattern der Sägen. »So, da wären wir«, sagte er. »Ich schau mal, wo der Friedrich steckt.« Er öffnete die Fahrzeugtür.

Hannah und Melina stiegen ebenfalls aus. Während der Wirt in der Werkstatt verschwand, blieb Hannah mit Melina beim Wagen stehen und schaute sich um. Zwei Jungen stapelten Holzlatten auf einen Leiterwagen, eine junge Frau, die vor dem Werksgebäude mit einem Besen die Sägespäne zusammenfegte, grüßte mit einem Kopfnicken herüber, und auf dem Holzplatz luden ein paar Arbeiter Baumstämme von einem Fuhrwerk.

Hannah überlegte, ob sie dem Wirt in die Werkstatt folgen sollte, doch in diesem Moment öffnete sich die Tür, und ein älterer Herr in einer braunen Arbeitshose und einem karierten Hemd, dessen Ärmel zurückgekrempelt waren, trat heraus. Er klopfte sich das Sägemehl von der Kleidung und kam auf sie zu. Er hatte dunkle, an den Seiten ergraute Haare und einen ebenfalls leicht ergrauten Bart.

Hannah sah zur Werkstatttür, doch der Wirt blieb dahinter verschwunden. Sie überlegte fieberhaft, wie sie sich dem mutmaßlichen Besitzer des Hofs vorstellen sollte. Sie wagte schon lange nicht mehr, ihren Nachnamen zu nennen, der ihre jüdische Herkunft verriet. Agnes hatte ihrer Freundin Franziska alles in einem Brief erklärt, doch hier kam ein fremder Mann auf sie zu, der sie nicht kannte und keinerlei Verpflichtung hatte, ihr in irgendeiner Form weiterzuhelfen. Hannah verspürte einen Augenblick lang das Bedürfnis, mit Melina davonzulaufen. Sicher würde der Mann ihr mit wenigen Worten unmissverständlich zu verstehen geben, dass er auf seinem Hof keine Juden wünschte, wenn sie sich ihm vorstellte. Doch als sie den offenen Blick in den Augen des Fremden sah, der nun vor ihr stehen blieb und ihr die Hand entgegenstreckte, fasste sie Mut und entschloss sich, ehrlich zu sein, zumal der Wirt nach wie vor nicht in der Nähe war, um mitzuhören.

»Guten Tag«, sagte sie. »Mein Name ist Hannah Rosenberg, das ist meine dreijährige Tochter Melina, und wir wissen gerade nicht mehr, wohin.«

Hannah sah, dass der Mann die Botschaft in ihren Worten verstand, denn sein Gesicht nahm einen ernsten Ausdruck an. Er musterte sie. Überlegte er, was er antworten sollte? Hannah erwartete, dass er nun seine Hand zurückziehen und sie mit einer Ausrede oder sogar offener Feindseligkeit des Hofes verweisen würde, doch diese Reaktion blieb aus. Dem Mann war ihre Angst vor Zurückweisung offensichtlich nicht verborgen geblieben, denn er erwiderte ihren Handschlag mit kräftigem Druck und sagte: »Ich bin Friedrich Sandner. Und Sie beide bleiben erst einmal hier. Kommen Sie, ich bringe Sie ins Haus zu meiner Frau Klara.«

Er rief dem Wirt, der soeben wieder aus der Werkstatt kam, ein paar Worte zu und holte Hannahs Gepäck aus dem Wagen. Dann wandte er sich an die beiden Jungen, die noch immer den Leiterwagen mit Holzlatten beluden. »Hans, David, kommt mal her, ihr werdet hier gebraucht.«

Die beiden Jungen ließen ihre Arbeit liegen und kamen herbei, grüßten Hannah und ihre Tochter, und der ältere von ihnen nahm das größere Gepäckstück, während der jüngere nach einem kleineren Koffer griff, dessen sonderbare Form ihn stutzen ließ.

»Das ist ein Geigenkasten, David«, erklärte Friedrich, dem der erstaunte Blick des Jungen nicht entgangen war.

Sie überquerten den Hof, gingen an Ställen, einer Obstwiese und einem großen Gemüsegarten vorbei und stiegen einige Stufen hinauf zum Wohnhaus. Hannah und Melina folgten Friedrich Sandner und den beiden Jungen, von denen Hannah annahm, dass sie seine Enkel waren, ins Haus. Die

Jungen stellten das Gepäck in den Flur und verschwanden wieder, während Friedrich sie und Melina in die Küche führte, wo eine Frau am Herd stand und gerade Kaffee aufbrühte. Sie hatte das braune, von grauen Strähnen durchzogene Haar zu einem Knoten gedreht und trug eine Schürze über ihrem einfachen Baumwollkleid.

»Klara, schau, ich bringe zwei Gäste«, sagte Friedrich beim Eintreten. »Das ist Hannah mit ihrer Tochter Melina. Sie sucht Arbeit und eine Bleibe.«

Hannah sah den freundlichen Gesichtsausdruck der Frau, die sie begrüßte und ihnen einen Platz am Tisch anbot. Als ihr Blick auf Melina fiel, holte sie sogleich ein Glas aus dem Schrank und füllte es mit Milch aus einem Krug. Zum ersten Mal, seit sie Berlin verlassen hatten, erhellte ein Lächeln das Gesicht ihrer Tochter, als sie nach dem Glas griff und die Milch trank.

Klara stellte eine Tasse heißen Kaffee vor Hannah, goss auch sich und Friedrich ein und setzte sich neben ihren Mann an den Tisch.

»Nun erzählen Sie uns doch, wer Sie sind und wo Sie herkommen«, forderte sie Hannah auf.

Hannah erkannte in den offenen Blicken der beiden, dass sie keine Vorbehalte hatten. Außerdem blieb ihr keine Wahl, wenn diese Menschen ihr Arbeit gaben und Unterschlupf gewährten, als ihnen die Wahrheit zu sagen. Sie nahm einen Schluck aus der Tasse und begann dann, den fremden Menschen von der zunehmenden Unterdrückung zu berichten, der sie als Jüdin seit einigen Jahren in Deutschland ausgesetzt war. »Nach der Reichskristallnacht wurde es ganz schlimm. Jüdische Organisationen im In- und Ausland haben sich für uns eingesetzt und Kindertransporte organisiert. Tausende jüdische Kinder werden noch immer in andere Länder gesandt, aber ich habe es bis jetzt nicht übers Herz gebracht, meine kleine Tochter allein nach England, Frankreich oder Schweden zu schicken.«

»Mein Gott, das hätte ich auch nicht gekonnt«, sagte Klara mitfühlend. »Wie weit ist es nur in Deutschland schon gekommen?«

Hannah erzählte weiter. »Vor Kurzem hat man mir die Arbeit und die Wohnung gekündigt, und da Frau Berger, die uns vielleicht hier auf ihrem Hof aufgenommen hätte, gestorben ist, wissen wir nicht, wohin wir uns nun wenden können.«

Klara schwieg betroffen, und Friedrich schüttelte missbilligend den Kopf. »Es ist unfassbar. Dieser Hitler hat in Berlin die ganze Macht an sich gerissen und herrscht dort wie ein Diktator. Er hat die Demokratie ausgehebelt und macht, was er will.«

»Es muss doch eine Möglichkeit geben, dass die beiden hier bei uns auf dem Hof bleiben können«, überlegte Klara, an Friedrich gewandt. »Sie müssen doch irgendwo eine Bleibe finden. Und Arbeit gibt es bei uns nun wahrlich genug.«

»Natürlich schicken wir Sie nicht wieder fort«, sagte Friedrich zu Hannah, und sie wagte kaum zu glauben, was sie hörte. »Ich kann auf meinem Hof beherbergen, wen ich will. Wir sollten allerdings vorsichtig sein und erst mal keine Meldung bei der Gemeinde machen. Man weiß nie, was denen in Berlin noch alles einfällt.«

»Meinst du, das geht?«, fragte Klara.

»Natürlich geht das«, antwortete Friedrich zuversichtlich. »Mit dem Bürgermeister komme ich schon klar.«

Kurze Zeit später räumte Hannah in dem Zimmer am Ende des Flurs, das Klara ihr zugewiesen hatte, ihre Habseligkeiten in den Schrank. Als sie die Schranktür schloss und sich umdrehte, sah sie, dass Melina, kaum dass ihr Kopf das Bett berührt hatte, in tiefen Schlaf gefallen war. Hannah lächelte, zog ihr die Schuhe aus und breitete eine Decke über sie. Dann öffnete sie das

Fenster und schaute hinaus. Sie atmete die kalte, klare Luft ein und hörte das Rattern der Sägen aus der Sägemühle, das dem Leben in diesem Tal seinen Takt zu geben schien. Der Wald, der das Tal umschloss, hatte sich bereits aus seiner Winterstarre gelöst und trieb junges Grün hervor. Auf den Wiesen zeigten sich die ersten bunten Blumen als Boten des Frühlings. Hannah spürte den Frieden, der über allem lag, und atmete innerlich auf. Hatten sie und Melina hier eine neue Heimat gefunden?

Sie schloss das Fenster, holte Block und Stift aus ihrer Tasche und setzte sich an den kleinen Tisch in der Ecke, um Agnes einen Brief zu schreiben. Hannah berichtete, wie sehr sie die traurige Nachricht vom Tod von Franziska Berger schockiert hatte und wie schwer es ihr gefallen war, sich an fremde Menschen zu wenden. Sie erzählte, wie freundlich sie und Melina von den Sandners aufgenommen worden waren, und schloss den Brief mit dem Satz:

> *Danke, Agnes, dass Du uns nach Erlenthal geschickt hast. Ich hoffe, Melina und ich können hier so lange bleiben, bis dieser ganze Spuk vorbei ist, es kann ja nicht ewig so weitergehen. Es grüßt Dich von Herzen Hannah.*

Als sie mit Melina später in der Küche am großen Abendbrottisch saß, lernte Hannah die ganze Familie Sandner näher kennen. Neben Klara und Friedrich saß ihr Sohn Konrad, der mit seinem Vater das Sägewerk leitete und ihm so ähnlich sah, als wäre er eine jüngere Ausgabe von ihm. Seine Ehefrau Annie war Hannah auf Anhieb sympathisch, denn sie hatte ein fröhliches Lachen und sprach liebevoll mit der kleinen Melina. Die junge Frau, die bei Hannahs und Melinas Ankunft vor der Werkstatt gefegt hatte, stellte sich als Maria vor und war die älteste Tochter von Konrad und Annie, und die beiden Jungen, die das Gepäck getragen hatten, waren ihre Brüder, nämlich der zwölfjährige Hans und der neunjährige David. Hannah stellte fest, dass die drei Geschwister ihre helle Haarfarbe und die lustigen Sommersprossen eindeutig von ihrer Mutter Annie geerbt hatten. Nachdem die Familienmitglieder ihrerseits alles über Hannah und Melina erfahren hatten, gab es nur noch ein Thema bei Tisch: Marias bevorstehende Hochzeit mit einem Mann namens Georg im August, auf die sich die junge Frau offensichtlich von ganzem Herzen freute.

Sandnerhof

26. August 1939

»Melina, wenn du weiterhin so trödelst, kommen wir heute gar nicht mehr nach Hause«, sagte David zu dem kleinen Mädchen. »Komm, es muss noch so vieles für Marias Hochzeit morgen vorbereitet werden. Oma wartet auf die Heidelbeeren, sie braucht sie doch für den Kuchen.« Das kleine Mädchen lief ein Stück hinter ihm und hielt einen Strauß bunter Wiesenblumen in der Hand. Ein Lächeln huschte über das Gesicht des Kindes, als es sich bückte und eine neue Blume pflückte. Sie liefen einen Weg entlang, der gerade so breit war, dass ein Pferdefuhrwerk ihn befahren konnte. Auf der einen Seite des Weges führte eine mit hohen Bäumen bestandene Böschung hinunter zu einer Wiese, durch die sich ein Bach schlängelte; auf der anderen Seite erhob sich eine ansteigende hügelige Landschaft mit Wiesen und Feldern, die am Horizont von einem dichten Wald begrenzt wurden. Es war Sommer und die Natur war voller Leben. Das satte Grün der Wiesen war durchsetzt von den bunten Farbtupfern der Sommerblumen, die Beerenranken am Weg hingen voller Früchte, in den Ähren auf den Feldern reifte das Korn. Das Plätschern des Baches mischte sich mit dem trägen Summen der Bienen und dem Rauschen des Windes in den Baumwipfeln. David hielt einen Korb voller dunkelblauer Beeren in der Hand, die sie gepflückt hatten. Seine glatten, flachsblonden Haare fielen ihm immer wieder ins Gesicht, und er trug ein verblasstes braun kariertes Hemd und eine kurze braune Hose, die von Hosenträgern gehalten wurde. Er drehte sich um, und als er sah, wie sich das Mädchen abermals nach einer Blume bückte, lachte er. »Für wen sind die Blumen denn?«

Melina schaute ihn mit ihren dunklen Augen an und strich sich eine Locke ihres gewellten honigfarbenen Haares aus der Stirn. Lächelnd hielt sie ihm ihren Blumenstrauß hin. »Für Maria«, sagte das kleine Mädchen.

»Komm, lauf ein bisschen schneller«, drängte David. Der Weg führte nun in das weite Tal zurück, und der Sandnerhof kam in Sicht.

Als David mit Melina über den Hof der Sägemühle lief, sprang ihnen die braun gefleckte Mischlingshündin Bella entgegen. Sie begrüßte die beiden Kinder schwanzwedelnd, und David freute sich, dass Melina ihre anfängliche Scheu vor dem Hund verloren hatte. Sie gingen die Stufen hinauf zum Wohnhaus und trafen an der Tür auf Maria. Ihre Wangen waren gerötet vor Aufregung, und David wusste, dass der Grund dafür die vielen Hochzeitsvorbereitungen waren, die noch bis zum nächsten Tag erledigt werden mussten. Es gab noch so viel für sie alle zu tun!

»Schau, Maria, wie viele Heidelbeeren wir gepflückt haben!«, rief er und hielt ihr stolz den vollen Korb hin. »Und Melina hat dir Blumen gebracht!«

»Ihr seid wunderbar, bringt sie gleich zu Oma in die Küche«, lobte Maria die Kinder.

»Ich freu mich schon so auf morgen«, meinte David. »Aber ich kann mir noch gar nicht vorstellen, dass du dann nicht mehr bei uns bist«, setzte er etwas verzagt hinzu. Nach ihrer Hochzeit würde Maria auf Georgs Hof ziehen, was David gar nicht gefiel.

»Aber, David, sei doch nicht traurig«, erwiderte Maria und strich dem kleinen Bruder liebevoll durch das Haar. »Georgs Hof in Erlenthal ist doch nicht weit weg, du kommst zu mir, wann immer du willst. Hans ist ja auch noch da, und außerdem hast du ja jetzt eine kleine ständige Begleiterin«, fügte sie lachend hinzu und deutete auf Melina.

David schmunzelte bei Marias Worten, denn in der kurzen Zeit, die Melina nun mit ihrer Mutter auf dem Sandnerhof wohnte, war das kleine Mädchen tatsächlich beinahe zu seinem Schatten geworden. Melina hatte mit ihrer lieben, zurückhaltenden Art die Herzen aller Bewohner des Weilers im Nu erobert. Sie schaute gern den Mägden im Stall beim Kühemelken zu, sie knetete Kuchenteig mit Oma Klara in der Küche, sie verfolgte aus sicherer Entfernung die Arbeit des Schmieds, und David hatte sie auch schon im Waschhaus beobachtet, wo sie auf einem Schemel stehend mithalf, die Wäsche auf dem Waschbrett zu schrubben. Und selbst auf Opa Friedrichs Gesicht hatte David ein Lächeln gesehen, wenn der von seiner Hobelbank in der Werkstatt aufblickte und ihre kleine Gestalt in der Ecke neben der Tür wahrnahm. Doch die meiste Zeit verbrachte sie mit ihm.

»Bringt die Beeren in die Küche, und dann fragt Oma Klara, wo ihr noch helfen könnt. Es gibt noch so viel Arbeit. Die Hühner sind noch nicht gefüttert, im Garten werden gerade die Tische und Stühle für die Hochzeitsfeier aufgestellt, die Kuchen müssen noch verziert werden – ich weiß gar nicht, wo ich anfangen soll!«, rief Maria und eilte aufgeregt in Richtung Hühnerstall davon.

Sie fanden Oma Klara im Garten, wo sie an einem Holztisch saß und Kränze aus Efeu und Blumen wand. Ein paar kleine

Mädchen aus der Siedlung sprangen um sie herum und brachten immer neue Ladungen Blumen und Efeu zum Tisch.

»Sophie, der ist für dich«, sagte Klara und drückte einem kleinen Mädchen einen fertigen Kranz auf die lockigen Haare, was sofort den Jubel der anderen Kinder auslöste.

»Was für eine aufgedrehte Schar von Blumenmädchen!«, rief Opa Friedrich, der mit einer Pfeife im Mund aus der Werkstatt kam und das lustige Treiben beobachtete. Sein Blick fiel auf Melina.

»Klara, kannst du nicht einen Kranz mehr flechten und deine Schränke durchsuchen, ob du noch ein Kleidchen für die Kleine findest?«, fragte er.

»Friedrich, ein jüdisches Blumenmädchen? Was wird Pfarrer Petersen sagen?«, fragte Klara, und David hörte die Besorgnis in ihrer Stimme.

»Der weiß das doch gar nicht. Hannah und ihre Tochter sind noch nicht bei der Gemeinde gemeldet. Unser Bürgermeister hat mich zwar schon ein paarmal darauf angesprochen, aber ich habe bis jetzt immer eine Ausrede gefunden. Ist momentan einfach zu gefährlich, seit der Verrückte in Berlin ein Gesetz nach dem anderen gegen die Juden erlässt. Ist erst ein paar Monate her, dass die Synagogen gebrannt haben.«

»Jonas kommt morgen auch zur Feier. Er wird wieder davon anfangen«, meinte Klara.

»Mit dem komme ich schon klar. Er drängt mich schon seit einiger Zeit, dass das Dach seiner Scheune ausgebessert werden muss. Wenn er sich mit mir überwirft, muss er eben länger warten. Und unser Pfarrer … obwohl ich seine politische Einstellung nicht wirklich kenne, so ist er doch ein Christenmensch, der Gottes Wort befolgt.« Friedrich zog an seiner Pfeife.

»Gut, ich freu mich ja auch, wenn unser kleiner Liebling morgen Blumenmädchen wird«, meinte Oma Klara und setzte der erstaunten Melina einen Blumenkranz aufs Haar. Friedrich lächelte zufrieden, und Klara sagte wehmütig: »Sie erinnert mich so sehr an unsere kleine Elli.«

David wusste, dass seine Großmutter die jüngere Schwester seines Vaters meinte, die als kleines Kind an einem Fieber gestorben war. War seinen Großeltern Melina deshalb so sehr ans Herz gewachsen? Er vernahm eilige Schritte hinter sich, und Marias Stimme riss ihn aus seinen Gedanken. »David, hilf doch bitte Hans dabei, noch mehr Stühle vom Dachboden zu holen.« David wäre zwar gern noch bei den Großeltern im Garten geblieben, doch er nickte zustimmend und ging in Richtung Haus davon.

Keiner hätte am Abend sagen können, wie es möglich gewesen war, die ganze Arbeit noch rechtzeitig zu erledigen, doch tatsächlich waren bei Anbruch der Dunkelheit alle Kuchen gebacken und verziert, die Regale der Speisekammer gefüllt mit vollen Töpfen und Schüsseln, das gute Geschirr bereitgestellt, die Gläser und das Besteck poliert. Melina lag in dem großen Bett, das sie mit ihrer Mutter teilte, und konnte nicht schlafen. Aus der Küche hörte sie die Stimmen der Frauen, die noch beratschlagten, wie sie am nächsten Tag das Mittagessen pünktlich nach dem Gottesdienst auf den Tisch bringen wollten, aus dem Wohnzimmer hörte sie Opa Friedrichs und Davids Stimmen und im Hintergrund Musik aus dem Radio. Sie war einfach zu aufgeregt, um allein hier liegen bleiben zu können; also stieg sie aus dem Bett und schlich auf nackten Füßen in ihrem langen Nachthemd in Richtung Wohnzimmer. Drinnen saßen Opa Friedrich und David am Schachtisch und waren in ihr Spiel vertieft. Hans war wohl bereits im Bett. Melina setzte sich zu ihnen und schaute aufmerksam zu. Sie hatte die beiden schon oft beim Spielen beobachtet und kannte bereits einige Regeln.

»Pass auf deinen Turm auf«, warnte Opa Friedrich David.

»Pass du auf deinen Springer auf«, entgegnete dieser und zog mit einem Läufer vor.

»Nicht schlecht. Du wirst immer besser«, antwortete Friedrich anerkennend und zog seinen Springer zurück.

»Ich hab ja auch einen guten Lehrer«, meinte David, während er über seinem nächsten Zug brütete. Mit dem Springer schlug er einen Bauern, der die Dame deckte. Wenn Opa jetzt den Fehler machte und mit seinem Läufer den Springer holte, war die Dame verloren, denn Davids Turm stand schon in günstiger Position. Und Opa machte den Fehler.

»Danke für die Dame«, jubelte David und zog mit seinem Turm vor.

Nach dem Verlust der Dame war auch bald der König mattgesetzt, und Opa Friedrich musste sich geschlagen geben. Er schaute zerknirscht. Sein Gesicht wurde noch verdrießlicher, als die Musik im Radio verstummte und eine aufgeregte Männerstimme in eindringlichem Ton zu reden begann.

»Nicht schon wieder der Verrückte«, brummte Opa, stand auf und drehte das Radio ab. »Eigentlich müsstet ihr ja allesamt ins Bett«, meinte er, »aber wer kann am Abend vor einer Hochzeit schon schlafen?«

Da in der Küche noch reges Treiben herrschte und offensichtlich niemand Zeit hatte, nach den Kindern zu schauen, holte er ein dickes Buch mit einem Ledereinband aus dem Bücherregal, und die drei machten es sich auf dem Sofa bequem. Die Kinder liebten diese Stunden mit Opa Friedrich, wenn sie wunderschöne Bilder von berühmten Malern betrachteten. Sie sahen die Madonna mit ihrem Kind auf dem Schoß, die Jünger beim Abendmahl, Jesus am Kreuz, Engel, Heilige, Himmel und Hölle. Ein Bild hatte es David besonders angetan. Es war Gottvater, der den Adam erschuf, Hände, die sich beinahe berührten.

»Dieses Bild möchte ich gern einmal in Wirklichkeit sehen«, meinte er sehnsüchtig, und Melina stimmte ihm zu.

»Da musst du eine weite Reise machen«, antwortete Opa Friedrich. »Bis nach Rom zum Heiligen Vater.«

»Ist es sein Bild?«, fragte Melina.

»Es ist dort von einem berühmten Künstler in einer großen Kapelle an die Decke gemalt worden«, erklärte Friedrich.

»Das will ich einmal sehen«, sagte David, in das Bild vertieft.

Davids Eltern beendeten zu Melinas Leidwesen diesen Moment, als sie beide ins Wohnzimmer kamen.

Annie fuhr sich erschöpft durch die Haare. »Schluss jetzt Kinder, morgen wollen wir feiern. Es ist Zeit zum Schlafengehen.«

Konrad nickte zustimmend, setzte sich auf das Sofa und schlug die Zeitung auf.

Melina wusste ebenso wie David, dass Widerstand zwecklos war. Leise murrend verließen sie das Zimmer und machten sich auf den Weg in Richtung Bett.

»Die Kinder sind ganz aufgeregt wegen der Hochzeit morgen«, erzählte Friedrich. »Melina müsste eigentlich schon längst schlafen, aber sie ist noch einmal aus ihrem Bett gekommen.«

Konrad lachte. »Kein Wunder, da sie morgen ja auch noch Blumenmädchen sein wird. Mir als Brautvater geht es allerdings ähnlich. Ich vermute, ich werde heute Nacht kein Auge zutun. Es ist schon ein sonderbares Gefühl, wenn das erste Kind heiratet und aus dem Haus geht.«

Friedrich nickte zustimmend. »Zum Glück musst du dir keine Sorgen machen, was Georg betrifft. Einen zuverlässigeren Schwiegersohn könntest du dir gar nicht wünschen.«

»Da hast du recht. Auf Georg ist Verlass, und wenn ich meine Maria schon hergeben muss, dann nur einem Mann wie ihm.« Konrad starrte einen Augenblick lang nachdenklich vor sich hin, dann wandte er sich einem Zeitungsartikel zu. »Ich möchte nur wissen, was Hitler mit Polen vorhat«, bemerkte er nach einer Weile. »Dieser Reichsparteitag in Nürnberg wurde doch als ›Reichsparteitag des Friedens‹ angekündigt, nun ist er abgesagt worden.«

»Das wundert mich nicht. An Frieden will ich nicht so recht glauben. Der Verrückte spielt nur den Friedensmann und gibt vor, sich mit Österreich, dem Sudetenland und der Rest-Tschechei zu begnügen. Ich traue ihm nicht. Der will Polen«, entgegnete Friedrich und stopfte seine Pfeife.

»Ja, das fürchte ich auch. Er sucht nur nach einem Vorwand, um anzugreifen.«

»Den haben alle unterschätzt. Niemand hat damals im Januar 1933 damit gerechnet, dass er sich lange halten kann. Präsident Hindenburg ist auch mit schuld, hat den Verrückten ja zum Kanzler ernannt.«

»Es heißt, er zieht überall Leute ein. Ohne das Sägewerk wäre ich wohl auch schon dabei«, sagte Konrad.

»Nur das nicht. Nur nicht noch einmal Krieg.« Friedrich schaute auf die Uhr; es war Zeit für die Nachrichten. Er schaltete das Radio an und drehte so lange am Frequenzknopf, bis er den englischen Sender fand. Die Nachrichtensendung befasste sich fast ausschließlich mit der wachsenden Kriegsgefahr in Europa.

»Sie haben ihn halt auch zu lange gewähren lassen und nicht eingegriffen. Nicht bei Österreich, nicht beim Sudetenland und nicht bei der Tschechei. Er macht, was er will!«, sagte Friedrich und schaltete das Radio aus. »Das macht mir Angst.«

»Ja, er ist unberechenbar«, pflichtete Konrad ihm bei. Er legte die Zeitung beiseite und erhob sich. »Dann werde ich jetzt trotz allem mal versuchen, ein bisschen zu schlafen«, sagte er und verließ das Wohnzimmer.

Friedrich schaute der mit weißen und roten Bändern geschmückten Pferdekutsche nach, in der hinter dem Kutscher Konrad Maria in ihrem weißen Kleid neben ihrer Mutter Annie saß. Dann hob er Melina auf den zweiten Pferdewagen mit Hans auf dem Kutschbock. Hinten saßen Klara, Hannah, David und die Blumenkinder, und er selbst kletterte sogleich hinterher. Hans ließ die Pferde antraben, und die Hochzeitsgesellschaft fuhr über den Waldweg und anschließend die Landstraße entlang nach Erlenthal. In der Mitte des Dorfes erhob sich die kleine Kirche mit ihrem Zwiebelturm, in dem die beiden Glocken mit lautem Geläute den Beginn des Gottesdienstes verkündeten.

»Warum lässt der Pfarrer denn schon die Glocken läuten, wir sind doch noch gar nicht da?«, schimpfte Friedrich, als er vom Pferdewagen sprang. Er half Klara vom Wagen und hob die Kinder der Reihe nach herunter.

»Nur immer mit der Ruhe«, beschwichtigte Klara und strich ihr dunkelblaues Sonntagskleid zurecht. »Pfarrer Petersen fängt nicht ohne uns an.«

Friedrich wechselte ein paar Worte mit einem jungen Mann, der bei den Pferdekutschen zurückblieb, dann schaute er in die Runde und freute sich über seine festlich gekleidete Familie mit der strahlenden Braut in der Mitte.

»So, es kann losgehen!«, rief Konrad. »Annie, hast du deine Taschentücher parat?«

»Ich werde doch nicht weinen!«, entgegnete Annie, doch niemand wollte ihr das glauben.

»Aber ich«, meinte Konrad, und alle lachten. Die Familie betrat die Kirche und nahm in den wenigen noch freien Bänken Platz. Konrad als Brautvater folgte mit Maria am Arm den Blumenkindern und führte die Braut durch die Kirche zum Altar, wo ihr Bräutigam Georg ihr entgegenlächelte. Dabei stimmte Dorfschullehrer Pohlmann auf der Orgel feierliche Klänge an, in die der Frauenchor dreistimmig einfiel und ein festliches Einzugslied erschallen ließ. Friedrich sah, wie Annie neben ihm nun doch ein Taschentuch aus ihrer Handtasche zog, und lächelte ihr zu. Nach der Begrüßung durch Pfarrer Simon Petersen, dem Kyrie und der Lesung erfolgte die Trauzeremonie, bei der sich die Brautleute das Jawort gaben. Pfarrer Petersen begann seine Predigt, die bei ihm länger dauern konnte. Als er anfing, das »Hohe Lied der Liebe« zu interpretieren, fiel Friedrichs Blick auf Melina, die in einem rosa Kleidchen und mit dem von Oma Klara gewundenen Kranz im Haar bei den Blumenkindern saß. Mit großen Augen folgte sie den Ereignissen in der Kirche, und man sah ihrem staunenden Blick an, wie sehr sie die feierliche Musik, der golden glänzende Barockaltar und die bunten Kirchenfenster beeindruckten. Sie saß bewegungslos da wie ein kleiner Engel. Friedrich unterdrückte ein Schmunzeln, als er bemerkte, wie David seinen kleinen Notizblock, den er überall mit sich herumtrug, und den Bleistift aus der Hosentasche zog und begann, Melina zu zeichnen. Friedrich, der zwischen ihm und Annie saß, beugte sich etwas vor, um den Jungen vor den strengen Augen seiner Schwiegertochter zu verbergen, und beobachtete fasziniert, mit welch geschickten Strichen David die Züge des Mädchens auf das Papier bannte. Der Junge hatte nicht nur stets Block und Stift parat, er hatte auch Talent. Das Mädchen auf dem Bild war unverkennbar Melina, ihre gewellten, schulterlangen Haare, ihr rundes Gesichtchen, die mandelförmigen dunklen Augen, ihr vor Staunen leicht geöffneter Mund. David blätterte weiter und skizzierte das Brautpaar Maria und Georg. Friedrich musste lächeln, als er sah, wie glücklich seine Enkelin auf dem Bild ihren Georg anstrahlte. Da die Predigt noch immer andauerte – Pfarrer Petersen war erst an der Stelle, wo das diesseitige Leben mit einem Blick in einen Spiegel verglichen wird –⊠, begann David auf einem neuen Blatt eine weitere Zeichnung. Anscheinend versuchte er, sein Lieblingsbild aus dem Buch aus dem Gedächtnis nachzumalen. Friedrich schmunzelte erneut, während er beobachtete, wie David auf seinem Notizblock zwei Hände zeichnete, die sich beinahe berührten. Wirklich verblüffend. Die Form der Hände erinnerte unverkennbar an das berühmte Werk Michelangelos. Der Junge war begabt. Er sollte unbedingt einmal Kunst studieren. Als Pfarrer Petersens Predigt endete und sich alle von ihren Bänken erhoben, steckte David sichtlich widerwillig seinen Block weg.

Friedrich lächelte ihm verschmitzt zu, denn außer ihm hatte niemand, auch nicht Davids Mutter, etwas von seinen künstlerischen Aktivitäten bemerkt.

David erwiderte sein Lächeln dankbar.

Nach dem Gottesdienst kehrte die Hochzeitsgesellschaft zurück auf den Sandnerhof. Im Garten nahmen die Gäste an zwei großen, festlich geschmückten Tischen Platz, und dampfende Schüsseln mit Klößen, Braten und Rotkohl wurden aufgetragen. Das Essen fand großen Beifall bei den Gästen.

»Greifen Sie zu, Pfarrer Petersen«, sagte Oma Klara und reichte dem Pfarrer die Schüssel mit Klößen. »Ihre Predigt hat mir sehr gut gefallen.«

»Das freut mich«, erwiderte der Priester und legte sich noch einen Kloß auf den Teller. Am Nachbartisch, wo die Kinder saßen, erklang lautes Lachen, und als Pfarrer Petersen den Grund erforschen wollte und sich zu den Kindern umdrehte, fiel sein Blick auf Melina. Friedrich bemerkte seinen nachdenklichen Gesichtsausdruck, und, dem Priester zuvorkommend, der sich gerade nach dem Kind erkundigen wollte, fragte er: »Diese Sache mit dem Spiegel, über die Sie gepredigt haben, Herr Pfarrer, das hab ich ja noch nie so richtig verstanden.«

Das Gesicht des Priesters, auf dem eben noch eine Frage zu lesen gewesen war, erhellte sich, und glücklich, auf eines seiner Lieblingsthemen angesprochen zu werden, antwortete er:

»Ja, Herr Sandner, das ist auch gar nicht so einfach. Es handelt sich da um eine Metapher, gleichsam ein Bild, verstehen Sie? Wir können in unserem Leben so vieles nicht begreifen, nur erahnen, aber nach unserem Tod, bei Gott, da werden wir dann die Wahrheit erkennen.«

Friedrich, der innerlich aufatmete, da sein Ablenkungsmanöver so gut funktioniert hatte, begann ein angeregtes Gespräch mit Pfarrer Petersen, damit dieser seine Frage nach dem kleinen Mädchen, das er noch nie zuvor in seiner Kirche gesehen hatte, endgültig vergaß.

Bürgermeister Jonas Böhm schenkte sich noch einmal Wein nach. Das Essen war ausgezeichnet gewesen, und der Rotwein war ebenfalls ein sehr guter Tropfen.

»Was für eine wunderschöne Enkelin du hast, Friedrich«, sagte er und deutete auf Maria, die in ihrem langen weißen Kleid und dem Schleier entzückend aussah. »Und dieser Georg ist ein Prachtkerl. Einen besseren hätte sie nicht finden können.«

»Der Meinung bin ich auch, Jonas, und zum Glück geht sie ja nicht weit weg. Wir werden sie hier allerdings schon sehr vermissen«, antwortete Friedrich. »Die Maria ist tüchtig. Egal ob im Haus oder auf dem Feld, und selbst in der Werkstatt weiß sie mit anzupacken, wenn Not am Mann ist.«

»Na ja, es bleiben euch ja noch die beiden Jungs. Einer von ihnen wird wohl mal den Betrieb übernehmen, oder?«, fragte Jonas.

»Wohl eher der Hans, er liebt die Arbeit im Sägewerk«, antwortete Friedrich und deutete auf seinen älteren Enkel am Nachbartisch. »Der könnte die Sägemühle später einmal leiten. Für David ist das nichts. Der ist zu zart. Er sollte Maler werden.«

»Ich hab schon gehört, dass der Junge so schön zeichnen kann«, meinte Jonas.

Da kam Hannah und stellte einen vollen Weinkrug auf den Tisch.

Jonas blickte sie an. »Da fällt mir ein, du wolltest doch deine neue Angestellte noch melden. Und ihr Kind.«

Friedrich schaute angespannt auf. »Stimmt. Bin noch gar nicht dazu gekommen. Zu viel Arbeit. Aber gleich nächste Woche hole ich das nach.« Er versuchte, seine Worte so beiläufig wie möglich klingen zu lassen.

»Ich hab keine Eile«, meinte der Bürgermeister lachend, »aber du kennst ja Lehmann, den NSDAP-Ortsgruppenleiter, der nimmt sich so wichtig. Wenn er davon erfährt, unterstellt er dir womöglich noch unlautere Machenschaften.«

»Ja, ja, der Lehmann, der muss in alles seine Nase stecken«, stimmte Friedrich dem Bürgermeister zu und bot ihm eine Zigarre an.

»Muss alles seine Ordnung haben. So sagt er immer, der Lehmann.«

»Dann soll er das ruhig sagen«, entgegnete Friedrich. »Hier hat alles seine Ordnung.«

»Am Ende unterstellt er dir noch, dass du hier Staatsfeinde beherbergst.« Jonas lachte erneut. »Sozialisten, Kommunisten oder Juden.«

Friedrich zuckte innerlich zusammen, blieb äußerlich jedoch ganz ruhig. »Dann schau sie dir doch mal an, die Hannah«, sagte er zu Jonas und deutete auf die schlanke blonde Frau mit den blauen Augen. »Sieht sie vielleicht aus wie Rosa Luxemburg?«

»Nein, wirklich nicht«, pflichtete Jonas ihm bei, die Augen wohlwollend auf Hannah gerichtet, »arischer kann man gar nicht aussehen. Kommst halt die nächsten Tage, dann gibt der Lehmann schon Ruhe.«

»Ja, das werde ich wohl. Kommende Woche finde ich bestimmt mal Zeit dafür. Jetzt sag mir aber doch mal, was du genau mit deinem Scheunendach vorhast«, versuchte Friedrich, das Thema zu wechseln.

»Die Scheune, die macht mir Sorgen«, ging Jonas bereitwillig auf seine Frage ein, und die beiden Männer vertieften sich in ein Gespräch über das Scheunendach. Friedrich schlug Jonas unterschiedliche Möglichkeiten zu äußerst günstigen Preisen vor, die die Augen des Bürgermeisters leuchten ließen.

»Friedrich, ich seh schon, wir werden eine gute Lösung finden. Mit dir ist gut Geschäfte machen!«, rief er aus und klopfte ihm anerkennend auf die Schulter.

»Gleich morgen komm ich zu dir und schau mir die Scheune an«, versprach Friedrich, und, die Gunst der Stunde nutzend, fügte er hinzu: »Dass ich die Hannah noch nicht angemeldet habe, das weiß der Lehmann ja nicht, und man braucht es ihm nicht unbedingt unter die Nase zu reiben. Sollte ich die Anmeldung noch eine Weile vergessen, dann musst du ja kein großes Geschrei darum machen.«

Jonas blickte einen Moment lang erstaunt drein, doch dann fing er wieder an zu lachen. »Nein, nein, Friedrich. Von mir erfährt der Lehmann nichts. Wirst deine Gründe haben, die mich nichts angehen. Ein guter Sägemüller ist mir allemal mehr wert als ein aufgeblasener Ortsgruppenleiter!« Mit diesen Worten prosteten sich die beiden Männer zu.

Am späten Nachmittag nahm eine Gruppe von Musikern unter einem großen Apfelbaum Platz. Ein Geiger, ein Klarinettist und ein Akkordeonspieler packten ihre Instrumente und Noten aus und begannen, einen langsamen Walzer zu spielen. Unter den Zurufen der Gäste erhob sich lachend das Brautpaar, um den Brautwalzer zu tanzen, und alle Anwesenden schauten auf das glückliche Paar. Pfarrer Simon Petersen beschloss, dass es Zeit wurde, sich auf den Heimweg zu machen. Das Tanzen hatte er zwar in seiner Jugend erlernt, und er hätte bestimmt auch

Tänzerinnen gefunden, doch er zog es vor, solche Vergnügungen zu meiden. Er wollte sich gerade erheben, um sich zu verabschieden, als sein Blick auf die andere Seite des Gartens fiel. Das Bild, das sich ihm bot, nahm ihn sogleich gefangen. Auf der Bank bei der Rosenhecke saß Hannah im Schein der Abendsonne und hielt die schlafende Melina in den Armen. Simon war von dem Anblick tief gerührt. Kein Künstler, so dachte er, kein Rubens, kein Michelangelo oder Raffael hatte je so ein Bild gemalt, welches eine wunderschöne Frau im schlichten hellen Kleid mit ihrem schlafenden Blumenmädchen auf dem Schoß zeigte. Ein tiefer Ernst lag auf dem Gesicht der Frau, das ihn an die »Maria am Wege« von Roberto Ferruzzi erinnerte, ein Bild, von dem er selbst eine Kopie im Wohnzimmer hängen hatte. Der italienische Maler hatte damals gar nicht beabsichtigt, eine Madonna zu malen, und doch hätte er die Mutter des Gottessohnes nicht treffender darstellen können, denn die ernste Frau im blauen Umhang, die ihr schlafendes Kind auf den Armen trug, strahlte etwas zutiefst Heiliges aus. Und nicht nur der Priester hatte die Schönheit der Szenerie an der Rosenhecke erkannt. David, der neben ihm saß, war gerade dabei, sie in seinem Notizbuch festzuhalten. Als er Simons anerkennenden Blick sah, löste er kurzerhand das Blatt aus dem Block und reichte es ihm.

»Für mich?«, fragte der Priester erstaunt.

»Klar«, entgegnete der Junge leichthin, »ich kann ja wieder eins malen, wenn ich will.«

Simon schob das Bild wie einen kostbaren Schatz in sein Gebetbuch und erhob sich. Langsam und etwas unsicher ging er auf die Bank vor der Rosenhecke zu.

Hannahs rechte Hand ruhte auf Melinas Schulter, und sie hatte den Blick gesenkt. Immer wieder genoss sie diese Momente des Glücks mit Melina, obwohl sich stets auch andere Gedanken, solche voller Unruhe hinzugesellten. Wie sah ihre Zukunft und die ihrer Tochter aus? Sie verdankte den Sandners so unglaublich viel, doch wie lange würde sie hier noch bleiben können, ohne sich selbst oder die Familie, die sie so großzügig aufgenommen hatte, in Schwierigkeiten zu bringen? Sie wusste, dass Friedrich sich bisher erfolgreich vor einer Anmeldung in der Gemeinde gedrückt hatte, doch Hannah fragte sich, wie lange das noch gut gehen würde.

»Das war wohl alles ein bisschen viel für die Kleine«, sagte der Pfarrer leise.

Hannah, die ihn nicht hatte kommen sehen, blickte überrascht auf und lächelte. »Oh ja, sie hat schon heute Nacht vor Aufregung kaum geschlafen.«

Pfarrer Petersen setzte sich zu ihr. »Ich habe Sie bis auf heute noch nie in der Kirche gesehen, sind Sie erst seit Kurzem hier auf dem Hof?«, fragte er. »Sind Sie verwandt mit der Familie Sandner?«

Hannah zögerte mit ihrer Antwort. Doch wenn von diesem Pfarrer eine Gefahr ausgegangen wäre, hätte Friedrich sie gewarnt. Außerdem schien es ihr fast unmöglich, diesen jungen Priester, der sie etwas unsicher betrachtete, anzulügen.

Offensichtlich hatte er ihr Zögern bemerkt und fügte hastig hinzu: »Entschuldigen Sie, ich wollte nicht neugierig sein. Sie müssen mir nicht antworten.«

Genau diese Worte waren es, die in Hannah etwas bewegten. Nein, sie musste nicht antworten, aber auf einmal wollte sie es. Sie konnte sich das selbst nicht erklären. Obgleich sie stets anderen Menschen gegenüber bemüht war, nichts aus ihrem Leben preiszugeben, so verspürte sie nun mit einem Mal diesem fremden Mann gegenüber den Wunsch, zu reden.

»Ich bin mit der Familie Sandner nicht verwandt, ich wohne und arbeite seit einigen Monaten bei ihnen. Mein Name ist Hannah Rosenberg, dies ist meine Tochter Melina, an Weihnachten wird sie vier Jahre alt.«

Der Priester, der anscheinend nicht mehr mit einer Antwort gerechnet hatte, blickte auf.

Hätte Hannah ihren Nachnamen besser verschweigen sollen? Sie sah ihm an, was er dachte: Eine Jüdin?

»Da haben Sie keine einfache Zeit hinter sich«, stellte er fest. »Ihren jüdischen Glauben können Sie in Deutschland wohl schon längere Zeit nicht mehr ausüben.«

»Ich habe meine Eltern als Kind verloren und lebte viele Jahre lang bei meinen Großeltern, und meine Großmutter war katholisch. Ich kenne also beide Religionen. Meine Großmutter sagte immer, Gott hat keine Konfession.«

»Sie hatten eine sehr weise Großmutter. Sie und Ihre Tochter sind mir jederzeit willkommen. Ich freue mich, wenn Sie den Gottesdienst mitfeiern möchten.«

»Danke«, antwortete Hannah erleichtert und freute sich aufrichtig über das Angebot. »Aber ich gehe nicht oft ins Dorf. Für Melina haben wir heute eine Ausnahme gemacht, sie hat sich so sehr gefreut, Blumenmädchen zu sein.«

Pfarrer Petersen nickte verständnisvoll. »Es ist gefährlich für Sie in Deutschland. Seit den Nürnberger Gesetzen wird das Leben hier für Juden immer schwieriger, viele sind bereits emigriert. Haben Sie auch schon daran gedacht?«

»Natürlich«, antwortete Hannah. »Auch wegen Melina. Aber ich habe keine Angehörigen mehr und ich habe nicht die finanziellen Mittel für eine Ausreise.« Sie schwieg nachdenklich.

Simon Petersen erwiderte nichts und wartete.

Hannah sammelte ihre Gedanken und atmete tief durch. »Ich war Lehrerin an einer Schule in Berlin und habe die Fächer Deutsch und Musik unterrichtet. Als ich dann als Jüdin nicht mehr an der Schule arbeiten durfte, konnte ich nur noch Privatunterricht in Klavier und Geige geben; es hat gerade so für Melina und mich zum Leben gereicht. Doch als auch das vor einigen Monaten plötzlich nicht mehr möglich war und ich zudem meine Wohnung verlor, habe ich Berlin verlassen. Eine Freundin hatte mir die Adresse von Frau Berger hier in Erlenthal gegeben, die mir vielleicht weitergeholfen hätte, doch sie lebt nicht mehr.«

Der Priester nickte. »Ja, die Franziska Berger. Ist ganz plötzlich verstorben.«

»Ich habe mich im Dorf nach Arbeit erkundigt, und so kam ich hierher zum Sandnerhof, wo Melina und ich gut aufgenommen worden sind.«

Sie sah die Betroffenheit in seinem Gesicht. Dabei hatte sie kein Wort über die Demütigungen und die tiefe Verletzung ihrer Seele verloren.

»Und …«, setzte Simon Petersen an, hielt dann aber inne.

Doch Hannah erriet, wonach er fragen wollte. Melinas Vater. Sie schüttelte den Kopf. »Ich habe keinen Kontakt mehr zu Melinas Vater.«

»Das ist eine traurige Geschichte«, sagte der Priester. »Und wahrscheinlich ist sie noch lange nicht zu Ende. Wenn Sie nur Deutschland verlassen könnten. Was sagt denn Friedrich Sandner dazu?«

»Der ist ebenso unschlüssig. Er weiß auch nicht, wo ich hingehen könnte. Und außerdem kann ich eine Ausreisegenehmigung nur beantragen, wenn ich bei der Gemeinde gemeldet bin. Doch Friedrich schreckt davor zurück, er sagt immer: ›So können wir euch im Notfall wenigstens noch verstecken.‹«

»Ja, da hat er recht«, entgegnete Pfarrer Petersen und rieb sich nachdenklich das Kinn.

Sie schwiegen eine Weile.

»Ich bete jeden Tag, dass sich die Lage in Deutschland wieder entspannt. Es scheint, als sei dieser Hitler nicht zu stoppen. Von wem soll man noch Hilfe erwarten?« Hannah sah den Priester fragend an.

Simon Petersen blickte stumm zu Boden, und Hannah wusste, dass auch er keine Antwort hatte.

Die Walzerrunde war zu Ende, und Friedrich führte seine Frau Klara wieder zurück an den Tisch.

»Vielen Dank für den Tanz, gnädige Frau«, sagte er galant und drückte ihr einen Kuss auf die Wange.

Hannah sah zu ihm hinüber. Er wirkte glücklich und gelöst, schien das Fest zu genießen.

Fast erschrak sie, als Friedrich dann auf sie zueilte. Sie bemerkte die Sorgenfalten, die sich für einen Augenblick auf seinem Gesicht zeigten. Er ahnte bestimmt, worüber sie mit dem Pfarrer gesprochen hatte, doch Hannah war nach wie vor davon überzeugt, dass er sie gewarnt hätte, wenn Gefahr vom Pfarrer ausgegangen wäre. Außerdem fühlte sie, dass es richtig gewesen war. Sein offener Blick, voller Mitgefühl, war ehrlich gewesen, bis in die Grundfeste seiner Seele.

»Hannah, soll ich die Kleine nach oben tragen?«

Sie sah Friedrichs forschenden Blick in das Gesicht des Priesters, doch Hannah war sich sicher, dass er darin ebenso wie sie wahre Anteilnahme und Verständnis erkennen konnte. Pfarrer Petersen würde schweigen.

»Das wäre lieb, Herr Sandner, ich komme mit und bringe sie ins Bett.« Hannah erhob sich und legte die schlafende Melina in Friedrichs Arme. Sie verabschiedeten sich von Pfarrer Petersen, der ihnen für die Einladung zu dem wunderschönen Fest dankte und sich auf den Heimweg machte.

Simon schlug den Feldweg ein, der zurück zum Dorf führte. Zahllose Gedanken gingen ihm durch den Kopf. Seine Priesterkollegen in den nahe gelegenen Städten hatten ihm von vielen Fällen entrechteter und politisch verfolgter Juden berichtet, Menschen, die ihre Arbeit verloren, ihre Wohnung, ihre Synagogen. Nun kannte er persönlich einen solchen Fall. Hannah, die sich mit ihrer Tochter verstecken musste.

Von wem soll man noch Hilfe erwarten?, hatte die Frau ihn gefragt, und diese Worte ließen ihn nicht mehr los. Hatte er darauf eine Antwort? Was konnte er tun?

Als Melina nach einiger Zeit wieder erwachte, hatte sie noch ihr rosa Kleidchen an. Es war bereits dunkel im Zimmer, doch ihre Mutter lag noch nicht neben ihr. Vom Garten drang fröhliche Musik zu ihr herauf, und nichts hielt Melina mehr im Bett. Sie stand auf, setzte sich den Blumenkranz, der auf dem Nachttisch lag, wieder aufs Haar, zog ihre Schuhe an und verließ das Zimmer. Sie lief durch das Haus, öffnete die Haustür und überquerte den kleinen Vorplatz bis zu den Treppenstufen, die hinunter in den Garten führten. Unten blieb sie stehen und beobachtete die Menschen, die sich im Licht der Fackeln und Laternen an den Tischen unterhielten oder zur Musik tanzten. Da erschien plötzlich David neben ihr und nahm sie an der Hand.

»Du schläfst ja gar nicht, Melina«, rief er gutgelaunt. »Komm, wir tanzen, komm!«

Er zog sie mit sich, und schon drehten sie sich zur Musik im Kreis. Melina lachte.

»Macht dir das Spaß, Melina? Gefällt dir das?«, fragte David.

Natürlich gefiel es ihr, es gefiel ihr so gut, dass sie gar nichts sagen konnte und ihn nur anlachte. Und als er sich so mit ihr drehte und in ihr strahlendes Gesicht schaute, da war ihm für einen kurzen Augenblick, als wäre er gar nicht mehr auf der Wiese im Garten unter dem Apfelbaum, nein, er war in einem großen hellen Saal mit bunten Bildern an den Wänden und an der Decke, und er war auch nicht mehr klein, sondern groß, und er hielt nicht die Hände der kleinen Melina, sondern vor sich sah er eine junge Frau, die sich im Kreise drehte und ihn anlachte. Ihre Haare waren ebenso honigfarben wie die des kleinen Mädchens, und sie sah Melina sehr ähnlich. Nur älter.

David verstand nicht so recht, was er gerade erlebt hatte, und rief verwirrt aus: »Ich werde dich einmal heiraten, Melina! Ich werde dich heiraten! Glaub mir, ich habe es gesehen!«

Und Melina strahlte ihn an.

Die Fackeln und Laternen waren erloschen, das große Fest vorbei und im Haus war Ruhe eingekehrt. Friedrich stand im Wohnzimmer; er hatte seine Krawatte abgenommen und sich einen Cognac eingeschenkt. Zufrieden blickte er aus dem Fenster in die dunkle Sommernacht hinaus und ließ den Tag noch einmal Revue passieren. Bei dem Gedanken an die zurückliegenden glücklichen Stunden seufzte er tief.

Er blickte auf den dunklen Wald auf der anderen Seite des Tales und wünschte, dieser Wald könnte den kleinen Weiler vor allen Gefahren, die sich wie dunkle Wolken über der Welt zusammenbrauten, beschützen. Friedrich wollte an diesem Abend nicht mehr wissen, was jenseits dieses Waldes, weit da draußen, vor sich ging. Er wollte die friedliche Stimmung des Augenblicks bewahren, deshalb beschloss er, heute keine Nachrichten mehr zu hören. Er hätte auch nichts Neues erfahren.

Auch in den folgenden Tagen wähnte sich die Welt noch in Sicherheit, doch hinter der Fassade der neuen Reichskanzlei, jenes monumentalen Gebäudes in der Voßstraße, wurden die Weichen in Richtung Krieg gestellt. Außenminister Ribbentrop war nach Moskau entsandt worden, um mit Stalin den deutsch-sowjetischen Nichtangriffspakt zu schließen; das Kriegsschiff *Schleswig-Holstein* hatte Kurs auf die Danziger Bucht genommen; die Wehrmacht wurde in Alarmbereitschaft versetzt. In den Nachmittagsstunden des 31. August unterzeichnete der Führer des Deutschen Reiches den Befehl zum Angriff auf Polen. Die Kriegsmaschinerie rollte an.

Sandnerhof

September 1939

Mit einem gefalteten Blatt in der Hand stand Simon vor Friedrich in der Werkstatt des Sandnerhofes. Den ganzen Vormittag über hatte er versucht, sich auf seine Arbeit am Schreibtisch zu konzentrieren – er musste die Predigt für eine anstehende Beerdigung vorbereiten, Taufurkunden ausstellen und die Texte für den Religionsunterricht heraussuchen – doch immer wieder war ihm das Gespräch mit Hannah während der Hochzeitsfeier in den Sinn gekommen. Wie konnte man ihr nur helfen?

Es gab nur einen Weg: Er musste mit Friedrich Sandner reden. Also war er auf sein Fahrrad gestiegen und zum Sandnerhof gefahren.

Simon faltete den Zettel auf. »Ich möchte sie in die leere Nische neben dem Taufbecken stellen. Dieser Platz wirkt so leer, da würde eine Madonna gut hineinpassen.«

»Wie groß soll sie denn werden, Herr Pfarrer?«, fragte Friedrich und blickte sich um. Er ergriff einen Holzklotz von etwa einem halben Meter Länge und hielt ihn vor sich hin. »Kleiner sollte sie nicht sein.«

»Ich habe schon alles genau ausgemessen.« Simon strich das Papier glatt, auf dem er die Maße notiert hatte.

Sie beugten sich beide darüber.

»Ja, wie ich mir dachte. Einen halben Meter muss sie schon groß sein.«

Simon erklärte Friedrich, wie er sich die Madonna vorstellte.

»Ich glaube, ich weiß jetzt, was Sie gern hätten«, meinte Friedrich. Er führte ihn in einen angrenzenden Raum, in dem unterschiedlich große Holzklötze lagerten. »Nehmen wir das cremeweiße Ahornholz oder die etwas hellere Linde? Ich habe auch ein schönes Lärchenholz«.

Simon entschied sich für das helle Lindenholz.

»Es wird aber eine Weile dauern«, erklärte Friedrich. »Wir schneiden gerade das Bauholz für den Sohn des Schmieds und das Holz für die neue Brücke. Außerdem wartet der Jonas auf mich, weil sein Scheunendach undicht ist. Um den muss ich mich zuerst kümmern.« Er hielt inne, und bevor er fortfuhr, schaute er Simon prüfend in die Augen. »Damit er mich nicht beim Lehmann anschwärzt. Ich habe ja unsere Hannah noch nicht angemeldet.«

»Ich habe bei der Feier davon gehört«, sagte Simon. »Sie befindet sich in einer gefährlichen Lage. Lehmann und seinen Leuten ist nicht zu trauen, sie machen mir auch schon eine Weile das Leben schwer. Andauernd finde ich Hetzschriften und Beschwerden über meine Predigten im Briefkasten, sie beschmieren meine Tür mit Hakenkreuzen, und meine Messdiener werden von der Hitlerjugend verspottet. Bei Lehmann müssen wir wirklich aufpassen.«

Bewusst hatte Simon von *wir* gesprochen und dabei Friedrichs Gesichtsausdruck genau beobachtet. Dieser hatte ihm sichtlich gefallen, demnach wie seine Augen strahlten. Bestimmt konnte Friedrich jede Unterstützung gebrauchen.

»Ich hoffe, dass der ganze Irrsinn bald ein Ende hat und Hannah mit ihrem Kind so lange bei uns sicher ist«, sagte Friedrich.

»Herr Sandner, sollten wir nicht versuchen, Hannah und das Kind aus Deutschland hinauszubringen, solange es noch möglich ist? Ich höre von meinen Priesterkollegen in den Städten, dass dort Juden in großer Zahl emigrieren.«

»Darüber habe ich auch schon nachgedacht, aber abgesehen davon, dass wir keine Verwandten im Ausland haben, kann Hannah ohne Meldung bei der Gemeinde keine Ausreise beantragen.«

»Eine Adresse im Ausland könnte ich über Freunde finden«, sagte Simon. »Reden Sie noch einmal mit ihr. Seit Jahren verschärft sich die Lage immer mehr, und ein Ende ist noch nicht in Sicht.«

»Sie haben recht. Ich rede noch mal mit Hannah. Ich weiß allerdings auch, dass sie sich vor diesem Schritt fürchtet. Allein mit einem Kind so eine Reise ins Ungewisse zu wagen, das ist nicht einfach.«

»Ja gewiss, das verstehe ich«, entgegnete Simon nachdenklich. »Hier hat sie so etwas wie eine Familie, die sich um sie sorgt, und ist in relativer Sicherheit. Sagen Sie mir Bescheid, wenn ich helfen kann.«

»Danke für Ihr Angebot. Ich freue mich aufrichtig darüber, in Ihnen einen Verbündeten zu haben. Wie gut, dass wir auch auf den Bürgermeister zählen können. Aber nun kommen Sie, Herr Pfarrer, meine Frau wird mich den Rest des Tages ausschimpfen, wenn sie erfährt, dass Sie hier waren und ich Sie nicht zu ihr gebracht habe. Folgen Sie mir, Klara wird sich freuen, Sie zu sehen.«

Friedrich führte Simon in die Küche zu Klara und Annie, die das Mittagessen zubereiteten und sich über eine Ablenkung durch den Besuch freuten. Bald saßen alle bei einer Kanne Kaffee um den Tisch.

»Unsere Kirche bekommt eine neue Madonna«, berichtete Friedrich. »Wir haben gerade die Einzelheiten besprochen.«

»Das freut mich, so eine Figur hat bei uns wirklich noch gefehlt«, meinte Klara lächelnd. »Schön, dass Sie sich so für unsere Kirche einsetzen.«

»Die Menschen sollen sich im Haus Gottes wohlfühlen«, erklärte Simon.

Die Tür öffnete sich schwungvoll, und Konrad stürzte ins Zimmer. »Stellt euch vor, im Radio wird gerade eine Rede von Adolf Hitler vor dem Reichstag übertragen!«, keuchte er atemlos. »Deutschland bombardiert Polen.«

Alle schauten Konrad ungläubig an.

»Er behauptet, Polen habe uns angegriffen«, fuhr Konrad fort.

»Das glaub ich nicht!«, rief Friedrich. »Die Polen wären ja wahnsinnig, wenn sie das täten.«

Simon starrte in seine Kaffeetasse. Er wollte es ebenso wenig glauben wie Friedrich.

»Was bedeutet das für uns, Friedrich?«, fragte Annie. »Wird das auch Auswirkungen auf uns haben?«

Friedrichs Gesicht war ernst. »Annie, das ist etwas anderes als Österreich und das Sudetenland. Dort ist Hitler nur einmarschiert. Aber Polen bombardiert er. Das bedeutet Krieg.«

Das Wort stand im Raum wie ein Schreckgespenst.

»Oh Gott, nur das nicht.« Klara war ganz blass geworden.

»Konrad, ziehen sie dich nun auch noch ein? Und Georg?«, fragte Annie, der die Angst ins Gesicht geschrieben stand.

Simon hatte die ganze Zeit geschwiegen. Er konnte nicht glauben, was er hörte. Krieg. Das Einzige, woran er in diesem Moment dachte, war die Frage: Wo war Hannah?

Er entdeckte sie auf dem Weg zurück zu seinem Fahrrad, das noch an der Wand der Werkstatt lehnte, im Garten beim Unkrautjäten. »Grüß Gott, Hannah.«

Als sie ihn hörte, richtete sie sich auf. Er hatte die Aufregung in seiner Stimme nicht unterdrücken können, und sie schaute ihn beunruhigt an.

»Es ist Krieg, Hannah. Deutschland und Polen führen Krieg.«

Hannah erbleichte. »Und ich hatte schon Hoffnung, dass sich die Lage entspannen würde. Aber nein, es wird immer schlimmer«, sagte sie tonlos. »Was will dieser Hitler?«

»Die Welt«, antwortete Simon. »Ich glaube, er will die ganze Welt.«

»Ja, aber eine Welt ohne Juden«, entgegnete Hannah bitter. »Ich hoffe, der Krieg kommt nicht bis hierher auf den Sandnerhof, und Melina und ich können die Zeit hier irgendwie überstehen.«

Sie musterte ihn eindringlich. Er suchte nach Worten.

»Sie meinen, das reicht nicht?«, fragte sie.

»Denken Sie noch mal über eine Auswanderung nach. Ich würde versuchen, Ihnen zu helfen.«

Hannah machte ein verzagtes Gesicht. Er sah es, und um sie nicht noch mehr zu beunruhigen, meinte er: »Vorerst sind Sie hier ja sicher, die Familie Sandner setzt alles daran, Sie zu schützen.«

»Ja, was für ein Segen, dass sie Melina und mich hier so gut aufgenommen haben. Ich werde aber auch über Ihren Vorschlag und Ihr Angebot nachdenken. Ich muss wohl.«

Sie verabschiedeten sich, und Simon machte sich, innerlich zutiefst aufgewühlt, auf den Heimweg.

* * *

»Ein Mensch ist in seinem Leben wie Gras, er blüht wie eine Blume auf dem Felde. Wenn der Wind darüber geht, so ist sie nimmer da, und ihre Stätte kennt sie nicht mehr.« Simon stand am offenen Grab und segnete den Sarg mit Weihwasser. Es war die Beerdigung des alten Lehmann, Vater des NSDAP-Ortsgruppenleiters, der im hohen Alter von fast neunzig Jahren verstorben war.

»Ludwig Lehmann konnte auf ein langes, erfülltes Leben zurückblicken, wir legen ihn heute mit christlichen Gebeten in geweihte Erde.« Simon blickte in die Runde. »Doch nun, da sich Deutschland im Krieg befindet, wie viele Menschen werden körperlich und seelisch zu Krüppeln werden, viel zu früh ihr Leben verlieren, irgendwo in einem Erdloch verscharrt werden?«

Petersen fing den stechenden Blick des Ortsgruppenleiters auf.

»Beten wir, dass dieser Krieg bald ein Ende findet. Vater unser im Himmel …«

Die Umstehenden stimmten in sein Gebet ein, und Simon wusste, was sie allesamt beschäftigte. Mütter und Großmütter beteten innig, dass es nicht ihr Sohn oder Enkel sein würde, der einen Einberufungsbefehl erhielt. Väter und Großväter dachten zurück an den Ersten Weltkrieg, ihre eigene Zeit auf dem Schlachtfeld. Es herrschte große Bedrückung, seit England und Frankreich Deutschland den Krieg erklärt hatten.

Am Ende sprach Simon den Segen über die Gemeinde und machte ein letztes Kreuzzeichen. Er wandte sich mit seinen Messdienern zum Gehen, als ihn eine Hand von hinten am Arm festhielt.

»Einen Moment, Herr Pfarrer.«

Simon drehte sich um und blickte in das vor Zorn gerötete Gesicht des Ortsgruppenleiters Lehmann. »Wie können Sie es wagen, auf der Beerdigung meines Vaters so etwas zu sagen?«, knurrte er. »Zweifeln Sie vielleicht an den Befehlen unseres Führers? Es geschieht alles zum Wohle von Volk und Vaterland!«

»Was habe ich denn Falsches gesagt?«, fragte Simon in ruhigem Ton zurück. »Ich bin Priester. Ich kann Krieg nicht gutheißen.«

»Damit untergraben Sie den Willen des Führers.«

Simon spürte, dass er nun vorsichtig sein musste. Er wusste, dass ihn Lehmann jederzeit anzeigen konnte. Auch sein Bischof hatte erst vor Kurzem die Diözesanpfarrer ermahnt, keine regierungsfeindlichen Äußerungen von der Kanzel aus verlauten zu lassen, da schon genügend Priester in Gefängnissen saßen.

»Gehorchen Sie Ihrem Führer«, sagte Simon mit fester Stimme. »Ich gehorche meinem Gott. Und das ist ein Gott des Friedens.«

»Passen Sie auf, was Sie sagen«, drohte der Ortsgruppenführer mit hochrotem Kopf. »Das ist Volksverhetzung. Dafür kann ich Sie drankriegen. Ich werde dem Kreisleiter Meldung machen!«

Simon schwieg, um den Mann nicht noch mehr gegen sich aufzubringen. Er wandte sich von ihm ab und bedeutete seinen Messdienern, ihm zu folgen.

* * *

Polen hielt dem deutschen Angriff nur wenige Wochen stand. Die deutsche Luftwaffe bombardierte das Land unaufhörlich, und scheinbar mühelos drangen die deutschen Panzerdivisionen und die Infanterie ins Landesinnere vor und schlossen den Kreis um Warschau immer enger. Vergeblich wartete Polen auf Unterstützung aus England und Frankreich und sah sich nach wenigen Tagen auch noch einem weiteren Feind gegenüber. Die Rote Armee war in Ostpolen einmarschiert, um sich ihren Teil des Landes gemäß dem Geheimen Zusatzprotokoll des Nichtangriffspakts mit Deutschland zu sichern. Zerrieben zwischen der deutschen Wehrmacht und den sowjetischen Truppen ergab sich Polen Ende September nach erbittertem Widerstand. Der schnelle und überragende Sieg Deutschlands bestärkte die Kriegsbegeisterten im Lande in ihrer Überzeugung. Die Kriegsgegner fragten sich bang, ob sie nun aufatmen konnten. War der ganze Spuk vielleicht schon vorbei? War Hitler nun zufrieden?

* * *

Hannah ging niemals zum Gottesdienst, um im Ort keine Aufmerksamkeit zu erregen. Sie besuchte dafür des Öfteren sonntags die kleine Marienkapelle am Waldrand zwischen dem Sandnerhof und Erlenthal. Für sie war dies ein Ort des Friedens, und meist nahm sie ihre Geige mit. Diese war ihr kostbarster Besitz, ein Erbstück ihres Großvaters, der ihr auch das Spielen beigebracht hatte. Das goldbraune Instrument aus Ahornholz mit dunklen Einsprenkelungen hatte einen bezaubernden Klang.

An einem Sonntagnachmittag saß Hannah vertieft in ihr Geigenspiel in der Kapelle. Sie spielte einen langsamen Satz aus einem Violinkonzert, versank darin. Die zarten, sehnsuchtsvollen Klänge erhoben sich über den liebevoll mit Blumen geschmückten Marienaltar, als wollten sie Himmel und Erde miteinander verbinden. Als Hannah den Priester in der Tür der Kapelle bemerkte, ließ sie das Instrument sinken. Er hatte ihr wohl schon eine ganze Weile zugehört.

»Lassen Sie sich von mir nicht stören«, bat Simon Petersen. »Sie spielen so schön, es hat mir gutgetan, Ihnen zuzuhören.«

Er trat ein, bekreuzigte sich und setzte sich auf eine der Bänke.

»Das war ein Andante von Mozart«, erklärte Hannah, während sie den Geigenbogen entspannte und das Instrument in den Geigenkasten packte.

»Mozart – einer meiner Lieblingskomponisten«, sagte der Priester. »Wenn ich seine Musik höre, habe ich oft das Gefühl, Gott selbst spreche zu mir.«

»Sie wirken sehr niedergeschlagen«, stellte Hannah fest, der die angespannte Miene des Priesters nicht entgangen war.

Pfarrer Petersen seufzte. »Es war ein anstrengender Gottesdienst heute Morgen. Dieser Nervenkrieg mit den SA-Leuten hier im Dorf ist aufreibend. Der Ortsgruppenleiter Lehmann hat mich die ganze Woche lang unter Druck gesetzt, dass es meine vaterländische Pflicht sei, heute im Erntedankgottesdienst Gott für die ›reiche Ernte in Polen‹ zu danken. Ich habe ihm nicht nachgegeben, aber der Blick, den er mir nach dem Gottesdienst zugeworfen hat, sprach Bände. Ob er mich wohl anzeigt? Was ist da nur über Deutschland hereingebrochen? Wie können die Nazis erwarten, dass ich ihre menschenverachtende Einstellung gutheiße?«

»Sie verfolgen jeden, der nicht so denkt wie sie«, entgegnete Hannah. »Ich kann auch nicht verstehen, wie sich in so kurzer Zeit die Welt um uns herum so sehr verändern konnte. Vor wenigen Jahren hat es keine Rolle gespielt, welcher Religion jemand angehörte, und auf einmal ist man nun ein Mensch zweiter Klasse. Wenn man überhaupt noch als Mensch gesehen wird.«

»Ja, man könnte meinen, die ganze Nation sei verrückt geworden«, sagte Pfarrer Petersen bitter. »Aber ich bin Priester. Ich kann dazu nicht schweigen.«

Mit einem Mal empfand Hannah Sorge um ihn. »Doch, Sie müssen schweigen, oder wollen Sie im Gefängnis oder einem Lager enden?« Sie blickte ihn fest an. »Und ich muss ebenfalls schweigen und darf mich gegen all das Unrecht nicht wehren. Ich durfte nichts sagen, als man mir meine Arbeitsstelle und meine Wohnung kündigte. Ich musste es wortlos hinnehmen, als dann ein Musikschüler nach dem anderen wieder vom

Unterricht abgemeldet wurde.« Sie redete sich immer mehr in Rage. »Ich durfte nichts sagen, als meine Haustür beschmiert wurde und Steine durch meine Fenster flogen. Ich durfte nichts sagen, als ich mit meinem kranken Kind einen Arzt aufsuchte und er mir erklärte, dass er keine Juden mehr behandelte. Und Sie dürfen auch nichts sagen.«

Simon Petersen schaute sie verwirrt an.

»Kommen Sie, machen wir noch einen kleinen Spaziergang«, schlug er vor. »Die Sonne im Spätherbst ist noch so schön, und ich möchte mehr über Ihre kluge Großmutter erfahren. Erzählen Sie mir von ihr.«

Sie verließen die Kapelle und liefen den Feldweg am Waldrand entlang.

Hannah atmete tief durch. »Ich habe meine Eltern früh verloren und bin auf dem Bauernhof meiner Großeltern nahe Berlin aufgewachsen. Wir hatten Kühe, Schafe, Gänse und Hühner.«

»Das klingt nach harter Arbeit«, warf Pfarrer Petersen ein.

»Ja, aber auch sehr viel Glück und Freude.«

»Und die unterschiedlichen Religionen Ihrer Großeltern? War das ein Problem in der Familie?«, fragte der Priester.

»Überhaupt nicht. Im Gegenteil. Da mein Großvater Jude war und meine Großmutter Katholikin, gab es bei uns mehr Feste als in anderen Familien. Wir haben das christliche Weihnachten genauso gefeiert wie das jüdische Neujahrsfest, das jüdische Pessachfest ebenso wie das christliche Ostern. Ich fand als Kind alle diese Festtage schön, und nie stellten meine Großeltern die Religion des jeweils anderen infrage.«

Pfarrer Petersen nickte nachdenklich. »So sollte es eigentlich sein. Umso schlimmer ist es sicher nun für Sie, erleben zu müssen, dass Menschen wegen ihrer Religionszugehörigkeit derart stigmatisiert werden.«

»Ja, es ist gut, dass meine Großeltern das nicht mehr erleben müssen«, antwortete Hannah.

»Sie hatten eine beneidenswerte Kindheit«, stellte Pfarrer Petersen fest. »Und das Studium führte Sie dann in die Stadt?«

»Ja, das Studium und später die Arbeit. Meine Großeltern waren mittlerweile gestorben, der Hof war verpachtet und ich habe in Berlin gewohnt. Bis man mich nicht mehr ließ«, fügte sie bitter hinzu. »Obwohl ich eine christliche Großmutter habe, gelte ich als Volljüdin.«

»Eine Hochzeit mit Melinas Vater wäre für Sie hilfreich gewesen«, meinte der Priester. »Melina wäre auf diese Weise nur Halbjüdin, und durch eine Ehe mit ihm hätte er auch Sie vor den Nazis schützen können.«

»Er? Mich schützen?« Hannah blieb stehen. »Oh nein, da liegen Sie falsch. Er hätte mich nicht vor meinen Feinden geschützt. Er ist der Feind.«

Pfarrer Petersen schaute sie erstaunt an. Er deutete auf eine Bank am Wegrand. »Wollen Sie mir davon erzählen?«

Hannah setzte sich neben ihn auf die Bank. »Ich traf Melinas Vater in Berlin. In der kurzen Zeit, die wir uns kannten, hat er mir irgendwann auch seine Sicht der Dinge erzählt. Einige seiner Reaktionen habe ich jedoch erst verstanden, als er sie mir nach unserer Trennung in einem Brief erklärt hat.« Sie atmete tief durch. »Es war in Berlin im September 1932. Damals unterrichtete ich als Deutschlehrerin an einem staatlichen Mädchengymnasium und leitete das Schulorchester. Einige meiner Schülerinnen erhielten nachmittags noch privaten Unterricht von mir«, begann sie ihre Erzählung.

Berlin

1932 – 1938

Linda Hagen spielte die letzten Takte des »Winters« aus den »Vier Jahreszeiten« von Vivaldi und setzte die Geige ab. Erwartungsvoll schaute die dreizehnjährige Schülerin zu Hannah. »Und, besser als das letzte Mal?«, fragte sie.

»Besser?« Hannah setzte eine kritische Miene auf, um Linda auf die Folter zu spannen, doch dann lachte sie. »Es war hervorragend. Ich bin sprachlos. Nahezu fehlerfrei. Du hast sehr gut geübt in den vergangenen Wochen. Probiere die letzten Takte noch mal und arbeite dabei das Crescendo noch mehr heraus.«

Linda begann wieder zu spielen, wobei ihr Pferdeschwanz auf und ab wippte.

Die Tür ging auf, und ein junger Mann in einem hellen Anzug mit einem Buch in der Hand trat ins Wohnzimmer der geräumigen Villa Hagen am Grunewald.

Linda drehte sich zu ihm um. »Peter! Hast du das gehört? Wie hab ich gespielt?«, fragte sie.

»Ob ich das gehört habe? Ich höre seit Wochen nichts anderes mehr hier in diesem Haus«, antwortete er lachend, und seine Augen leuchteten auf, als er Hannah erblickte. »Ich kann

Ihnen sagen, meine Schwester übt pausenlos und schwärmt immerzu von ihrer wunderbaren neuen Geigenlehrerin.« Er trat näher. »Nun, da ich Sie auch einmal kennenlerne, muss ich ihr in der Tat recht geben.« Er reichte Hannah die Hand. »Gestatten Sie, Peter Hagen.«

»Sehr erfreut, mein Name ist Hannah Rosenberg.« Sie stellte fest, dass der junge Mann mit seinen leicht gewellten braunen Haaren und dunklen Augen seiner Schwester Linda sehr ähnlich sah.

»Warum hatte ich eigentlich nicht auch so eine nette Geigenlehrerin? Dann hätte ich mich vielleicht mit diesem Instrument anfreunden können. Aber nein, zu mir kam der grantige Professor Schulze, der mich nur Tonleitern und Etüden spielen ließ. Deshalb kann ich bis heute kein einziges Lied«, klagte er schmunzelnd.

Hannah lachte. »Was nicht ist, kann ja noch werden. Ich nehme auch erwachsene Geigenschüler«, scherzte sie.

»Oh nein«, wehrte Peter Hagen lachend ab. »Ich glaube, bei mir ist Hopfen und Malz verloren. Mein Geigentrauma ist zu schwerwiegend. Linda ist mit Sicherheit die Begabtere von uns beiden. Wenn es Sie beide nicht stört, höre ich gern noch ein bisschen zu, während ich meine Paragrafen studiere. Mit Musik im Hintergrund sind sie nicht ganz so trocken.«

Linda verdrehte zwar die Augen, doch Peter Hagen ließ sich nicht beirren. Er setzte sich in einen Sessel und nahm sein Buch zur Hand.

Während Hannah mit Linda weiterhin intensiv das Stück probte, hatte sie den Eindruck, dass Peter Hagen nicht wirklich in sein Buch vertieft war. Beobachtete er sie etwa? Unsinn! Sie konzentrierte sich wieder auf ihre Aufgabe.

»Im ersten Satz musst du das Tempo noch steigern. Vivaldi hat sehr viel lautmalerische Musik geschrieben, und die Zuhörer müssen diese Winteratmosphäre spüren. Deine Stimme stellt den eisigen Wind dar, der über die Winterlandschaft fegt«, erklärte Hannah, und Linda setzte erneut zum Allegro an.

»Ich glaube, Linda, ich weiß jetzt, wem ich in unserem Orchester den Solopart im Weihnachtskonzert geben werde.« Hannah lächelte vielsagend, während sie am Ende der Stunde ihre Geige einpackte.

»Den Solopart im Weihnachtskonzert? Peter, hast du das gehört?«, rief Linda begeistert.

»Natürlich habe ich das gehört, und ich kenne jemanden, der an diesem Abend mit Sicherheit zum Konzert kommen wird. Ich kann doch das Solo meines kleinen Schwesterchens nicht verpassen«, sagte er galant und erhob sich, um Hannah zum Abschied die Hand zu reichen und sie noch zur Tür zu geleiten.

Von da an war Peter Hagen, Doktorand der Rechtswissenschaften an der Juristischen Fakultät Berlin, auffallend oft an jenen Tagen schon früher zu Hause, an denen Hannah seiner Schwester Geigenunterricht erteilte. Er nutzte dabei jedes Mal die Gelegenheit, ein paar Worte mit Hannah zu wechseln, was ihr sehr gefiel.

* * *

»Wie ich höre, spricht dein Doktorvater sehr lobend von dir«, bemerkte Anton Hagen.

Fast war Peter verleitet, bei der Ansprache seines Vaters strammzustehen. Obwohl längst außer Dienst, konnte der Vater den hochdekorierten Leutnant nicht ablegen. An seiner Uniform, die er zu besonderen Anlässen stets hervorholte, glänzte das Eiserne Kreuz.

»In ein paar Monaten werde ich meine Doktorarbeit abschließen. Ich habe schon mehrere Angebote als juristischer Referent«, berichtete Peter.

»Gute Juristen werden eben immer gebraucht.« Seine Mutter Emilie lächelte stolz.

Sie saßen am festlich gedeckten Tisch im Salon der Villa beim Abendessen mit ihren Gästen, dem befreundeten Ehepaar von Schönwald und dessen Tochter Clarissa.

»Dann werde ich meine guten Beziehungen zum Innenministerium für dich nutzen«, sicherte Klaus von Schönwald Peter zu. »Auch wenn ich selbst nicht mehr im aktiven Dienst bin, so funktionieren die alten Seilschaften doch nach wie vor hervorragend.« Schmunzelnd strich er sich über seinen stattlichen Schnurrbart.

Clarissa von Schönwald, wie immer elegant gekleidet, strahlte Peter an. »Eine Stelle im Reichsinnenministerium! Was sagst du dazu, Peter?«

Peter schreckte aus seinen Gedanken hoch und wandte sich Clarissa freundlich zu. »Ja, das wäre natürlich eine große Sache.« Er blickte sie verstohlen von der Seite an und wunderte sich über sich selbst. Clarissa war ihm bis vor Kurzem als die eleganteste und attraktivste Frau erschienen, die er kannte. Sie war schlank, kleidete sich nach der neuesten Mode, ihr feines Gesicht war dezent geschminkt, und das blonde Haar trug sie in einer modernen Welle. Obwohl erst Anfang zwanzig, war sie bereits eine adelige Frau von Welt, die an jedem Finger zehn Verehrer haben konnte. Dass sie ihn allen anderen vorzog, hatte Peter immer als eine Auszeichnung empfunden, und insgeheim gingen beide Familien davon aus, dass Peter um Clarissas Hand anhalten werde, sobald er beruflich eine sichere Position hatte. Peter fuhr sich nervös durch die Haare. Warum erschien ihm Clarissa auf einmal in einem anderen Licht? Ihr Lachen, das er bisher immer als kokett empfunden hatte, klang heute schrill in seinen Ohren, und ihr tiefer Augenaufschlag, bei dem er sonst dahingeschmolzen war, war ihm mit einem Mal unangenehm.

»Und das Reiten?«, fragte er, um das Gespräch in eine andere Richtung zu lenken. »Was macht das Reiten? Wann steht das nächste Turnier an?«

Clarissa war eine passionierte Turnierreiterin und stolz auf ihre bisherigen Erfolge.

»In zwei Wochen«, antwortete sie. »Ich hoffe sehr, dass du kommen und mich anfeuern wirst.«

»Aber sicher, selbstverständlich«, beeilte sich Peter zu sagen. Er sah ihr an, dass ihr die knappe Antwort nicht passte. Er wusste selbst nicht, warum er sich fast schon abweisend ihr gegenüber verhielt. Kurz verzog sie ihre Lippen zu einem Schmollmund, und er ahnte, was sie dachte. Sie, die es gewohnt war, dass jeder junge Mann in ihrer Nähe sich ausschließlich um sie bemühte, spürte, dass sie an diesem Abend nicht im Zentrum von Peters Aufmerksamkeit stand. Er suchte verzweifelt nach neuem Gesprächsstoff und war Linda unendlich dankbar, als sie in diesem Augenblick das Wort ergriff.

»Ihr müsst alle zum Weihnachtskonzert unserer Schule kommen«, verkündete sie. »Unser Orchester spielt Vivaldi, und ratet mal, wer den Solopart übernehmen wird!«

Alle am Tisch zeigten sich begeistert.

»Wunderbar, Linda, natürlich kommen wir. Seit wann bist du denn so eine begeisterte Geigenspielerin?«, fragte Therese von Schönwald.

»Wir haben eine neue Geigenlehrerin«, erklärte Peters Mutter. »Die an Lindas Schule auch Deutsch und Musik unterrichtet. Seit sie Linda Geigenunterricht gibt, macht unsere Kleine beachtliche Fortschritte. Sie macht Linda zu einer wahren Virtuosin.«

»Nein, nein«, wehrte Linda ab. »So weit ist es noch nicht. Aber mit Fräulein Rosenberg zu üben, macht wirklich Spaß.«

»Rosenberg?«, fragte Klaus von Schönwald und strich sich über seinen Schnurrbart. »Ist sie Jüdin? Na, wenn sich das Kabinett unter Franz von Papen nicht halten kann und Präsident Hindenburg diesen Hitler zum Reichskanzler macht, dürften ihre Tage als Lehrerin an einer staatlichen Schule gezählt sein«, meinte er. »Man sagt, unter ihm sollen alle Juden aus dem Staatsdienst entfernt werden.«

Linda sah ihn erschrocken an. »Was heißt das?«, fragte sie und schaute dann Hilfe suchend zu Peter.

»Das müssen wir erst mal abwarten«, entgegnete Peter beschwichtigend. »Die Reichstagswahlen waren ja erst vor ein paar Tagen, noch ist alles offen.«

»Ich glaube nicht, dass von Papen als Reichskanzler erfolgreicher sein wird als sein Vorgänger Brüning«, meinte Klaus von Schönwald, der es wie immer sichtlich genoss, bei solchen Gesprächen mit seinem Wissen als ehemaliger Mitarbeiter des Innenministeriums zu glänzen. »Dieser Hitler scheint mir ein fähiger Mann zu sein, der könnte wieder Ordnung in diesen zerstrittenen Haufen bringen. Meine Unterstützung hat er. Und anscheinend denkt Hindenburg ähnlich.«

»Nun ist aber mal Schluss mit Politik«, mischte sich Therese von Schönwald ein. »Klaus kann sich einfach nicht an den Gedanken gewöhnen, dass er im Ruhestand ist! Emilie, wie verbringt ihr die Weihnachtsfeiertage? Seid ihr in Berlin?«

Das Gespräch nahm eine andere Wendung, doch Peter folgte der Unterhaltung nur noch mit halbem Ohr. In Gedanken war er bei Lindas Geigenlehrerin. Würde Fräulein Rosenberg tatsächlich ihre Stellung als Lehrerin verlieren?

* * *

Die Kirche war bis auf den letzten Platz besetzt. Vorne im Altarraum hatte in drei Reihen der Schulchor Aufstellung genommen, davor saß in einem Halbkreis das Orchester. Peter und seine Eltern hatten in einer der ersten Reihen neben

Clarissa und ihren Eltern Platz genommen. Sie lauschten dem Chor, der ergreifende Stücke aus einem Weihnachtsoratorium vortrug. Clarissa lächelte Peter zu. Er hatte sich ihr gegenüber nach dem Abend in der Villa seiner Eltern wieder sehr aufmerksam gezeigt, sie zu ihrem Turnier begleitet, in die Oper eingeladen und mehrmals zum Essen ausgeführt. So wie sie lächelte, hatte sie ihm längst verziehen. Peter hatte an jenem Abend eingesehen, dass sein abwesendes Verhalten Clarissa gegenüber unentschuldbar gewesen war, selbst seine Mutter hatte ihm später noch Vorwürfe gemacht. Sie hatte ja recht. Clarissa war das Beste, was ihm passieren konnte, eine Frau aus altem deutschen Adel mit dem Aussehen einer Göttin, das konnte er nicht aufs Spiel setzen. Er hatte Besserung gelobt und sich wieder sehr um Clarissa bemüht. Und er war seither nicht mehr früher nach Hause gekommen, wenn Linda Geigenunterricht hatte.

Das letzte Lied des Chors verklang, Applaus erfüllte die Kirche. Hannah Rosenberg erhob sich von ihrem Platz und trat vor das Orchester ans Dirigentenpult. Links von ihr auf dem Platz der ersten Geige saß Linda, die die Solostellen spielen würde. Ihre Wangen glänzten vor Eifer. Peter musste schmunzeln, als er daran dachte, wie aufgeregt seine kleine Schwester seit Tagen die schwierigsten Stellen ihres Stückes geübt hatte und dabei immer wieder zwischen Euphorie und Tränen hin- und hergerissen gewesen war. »Ist eigentlich ganz leicht!«, hatte sie gerufen, um Minuten später wieder in ein verzweifeltes »Ich schaffe das nie!« auszubrechen. Peter wünschte inständig, dass Linda ihren Solopart gut meistern werde.

Als er Hannah näher in Augenschein nahm, stockte ihm der Atem. Sie sah in ihrem schlichten schwarzen Kleid mit den gewellten blonden Haaren einfach bezaubernd aus. Er bemerkte, dass alle Augen der Musikerinnen auf sie gerichtet waren und das gesamte Orchester auf die kleinste Bewegung von ihr reagierte. Hannah hob den Taktstock, und das

Allegro von Vivaldis »Winter« begann. Eine Folge dissonanter Staccatoakkorde erzeugte das Bild einer eisigen, vor Kälte zitternden Winterwelt, über die sich der von der Sologeige in atemberaubendem Tempo gespielte Eiseswind erhob. Peter war beeindruckt, als er Lindas Spiel vernahm. Er hatte diese Stellen unzählige Male zu Hause gehört, doch so wie an diesem Abend hatte seine Schwester noch nie gespielt, sie schien förmlich über sich hinauszuwachsen. War das junge Mädchen, das mit einer solchen Sicherheit diese schwindelerregend schnellen Passagen meisterte, wirklich die kleine Linda, die wenige Stunden zuvor weinend auf dem Wohnzimmersofa gesessen hatte und nur durch gutes Zureden der gesamten Familie dazu zu bewegen gewesen war, zum Konzert zu gehen? Peter spürte, wie seine eigene Anspannung wich und er sich Lindas Spiel ganz hingeben konnte. Aus der erbarmungslosen Winterkälte des Allegros nahm die Sologeige die Zuhörer nun mit zarten, fast wehmütigen Klängen mit hinüber in das Largo des zweiten Satzes, zur behaglichen Wärme am Feuer eines Ofens, während mit den Pizzikatotönen des Orchesters der Regen ans Fenster trommelte. Im Allegro des dritten Satzes zogen Schlittschuhläufer ihre Pirouetten über das Eis, bis ein neuer Sturm losbrach und alles hinwegfegte.

Hannah ließ den Taktstock sinken. Die Zuhörer waren völlig gebannt von dieser mitreißenden Darbietung, sodass für einen Moment vollkommene Stille in der Kirche herrschte, bevor schließlich donnernder Applaus losbrach.

Das Orchester erhob sich, Hannah reichte der strahlenden Linda die Hand, und alle verbeugten sich.

Peter warf seiner Schwester ein anerkennendes Lächeln zu und konnte dann seinen Blick nicht mehr von Hannah wenden. Er war vollkommen verzaubert von ihr und ihrer Musik und hoffte zugleich inständig, dass dies Clarissa verborgen geblieben war.

* * *

»Was also ist des Pudels Kern?«, fragte Hannah am nächsten Tag ihre Klasse. Die Schülerinnen der Oberprima des Mädchengymnasiums beugten sich über ihre Texte von Goethe.

»Der Pudel verwandelt sich in die Gestalt des Mephisto«, antwortete eine Schülerin.

»Was will Goethe uns damit sagen?«, erkundigte sich Hannah weiter.

»Dass die Dinge oft nicht so sind, wie sie auf den ersten Blick scheinen?«, mutmaßte die Schülerin.

»Sehr gut«, lobte Hannah. »Hinter allem Offensichtlichen kann sich etwas Rätselhaftes verstecken. Das Böse bedient sich gern einer solchen Tarnung, doch das erkennen wir Menschen oft erst viel später. Auch Faust weiß nach der Verwandlung des Pudels nicht sofort, wer nun auf einmal vor ihm steht.«

Sie warf einen Blick aus dem Fenster auf den Vorplatz des Gymnasiums. An der Mauer am Tor der Schule sah sie einen Mann stehen, der ihr bekannt vorkam. Natürlich, Peter Hagen. Er wartete vermutlich auf seine Schwester.

»Mephisto und Faust schließen nun also einen Pakt. Aber warum hat Mephisto so leichtes Spiel mit Faust?« Hannah wandte ihren Blick vom Fenster ab.

Die Klasse überlegte.

Hannah setzte nach: »Er ist doch ein gebildeter Mann. Ein Wissenschaftler. Wie kann er da einen Bund mit dem Teufel schließen?«

Alle Schülerinnen schauten sie an.

»Faust will etwas, was nicht möglich ist«, begann Hannah zu erklären. »Er will die Erkenntnis aller Dinge. Und um sein Ziel zu erreichen, sind ihm alle Mittel recht. Selbst ein Pakt mit dem Teufel. Was will uns Goethe damit sagen?«

»Er möchte, dass wir unsere Ziele überdenken und genau überlegen, ob wir diesen Zielen wirklich alles opfern wollen«, antwortete eine Schülerin.

»Sehr gut. Das hast du richtig erkannt«, lobte Hannah. Die Schulglocke erklang. »Lest während der Weihnachtsferien bitte das nächste Kapitel und macht euch Gedanken über Gretchen«, sagte sie, während die Mädchen ihre Bücher einpackten.

Als Hannah das Schulgebäude verließ, stand Peter Hagen noch immer an der Mauer neben dem Tor. Seltsam, dachte Hannah, die Schülerinnen waren doch schon längst gegangen. Doch bevor sie sich noch weiter Gedanken machen konnte, auf wen er wohl wartete, hatte sie ihn auch schon erreicht, und er trat grüßend auf sie zu.

»Fräulein Rosenberg«, sagte er und reichte ihr die Hand.

»Guten Tag, Herr Hagen, warten Sie auf jemanden?«

»Ich habe auf Sie gewartet. Ich hatte gestern Abend keine Gelegenheit mehr, Ihnen zu dem wunderbaren Konzert zu gratulieren.« Seine Augen strahlten.

Hannah spürte, wie sie errötete. »Danke.« Sie lächelte glücklich. »Es hat wirklich alles sehr gut geklappt. Und Linda war großartig. Sie hat das Zeug, eine richtig gute Geigenspielerin zu werden.«

»Dank Ihres Unterrichts«, sagte Peter Hagen. »Gehen Sie zur Straßenbahn? Welchen Weg nehmen Sie?«

»Ich gehe nach der Schule immer erst eine Weile im Park spazieren. Das hilft mir beim Entspannen«, antwortete sie.

»Darf ich Sie begleiten? Ich habe noch eine Stunde Zeit bis zur nächsten juristischen Vorlesung.«

»Gern«, sagte Hannah.

Sie liefen durch den winterlich verschneiten Park neben dem Gymnasium.

»Sie wissen gar nicht, wie gut Sie meiner Schwester tun. Linda war das letzte Jahr über so ungenießbar, und ich als ihr älterer Bruder musste ihre ganzen Stimmungsschwankungen ertragen«, scherzte er.

»Sie Ärmster«, entgegnete Hannah in gespieltem Ernst.

»Ja, und dann kamen Sie, und Linda hat ihre Passion für die Geige entdeckt. Nun übt sie pausenlos oder läuft trällernd durchs Haus. Sie haben mich tatsächlich von ihren Launen erlöst.«

»Wenn das so ist, dann nehme ich Ihren Dank gern an.« Hannah lächelte.

»Wie verbringen Sie die Feiertage?«, erkundigte er sich. »Verreisen Sie oder bleiben Sie in der Stadt?«

»Das Ehepaar, das den Bauernhof meiner Großeltern gepachtet hat, hat mich eingeladen. Natürlich feiere ich gern mit ihm Weihnachten, auch wenn ich Jüdin bin. Ich freue mich schon auf ein paar gemütliche Tage in ländlicher Umgebung.«

Peter Hagen blieb stehen. »Darüber mache ich mir ehrlich gesagt etwas Sorgen«, begann er, und als Hannah ihn fragend ansah, fuhr er fort: »Es steht zu vermuten, dass sich der neue Reichskanzler nicht lange halten kann. Die Regierungsparteien sind völlig zerstritten, und möglicherweise wird Präsident Hindenburg als Nächstes Adolf Hitler zum Reichskanzler ernennen.«

Oh nein! Hannah atmete hastiger. »Der immer gegen uns Juden hetzt?«

»Genau. Ich weiß aus regierungsnahen Kreisen, dass er jüdische Beamte entlassen will.«

Hannah sah ihn schockiert an.

»Vielleicht sollten Sie sich rechtzeitig an einer nichtstaatlichen Schule bewerben?«

»Sie haben recht«, meinte sie. »Nach diesem Schuljahr sollte ich mich wohl tatsächlich an einer jüdischen Schule bewerben?«

»Sie bleiben aber auf alle Fälle noch Lindas Geigenlehrerin«, sagte er, wohl um sie etwas aufzuheitern.

Hannah nickte. Sie fühlte sich wie gelähmt.

»Jetzt habe ich Ihnen leider keine guten Nachrichten gebracht. Wie kann ich denn das wiedergutmachen?«

Sie waren am Ende des Parks angelangt und standen vor einem Café.

»Darf ich Sie auf ein Stück Kuchen einladen?«, schlug er vor. Noch tief in Gedanken versunken, hatte Hannah seine Worte zunächst gar nicht richtig mitbekommen, doch sein fragender Blick und seine einladende Geste holten sie wieder in die Gegenwart zurück.

»Gern«, antwortete sie und folgte Peter Hagen in das Café.

* * *

Beim ersten Schlag der Standuhr, mit dem das neue Jahr begann, eilten die Gäste der Silvesterfeier auf den Balkon der kleinen Mietwohnung und schauten in den Himmel über Berlin. »Frohes Neues Jahr!«, prosteten sich alle lachend mit ihren Sektgläsern zu, als das Feuerwerk den Himmel mit bunten Lichtern überzog.

»Noch ein Glas Sekt?« Marlene trat mit einer Flasche auf Hannah zu.

»Gern«, antwortete sie und ließ ihr Glas nachfüllen. Sie blickte versonnen den Leuchtraketen nach, die in den nächtlichen Himmel stiegen und als Sternenregen zur Erde fielen.

»Was das neue Jahr wohl bringen wird?«, fragte Marlene neben ihr.

Hannah wandte sich ihr zu. »Ich habe große Sorge, was mit uns Juden passiert, wenn dieser Hitler an die Macht kommt. Er veranstaltet ja die reinste Hetzkampagne gegen uns. Er macht uns verantwortlich für den verlorenen Krieg, für die

Weltwirtschaftskrise, die Inflation und die Arbeitslosigkeit. Und jeden Tag wächst die Zahl seiner Anhänger, die ihm diese Ammenmärchen glauben. Mit dem Staatsdienst dürfte es wohl für uns vorbei sein, falls er Reichskanzler werden sollte. Ich habe mich schon an mehreren privaten Schulen beworben.«

»Du meinst, du könntest deine Arbeit verlieren?«, fragte Marlene und schaute Hannah ungläubig an. »So weit wird es doch wohl nicht kommen. Wir sind schließlich ein demokratisches Land.« Sie überlegte kurz. »Dann müsste ja ein Drittel unseres Lehrerkollegiums gehen«, stellte sie fest. »Benjamin Adler, Esther Blumenfeld, Daniel Goldbeck, das Ehepaar Herschel – unsere gesamte Mathematik- und Physikfachschaft! Wie sollten wir die denn ersetzen?«

»Mit rein arischen Lehrern«, antwortete Hannah sarkastisch.

Marlene schaute sie verunsichert an. »Meinst du wirklich? Ach was. Die kann Hitler doch auch nicht so einfach mal eben aus dem Hut zaubern. Er benutzt die Hetze gegen die Juden nur zu Propagandazwecken, doch lass ihn erst mal an die Macht kommen, dann geht ihm genauso schnell die Puste aus wie seinen Vorgängern.«

»Er will Gesetze gegen uns Juden erlassen«, entgegnete Hannah. »Das hat mir jemand erzählt, der es aus sicherer Quelle weiß.«

»Hannah, du siehst das zu schwarz«, erwiderte Marlene. »Hitler ist doch nicht allmächtig. Die Gesetze muss er erst mal im Reichstag durchbringen. Die Opposition ist doch auch noch da. Die werden niemals zustimmen. Wie will er sie denn dazu zwingen?«

»Hoffentlich hast du recht«, meinte Hannah verzagt.

Marlene klopfte ihr aufmunternd auf die Schulter. »Nun häng nicht trüben Gedanken nach. Heute feiern wir!« Sie schenkte noch einmal Sekt nach.

Auf dem Weg vom Balkon zurück in die Wohnung, in der Tanzmusik aus einem Grammofon erschallte, drehte sich Hannah noch einmal um, doch das Feuerwerk war erloschen, der Himmel über Berlin war bereits wieder schwarz.

Marlenes Optimismus sollte sich nicht bestätigen. Schon am Abend des dreißigsten Januar feierten Tausende Anhänger des Nationalsozialismus die Ernennung Adolf Hitlers zum Reichskanzler unter Trommelwirbel und frenetischem Jubel mit einem stundenlangen Fackelzug durch die Straßen Berlins. Als sich wenige Wochen später der Himmel über Berlin rot färbte und der Reichstag brannte, nutzte der neue Machthaber den Anschlag, um mit der Reichstagsbrandverordnung die Grundrechte der Weimarer Republik auszuhebeln. Unzählige NS-Verordnungen und Gesetze setzten die Rechtsstaatlichkeit außer Kraft, Hetzparolen gegen Juden, Kommunisten und Sozialdemokraten flammten immer mehr auf, und Andersdenkende wurden in Scharen inhaftiert. Mithilfe des Arierparagrafen wurden Nichtarier vom öffentlichen Dienst ausgeschlossen, in kürzester Zeit mussten Juden ihre Lehrstühle an den Universitäten räumen, und jüdische Frauen und Männer durften an staatlichen Schulen nicht mehr unterrichten, in staatlichen Krankenhäusern nicht mehr praktizieren, auf staatlichen Bühnen nicht mehr spielen. In nur wenigen Monaten gelang es Reichskanzler Adolf Hitler, mit völlig legalen Mitteln alle politischen Gegner auszuschalten und Deutschland von einer parlamentarischen Demokratie in eine nationalsozialistische Diktatur zu verwandeln.

* * *

»Ihr beschäftigt ja immer noch diese jüdische Geigenlehrerin«, stellte Therese von Schönwald fest, während sie an der

Kaffeetafel im Salon der Villa Hagen Emilie gegenübersaß und an ihrem Mokka nippte.

Aus dem Wohnzimmer war eine Violine zu hören, die von Klaviermusik begleitet wurde.

»Ja, Linda ist so stur. Du glaubst nicht, was für einen Aufstand die Kleine gemacht hat, als ich Fräulein Rosenberg entlassen wollte. Sie hat die Geige nicht mehr angerührt und damit gedroht, aus dem Orchester auszutreten. Und das bei ihrem Talent!« Emilie rührte in ihrer Tasse.

»Also, Emilie, bist du da nicht etwas zu nachlässig in deiner Erziehung? Du darfst dir doch von Linda nicht auf der Nase herumtanzen lassen.«

»Du hast ja recht, Therese«, gab Emilie zu. »Aber hör doch mal zu, wie die beiden zusammen spielen. Ist das nicht wunderbar?«

Die beiden Frauen lauschten einem Violinkonzert von Bach, bei dem Hannah Lindas Geigenspiel am Klavier begleitete. Was sie vernahmen, war konzertreif.

»Ich verstehe schon, was du meinst, Emilie«, meinte Therese. »Die beiden passen wirklich gut zusammen, und Fräulein Rosenberg hat Lindas Talent so sehr gefördert; ein Jammer, dass sie Jüdin ist.«

»Linda ist ohnehin schon untröstlich, dass Fräulein Rosenberg seit dem Herbst an einer anderen Schule unterrichtet und eine neue Lehrerin das Orchester leitet. Ich kann ihr Fräulein Rosenberg nicht auch noch als Privatlehrerin nehmen. Nächste Woche im Weihnachtskonzert spielt Linda wieder die Solostücke.«

»Ich freue mich schon darauf«, versicherte Therese und nahm sich noch ein Zitronenröllchen.

* * *

Als Peter die schweren Kirchentüren öffnete und die bis auf die letzte Bank besetzte Kirche betrat, hörte er bereits die Klänge des Schulorchesters. Er war zu spät zu Lindas Weihnachtskonzert gekommen und blieb an der ersten Säule nahe dem Eingang stehen. Im Altarraum saß das Orchester, das von einer älteren grauhaarigen Dame im langen schwarzen Kleid geleitet wurde. Er lächelte, als er Lindas konzentrierten Blick und ihren wippenden Pferdeschwanz sah. Seine Eltern und Clarissa saßen in den vorderen Bänken, und zu seinem Erstaunen entdeckte er in einer der hinteren Reihen Hannah Rosenberg. Sie beobachtete gebannt jede von Lindas Bewegungen. Peter konnte seinen Blick nicht von Hannah wenden. Seit Monaten hatte er sie nicht mehr gesehen, war er doch durch seine Promotion, die er vor wenigen Wochen summa cum laude abgeschlossen hatte, zeitlich vollkommen vereinnahmt worden. Er blieb während des gesamten Konzerts neben der Säule stehen, und als der Schlussapplaus verklungen war und die Zuhörer zum Ausgang strömten, sorgte er geschickt dafür, dass er vor der Kirche mit Hannah zusammentraf.

»Guten Abend«, grüßte er sie und stellte erfreut fest, dass sie ihn anlächelte. »Ich freue mich, dass Sie zu Lindas Konzert gekommen sind.«

»Natürlich. Ich habe es ihr doch versprochen«, antwortete Hannah.

»Linda ist traurig, dass Sie nicht mehr das Schulorchester leiten«, fuhr Peter fort. »Wie geht es Ihnen an Ihrer neuen Schule?«

»Es gefällt mir sehr gut, ich habe mich gut eingelebt. Wir haben kein Orchester, aber ich bin gerade dabei, eine kleine Musikgruppe zu gründen. Wir üben schon fleißig an den Nachmittagen. Ich bin froh, dass Sie mich damals so früh gewarnt haben. Dadurch konnte ich noch rechtzeitig eine andere Schule suchen.«

»Das war das Mindeste, was ich tun konnte«, entgegnete Peter.

Sie sah ihn an. »Und wie geht es Ihnen? Ich möchte Ihnen noch zu Ihrer Promotion gratulieren. Herzlichen Glückwunsch, Herr Doktor Hagen«, sagte sie anerkennend und reichte ihm die Hand.

»Danke!«, antwortete er, fast ein bisschen verlegen. Seit Wochen hatte er sich gewünscht, Hannah wieder einmal zu treffen, und sich so vieles zurechtgelegt, was er ihr sagen wollte, doch nun, da sie vor ihm stand und ihn anlächelte, fielen ihm die Worte nicht mehr ein.

»Durch die Vermittlung von Herrn von Schönwald habe ich nun eine Referentenstelle im Reichsinnenministerium. Da bekommt man auch so einiges mit. Ich würde mich gern einmal in Ruhe mit Ihnen unterhalten.«

Es drängten immer mehr Menschen auf den Kirchenvorplatz. Peter hörte, wie sein Name von irgendwoher gerufen wurde.

»Aber das hier ist nicht der richtige Ort«, sagte er, und ohne näher nachzudenken, fuhr er fort: »Würden Sie mir die Freude machen, einmal mit mir essen zu gehen?«

Als er Hannahs Zögern bemerkte, fügte er hastig hinzu: »Oh, entschuldigen Sie, wahrscheinlich gibt es da jemanden, dem dies nicht recht wäre?«

»Nein, das ist es nicht«, wehrte Hannah ab. »Ich gehe nur nicht sehr oft aus.«

»Sehen Sie«, Peter lachte erleichtert, »da wird es Zeit, dass Sie damit anfangen. Passt Ihnen Donnerstagabend? Ich hole Sie um sieben Uhr ab.« Er lächelte sie freundlich an und hoffte im Stillen, dass er nicht zu forsch gewesen war.

»Ich komme gern«, antwortete sie.

Von da an trafen sie sich öfter. Das neue Jahr 1934 brach an, und Peter führte Hannah bei jeder sich bietenden Gelegenheit in gute Restaurants oder in ein Konzert, sie gingen im Park spazieren oder bummelten durch die Einkaufsstraßen Berlins. Hannah genoss seine Gesellschaft, lachte herzlich über seine Scherze. Peter war einfach nur verzaubert von Hannahs Natürlichkeit. Er fragte sich nach jedem Treffen, wie er es jemals schaffen sollte, Hannah wieder aus seinem Leben zu verbannen. Dass dies eines nicht allzu fernen Tages geschehen musste, war ihm bewusst. Er konnte Hannah nicht heiraten, das hätte ihm seine Familie nie verziehen. Eine jüdische Lehrerin war vollkommen unter seinem Stand, und bei einem Reichskanzler wie Adolf Hitler, der die Juden mehr und mehr entrechtete, war eine Ehe mit einer Jüdin auch mit Blick auf seine berufliche Zukunft undenkbar. Man redete sogar davon, dass Mischehen verboten werden sollten. Kurz nach dem Wahlsieg der Nationalsozialisten war Peter aus Karrieregründen in die Partei eingetreten, somit war klar, dass seine Freundschaft mit einer Jüdin nicht von Dauer sein konnte. Zudem erwarteten seine Eltern von ihm, dass er Clarissa von Schönwald heiratete, da diese Ehe ihm beruflich in Berlin Tür und Tor öffnen würde. Sein Verstand hatte alle diese Argumente längst begriffen, doch sein Herz sträubte sich noch mit aller Macht gegen die Entscheidung, die er fällen musste. Er führte ein regelrechtes Doppelleben, doch das wollte er sich nicht eingestehen. Einerseits spielte er den galanten Verehrer von Clarissa, andererseits jedoch zog er, sooft es irgendwie ging, glücklich mit Hannah durch Berlin. Das Jahr 1934 brachte ihm berufliche Erfolge, im Herbst wurde er im Reichsinnenministerium als juristischer Berater fest angestellt, und Clarissa ließ immer eindeutigere Bemerkungen fallen, dass einer Heirat ja nun nichts mehr im Weg stehe. Sie ahnte nicht, dass es da sehr wohl ein Hindernis gab. Denn so formvollendet Peter ihr auch den Hof machte, er liebte eine andere Frau.

Hannah und Peter liefen am Spreeufer entlang. Es war ein wunderschöner Oktobertag, die Blätter an den Bäumen waren bereits bunt gefärbt, und die Sonne schickte noch einmal ihre wärmenden Strahlen zur Erde. Peter war guter Dinge, da er bei Clarissa einen kleinen Aufschub der geplanten Hochzeit erwirkt hatte. Er hatte im Ministerium ein neues Ressort übernommen, das ihn sehr forderte, also konnte er die Hochzeit auf diese Weise noch bis Ostern des nächsten Jahres hinauszögern. Diese kurze Zeit wollte er noch mit Hannah glücklich sein. Wie er Hannah dann eines Tages sagen sollte, dass er sie nicht mehr treffen könne, das wusste er nicht.

»Sehen Sie, die Enten sind hungrig«, sagte er zu Hannah und holte eine Papiertüte aus der Tasche. Er zog ein Brötchen hervor, das er in Stückchen zerbrach und ins Wasser warf.

»Glauben Sie mir, die Enten hier auf der Spree tun nur so. Die finden reichlich Futter. Die betteln jetzt nur, um Ihnen Ihr Brötchen abzuluchsen«, meinte Hannah lachend.

»Sie kennen sich mit Tieren aus?« Er beobachtete, wie das milde Licht der Herbstsonne durch die Blätter der Weiden am Flussufer fiel und einen goldenen Glanz in Hannahs Haar zauberte.

»Ich habe meine Kindheit auf dem Bauernhof meiner Großeltern vor den Toren Berlins verbracht.«

»Hatten Sie viele Tiere?«, fragte er.

»Ja, eine ganze Menge. Kühe, Schweine, Schafe, Enten und Gänse.«

»Und die mussten Sie alle hüten?«

»Natürlich. Ich habe immer mitgeholfen. Auf so einem Hof gibt es viel zu tun.«

Er blickte sie an und lachte. »Ich stelle Sie mir gerade als Gänsemagd vor. Ich glaube, eine entzückendere Gänseliesel als Sie kann es gar nicht geben.«

Hannah errötete und schaute zu Boden.

»Wer führt den Hof jetzt?«, fragte er weiter, um von ihrer Verlegenheit abzulenken.

»Ich habe ihn verpachtet. Natürlich habe ich die Pächter sehr sorgfältig ausgewählt, und ich bin sehr zufrieden; der Hof und die Tiere sind in guten Händen. Ich besuche ihn immer wieder und stelle dabei fest, dass er vorbildlich geführt wird. Den Tieren geht es sehr gut. Das ist mir wichtig, denn ich kenne sie alle beim Namen.«

»Ihre Tiere auf dem Hof haben Namen?«

»Natürlich! Und Elsa, unsere beste Milchkuh, hat mir bei meinem letzten Besuch versichert, dass ich mir keine Sorgen machen muss. Alle werden gut versorgt.«

Er lachte und schaute sie amüsiert an.

Die Sonne sank immer tiefer, und es wurde Zeit, den Heimweg anzutreten.

»Ich weiß nicht, wann ich Sie wieder treffen kann«, sagte Peter, als sie nach einiger Zeit vor Hannahs Wohnung angelangt waren. »Es stehen einige Dienstreisen an. Aber ich hoffe bald.«

»Ich freue mich schon«, antwortete sie.

Peter sah, wie das rotgoldene Licht der Sonne in Hannahs Augen schimmerte, und plötzlich war es ihm unmöglich, sich umzudrehen und wegzugehen. »Ich müsste jetzt eigentlich gehen«, sagte er leise und bewegte sich dabei zögernd auf sie zu. »Hannah, ich habe mich in dich verliebt«, flüsterte er in ihr Haar, als er sie in die Arme schloss.

Für einige wenige Wochen war Peter mit Hannah glücklich. Sie blendeten die Welt um sich herum aus, es gab nur sie beide. Dem anderen in die Augen zu sehen, mit ihm zu lachen, ihn ganz nah bei sich zu spüren, das war es, wofür sie beide lebten. Es gab für sie immer nur den Augenblick, es gab kein Morgen oder Übermorgen. Keine anderen Menschen, die in diese Verbindung eindringen konnten, keine Politik, deren Gesetze sie für immer voneinander trennen wollten. Es gab nur diese kurze Zeitspanne, die sie wie im Traum erlebten. Doch die Zeit bis Ostern, sie ging so schnell vorbei.

Innerlich aufgewühlt lief Peter in seinem Zimmer auf und ab. Gelegentlich blieb er stehen, blickte sorgenvoll aus dem Fenster und irrte kurz darauf weiter ziellos durch den Raum. Je näher der Tag kam, an dem er Hannah die Wahrheit sagen musste, desto deutlicher spürte er, dass er das nicht fertigbringen würde. Er konnte Hannah nicht aufgeben, sie war die Liebe seines Lebens. Sich von ihr zu trennen, ging über seine Kräfte. Er musste mit seinem Vater reden, musste ihn überzeugen, dass er Clarissa nicht heiraten konnte!

Entschlossen verließ er sein Zimmer, lief ins Wohnzimmer, wo sein Vater gerade einen Mokka trank, und setzte sich zu ihm.

»Vater«, begann er und räusperte sich, da seine Stimme vor Aufregung zitterte. »Ich muss mit dir reden.«

»Was ist denn los?«, erkundigte sich sein Vater und rührte in der Mokkatasse.

Peter nahm allen Mut zusammen. »Ich kann Clarissa nicht heiraten«, brach es aus ihm heraus.

Sein Vater runzelte die Stirn, doch Peter sah ihm an, dass er seine Worte nicht ernst nahm. »Was redest du denn da? Jeder Bräutigam bekommt kurz vor der Hochzeit kalte Füße, das ist völlig normal. Glaub mir, Peter, das legt sich wieder, und in zwei Wochen bist du der glückliche Ehemann von Clarissa von Schönwald.«

Peter schüttelte den Kopf. »Nein, du verstehst nicht. So ist es nicht. Ich kann Clarissa nicht heiraten, weil ich sie nicht liebe. Ich liebe eine andere Frau.«

Mit konsterniertem Blick stellte sein Vater klirrend die Mokkatasse ab. »Was soll das heißen, du liebst eine andere Frau?

Wer sollte das denn sein? Wer könnte denn eine ernstzunehmende Konkurrenz zu Clarissa darstellen?«

»Ich liebe Hannah.« Peter sah den verdutzten Gesichtsausdruck seines Vaters, dem der Name ganz offensichtlich nichts sagte. »Welche Hannah … Zum Kuckuck, Peter, du meinst doch nicht etwa diese jüdische Geigenlehrerin?«

»Doch«, bestätigte Peter.

»Aber das ist doch nichts, was man nicht regeln könnte!«, rief sein Vater entrüstet aus. »Diese Geigenlehrerin ist eine hübsche Person, die es dir angetan hat, aber das verpflichtet dich doch zu nichts. Ein schönes Abschiedsgeschenk, ein paar nette Worte, und die Sache ist aus der Welt.«

»Nein! Du willst mich nicht verstehen!« Peter schüttelte den Kopf. »Ich will mich nicht von Hannah trennen und werde sie auch nicht mit einem teuren Geschenk abspeisen. Ich werde sie heiraten!«

Sein Vater stieß hörbar die Luft aus. »Junge, hast du den Verstand verloren? Du kannst doch eine Clarissa von Schönwald nicht vor den Kopf stoßen! Denk an die politische Karriere, zu der dir Clarissas Vater verhelfen wird. Du kannst es bis ganz an die Spitze des Staates schaffen.«

»Aber ich will doch gar nicht in die Politik. Klaus soll mir gar keine Stelle verschaffen. Ich bin Jurist, ich kann in einer Kanzlei arbeiten.«

Nun stand sein Vater aus seinem Sessel auf und lief aufgeregt durchs Zimmer. »Ach, wie denn, wenn du dich vorher ins gesellschaftliche Aus manövriert hast? Was für eine Reputation hast du denn dann noch? Klaus spricht immer wieder davon, dass in Zukunft viele Juristen in der Politik gebraucht werden. Seit Hitler an der Macht ist, wird die Auswanderung der Juden mit Hochdruck vorangetrieben. Es sollen dafür ganz neue Ämter eingerichtet werden. Willst du dir diese Chance entgehen lassen?«

»Eine schöne Chance! Dann befasse ich mich den ganzen Tag damit, Menschen um ihre Rechte und ihr Hab und Gut zu bringen!«

Sein Vater ließ den Einwand nicht gelten. »Peter, sei doch vernünftig, das ist doch nur vorübergehend. Die Juden wandern aus, danach spricht kein Mensch mehr davon. Aber du hast dann vielleicht eine Stellung ganz oben in der Regierung. Das kannst du doch nicht einfach wegwerfen!«

Peter erhob sich und wollte den Raum verlassen. »Es hat keinen Sinn, Vater, du kannst mich nicht umstimmen. Ich werde Hannah heiraten«, wiederholte er und legte größtmögliche Entschlossenheit in seinen Tonfall.

Bevor er die Tür erreichte, hörte er die Stimme seines Vaters, doch sie war völlig verändert. Sie klang fast flehentlich. »Peter, warte!«

Er drehte sich zu ihm um und erkannte einen bitteren Zug im Gesicht seines Vaters, der ihn um Jahre älter aussehen ließ. »Nun muss ich wohl doch darüber reden. Wir können es uns gar nicht leisten, dass du Clarissa nicht heiratest. Dieser Schandvertrag von Versailles hat Deutschland wirtschaftlich zugrunde gerichtet, und auch ich habe durch die Wirtschaftskrise einen Großteil unseres Vermögens verloren. Wenn du Clarissa nicht heiratest, sind wir ruiniert.«

Peter sah seinen Vater schockiert an. Er konnte nicht glauben, was er gerade gehört hatte.

»Ja, du hast richtig verstanden. Ich habe unsere Aktien und Wertpapiere verloren, selbst die Villa werden wir bald nicht mehr halten können. Klaus weiß Bescheid und hat mir ein großes zinsfreies Darlehen in Aussicht gestellt. Denk an deine Mutter und deine Schwester, es liegt jetzt an dir, was aus ihnen wird.«

Peter schaute fassungslos auf seinen Vater, der zusammengesunken in seinem Sessel saß. »Das kann nicht wahr sein«, sagte er tonlos. »Vater, sag, dass das nicht stimmt.« Doch sein Vater schüttelte nur wortlos den Kopf.

Peter verließ wie betäubt das Zimmer. Er hatte das Gefühl, als wäre gerade seine Welt zerbrochen. Wenn er seine Familie nicht enttäuschen wollte, würde es keine gemeinsame Zukunft für ihn und Hannah geben.

Hannah hatte es den ganzen Tag schon geahnt. Der verlorene Blick, mit dem er sie betrachtete, wenn er sich unbeobachtet fühlte, seine Stimme, die im Laufe des Tages immer leiser wurde, all das waren deutliche Anzeichen, dass etwas nicht stimmte. Sie spürte den Abschied, bevor er ausgesprochen wurde. Doch als er endlich kaum hörbar die Worte sagte, trafen sie Hannah dennoch mitten ins Herz.

»Ich heirate Clarissa.«

Der kurze Satz brach sich wie ein Paukenschlag an den Wänden und hallte durch das Zimmer, leise und laut zugleich, und doch unbegreiflich. Hannah hätte sich niemals vorstellen können, dass durch drei einfache Worte ein Herz zerbrechen konnte. Ihr Herz.

Peter stand vor ihr, den Blick zu Boden gerichtet.

»Irgendwie habe ich gewusst, dass es nicht für immer sein kann. Märchen werden eben nicht wahr«, sagte sie mit leiser Stimme und konnte die Ungeheuerlichkeit dennoch nicht begreifen.

Lange schwiegen sie beide.

»Warum hast du mir nie etwas davon gesagt?«, fragte sie endlich.

»Ich wollte dich nicht verlieren«, antwortete er mit erstickter Stimme, und seine Augen blickten sie verzweifelt an. »Ich weiß, ich hätte dir schon viel früher die Wahrheit sagen müssen, aber ich war zu feige dazu! Die Hochzeit mit Clarissa rettet meine Familie vor dem finanziellen Ruin, und ich kann sie nicht mehr absagen, ohne damit alle Hoffnungen, die meine Familie in mich gesetzt hat, zu zerstören. Liebend gern hätte ich dir zuliebe auf eine Karriere oder gesellschaftliches Ansehen verzichtet, aber die Umstände zwingen mich zu diesem Schritt. Verzeih, dass ich dir das erst jetzt sage, aber ich wollte dieses Glück mit dir so lange wie möglich festhalten. Die Zeit mit dir war die schönste in meinem Leben.«

Stumm hatte Hannah ihm zugehört und gegen die Tränen gekämpft. »Und es gibt keine andere Möglichkeit mehr? Es ist aussichtslos?«

Peter nickte und blickte zu Boden. »Vater hat in der Weltwirtschaftskrise alles verloren und ist hoch verschuldet. Niemand würde ihm einen solchen Kredit gewähren, wie Clarissas Vater ihn uns angeboten hat. Es ist unsere letzte Chance, um wenigstens das Haus behalten zu können.« Mit flehendem Blick sah er sie an. »Hannah, kannst du verstehen, dass ich mich nicht gegen meine Familie entscheiden kann?« Als sie nicht antwortete, fügte er leise hinzu: »Ich weiß, ich habe dich jetzt bitter enttäuscht.«

Hannah stand wie gelähmt vor ihm und konnte noch immer nichts erwidern. Sie vernahm Peters Worte, doch ihr Innerstes sträubte sich dagegen, sie zu glauben. Es konnte doch nicht wahr sein! Peter würde gehen! Was konnte sie ihm noch antworten, nun, da er sich bereits entschieden hatte? Sie sah ihn lange an, als wollte sie sich seinen Anblick für immer einprägen. Seine braunen, gewellten Haare, seinen Mund, neben dem immer ein Grübchen erschien, wenn er lächelte, seine dunklen Augen, in denen Tränen schimmerten.

»Man kann nur eine Zeit lang vor der Wahrheit davonlaufen«, meinte sie dann.

Peter nickte stumm. Eine Weile stand er wie versteinert da, und sichtlich widerstrebend wandte er sich schließlich von ihr ab.

Sie wusste, dass er gehen und nicht mehr zurückkehren würde. Als er die Tür zu ihrer Wohnung hinter sich schloss, fühlte sich ihr Herz stumpf und leer an. Hannah sank auf einen Stuhl und schlug die Hände vors Gesicht. Peter war gegangen, und sie hatte ihm doch noch etwas Wichtiges sagen wollen. Auch wenn sie sich noch nicht sicher war, so ahnte sie doch, dass sie ein Kind von ihm erwartete. Nun war er fort und würde es möglicherweise niemals erfahren.

Müde und bleich stieg Hannah Tage später die Stufen zu ihrer Wohnung hinauf, eine Zeitung in der Hand. Dunkle Ringe lagen unter ihren Augen und zeugten von Gram und durchwachten Nächten. Sie wühlte in ihrer Handtasche nach ihrem Wohnungsschlüssel, konnte ihn aber nicht finden. Hatte sie ihn in der Schule vergessen? Sie war in letzter Zeit so zerstreut. Warum nur konnte sie sich auf nichts mehr richtig konzentrieren? Als sie den Schlüssel schließlich in ihrer Jackentasche fand, hörte sie, wie sich hinter ihr eine Tür öffnete.

»Frau Rosenberg?«, vernahm sie die Stimme von Agnes Bergmann, einer netten älteren Dame, die seit dem Tod ihres Mannes allein in der Nachbarwohnung lebte. Hannah drehte sich zu ihr um.

»Sie sehen so erschöpft aus, wollen Sie nicht auf eine Tasse Tee zu mir hereinkommen?«, fragte Frau Bergmann.

Hannah sah sie einen Moment lang an, als habe sie die Frage gar nicht richtig verstanden, dann nickte sie zustimmend. »Danke, ja, ich komme gern.«

Sie folgte Agnes Bergmann in die kleine, gemütlich eingerichtete Wohnung und nahm im Wohnzimmer auf dem Sofa Platz. Frau Bergmann kam bald darauf mit einem voll beladenen Tablett aus der Küche, stellte eine Tasse Tee und Gebäck vor Hannah auf den Tisch und setzte sich ihr gegenüber in einen Sessel.

»Das ist sehr freundlich von Ihnen, vielen Dank«, sagte Hannah und nahm einen Schluck aus ihrer Tasse.

»Ich mache mir Sorgen um Sie«, sagte die ältere Frau. »Sie sehen in den letzten Wochen immer so traurig und erschöpft aus, wenn Sie mir im Treppenhaus begegnen. Kann ich Ihnen irgendwie helfen?«

Hannah sah ihre Nachbarin dankbar an. Es ging ihr in der Tat sehr schlecht, seit Peter sie verlassen hatte. Sie vermutete sogar, dass die Einladung von Frau Bergmann an diesem Tag kein Zufall war. Vielleicht hatte sie die Zeitung gelesen, in der von der prunkvollen Hochzeit berichtet wurde, die tags zuvor im Berliner Dom gefeiert worden war. Hatte sie den Mann auf dem Bild erkannt, der Clarissa von Schönwald geheiratet hatte? Peter hatte Hannah hier in der Wohnung oft besucht und war der älteren Frau sicherlich ab und zu begegnet.

»Sie haben das Foto in der Zeitung gesehen?«, fragte sie, und Frau Bergmann nickte.

»Er hat mich verlassen«, brach es aus Hannah heraus. »Einfach so verlassen. An dem Tag, an dem ich ihm sagen wollte, dass ich ein Kind von ihm erwarte. Doch dazu ist es nicht mehr gekommen.« Sie bemerkte erst, dass sie weinte, als die Tränen über ihre Wangen flossen und sie die Hand von Frau Bergmann auf ihrem Arm spürte, die sich zu ihr gesetzt hatte.

»Lassen Sie die Tränen ruhig zu«, sagte Frau Bergmann leise. »Es geht Ihnen danach bestimmt besser. Und reden Sie sich alles von der Seele.«

Und Hannah begann zu erzählen. Sie berichtete der alten Dame von der schönsten Zeit in ihrem Leben und dem tiefsten Schmerz, den sie je gefühlt hatte.

Von da an saß Hannah beinahe täglich nach Schulschluss bei ihrer Nachbarin, die bald zu einer mütterlichen Vertrauten geworden war. Agnes war eine gute Zuhörerin, und Hannah spürte, wie gut es ihr tat, über ihre Ängste und Sorgen zu sprechen. Es kam der Tag, an dem Hannah wieder lachte und begann, sich auf das Kind zu freuen, das sie erwartete. Die Zukunft kam ihr auch nicht mehr ganz so grau vor, da Agnes versprochen hatte, ihr mit dem Kind zu helfen. Als am Heiligen Abend bei Hannah die Wehen einsetzten, begleitete Agnes sie ins Krankenhaus, und Stunden später kam ein kleines Mädchen zur Welt.

»Ich nenne sie Melina, nach meiner Großmutter«, sagte Hannah, die mit einem matten Lächeln in ihrem Bett lag und das Neugeborene im Arm hielt, zu Agnes, die neben ihr saß.

»Ein wunderschönes Kind.« Agnes lächelte und konnte ihre Augen gar nicht von dem selig schlafenden Baby wenden.

Drei Jahre später klingelte es in den frühen Abendstunden des 9. November an Hannahs Wohnungstür. Sie öffnete, und ihre Augen weiteten sich vor Überraschung, als sie Peter im Hausflur stehen sah. Er sah sie einen Moment lang stumm an, dann räusperte er sich.

»Guten Tag, Hannah. Darf ich einen Moment reinkommen?« Sein Blick schweifte durch das Treppenhaus. »Ich muss dich dringend sprechen. Allein.«

»Natürlich.«

Peter folgte ihr in den Flur ihrer Wohnung und schloss die Tür hinter sich. Sein ernster Gesichtsausdruck alarmierte Hannah. Was mochte wohl der Grund seines plötzlichen Auftauchens sein?

»Du hast sicher in den Zeitungen gelesen, dass vor zwei Tagen der deutsche Botschafter Ernst vom Rath in Paris von einem jüdischen Attentäter angeschossen worden ist.«

»Ja, eine schlimme Sache, ich habe davon gelesen. Ich hoffe, er überlebt.«

Peter schüttelte den Kopf. »Leider nein. Vor einer Stunde ist in der Fernschreibzentrale unseres Ministeriums die Nachricht eingegangen, dass der Botschafter heute seinen Verletzungen erlegen ist.«

»Oh nein!«, rief Hannah erschrocken aus.

»Hannah, es wird zu Gewaltaktionen gegen die Juden kommen. Du darfst auf keinen Fall heute Nacht deine Wohnung verlassen.«

Hannah vernahm die Sorge in seiner Stimme. »Denkst du, es wird so schlimm?«

Peter nickte. »Ich befürchte es. Warum bist du noch in Berlin? Ich habe dir doch nach unserer Trennung einen Brief geschrieben und dich inständig gebeten, zu emigrieren. Warum hast du meinen Ratschlag denn nicht befolgt? Was hält dich noch hier?«

Bevor Hannah antworten konnte, öffnete sich im Hintergrund eine Tür, und sie sah Melina, die langsam über den Flur auf sie zulief. Hannah warf einen Blick in Peters Gesicht, über das beim Anblick des kleinen Mädchens mit den honigfarbenen Haaren und den dunklen, mandelförmigen Augen ein Lächeln huschte. Er schien wie verzaubert und hatte für einen Moment offenbar sogar den Grund seines Kommens vergessen.

»Du hast ein Kind?«, war alles, was er nach einiger Zeit herausbrachte. Er blickte wie gebannt auf das Mädchen, das ihn mit unschuldigem, neugierigem Blick ansah.

»Ja, ich habe ein Kind«, antwortete Hannah nach kurzem Schweigen. Für einen Moment hoffte sie, er werde sie fragen, ob es sein Kind sei, doch er schwieg. Er konnte sich kaum von dem Anblick des kleinen Mädchens losreißen, doch schließlich wandte er sich wieder Hannah zu.

»Bitte glaube mir, du bist in Gefahr. Geh heute Nacht auf keinen Fall mehr aus dem Haus«, wiederholte er in eindringlichem Ton.

Hannah nickte. »Danke, dass du mich gewarnt hast.«

Peter öffnete die Tür. Er ließ einen letzten Blick zwischen Hannah und dem Kind hin und her schweifen, dann verließ er die Wohnung. »Pass auf dich auf!«, rief er Hannah noch zu, während er bereits davonstürmte.

Verwirrt schaute Hannah ihm nach, und die unterschiedlichsten Gedanken stürmten auf sie ein. Ihm so unvermittelt wieder gegenüberzustehen, hatte sie innerlich aus dem Gleichgewicht gebracht, und seine Worte hatten sie beunruhigt. Was würde heute Nacht geschehen? Nicht lange nachdem er gegangen war, hörte sie laute Rufe und Schreie auf der Straße. Erschrocken nahm sie Melina an der Hand und klingelte an Agnes' Wohnungstür.

»Hör dir das an«, sagte Agnes, während sie die Tür hinter ihnen wieder verriegelte. Vom Fenster aus sahen die beiden Frauen randalierende Gruppen durch die Straßen ziehen, die Fensterscheiben von jüdischen Geschäften einschlugen, Menschen aus ihren Wohnungen jagten und sie verprügelten. Hannah wandte sich vom Fenster ab, nahm Melina auf den Arm und drückte sie an sich.

»Jetzt bricht der Sturm gegen uns Juden los«, sagte sie mit tonloser Stimme.

In dieser Nacht brannten in ganz Deutschland die Synagogen.

* * *

Schweigend hatte Simon Hannahs Bericht zugehört, während die Spätsommersonne sich über dem gegenüberliegenden Waldrand senkte. Sie saßen noch immer auf der Bank am Feldweg vor der Kapelle.

»Das war eine sehr traurige Geschichte«, sagte er. Innerlich kochte er vor Wut. Es war ihm unbegreiflich, wie dieser Doktor

Hagen die Liebe seines Lebens einfach so hatte aufgeben können. Selbst wenn er und Hannah in Deutschland keine Zukunft gehabt hätten, warum war er nicht zusammen mit ihr ins Ausland gegangen? Schließlich war er nicht verantwortlich für die finanzielle Schieflage seines Vaters. Und nun unterstützte er sogar noch dieses Unrechtsregime? Doch diese Gedanken sprach Simon nicht aus.

»Und er weiß nicht, dass Melina sein Kind ist?«

Hannah schüttelte den Kopf. »Ich glaube, er wollte es nicht wissen. Er ist ein Mensch, der vor der Wahrheit davonläuft, deshalb habe ich ihm auch nichts gesagt.«

»Es gibt Menschen, die sich immer wieder selbst etwas vormachen. Aber irgendwann werden sie von der Wirklichkeit eingeholt«, meinte Simon. »Ich verstehe, dass Sie seine Hilfe nicht annehmen wollten. Ich hoffe, wir können Sie und Melina in Erlenthal schützen.«

»Ja, das hoffe ich auch«, antwortete Hannah.

Sie standen auf und gingen schweigend bis zur Weggabelung, wo sie sich voneinander verabschiedeten. Simon reichte Hannah die Hand, bevor er den Pfad nach Erlenthal einschlug und sie zum Sandnerhof zurückkehrte.

Würzburg

Alte Mainbrücke

Oktober 1939

Flankiert von hohen Weinbergen lag die Stadt Würzburg in ihrem Talkessel, durch den sich der Main, der bedeutendste Fluss der Region, schlängelte. Von ihrem Standpunkt am linken Mainufer hoch über der Stadt blickte die Festung Marienberg, deren Ursprung bis in die Bronzezeit zurückreicht, hinunter auf die Universitäts- und Bischofsstadt. Auf dem weiter südlich gelegenen Nikolausberg erhob sich als steinernes Glaubenszeugnis die Wallfahrtskirche Mariä Heimsuchung mit ihren drei Zwiebeltürmen, zu deren sagenumwobenem Gnadenbild seit Jahrhunderten Christen auf der Suche nach Hilfe in Bedrängnis und Not pilgerten. Die steinernen Zeitzeugen hoch über der Stadt hatten in vielen Jahrhunderten die bewegte Geschichte Würzburgs gesehen und sowohl die Belagerung im Bauernkrieg und den Schwedensturm im Dreißigjährigen Krieg als auch die Eroberung durch napoleonische und österreichische Truppen überstanden. Sie hatten die Schrecken von Pest, Hochwasser und Missernten miterlebt, und nun blickten sie hinunter auf die Kuppeln und Türme der Stadt, von denen immer mehr blutrote Fahnen mit schwarzem Hakenkreuz flatterten.

Pfarrer Simon Petersen stand neben seinem Freund und Priesterkollegen Martin Becker auf der Alten Mainbrücke, und beide schauten hinab auf den träge dahinfließenden Fluss. Auf beiden Seiten der romanischen Bogenbrücke befanden sich jeweils sechs barocke, vier Meter hohe Sandsteinfiguren von Heiligen und bedeutenden Königen, die auf ihren hohen Steinpodesten mit stadtwärts gerichtetem Blick über Würzburg zu wachen schienen.

»Hitler hat 1933 mit dem Ermächtigungsgesetz nicht nur die parlamentarische Demokratie in Deutschland beendet, sondern auch begonnen, die Kirche lahmzulegen«, stellte Simon fest.

»Du meinst, weil er die Zentrumspartei gezwungen hat, dem Ermächtigungsgesetz zuzustimmen?«, fragte Martin.

»Natürlich. Die Abgeordneten der Zentrumspartei haben dieses Gesetz nur unterzeichnet, weil Hitler das Reichskonkordat mit dem Heiligen Stuhl in Aussicht gestellt hat. So hat er die erforderliche Stimmenmehrheit für sein Ermächtigungsgesetz erhalten und ist mit legalen Mitteln an die Macht gekommen. Ein genialer Zug, um sowohl in Deutschland als auch im Ausland seine wahren Absichten zu verschleiern. Die Machtergreifung eines Diktators ohne Putsch.«

»Mit dem Konkordat hat die Kirche versucht, ihr Überleben in Nazideutschland zu sichern, doch Hitler hält sich nicht daran. Er versucht, wo er nur kann, den Handlungsspielraum der Kirche einzuschränken«, meinte Martin.

»Ja, da hast du recht. Er sieht die Kirche als Störfaktor und Konkurrenz. Seine Ideologie ist ein seltsames Gebräu aus einer totalitären Weltanschauung und antisemitischer Rassenlehre, in der es keinen Platz mehr für die Kirche gibt.« Simon stützte beide Hände auf das Brückengeländer.

»Hier in Würzburg werden unsere Gottesdienste und Prozessionen gestört, Kirchen beschmiert, Kreuze aus den Klassenzimmern genommen. Wie sieht es bei dir in deinem beschaulichen Erlenthal aus?«, erkundigte sich Martin.

Simon seufzte. »Auch nicht viel besser. Ich habe große Probleme mit den SA-Leuten dort, die auf jedes Wort achten, das ich im Gottesdienst sage, und andauernd nach einem Grund suchen, mich zu denunzieren. In einem Dorf, wo jeder jeden kennt, ist es mindestens genauso gefährlich wie in einer anonymen Stadt.«

»Aber wir können doch nicht zu allem schweigen!«, rief Martin ärgerlich aus. »Wir sind doch Priester geworden, um das Wort Gottes zu verkünden und nicht das eines verrückten Diktators!«

Simon schaute auf das Wasser des Flusses, in dem sich die Heiligenfiguren spiegelten. Sein Gespräch mit Hannah kam ihm in den Sinn. »Darüber habe ich vor Kurzem mit einer Jüdin gesprochen, die sich mit ihrem kleinen Kind auf einem Hof in der Nähe von Erlenthal versteckt. Sie hat mir davon abgeraten, öffentlich Stellung zu beziehen, damit ich nicht im Gefängnis lande. Wem nützen wir, wenn wir inhaftiert werden?«

»Das ist schon richtig«, pflichtete Martin ihm bei. »Die Juden hier in Würzburg versuchen in großer Zahl auszuwandern. Ich helfe ihnen mit Adressen und Kontakten, wo ich kann. Aber sie müssen so gut wie alles zurücklassen. Die Nazis haben die Reichsfluchtsteuer modifiziert, um ausreisewillige Juden daran zu hindern, ihr Geld ins Ausland zu transferieren. Bei ihrer Ausreise müssen sie ein Viertel ihres Vermögens als Steuer entrichten, und vor ihrer Ausreise dürfen sie ihren Besitz nicht zu Geld machen. Nun sag mir, welcher ausländische Staat will die mittellosen Juden da noch aufnehmen? Viele Länder haben schon Einreisebeschränkungen und Berufsverbote ausgesprochen.«

Simon nickte. »Das ist himmelschreiendes Unrecht«, stimmte er ihm zu. »Ich mache mir große Sorgen um Hannahs Sicherheit. Noch weiß niemand im Dorf, dass sie Jüdin ist, doch wenn sich die SA-Schergen nur ein bisschen Mühe geben, fliegt ihre Tarnung auf. Ich versuche auch, sie zum Auswandern zu bewegen, aber sie zögert noch, da sie mit diesem Schritt ihre Identität offenlegen müsste. Doch wenn sich die Ausreisebedingungen immer mehr verschlechtern, wird sie bald gar nicht mehr zu überzeugen sein.«

»Was ist mit dem Vater des Kindes?«, fragte Martin. »Kann der nicht helfen?«

»Der hat eine führende Position als Jurist bei der SS.«

Martin pfiff leise durch die Zähne. »Oh, großer Gott! Da kann sie keinerlei Hilfe erwarten.«

»Unglaublich, wie weit es bei uns schon gekommen ist.« Simon fuhr sich mit der Hand durch das braune Haar. »Damals im Priesterseminar hätten wir nicht gedacht, dass wir einmal vor solchen Herausforderungen stehen würden, oder?«, fragte er den Freund.

»Wahrlich nicht«, pflichtete Martin ihm bei. Er blickte auf seine Armbanduhr. »Es ist bald Zeit für den Abendgottesdienst. Lass uns davor noch eine Tasse Tee trinken.« Er schaute von der Brücke hinüber zu dem imposanten Kirchengebäude seiner Pfarrkirche St. Burkard am Fuße des Marienbergs, bevor sie sich gemeinsam auf den Weg machten.

Berlin

Oktober 1939

»Du bist zum Leiter des Ressorts Enteignungen im Reichssicherheitshauptamt ernannt worden? Peter, ich bin so stolz auf dich!«, rief Clarissa überrascht aus und fiel ihrem Mann um den Hals, als er gerade die Villa betreten hatte und seine Tasche abstellte. »Was für eine Karriere du in so kurzer Zeit hingelegt hast! Komm herein, unsere Gäste warten schon!« Sie drängte Peter ins Wohnzimmer.

Es war der erste Geburtstag ihres Sohnes Tristan, der in der Mitte des Zimmers auf dem Teppich saß, umringt von Spielsachen und Geschenkpapier. Peter hob das Kind hoch, nahm es auf den Arm und setzte sich an die Kaffeetafel, wo Verwandte und Freunde schon versammelt waren.

»Er sieht dir so ähnlich, Peter«, sagte Therese von Schönwald mit einem stolzen Blick auf ihren Enkel, der mit seinen hellen Löckchen und den dunklen Augen wie ein kleiner Engel aussah.

»Ein wunderschönes Kind«, pflichtete Peters Mutter ihr bei.

»Wir haben heute noch einen Grund zu feiern!« Clarissa strahlte in die Runde. »Peter ist wieder befördert worden. Er ist nun Ressortleiter im Reichssicherheitshauptamt. Anneliese, bringen Sie Champagner!«, rief sie dem Dienstmädchen zu.

Die Sektkorken knallten, und alle stießen auf Peter an. Clarissa sah glücklich zu ihm hinüber, und er bemühte sich, ihr Lächeln zu erwidern. Ja, er machte Karriere und damit seine Familie glücklich, aber … Tristan quietschte vergnügt und riss ihn aus seinen Gedanken.

»Ein tüchtiger Mann, dieser Hitler, hat sich in wenigen Tagen Polen geholt«, sagte Peters Vater Anton. »Er weiß, was er will. Was seine Vorgänger nur versprochen haben, setzt er nun in die Tat um.«

»Man muss sich nur mal die Arbeitslosenzahlen anschauen, wie die seit seinem Amtsantritt zurückgegangen sind«, pflichtete Klaus von Schönwald ihm bei. »Er macht Deutschland wieder groß.«

»Und er lässt sich die Aufrüstung nicht verbieten. Er macht Schluss mit dem Schandfrieden von Versailles«, ereiferte sich Peters Vater. »Den Ersten Weltkrieg hätten wir nicht verloren, wären uns die Sozialdemokraten, die Gewerkschaften und die linksradikalen Spartakisten damals nicht in den Rücken gefallen. Unser General Ludendorff hat es ja treffend ausgedrückt, dass das deutsche Heer im Felde unbesiegbar blieb, das Land von den Feinden in der Heimat jedoch den Dolchstoß versetzt bekam.«

»Gut, dass mit diesen Staatsfeinden nun abgerechnet wird«, brummte Klaus von Schönwald und strich zufrieden über seinen Schnurrbart. »Mit denen und mit der internationalen jüdischen Verschwörung.«

»Da macht er auch keine halben Sachen, dieser Hitler. Die Juden zwingt er zur Auswanderung, und vorher nimmt er ihnen noch ihr Vermögen ab.« Peters Vater nahm sich noch ein Stück

Torte. »Peter hat damit unmittelbar zu tun, er arbeitet ja in diesem Ressort.«

»Ein tüchtiger Mann, dein Peter. Ehrgeizig und pflichtbewusst, Clarissa ist wirklich stolz auf ihn«, bekräftigte Klaus von Schönwald. »Einen besseren Ehemann hätte sie sich gar nicht wünschen können.«

Der Vater nickte zustimmend und die Mutter lächelte zufrieden vor sich hin.

Als Peter abends neben Clarissa am Bettchen ihres schlafenden Kindes stand und sie beide auf den selig schlummernden Jungen blickten, sagte sie: »Meinst du nicht, Liebling, es wäre bald an der Zeit, dass wir ein eigenes Haus beziehen? Zurzeit stehen so viele Villen zum Verkauf wie nie zuvor, weil unzählige Juden enteignet werden, aber das weißt du ja wohl selbst am besten.«

Peter sah sie an. Ihm war nicht wohl bei dem Gedanken, abends in ein Haus zurückzukehren, in dem nur Clarissa und Tristan auf ihn warteten. Er konnte sich selbst nicht erklären, warum er so sehr an diesem Haus festhielt, in dem seine Familie wohnte. Er brauchte andere Menschen um sich herum, und er brauchte Linda, die Geige übte, während er abends im Wohnzimmer die Zeitung las. Es war ihm nicht wirklich bewusst, dass etwas in seinem Inneren nach wie vor hoffte, die Welt sei in Ordnung, es sei noch immer 1932, die Hausglocke werde bald läuten und das Hausmädchen werde Fräulein Rosenberg melden, die zum Geigenunterricht gekommen war. Hätte Peter auch nur ein bisschen in sich hineingehorcht, dann wären ihm diese Zusammenhänge klar geworden. Doch er hatte aufgehört, auf die Stimme in seinem Inneren zu hören, und die Gedanken an jene kurze, wunderbar glückliche Zeit in seinem Leben in die tiefsten Tiefen seines Unterbewusstseins verbannt. Es gelang ihm sogar, sich selbst einzureden, dass die Zeit mit Hannah nur eine belanglose, unbedeutende Episode seines

Lebens gewesen sei, die längst keine Rolle mehr spielte, zumal er bei seiner letzten Begegnung mit ihr zu der Überzeugung gelangt war, dass sie offensichtlich nicht mehr allein war. Es gab wieder einen Mann in ihrem Leben, von dem sie sogar ein Kind hatte. Wie alt mochte es damals gewesen sein, vielleicht zwei Jahre? Also hatte sie bald nach der Trennung von ihm wieder jemanden kennengelernt. Hoffentlich hatte Hannah mittlerweile seinen Rat befolgt und war emigriert, denn seitdem er unter SS-Obergruppenführer Reinhard Heydrich im Reichssicherheitshauptamt arbeitete, bekam er täglich hautnah mit, wie gefährlich es bereits für Juden in Deutschland geworden war.

»Ich weiß nicht, Clarissa, unsere Familienvilla ist so groß, wir haben hier doch wirklich genug Platz. Außerdem bin ich oft beruflich unterwegs, du und Tristan, ihr wäret dann viel allein. Lass uns noch eine Weile hierbleiben.« Er führte sie ins Wohnzimmer. Dort schenkte er sich einen Whisky ein. Er brauchte abends immer öfter einen Drink, um das Leben besser ertragen zu können.

* * *

Die Arbeit in seinem Büro im Reichssicherheitshauptamt stapelte sich, auf allen Tischen und Schränken lagen Akten. Seit Monaten war die Zahl der Enteignungen jüdischen Vermögens explosionsartig gestiegen, und sein Ressort kam kaum noch mit der Arbeit nach. Von Privatvermögen, Immobilien, kleinen Geschäften bis hin zu Großunternehmen, alles lief über Peters Schreibtisch. Und unzählige weitere Fälle würden noch hinzukommen. In Berlin lebte ein Drittel der jüdischen Bevölkerung des Deutschen Reiches, und ein großer Teil davon galt als vermögend. Es gab mehrere zehntausend jüdische Geschäfte und Unternehmen, und immer mehr Gesetze wurden erlassen, auf deren Grundlage die Enteignungen vorgenommen wurden. Peter seufzte. Sie würden nicht umhinkommen, neue Leute einzustellen.

Als er den Aktenberg vor sich durchblätterte, stutzte er bei einem Ordner. *Landwirtschaftliches Gehöft der Jüdin Hannah Rosenberg.* War der Moment gekommen, auf den er unbewusst gewartet und vor dem er sich gefürchtet hatte? War ihm nicht schon immer klar gewesen, dass irgendwann ihr Name in einer Akte auftauchen würde, auftauchen musste? Er blätterte die Papiere durch. In allen Details war Hannahs Hof aufgeführt, Grundstücksgröße, Ackerflächen, Haus und Ställe, selbst der Viehbestand. Er nahm die Akte und ging damit zum Fenster. Hannahs Hof, den sie von ihren Großeltern geerbt hatte. Sie brauchte die Pachteinnahmen, wahrscheinlich im Moment mehr denn je. Die jüdische Schule, in der sie zuletzt gearbeitet hatte, war geschlossen worden, das hatte er herausgefunden. Ob sie wohl noch privaten Musikunterricht gab? Linda hatte ihr lange nachgetrauert, als Hannah den Unterricht beendet hatte, und mit der neuen Lehrerin kam seine Schwester bei Weitem nicht so gut zurecht. Noch heute jammerte sie bisweilen, weil Hannah nicht mehr da war. Hannah war auch nicht mehr in Berlin gemeldet, also nahm er an, dass sie untergetaucht oder emigriert war.

Mir war wichtig, dass der Hof und die Tiere in gute Hände kommen. Peter hörte unvermittelt Hannahs Stimme, und der Zauber jenes Nachmittags an der Spree war mit einem Mal wieder da. Der schönste Tag seines Lebens. Für einen kurzen Moment schloss er die Augen und hing dieser wunderbaren Erinnerung nach.

Die Worte klangen noch in Peters Ohr, als er wieder auf die Unterlagen in seiner Hand schaute. Hannahs Hof.

Ich kenne alle Tiere beim Namen.

Wer wusste von der Akte? Bis jetzt war das Gehöft lediglich erfasst worden, für die nun folgenden rechtlichen Schritte war sein eigenes Ressort zuständig. Konnte er in diesem einen Fall gegen die Anordnungen handeln? Peter wusste, dass ihn das, was er da vorhatte, unter Umständen Kopf und Kragen kosten würde. Wenn jemand eine Verbindung zwischen Hannah und ihm herstellen würde, wäre er erledigt. Eine Affäre mit einer Jüdin, selbst wenn diese längst Vergangenheit war? In seiner Position einfach undenkbar! Es würde für ihn das berufliche und gesellschaftliche Aus bedeuten, und dennoch konnte er nicht anders. Er drehte sich um und steckte die Unterlagen in seine Aktentasche. Er wollte sie noch an diesem Abend vernichten.

In diesem Moment öffnete sich die Tür. SS-Obersturmbannführer Adolf Eichmann, ein schlanker dunkelhaariger Mann in grauer Uniform, trat ein. Er schaute auf den Aktenberg auf Peters Schreibtisch.

»Oh, das sieht nach viel Arbeit aus. Ich glaube, wir brauchen dringend neue Mitarbeiter, unser Amt platzt aus allen Nähten«, meinte er. »Wie sieht Ihr Terminkalender in den nächsten Tagen aus, Hagen? Es steht eine Inspektionsfahrt ins Generalgouvernement im besetzten Polen an. Es müssen neue Arbeitslager errichtet werden. Ich dachte, Sie könnten mich begleiten, aber mir scheint, Sie sind unabkömmlich.«

Peter, der in Gedanken noch immer bei Hannah war und innerlich aufatmete, dass Eichmann nicht schon Minuten früher eingetreten war, nickte nur. »Ja, wenn ich mir den Stoß Akten auf meinem Schreibtisch anschaue, scheint mir das auch so«, gab er gedankenverloren zur Antwort.

»Wir müssen dringend noch mehr Leute einstellen«, knurrte Eichmann und verließ Peters Büro.

Berlin

November 1939

Heydrich kam in Peters Büro im Reichssicherheitshauptamt und legte ihm eine Akte auf den Tisch. »Ziemlich eilige Sache«, sagte er. Der große, sportliche Mann mit den blonden Haaren und den stahlblauen Augen war der Inbegriff dessen, was seit einigen Jahren als Idealbild eines »arischen« Mannes propagiert wurde. »Enteignungen im Großraum Berlin. Morgen bei der Besprechung mit dem Führer müssen wir die Zahlen präsentieren. Haben Sie heute noch Zeit, das alles durchzuarbeiten?«

Peter warf einen Blick auf die Unterlagen. Dokumente über jüdische Geschäfte und Unternehmen, Eigentumserklärungen, Bürgschaften, Pachtverträge.

»Natürlich, das werde ich einrichten«, entgegnete er.

»Wir brauchen auch Zahlen zur Auswanderung der Juden aus Deutschland. Dem Führer geht das Ganze nicht schnell genug«, fügte Heydrich hinzu.

»Dabei haben wir doch hier in Berlin die gleichen Maßnahmen ergriffen, die Adolf Eichmann bereits im letzten Jahr in Österreich eingeführt hat, um die jüdische Emigration zu beschleunigen«, meinte Peter und legte die Akte zur Seite.

»Alle Ämter, die für die Ausreisepapiere zuständig sind, arbeiten nun Hand in Hand, um die Verfahren zu vereinfachen. Nahezu tausend Anträge am Tag, die reinste Fließbandarbeit.«

Heydrich trat ans Fenster und schaute auf die belebte Straße.

»Stimmt. Eichmanns Einführung einer Zentralstelle für jüdische Auswanderung war damals in Österreich ein Schritt in die richtige Richtung und fand Hitlers vollste Zustimmung«, stellte er fest.

»Auch die Lösung, die Eichmann für die mittellosen Juden gefunden hat, die sich die Ausreise nicht leisten können, ist überaus geschickt«, erklärte Peter. »Eingefrorene Gelder der jüdischen Gemeinde fallen unserer Zentralstelle zu, und wir finanzieren damit die Ausreisen. Die reichen Juden zahlen praktisch für die armen mit.«

»Richtig«, stimmte Heydrich zu. »Ich denke, Sie und Eichmann werden gut zusammenarbeiten. Ich bräuchte mehr Männer wie Sie. Vor allem im Generalgouvernement im besetzten Polen.« Er seufzte und wandte sich wieder Peter zu. »Da geht es drunter und drüber. Nach dem Sieg über Polen haben wir dort nun zusätzliche 1,7 Millionen Juden unter deutscher Kontrolle. Wir streben eine territoriale Lösung des Problems an, indem wir an der Peripherie des deutschen Herrschaftsgebiets eine Art Reservat einrichten und die Juden dort ansiedeln.«

»So wie das Lager, das Eichmann gerade in Nisko an der Grenze zum Distrikt Lublin errichten hat lassen?«, fragte Peter. Er hatte gehört, dass es sich dabei keineswegs um ein neues Siedlungsgebiet für Juden handelte, sondern um ein primitives Barackenlager, in dem die Menschen unter unmenschlichen Bedingungen hausten. Es musste doch andere Möglichkeiten der Unterbringung geben?

Heydrich nickte. »Genau, doch wir kommen mit den Deportationen nicht schnell genug voran, weil uns einerseits die Siedlungsgebiete fehlen und andererseits die Transportmittel.«

»Man sollte in den Städten Zonen einrichten und bestimmte Stadtteile für Juden abgrenzen. Dann hätte man sie dort unter Kontrolle, ohne neue Lager errichten zu müssen«, meinte Peter. Dann konnten die Menschen wenigstens in Häusern wohnen, was in jedem Fall besser war als die primitiven Baracken in den Lagern.

Heydrich sah ihn nachdenklich an. »Sie meinen Ghettos? Daran habe ich auch schon gedacht.«

»Städte wie Lodz, Warschau und Krakau würden sich dafür anbieten«, meinte Peter.

Heydrich nickte zustimmend. »Ich werde später mit Himmler darüber reden«, sagte er und verließ das Büro.

Sandnerhof

Dezember 1939

Melina kniete auf dem Küchenstuhl und rollte mit dem Nudelholz Teig aus. Ihre Hände, ihr Kleidchen und selbst ihre Nasenspitze waren mit Mehl gepudert. Zusammen mit Oma Klara stach sie die Weihnachtsplätzchen aus, wobei es ihr jedes Mal schwerfiel, sich für ein Förmchen zu entscheiden. Ein Stern? Ein Herz? Oder doch lieber ein Weihnachtsbaum? Sie genoss diesen ersten Winter auf dem Sandnerhof. Eine dicke Schneeschicht bedeckte das Tal, und den ganzen Nachmittag über war sie mit den anderen Kindern der Siedlung auf dem Schlitten Berghänge hinunter gerodelt, bis sie halb erfroren zum Wohnhaus zurückgekehrt und in der warmen Küche bei heißer Milch und Honigbrot langsam wieder aufgetaut war.

»Kann ich Opa Friedrich ein paar Plätzchen in die Werkstatt bringen?«, fragte Melina, als Oma Klara wieder ein fertiges Blech aus dem Backofen zog. »Ach nein, geht ja nicht«, fiel es Melina wieder ein. »Er hat ja gesagt, ich darf im Moment nicht ins Sägewerk. Er hat da eine Arbeit, bei der er Kinder nicht gebrauchen kann«, seufzte sie. Vor einigen Tagen hatte Opa

Friedrich dieses Werkstattverbot ausgesprochen, und Melina fragte sich seither, was da wohl vor sich ging.

»Oma Klara, weißt du warum?«

Klara schmunzelte. »Nein, keine Ahnung, aber bestimmt dauert diese Arbeit nicht mehr so lange, dann darfst du wieder in die Werkstatt gehen. Die Plätzchen gibst du Opa heute Abend.«

Melina schaute sie forschend an. Irgendetwas an Oma Klaras Stimme war anders als sonst, und außerdem benahm sie sich in den letzten Tagen öfters seltsam. Melina war aufgefallen, dass Oma öfters in der Küche mit einer Handarbeit beschäftigt war, die sie rasch weglegte, wenn Melina ins Zimmer kam. Auf die Frage, was sie denn nähe, antwortete sie dann immer ausweichend. Melina konnte sich das Verhalten der Erwachsenen nicht richtig erklären, und ihre Neugier war geweckt. Irgendetwas ging hier vor sich, das sie nicht wissen sollte.

Im Sägewerk herrschte Hochbetrieb, mehrere Aufträge sollten vor Weihnachten noch fertig werden. Dennoch nutzte Friedrich jede freie Minute, um sich in den hinteren Teil der Werkstatt zurückzuziehen. Vor einigen Tagen hatte er aus seinem Abstellraum eine halbfertige Holzarbeit herausgeholt, die dort jahrelang unbeachtet in einer Ecke gestanden hatte und nun endlich doch noch fertiggestellt werden sollte: ein kleines Puppenhaus. Es war ursprünglich für den dritten Geburtstag seiner kleinen Elli bestimmt gewesen, den diese jedoch nicht mehr erlebt hatte. Nun, da es wieder ein kleines Mädchen in seinem Haus gab, war ihm der Gedanke gekommen, das Puppenhaus als Weihnachtsgeschenk für Melina fertig zu bauen. Und mit jeder Stunde, die er daran sägte und hämmerte, wuchs in ihm die Vorfreude auf Melinas überraschtes Gesicht. Er stellte zufrieden fest, dass Klara mit der gleichen Begeisterung angefangen hatte,

Püppchen, kleine Vorhänge, Kissen und Decken zu nähen. Ihm war, als ob alte Wunden anfingen zu heilen.

An Heiligabend stellte Hannah wieder einmal verblüfft fest, wie schnell sie und Melina auf dem Sandnerhof heimisch geworden waren. Der köstliche Duft, der den ganzen Tag aus der Küche und der Backstube durch das Haus zog, kündigte ein leckeres Weihnachtsessen an. Auch Melinas vierter Geburtstag sollte an diesem Abend gefeiert werden. Hannah sah die Aufregung in Melinas Gesicht, als sie emsig Oma Klara in der Küche half, mit Opa Friedrich den besten Wein aus dem Keller holte und mit Annie den Festtagstisch deckte. Als Hannah ihr vor der Feier ihr schönstes Kleidchen anzog, ließ sie sich geduldig noch eine Schleife ins Haar binden. Es machte Hannah froh, Melina so glücklich zu sehen.

Die ganze Familie versammelte sich am festlich gedeckten Tisch im Wohnzimmer, wo Opa Friedrich schon die Kerzen am Weihnachtsbaum entzündet hatte. Hannah nahm ihre Geige zur Hand, und alle sangen gemeinsam die Lieder über die Ankunft des Erlösers und den Frieden in der Welt. Oma Klara las aus der Bibel das Weihnachtsevangelium vor, und danach wurden die Geschenke verteilt. Hannah lächelte über den Eifer, mit dem Melina jedem Familienmitglied eine Bastelarbeit überreichte und dafür großes Lob erntete. Das kleine Mädchen freute sich bei jedem Geschenk, das verteilt wurde. Malutensilien für David, ein Abenteuerbuch für Hans, eine Schürze für Klara, eine Pfeife für Friedrich, ein Schultertuch für Annie, eine Krawatte für Konrad, Handtücher für Maria und Georg und Briefpapier für Hannah. Da die Geschenke von allen freudig kommentiert wurden, war das Zimmer erfüllt von Lachen und Stimmengewirr. Doch als Friedrich zuletzt Melina bat, die Decke von einem unförmigen Gegenstand zu ziehen, der verhüllt neben dem Weihnachtsbaum stand, wurde es ganz still im Zimmer. Aller Augen ruhten gespannt auf Melina, die vorsichtig an der Decke zog und mit großen Augen auf das kleine Wunder starrte, das darunter zum Vorschein kam. Staunend betrachtete sie das Puppenhaus, das liebevoll mit kleinen Möbeln und Püppchen eingerichtet war. Hannah wusste, dass Melina so etwas Schönes noch nie gesehen hatte, und spürte, dass die Kleine gar nicht verstand, dass dieses Kunstwerk nun ihr gehörte. Hannah wollte gerade aufstehen und zu Melina gehen, die noch immer wie vom Donner gerührt vor dem Puppenhaus stand, als sie Davids Stimme vernahm.

»Du darfst damit spielen, Melina«, sagte der Junge. Er hatte Melinas Unsicherheit ebenso gespürt, stellte Hannah erstaunt fest. Dieses Feingefühl war ihr schon oft an dem Jungen aufgefallen. David kniete sich neben Melina vor das Puppenhaus und nahm eines der Püppchen in die Hand. »Das Puppenkind ist bestimmt müde. Will es vielleicht in sein Bettchen?«

»Ja!«, rief Melina lachend, und Hannah sah, wie sich ihre Anspannung löste. Sie nahm das Püppchen und legte es in eines der Bettchen, ein anderes setzte sie an den Tisch, und wieder ein anderes stellte sie an den Herd.

»So ist es richtig.« David lächelte und holte ein paar Puppenteller aus einem der Schränkchen. »Die Püppchen haben Hunger und du musst ihnen etwas kochen.« Melina ging auf seinen Vorschlag ein und vertiefte sich bald so sehr in ihr Spiel, dass es Hannah später fast nicht gelang, sie an den Tisch zu bewegen, als das Festtagsessen aufgetragen wurde.

Hannah lächelte Friedrich und Klara dankbar an. »Da habt ihr aber ein kleines Mädchen sehr glücklich gemacht! Ich weiß gar nicht, wie ich euch danken soll«, sagte sie, als sie sah, wie Melina nach dem Essen mit strahlenden Augen wieder zu ihrem Puppenhaus eilte. »Ihr habt uns so gut bei euch aufgenommen.« Bei den letzten Worten stiegen ihr Tränen in die Augen. Sie und Melina hatten auf dem Sandnerhof tatsächlich eine Familie gefunden.

Als sie später ihre dicken Mäntel und Stiefel anzogen und sich auf den Weg nach Erlenthal machten, um die Christmette um Mitternacht zu besuchen, schaute Friedrich auf die tief verschneite Landschaft unter dem sternenklaren Nachthimmel. Und unwillkürlich fragte er sich, wie wohl der Verrückte, der gerade dabei war, Deutschland in einen Weltkrieg zu manövrieren und diese wunderschöne Welt zu zerstören, Weihnachten feierte.

Berghof

Obersalzberg

24. Dezember 1939

Der Berghof in den Berchtesgadener Alpen lag unter einer dicken Schneeschicht. Adolf Hitler hatte das ehemalige Haus Wachenfeld, das an einer kurvenreichen Bergstraße in etwa tausend Metern Höhe auf dem Obersalzberg lag, zu seiner Machtzentrale in den Alpen ausgebaut. In unmittelbarer Nähe wohnten seine engsten Mitarbeiter, die Parteifunktionäre Martin Bormann, Hermann Göring und Albert Speer mit ihren Familien, häufige Besucher des Berghofs. So auch an diesem Abend. Wohlige Wärme aus dem offenen Kamin erfüllte das Landhaus. Vor dem riesigen Panoramafenster in der Empfangshalle, das einen atemberaubenden Blick auf den Untersberg und die verschneiten Wälder und Wiesen des Berchtesgadener Lands bot, standen zwei Männer.

»Niemand wird mehr von Rom oder Paris sprechen«, verkündete Albert Speer und rollte sein Skizzenblatt auf dem großen Tisch vor dem Panoramafenster aus. Reichsminister

Bormann und der Städteplaner Speer beugten sich über die Reißbrettzeichnung, die eine Vielzahl von Gebäuden und Straßen zeigte. Aus dem angrenzenden Wohnzimmer hörte man Stimmen und Gelächter, die Gäste versammelten sich gerade um die Abendtafel.

»Die beiden Hauptverkehrsachsen Berlins bilden ein Kreuz«, erklärte Speer weiter. »In ihrer Mitte, also im Tiergarten zwischen dem Großen Stern und dem Brandenburger Tor, wird die Große Halle entstehen, der größte Kuppelbau der Welt, dreihundertzwanzig Meter hoch, eine Kongresshalle, die einhundertfünfzigtausend Menschen Platz bieten wird.«

Bei dieser Zahl schaute Martin Bormann auf. »Ich bin beeindruckt. Ich hätte nicht gedacht, dass ein freitragendes Kuppeldach von solch gigantischen Ausmaßen möglich ist.«

Im Nebenraum schaltete jemand einen Schallplattenspieler an, und Weihnachtslieder waren zu hören.

»Germania wird eine Reichshauptstadt werden, wie die Welt sie noch nicht gesehen hat«, erklärte Albert Speer stolz. »Neben der Großen Halle wird der Führerpalast liegen, ein Monumentalgebäude, in dem Staatsgäste empfangen werden. Die Besucher werden durch eine fünfhundert Meter lange Marmorgalerie schreiten, bis sie zum neunhundert Quadratmeter großen Arbeitszimmer des Führers gelangen.« Albert Speer deutete auf das entsprechende Gebäude auf seinem Plan.

Bormann nickte beeindruckt. Er studierte die Zeichnung intensiv.

»Wir müssen dafür Gebäude aufkaufen, Menschen umsiedeln, selbst der Lauf der Spree wird an einer Stelle verändert werden müssen, aber es wird sich auszahlen«, sagte Speer.

Zwei Kinderstimmen rissen die beiden Männer aus ihrem Gespräch.

»Papa! Komm doch endlich! Wir warten schon alle!« Der fünfjährige Albert und die dreijährige Hilde kamen ins Zimmer gelaufen. »Kommt doch, Tante Eva hat schon die Kerzen am Weihnachtsbaum angezündet!«, riefen sie aufgeregt.

»Die Kinder haben recht«, meinte Albert Speer und rollte die Zeichnung wieder zusammen. »Ich komme ja schon, mein Engel.« Er nahm Hilde auf den Arm, während der kleine Junge ihn an der Hand fasste und ins festlich geschmückte Zimmer nebenan zog. »Komm, Papa! Hilf mir, einen Lebkuchen vom Baum zu holen!«, rief er und streckte vor dem im Kerzenschein strahlenden Weihnachtsbaum seine Ärmchen in die Luft, um zu demonstrieren, dass sie zu kurz waren, um an die Lebkuchen zu reichen. Albert Speer lachte und holte dem Jungen die ersehnte Nascherei vom Baum, bevor er sich an die festlich gedeckte Tafel setzte. Die Weihnachtsfeier auf dem Berghof in gemütlicher Runde hatte begonnen.

Sandnerhof

Juni 1940

Vor den drei farblich markierten Einflugöffnungen des Bienenhauses herrschte rege Betriebsamkeit. Um es den Bienen, die von ihren Sammelflügen zurückkehrten, leichter zu machen, den richtigen Bienenstock zu finden, waren die Öffnungen und Anflugbretter mit roter, blauer und grüner Farbe gestrichen. Aus sicherer Entfernung beobachtete Melina, wie die Bienen mit lautem Summen auf das Bienenhaus zuflogen und vor einer der drei Öffnungen landeten, die von anderen Bienen dieses Volkes bewacht wurden.

»Die Wächterinnen kontrollieren, ob die zurückgekehrten Bienen auch wirklich zu ihrem Volk gehören«, erklärte Pfarrer Petersen. »Erst dann dürfen die in den Stock einfliegen.«

»Und die Königin besuchen?«

»Genau«, sagte der Pfarrer. »Sie bringen den Nektar, den sie auf ihren Flügen gesammelt haben, in den Bienenstock und besuchen die Königin.«

»Ich habe ihr Haus schon von innen gesehen«, erklärte Melina. »Opa Friedrich hat es letztes Jahr aufgemacht. Sie haben ganz viele winzig kleine Zimmerchen.«

»Oh ja, die Bienenwaben sind reinste Kunstwerke«, stimmte der Pfarrer ihr zu.

Das Bienenhaus stand am hinteren Ende des Gemüsegartens, wo Hannah damit beschäftigt war, die Pflanzen zu gießen.

»Schön, dass Sie mal wieder bei uns vorbeischauen«, begrüßte sie den Priester, der am Bach eine Gießkanne füllte und ihr beim Bewässern half.

»Ich bringe heute den Kranken und Alten der Pfarrei die Krankenkommunion, und hier auf dem Sandnerhof besuche ich auch einige Häuser«, erklärte er.

Hannah nickte. »Ja, für einige ältere Menschen hier in den Nachbarhäusern ist der Weg bis zur Kirche in Erlenthal zu anstrengend geworden. Schön, dass Sie sie besuchen.«

»Melina ist ganz begeistert vom Bienenhaus.«

»Oh, Sie hätten sie letztes Jahr bei der Honigernte erleben müssen, als Friedrich und Konrad in ihren Imkeranzügen die Waben aus den Bienenkästen geholt und in der Honigschleuder den Honig gewonnen haben. Sie konnte gar nicht glauben, dass diese kleinen Tierchen so viel Honig sammeln können.«

»Das kann ich mir vorstellen. Es scheint ihr hier auf dem Hof gut zu gefallen.«

»Sehr sogar. Sie hat sich wunderbar eingelebt. Sie betrachtet die Familie Sandner als ihre eigene Familie.«

Vom Weg her, der von Erlenthal zum Sandnerhof führte, waren Kinderstimmen zu vernehmen.

»Hören Sie? Die Schulkinder kommen zurück. Jetzt wird sie gleich losspringen und ihnen entgegenrennen«, sagte Hannah. Sie und der Pfarrer lachten, als sie beobachteten, wie Melina, die noch immer gedankenverloren vor dem Bienenhaus stand, mit einem Mal aufblickte und mit strahlendem Gesicht losrannte.

»David kommt zurück«, erklärte Hannah.

»Glücklicher David, wenn er immer so sehnsüchtig erwartet wird«, entgegnete der Pfarrer amüsiert.

»Melina ist sehr oft allein hier«, antwortete Hannah. »Sie sehnt den Moment herbei, wenn die Schulkinder nach Hause kommen. Und David hat sie sich am engsten angeschlossen. Er behandelt sie wie eine kleine Schwester.«

»Trauert Melina der Großstadt noch nach?«, fragte der Pfarrer.

»Nein, überhaupt nicht. Anfangs hat sie immer wieder nach unserer Nachbarin gefragt, einer sehr lieben älteren Dame, die sie Oma Agnes nennen durfte und die immer auf sie aufgepasst hat, wenn ich Unterricht gegeben habe. Ich habe ihr sehr viel zu verdanken, und auch mir ist der Abschied schwergefallen.«

»Schön, dass es so wunderbare Menschen gibt«, sagte der Priester.

»Ja, und dass wir hier so viel Hilfe bekommen haben. Wenn wir vom Sandnerhof wieder weggehen müssten, wäre das entsetzlich für Melina.«

»Und Sie, haben Sie sich auch gut hier eingelebt oder fehlen Ihnen Berlin und Ihr Beruf?«, fragte er.

Hannah sah ihn einen Moment lang nachdenklich an. »Die Großstadt selbst vermisse ich nicht. Aber ich würde gern wieder unterrichten, das fehlt mir sehr. Und dieses ewige Versteckspiel ist natürlich auch nicht schön. Ich würde gern öfter mal auf Menschen zugehen und sie kennenlernen, doch die Gefahr ist zu groß, dass sie etwas über meine Herkunft erfahren.«

»Ich kann gut verstehen, dass Sie hierbleiben möchten. Es wäre auch nicht gut, Melina schon wieder aus ihrem Umfeld zu reißen«, meinte Pfarrer Petersen. »Beten wir, dass der Krieg bald vorbei ist und alles wieder normal wird. Wenn Hitler nur nicht auch noch Russland angreift.«

»Gott bewahre«, sagte Hannah.

Vom Gartenzaun her erklang eine Männerstimme, die »Guten Tag, Hannah!« rief.

Hannah kannte die Stimme, und unwillig drehte sie sich um. In seiner braunen Uniform stand dort Fritz Lehmann, ein junger Mann mit gescheiteltem blondem Haar.

Sie nickte ihm kurz wortlos zu und drehte sich wieder zu ihrem Gemüsebeet um. Auch Pfarrer Petersen grüßte ihn nicht.

»Ich dachte immer, Priester arbeiten in Gottes Weinbergen!«, rief Lehmann spöttisch zu Pfarrer Petersen herüber. »Aber Gemüsegärten scheinen auch so ihre Reize zu haben.«

Der Pfarrer antwortete nicht auf die Provokation des Ortsgruppenleiters.

»Sie sollten sich vor ihm in Acht nehmen«, sagte er leise zu Hannah, als Lehmann weitergegangen war. »Ich traue ihm nicht über den Weg.«

»Ein unangenehmer Mensch«, antwortete sie und atmete erleichtert auf, als sie Lehmann um die nächste Häuserecke verschwinden sah. »Ständig schnüffelt er hier rum.«

»Passen Sie gut auf, dass er nicht hinter Ihr Geheimnis kommt.«

»Ich vermeide es, mit ihm zu reden. Friedrich hat mich ihm gegenüber als eine entfernte Verwandte ausgegeben, das scheint er akzeptiert zu haben.«

»Na hoffentlich«, antwortete der Priester skeptisch.

Über der Siedlung erschallte das Läuten einer Glocke. Das Wohnhaus der Sandners verfügte über einen Turm mit einer großen und einer kleinen Glocke. Die große wurde zur Mittagszeit geläutet, die kleinere bei Sterbefällen.

»Nun mache ich mich besser wieder auf den Weg, sicherlich werden Sie bereits im Haus erwartet, um eine Meute hungriger Kinder abzufüttern, die Glocke läutet ja schon.« Der Priester lächelte und wollte Hannah die Hand reichen.

»Sie glauben doch nicht, dass ich Sie jetzt so gehen lassen werde? Klara hat einen großen Topf mit Gemüsesuppe gekocht und frisches Brot gebacken. Sie wird mir nicht verzeihen, wenn ich Sie nicht zum Essen einlade.«

»Wie könnte ich so ein Angebot ausschlagen?« Der Priester lachte, und sie machten sich auf den Weg zum Haus.

Berlin

Juli 1940

Die großen Kronleuchter ließen das Foyer der Preußischen Staatsoper am Boulevard Unter den Linden in hellem Glanz erstrahlen, und in eleganter Abendgarderobe genoss das Publikum die erste Pause der Straussoper »Elektra«.

»Was für eine großartige Aufführung«, sagte Lina Heydrich zu Clarissa, als ihr Mann den beiden Frauen ein Glas Sekt reichte.

»Man muss wirklich sagen, Gertrud Rünger ist eine ausgezeichnete Elektra, was für eine wunderbare Stimme sie doch hat!«, lobte Peter.

»Und Margarete Klose als Klytämnestra erst!«, schwärmte Reinhard Heydrich. »Sie verleiht der Rolle der Gattenmörderin etwas beinahe Diabolisches. Vor ihr hätte ich als Agamemnon auch Angst gehabt.«

Alle lachten.

»Du kannst von Glück reden, dass du mich geheiratet hast und nicht so eine Furie«, scherzte seine Frau Lina.

»Ja, wir schätzen uns beide sehr glücklich, was die Wahl unserer Frauen angeht«, stimmte Peter ihr zu und ließ seinen Blick anerkennend über die beiden eleganten Damen schweifen.

»Und dazu noch Herbert von Karajan, der die gesamte Oper auswendig dirigiert!«, rief Clarissa. »Wir können schon stolz sein auf unsere Künstler.«

»Ach, es ist herrlich, einmal auszugehen und nicht nur bei den kleinen Kindern zu Hause zu sein«, schwärmte Lina Heydrich. »Unser Kindermädchen passt heute Abend auf Klaus, Heider und Silke auf. Wer ist denn bei Ihrem kleinen Sohn?«

»Peters Schwester«, antwortete Clarissa. »Linda wäre zwar auch gern mitgekommen, sie liebt Musik, aber sie hat sich dann doch bereit erklärt, bei Tristan zu bleiben.«

Die beiden Frauen unterhielten sich weiter über die Kinder und die Theatervorstellung, während Heydrich und Peter auf Politik zu sprechen kamen.

»Ich fahre morgen mit Himmler nach Lodz«, berichtete Heydrich. »Das erste Ghetto im Generalgouvernement ist nun eingerichtet.«

»Wie groß ist es?«, fragte Peter.

»Es hat Platz für mindestens einhundertfünfzigtausend Menschen.«

»Wie wird es verwaltet? Wurden Judenräte eingeführt?«

»Eine jüdische Verwaltung setzt die deutschen Gesetze und Vorschriften um. In Warschau gehen wir jetzt genauso vor.«

Peter nickte. »Bei den deutschen Juden setzen wir aber nach wie vor auf schnelle Auswanderung. Nach der neuen Gesetzeslage sollen alle Unterlagen für eine Emigration im Eilverfahren bereitgestellt werden.«

Peters Gedanken schweiften ab zu Hannah. Wenn er doch nur gewusst hätte, wo sie war! Hannah war zwar nicht mehr unter ihrer Adresse in Berlin gemeldet, doch vor Kurzem hatte er ihre frühere Wohnung aufgesucht in der Hoffnung, von ihren Nachbarn etwas über ihren Verbleib in Erfahrung zu bringen. Eine ältere Dame in der Nachbarwohnung hatte ihm jedoch lediglich mitgeteilt, sie wisse nicht, wohin Hannah und ihre Tochter gezogen seien. Sie hatte doch hoffentlich längst das Land verlassen, oder? Die Lage für die Juden im Deutschen Reich spitzte sich immer mehr zu. Wie konnte er ihr nur helfen? Die Akten über ihren Hof, die er an sich genommen hatte, hatte er noch am selben Abend zu Hause in den Ofen gesteckt, damit sie ihre Pachteinnahmen nicht verlor. Doch wenn sie untergetaucht war, kam sie dann überhaupt an ihr Geld? Peter spürte Heydrichs Blick auf sich und wandte sich wieder ganz ihm zu.

»Ja, aber so richtig in Fahrt kommt das Ganze nicht. Wenn sich das nicht ändert, müssen wir auch hier anders vorgehen«, stellte Heydrich fest. »Ich habe Göring und Ribbentrop diesbezüglich schon ein Memorandum geschrieben.«

»Anders vorgehen?«, hakte Peter nach.

»Ja, dann müssen wir den Druck auf die Reichsjuden verschärfen, um ihre Auswanderung zu forcieren«, entgegnete Heydrich. »Es ist im Gespräch, dass Mischehen zwischen Ariern und Juden zwangsgeschieden werden sollen. Außerdem sollen sie ebenso wie die Juden im besetzten Polen gezwungen werden, einen Judenstern zu tragen.«

Peter erschrak, und es kostete ihn viel Mühe, sich seine Bestürzung nicht anmerken zu lassen.

Der Gong kündigte das Ende der Pause an.

»Dann wollen wir mal sehen, ob Elektra den Mord an ihrem Vater Agamemnon rächen wird«, sagte Heydrich, und sie gingen zurück in den Saal.

Sandnerhof

März 1941

Hannah spürte sofort die gedrückte Stimmung in der Küche, als sie eintrat und die ganze Familie dort versammelt vorfand. Auf dem Tisch standen Tee und Gebäck, doch niemand beachtete das. Ihr Blick fiel auf zwei geöffnete Briefumschläge, und als sie als Absender das Wehrmeldeamt las, setzte ihr Herz einen Schlag lang aus. Sie wusste, was in den Briefen stand, die Friedrich in der Hand hielt und immer wieder durchlas.

»Konrad und Georg haben einen Einberufungsbefehl erhalten?«, fragte sie und setzte sich auf die Bank neben Annie.

Konrad nickte.

»Was heißt das jetzt genau?«, fragte Maria, die neben Georg auf der Küchenbank saß und seine Hand hielt. Hannah spürte, wie sehr Maria bereits in diesem Augenblick um ihren Mann bangte.

»Wir müssen uns bei der angegebenen Wehrdienststelle melden, erhalten dort zunächst eine Grundausbildung und werden dann irgendwohin an die Front geschickt«, antwortete Konrad.

»Und wohin?«, fragte Hans. »Glaubt ihr, Hitler plant immer noch eine Invasion Englands? Seine Luftangriffe auf die britische Insel in den letzten Monaten waren ja nicht erfolgreich.«

Georg zuckte ratlos mit den Schultern. »Sie können uns überall hinschicken. Frankreich, Polen, Griechenland, Nordafrika – Kriegsschauplätze haben wir ja mittlerweile genügend.«

»Gott sei Dank besteht ein Nichtangriffspakt mit der Sowjetunion. Diesem Verrückten wäre zuzutrauen, dass er auch noch Russland angreift.« Friedrichs Miene war voller Sorge.

»Aber das Sägewerk, wer soll denn dann die ganze Arbeit machen?«, fragte Konrad. »Viele unserer Arbeiter haben ebenfalls einen Bescheid erhalten.«

»David und ich sind ja noch da«, antwortete Hans.

»Wir helfen im Sägewerk mit«, stimmte David ihm zu.

Hannah sah den bitteren Zug in Konrads Gesicht, als er in die entschlossenen Gesichter seiner Söhne schaute. »Das ist lieb von euch, und ihr beiden könnt Opa und die paar Männer, die uns noch bleiben, sicherlich bei leichteren Arbeiten unterstützen, aber alles andere ist viel zu schwer für euch. Es wird sehr viel liegen bleiben müssen.«

Hannah hörte am Klang seiner Stimme, wie weh es ihm tat, dass seine Söhne sich in ihrem Alter schon mit solchen Gedanken beschäftigen mussten. Dieser unselige Krieg!

»Und die Arbeit auf dem Feld müssen wir Frauen dann allein stemmen«, seufzte Annie. »Bald steht die Heuernte an. Da brauchen wir jede helfende Hand.«

»Wir können nur hoffen, dass das Ganze bald vorbei ist«, sagte Hannah leise. Obwohl alle zustimmend nickten, spürte sie doch die Skepsis im Raum. Niemand glaubte, dass Hitler auf seinem Feldzug so schnell umkehren würde.

Koden

Grenzgebiet zu Russland

22. Juni 1941

Es war mitten in der Nacht. Die Infanteriesoldaten der Panzergruppe 2 unter Generaloberst Guderian lagerten im Schutz der Bäume am Waldrand nahe der deutsch-russischen Grenzstadt Koden. Seit Tagen hatten Truppenbewegungen ins Grenzgebiet stattgefunden, und am späten Nachmittag des Vortages hatte ihnen der Kompaniechef den Tagesbefehl des Führers vorgelesen, der den Angriff auf Russland für diese Nacht um 3.15 Uhr vorsah. Von der Ostsee bis zum Schwarzen Meer hatten die einhunderteinundzwanzig Divisionen der drei Heeresgruppen des deutschen Ostheeres Stellung bezogen. Drei Millionen Wehrmachtssoldaten standen an der mehr als zweitausend Kilometer langen Front bereit.

In diesem Augenblick, Soldaten der Ostfront, vollzieht sich ein Aufmarsch, der in Ausdehnung und Umfang der größte ist, den die Welt je gesehen hat. So hatte der Führerbefehl begonnen, der Georg wieder in den Sinn kam, während er an einen

Baum gelehnt am Rand einer Lichtung saß. Er schaute auf die Hügel im Osten, die noch in völliger Dunkelheit lagen. Vor ihnen in der Deckung einer Schilfwiese verbargen sich die Soldaten eines Pionierstoßtrupps, deren Ziel es war, die nahegelegene Brücke über den Grenzfluss Bug einzunehmen, um der Panzerdivision den Weg ins Feindesland zu bahnen. Noch war es vollkommen still, doch in Kürze würde ein neuer Tag anbrechen, ein Sonntag. Georg fragte sich, was die nächsten Stunden wohl bringen mochten. Er war überrascht gewesen, als seine Truppe vor einigen Wochen nicht wie erwartet an die Westfront, sondern in den Osten des besetzten Polens geschickt worden war. Er hatte sich gefragt, warum immer größere Wehrmachtskontingente an der Grenze zur Sowjetunion Stellung bezogen, denn Hitler und Stalin hatten doch einen Nichtangriffspakt geschlossen. Und nun hatte sich mit dem Führerbefehl seine Befürchtung bestätigt. Hitler missachtete das Abkommen und griff die Sowjetunion an! Noch eine Front mehr! Doch war es überhaupt möglich, dieses große Land wie vorgesehen in einem Blitzkrieg zu erobern? Könnten sie tatsächlich in einigen Monaten wieder zu Hause sein?

Das Schicksal Europas, die Zukunft des Deutschen Reiches, das Dasein unseres Volkes liegen nunmehr allein in eurer Hand. Möge uns allen in diesem Kampf der Herrgott helfen!

So hatte der Führerbefehl geendet. Der Herrgott? Wem sollte der denn helfen, fragte sich Georg. Etwa den deutschen Soldaten, die ohne Kriegserklärung unter Nichtbeachtung eines Abkommens ein fremdes Volk überfielen? Oder den Sowjets, die selbst Angriffskriege führten und ihr eigenes Volk knechteten? Auf wessen Seite sollte der Herrgott sich denn stellen?

Auf einmal entstand Unruhe, Befehle wurden mit gedämpfter Stimme weitergegeben, Waffen wurden ein letztes Mal überprüft, die Stahlhelme aufgesetzt. Georg hörte das Gedröhne ihrer von Westen heranfliegenden Kampfbomber. Zu früh! Es war noch nicht 3.15 Uhr, doch nun gab es kein Zurück mehr, denn die Flugzeuge würden die russischen Grenzposten auf der anderen Seite des Flusses alarmieren. Vorne am Wasser gab der Leutnant geistesgegenwärtig den Angriffsbefehl und stürmte mit den Pionieren die Brücke, die sie mit wenigen Gewehrsalven einnahmen. Die ersten sowjetischen Grenzsoldaten waren überwältigt, noch bevor das »Unternehmen Barbarossa« offiziell angelaufen war. Die deutschen Panzer rollten über die Brücke des Grenzflusses, die ersten Bomben der Luftwaffe fielen auf die grenznahen Stellungen des Feindes. Georg packte seinen Karabiner und stürmte mit der Infanterie über die Brücke. Als er seinen Fuß auf russischen Boden setzte, dachte er für einen kurzen Moment an Konrad, der gerade mit seiner Infanteriedivision der 6. Armee unter dem Befehl von Generalfeldmarschall von Rundstedt weiter südlich über den Bug setzte. Das Unternehmen Barbarossa hatte begonnen.

Die Sowjets wurden von dieser ersten Angriffswelle vollkommen überrascht. Unter den Bomben der Luftwaffe, dem Beschuss der Artillerie und dem Ansturm der Bodentruppen fielen unzählige grenznahe Stellungen und Städte, erste Kriegsgefangene wurden gemacht. Auf russische Gegenwehr stieß Georgs Einheit erst am Nachmittag in dem Städtchen Stradecz, das der deutschen Übermacht jedoch ebenfalls nicht lange standhalten konnte. Georg fragte sich, ob die Blitzkriegstrategie für Russland aufgehen würde.

Sandnerhof

Juli 1941

Die Jugendlichen, die lachend am Gemüsegarten vorbeiliefen, trugen braune Hemden mit Halstuch und Hakenkreuzsymbol. Sie waren auf dem Weg nach Erlenthal zum Treffen der Hitlerjugend. Hannah und Annie, die gerade die Gemüsebeete gossen, sahen sich an.

»Ich hatte gehofft, diese braune Seuche würde sich nicht bis in unsere Siedlung verbreiten«, seufzte Annie. »Die Kinder werden vollkommen verblendet.«

»Es ist schon schlimm genug, was für ein Unsinn in den Schulbüchern steht«, pflichtete Hannah ihr bei. »Wenn ich manchmal David bei den Hausaufgaben helfe, fällt mir auf, dass Lehrer Pohlmann die Kapitel über Rassenlehre übersprungen hat. Das ist mutig von ihm. Er könnte dafür bösen Ärger bekommen. Hoffentlich bemerkt es kein fanatischer Elternteil, sonst muss er noch mit einer Anzeige rechnen.«

»Pohlmann war schon immer ein engagierter Lehrer, der das Herz am rechten Fleck hat, und bringt es vermutlich nicht übers Herz, die Kinder eine derart menschenverachtende Ideologie zu lehren. Herrenrasse, Ariertum, Rassenhygiene, was für ein hanebüchener Unsinn«, meinte Annie. »Und gerade Jugendliche sind ja so leicht zu beeindrucken. Gut, dass wir die Ausrede mit dem Sägewerk haben, um unsere Kinder nicht auch zu dieser Hitlerjugend schicken zu müssen.«

* * *

David lag im Gras unter dem Weidenbaum vor dem Sägewerk und zeichnete, Melina schaute ihm dabei zu, und an den Stamm des Baumes gelehnt saß Bruno, der ihnen aus einem Buch vorlas: »An allem Unfug, der passiert, sind nicht etwa nur die schuld, die ihn tun, sondern auch die, die ihn nicht verhindern«, erklärte der Professor. »Diesen Satz schreibt jeder von euch bis zur nächsten Stunde fünfmal auf.«

David sah kurz auf und zu Bruno hin. Neben ihm auf dem Boden lag seine Krücke. Seit er im Alter von zwei Jahren an Kinderlähmung erkrankt war, hatte Bruno eine Gehbehinderung. Aber vorlesen konnte er wie kein Zweiter, und David bewunderte ihn dafür.

Nach der anstrengenden Arbeit im Sägewerk genoss David diese Stunden unter dem Weidenbaum, wenn Bruno ihnen die spannenden Geschichten um die fünf befreundeten Internatsschüler aus dem Kinderbuch »Das fliegende Klassenzimmer« vorlas. David zeichnete den kleinen Uli aus Kästners Erzählung, der ängstlich aus dem Papierkorb herausschaute, in den ihn seine Mitschüler gesetzt und in dem sie ihn zur Zimmerdecke hochgezogen hatten.

Plötzlich war eine laute Stimme zu hören.

»Natürlich, der Sandner, liegt hier im Gras rum, während wir uns für den Dienst am Vaterland einsetzen!«

David fuhr herum und sah in die Gesichter zweier Jungs in HJ-Uniform. Ferdinand und Jochen.

»Hast du nichts Besseres zu tun, als mit diesem Krüppel hier rumzulungern?«, rief Ferdinand. »Du warst noch bei keinem Treffen der Hitlerjugend. Wie soll aus dir mal ein Soldat werden? Du bist eine Schande für das deutsche Volk.«

Jochen sah ihn verächtlich an. »Er malt. Schau doch mal, wie sinnvoll unser Sandner seine Zeit verbringt. Mit Malen!« Rasch bückte er sich und zog David den Notizblock aus der Hand.

David sprang auf und versuchte, Jochen den Block wieder zu entreißen.

Doch dieser hielt ihn hoch über seinen Kopf und drohte mit der Faust. »Na los, Sandner, willst du dir eine Tracht Prügel abholen?«

»Erich Kästner! Du weißt schon, dass das verbotene Lektüre ist!«, rief Ferdinand und riss Bruno, der sich mühsam erhob, das Buch aus den Händen. Bruno griff seine Krücke und hob sie drohend in die Luft. »Ich bin kein Krüppel!«, protestierte er. Doch schon nahm ihm Ferdinand auch noch die Krücke aus der Hand und schleuderte sie ins Gebüsch. »Und jetzt?«, fragte er Bruno herausfordernd. »Was bist du jetzt?«

Melina schrie auf.

»Da werdet ihr gehörigen Ärger bekommen. Verbotene Bücher lesen! Das werden wir dem Ortsgruppenleiter melden«, erklärte Ferdinand mit einem süffisanten Grinsen.

»Das wirst du mal schön sein lassen«, polterte von hinten eine Stimme.

Hans, der Ferdinand und Jochen um einen Kopf überragte, war aus der Werkstatt gekommen. In der Tür des Sägewerks erschien Friedrich Sandner, der die bedrohlich knurrende Bella am Halsband hielt. Melina rannte auf Friedrich zu und versteckte sich Schutz suchend hinter ihm.

»Gebt sofort den Block und das Buch zurück, und lasst euch hier nie wieder blicken«, knurrte Hans drohend und ging langsam auf die beiden Jungen zu.

Diese zögerten einen Moment.

»Die Teilnahme an den Übungen und Treffen der Hitlerjugend ist Pflicht!«, rief Jochen trotzig.

»Legt die Sachen wieder hin«, sagte Hans und schaute die beiden herausfordernd an. Friedrich Sandner kam langsam näher, bereit, jederzeit einzugreifen.

Widerwillig gaben Ferdinand und Jochen nach und warfen das Buch und den Zeichenblock ins Gras.

»Wartet nur ab. Ihr werdet schon sehen, wo das endet!«, riefen sie, während sie sich unwillig abwandten und gingen. »Ihr werdet es schon sehen! Dass die Sandners nicht hinter unserem Führer stehen, das weiß man ja. Das weiß auch der Ortsgruppenleiter!«

Die beiden Jungen verschwanden.

»Diese Idioten!« Hans stampfte zornig mit dem Fuß auf, dann zog er die Krücke aus dem Gebüsch und gab sie Bruno, der ganz blass geworden war, wieder zurück. »Dass man gegen die einfach nichts unternehmen kann! Die würde ich zu gern mal so richtig verdreschen!«

»Das führt zu nichts, damit stachelst du sie nur noch mehr auf«, beschwichtigte ihn Friedrich, dem die verstörte Melina nicht von der Seite wich. »David, ich glaube, du bringst Melina erst mal zu Klara in die Küche. Die Kleine ist ja ganz verängstigt. Und nimm Bruno gleich mit, er sieht so aus, als könne er eine Tasse warme Milch gut vertragen.«

David nickte zustimmend. »So schnell lassen wir uns von diesen Angebern nicht einschüchtern«, sagte er und nahm Melina an der Hand, als er sich mit ihr und Bruno auf den Weg zum Haus machte. Er versuchte zwar, seine Stimme zuversichtlich klingen zu lassen, doch es gelang ihm nicht so recht. Auch ihm saß der Schrecken noch in den Gliedern.

Sowjetunion

Juli 1941

Tausendeinhundert Kilometer Luftlinie bis Moskau lagen ursprünglich vor ihnen, und in den ersten Wochen drangen die Soldaten der Heeresgruppe Mitte täglich tiefer in das Feindgebiet ein. Sie kamen durch kleine Dörfer, die nur aus einer Anzahl armseliger Holzhütten und Ställen bestanden und deren Bewohner sich widerstandslos ergaben, und durch größere Städte, die sie im Feuerhagel ihrer Panzer und Kanonen eroberten. Am 10. Juli eröffneten sie das Feuer auf Smolensk und standen nunmehr nur noch dreihundertsiebzig Kilometer vor der sowjetischen Hauptstadt. Sie hatten dieselben Straßen und Wege vor sich, auf denen bereits mehr als hundert Jahre zuvor Napoleons Armeen Richtung Moskau marschiert waren. Napoleon war an Russland gescheitert, und Georg fragte sich, ob es ihnen genauso ergehen würde. Noch sah es nicht danach aus, und er hoffte inständig, dass sie weiterhin so gut vorwärtskommen und sich Hitlers Reden von einem raschen Sieg bewahrheiten würden. Er wollte nach Hause zurück zu Maria, die er von Tag zu Tag mehr vermisste. Sie waren doch erst so kurz verheiratet und hatten so viele Pläne für ihre Zukunft geschmiedet! Und nun waren sie so weit voneinander entfernt und so lange getrennt. Er wusste, wie sehr Maria um ihn bangte, und dass sie sich jeden Tag fragte, ob er noch lebte. Auch wenn er ihr in jedem Brief versicherte, dass er bei bester Gesundheit sei, so wusste er doch, dass das kein wahrer Trost für Maria war. Die Feldpost kam oft erst Wochen später in der Heimat an. Bis Maria endlich seinen Brief in den Händen hielt, konnte er schon längst gefallen sein. Zu oft schon hatte eine Kugel ihn um Haaresbreite verfehlt, war eine Granate direkt neben ihm eingeschlagen oder ein Gebäude in seiner Nähe explodiert. Georg wusste, dass ihn das Peitschen der Gewehrsalven und das Donnern der Kanonenfeuer wie immer bis in den Schlaf verfolgen würden.

Hunderte Kilometer weiter südlich war Konrads Einheit auf dem Vormarsch nach Kiew und zum Donezbecken. Die Heeresgruppe Süd hatte von Anfang an mit dem größten sowjetischen Widerstand zu kämpfen, denn die meisten Divisionen der Roten Armee befanden sich an der Südfront, um die lebenswichtigen russischen Agrar- und Industriegebiete zu sichern. Ihren Vorstoß zum Dnjepr mussten sich die Soldaten der 6. Armee in erbitterten Schlachten erkämpfen, sie hatten gerade die Kleinstadt Berditschew eingenommen und planten von hier aus die Einkesselung von Uman. Bis zum September wollten sie Kiew erreichen.

Als Konrad sich an diesem Abend auf seinem Lager ausstreckte, stürmten wie immer die Bilder der letzten Kriegswochen auf ihn ein. Er sah die unendlich langen Kolonnen von Soldaten, die durch das Feindesland marschierten, er sah die Rotarmisten, die in den Salven der Maschinenpistolen ausgelöscht wurden, er sah die verwundeten und toten Kameraden, die an seiner Seite gekämpft hatten, er sah die verängstigten Gesichter der Kinder und Frauen, die sich in den ärmlichen Häuschen der

Dörfer und in den Kellern der Städte versteckten. Das Sterben war allgegenwärtig. Viele wurden blitzschnell im Kugelhagel, von Bomben oder Granaten dahingerafft, andere erlagen ihren Verletzungen langsam und unter Qualen. Er hatte den Tod, der zu seinem ständigen Begleiter geworden war, zugleich ertragen und fürchten gelernt. Um die düsteren Gedanken abzuschütteln, holte er Annies Feldpostbriefe hervor und las, was sie vom Sandnerhof berichtete. Immer wieder verschlang er diese Zeilen, in denen sie ihm von ihren großen und kleinen Sorgen berichtete, als könnten diese Worte ein Stück Normalität in sein Leben zurückbringen, das nur noch aus Marschieren, Schießen, Essen und Schlafen bestand. Er las mit Freude, wie geschickt sich Hans im Sägewerk anstellte und wie gut David ihn dabei unterstützte, wie tapfer Maria ihre Angst um Georg ertrug und wie schnell sie das Heu ohne männliche Hilfe eingeholt hatten. Dann schrieb er im letzten Tageslicht einen Antwortbrief, und da es verboten war, kriegsrelevante Angaben zu machen, berichtete er von der unerbittlichen Hitze, die das stundenlange Marschieren zur Tortur machte, vom Staub und Sand auf den Wegen, von den urwaldähnlichen Sümpfen, in denen die Panzer steckenblieben, und von den Fliegen und Mücken, die sie plagten. Aber vor allem berichtete er ihr, dass er noch unverwundet war und angesichts der schnellen Siege auf ein rasches Kriegsende hoffte. Sein letzter Satz lautete: »An Weihnachten bin ich wieder zu Hause.«

Berlin

Reichssicherheitshauptamt

September 1941

»Hitler will mit der Deportation der Reichsjuden nicht mehr bis zum Ende des Ostfeldzugs warten«, erklärte Eichmann, der gerade zu Peter ins Zimmer kam. »Nun sollen auch die Juden aus Deutschland, Österreich und dem Protektorat in den Osten abgeschoben werden. Das ist jedoch eine große strategische Herausforderung.«

»Die Wehrmacht benötigt doch schon alle Kapazitäten der Reichsbahn, um die Soldaten und den Nachschub für den Russlandfeldzug zu transportieren«, entgegnete Peter, der über Fahrpläne gebeugt am Schreibtisch saß. Vor sich hatte er eine Landkarte, auf der die eroberten russischen Gebiete markiert waren. Die deutschen Truppen waren in den ersten Wochen blitzartig immer tiefer in die Sowjetunion eingedrungen, und in den neu gewonnenen Territorien sollten weitere Ghettos und Arbeitslager errichtet werden.

»Die Züge fahren bereits Tag und Nacht. Hitler wollte mit der Deportation der Reichsjuden doch noch abwarten«, sagte er. »Warum auf einmal die Eile? Die künftigen Aufnahmegebiete sind doch noch gar nicht vorbereitet.«

»Das kommt durch die Siege der Wehrmacht im Osten; das eröffnet uns ganz neue Möglichkeiten für Deportationen im großen Stil«, erklärte Eichmann. »Bis zur Besprechung mit dem Innenministerium und dem Wehrwirtschaftsamt müssen die Fahrpläne ausgearbeitet sein«, fuhr er fort. »Wir brauchen auch Zahlen, wie viele deutsche Juden in der Waffen- und Munitionsproduktion beschäftigt sind. Die müssen vorerst von den Deportationen ausgeschlossen werden. Nehmen Sie alle verfügbaren Kapazitäten im Amt und erstellen Sie die Unterlagen, damit wir bei der Konferenz etwas präsentieren können.«

Peter nickte und wandte sich wieder seinen Fahrplänen zu, doch es fiel ihm schwer, sich zu konzentrieren. Deutsche Juden sollten deportiert werden? Wo war Hannah? Noch immer hatte er keine Antwort auf diese Frage, denn seine letzten Nachforschungen waren im Sande verlaufen. War sie bereits im Ausland oder versteckte sie sich irgendwo in Deutschland? Ging es ihr und dem Kind gut? Wenn deutsche Juden nun ebenfalls deportiert werden sollten, würde man dann am Ende noch deren Auswanderung ganz verbieten?

Die Fragen ließen ihm keine Ruhe. Er musste zu Heydrich und sich Klarheit verschaffen.

Er traf seinen Vorgesetzten in bester Laune in seinem Büro an.

»Hitler hat mich zum Reichsprotektor für Böhmen und Mähren ernannt, morgen fliege ich nach Prag!«, rief ihm Heydrich entgegen. »Ich bleibe aber weiterhin noch Chef des Reichssicherheitshauptamtes hier in Berlin.«

»Gratulation!«, sagte Peter überrascht. »Ich denke, ich kenne die Gründe. Der zunehmende tschechische Widerstand ist Hitler ein Dorn im Auge. Und Reichsprotektor von Neurath ist nicht der Mann, der hart durchgreift.«

»Nein, ganz im Gegenteil«, stimmte Heydrich ihm zu. »Er lässt die politische Opposition viel zu sehr gewähren, und diese Haltung können wir nicht durchgehen lassen. Dafür ist die tschechische Wirtschaft zu wichtig für das Deutsche Reich.«

»Aber Aufstände, Sabotage und Streiks haben die industrielle Produktion dort schwer zurückgeworfen.« Peter runzelte die Stirn. »Gerade in der tschechischen Rüstungsindustrie hat die Produktivität erheblich gelitten.«

»Es gibt noch einen weiteren Grund für meine Ernennung«, sinnierte Heydrich vor sich hin. »Die Juden werden nunmehr verstärkt in den Osten deportiert. Auch aus dem Protektorat Böhmen und Mähren soll jetzt abgeschoben werden, und diese Angelegenheit muss ich in die Wege leiten. Neurath wäre nicht der Mann dazu.« Heydrich stand auf und trat ans Fenster. »Deshalb muss ich ins Protektorat. Es warten große Aufgaben auf mich.« Eine Zeit lang schaute er nachdenklich aus dem Fenster.

Peter stand unbeweglich. Wie sollte er an die ersehnte Information kommen? Besser, er schwieg für den Moment und wartete, was Heydrich noch zu sagen hatte.

Heydrich drehte sich zu ihm um. »Ich entwerfe gerade meine Antrittsrede, die ich in ein paar Tagen auf der Prager Burg halten werde«, sagte er. »Darin werde ich auch Bismarck zitieren, der Böhmen und Mähren die Zitadelle Europas nannte. Das Protektorat wird das Herzstück des Deutschen Reiches werden.«

Sein Tonfall wurde immer leidenschaftlicher, seine Augen blitzten.

»Ja, ich werde dort hart durchgreifen. Als Chef des Besatzungsregimes bin ich allein dem Führer verantwortlich und muss mich nicht mit Bürokraten, Kommissaren oder

Gouverneuren herumschlagen. Als Erstes verhänge ich den Ausnahmezustand und führe das Kriegsrecht ein. Und alle Widerstandskämpfer haben drakonische Strafen zu erwarten.«

Er setzte sich wieder hinter seinen Schreibtisch. »Ich garantiere Ihnen, in ein paar Wochen wird das Protektorat nicht wiederzuerkennen sein. Dann wird sich jeder zweimal überlegen, ob er gegen das deutsche Besatzungsregime rebelliert.«

Sosehr Peter auch darauf brannte, seine Frage zu stellen, er musste zuerst auf diese Ankündigungen eingehen. »Dann sollten Sie sich aber einen guten Personenschutz zulegen«, meinte er. »Der tschechische Widerstand wird Sie ganz gezielt ins Visier nehmen.«

»Davor habe ich keine Angst. Ich werde schon dafür sorgen, dass die Oppositionellen mich fürchten lernen.«

»Was ist mit Ihrer Familie?«, fragte Peter. »Ihre Frau und Ihre Kinder? Bleiben die in Berlin?«

»Zunächst schon, in den ersten Monaten beabsichtige ich, zwischen Prag und Berlin zu pendeln. Doch dann werde ich sie nachholen. Ich habe auch Pläne für Sie im Protektorat. Wir müssen auch dort die jüdische Auswanderung forcieren, da brauche ich erfahrene Männer. Himmler hat zwar noch nicht zugestimmt, aber das kläre ich noch. Können Sie sich einen Wechsel dorthin vorstellen? Also nicht sofort, aber ich brauche dort in der Zukunft an allererster Stelle Leute, denen ich vertraue.«

Peter dachte nach. Ein Umzug nach Prag? Wenn, dann nur ohne seine Frau und Tristan. Es wäre viel zu gefährlich, sie bei der momentanen aufgeheizten Stimmung mit nach Prag zu nehmen. Was, wenn sich der Widerstand dort stärker formierte und es zu offenen Aufständen kam? Dieser Gefahr konnte er Clarissa und Tristan nicht aussetzen, auch wenn Heydrich seine Bedenken vermutlich herunterspielen würde. Außerdem brauchte er doch auch einen Grund, um nach Berlin zurückzukommen in jene Villa am Grunewald, die er so sehr liebte. Sie barg Erinnerungen an eine Zeit, in der seine Welt noch nicht aus den Fugen geraten war.

»Sie können sich selbst ein Bild davon machen. Sie werden mich fortan öfter nach Prag begleiten.« Heydrichs Stimme riss ihn aus seinen Gedanken.

Peter nickte und wandte sich zur Tür, doch er konnte das Büro nicht verlassen, ohne die Frage gestellt zu haben, die ihm auf der Seele lag. Er schluckte trocken. »Die Deportationen der Reichsjuden in den Osten – zieht das ein Auswanderungsverbot deutscher Juden nach sich?«

Heydrich schaute von seinem Schreibtisch auf.

»Davon ist auszugehen«, meinte er.

Ein Kälteschauer lief über Peters Rücken.

Scherzend sagte Heydrich: »Aber keine Angst, Sie werden nicht arbeitslos. Es warten enorme Aufgaben auf Sie.«

Peter versuchte ein Lächeln, während er tief im Inneren mit aller Kraft hoffte, dass Hannah nicht mehr in Deutschland war.

Sandnerhof

September 1941

Das Leben auf dem Sandnerhof hatte sich verändert. Viele junge Männer waren an der Front, und die gesamte Arbeit musste nun von den Alten, Frauen und Kindern erledigt werden. Konrad und Georg fehlten im Sägewerk, und Friedrich Sandner versuchte, mit den wenigen Arbeitern und seinen Enkeln Hans und David die Produktion in Gang zu halten. Zeit zum Schnitzen fand er nur noch selten, die Madonna stand halb fertig auf seiner Werkbank in der Werkstatt.

Hannah half unermüdlich im Haus, auf den Feldern und soweit wie möglich in der Werkstatt. Die harte Arbeit machte ihr nichts aus. Sie war froh, bei Menschen leben zu dürfen, die sie wie ein Familienmitglied aufgenommen hatten, und sie war glücklich, wenn sie von ihrer Tätigkeit aufblickte und Melina mit David und den anderen Kindern herumtollen sah. Sie fühlte sich so sicher und geborgen auf dem Sandnerhof, dass sie oftmals die Gefahr vergaß, in der sie und Melina nach wie vor schwebten.

Melina war traurig. Da sie nun schon fast sechs Jahre alt war, hatte sie gehofft, am Ende der Sommerferien mit den Schulkindern auch morgens in die Schule gehen zu dürfen. Hannah bemühte sich, Worte zu finden, die ihre Tochter verstehen würde, doch sie sah an Melinas fragendem Blick, dass sie kein Wort von dem begriff, was sie ihr zu erklären versuchte.

»Warum haben wir einen anderen Glauben, Mama?«, fragte Melina. »Warum werden wir politisch verfolgt?«

Hannah war ratlos. Wie sollte man eine so irrsinnige Ideologie wie die Weltanschauung der Nationalsozialisten einem Kind erklären? Es war wie so oft David, der ihr in dieser schwierigen Situation zu Hilfe kam.

»Opa sagt, Deutschland wird von einem Verrückten regiert«, erklärte er. »Und seine Gesetze sind genauso verrückt wie er. Einige Gesetze betreffen dich und deine Mutter, weil ihr Juden seid und das dem Verrückten nicht gefällt. Deshalb ist es gut, wenn er gar nicht weiß, dass du und Hannah hier wohnt. Und wenn du nicht zur Schule angemeldet wirst, erfährt er das auch nicht.«

Melinas Gesicht hellte sich auf, und Hannah war wieder einmal sprachlos, mit welchem Einfühlungsvermögen David die richtigen Worte gefunden hatte.

»Du musst auch gar nicht zur Schule gehen. Deine Mama ist ja Lehrerin, sie kann dir alles beibringen, und wenn ich Hausaufgaben mache, kann ich dir erklären, was wir gelernt haben«, versicherte ihr David.

David sprach aus, was sie selbst schon in Erwägung gezogen hatte, nämlich Melina zu unterrichten. Dabei wäre es natürlich eine große Hilfe, wenn David sie unterstützte und Melina so das Gefühl bekäme, doch Teil einer Schulgemeinschaft zu sein. »Danke, David, das ist wirklich sehr nett von dir.«

Von da an brachte Hannah in jeder freien Minute Melina das Lesen, Schreiben und Rechnen bei, und David las ihr abends aus den Schulbüchern vor, wenn er am Küchentisch saß und seine Hausaufgaben erledigte. Aber auch wenn dies immerhin ein kleiner Ersatz für die fehlende Schule war, so war Melina dennoch jeden Morgen traurig, wenn David mit seiner Büchertasche auf den Schultern mit den anderen Kindern der Siedlung loszog und sie an der Weggabelung zurückbleiben musste.

An einem dieser Herbsttage rannte Melina mittags den heimkommenden Schulkindern entgegen. Sie lief neben David und seinen Freunden, als sie hinter sich zwei Mädchen tuscheln hörte.

»David wird wieder von seiner Freundin abgeholt.«

Die Mädchen kicherten.

»Warum geht die denn nicht selbst in die Schule?«

»Bestimmt ist sie nicht gescheit genug.«

Die Mädchen lachten noch mehr.

David hoffte, dass Melina das Gespräch der Mädchen nicht gehört hatte, aber in ihrem Gesicht erkannte er Verwirrung und Traurigkeit.

Er drehte sich zu den Mädchen um und rief: »Was wollt ihr eigentlich? Melina wird erst im Dezember sechs Jahre alt! Es reicht, wenn sie nächstes Jahr eingeschult wird!« Er beschleunigte seine Schritte, um zu den älteren Jungen aufzuschließen und den Abstand zu den tuschelnden Mädchen zu vergrößern, und fing ein Gespräch mit Hans an. Er versuchte, Melina einzubeziehen, doch sie schwieg und trottete mit hängenden Schultern hinterher. Die Worte der Mädchen schienen sie sehr getroffen zu haben. Von diesem Tag an lief sie David nicht mehr entgegen, wenn er aus der Schule kam. Sie kam auch abends nicht mehr in die Küche, wenn er am Tisch saß und seine Hausaufgaben machte.

»Sie haben gesagt, ich bin dumm«, erklärte Melina, als David sie einige Tage später fragte, warum sie so traurig sei. Ihre

Augen schimmerten, als ob sie mit den Tränen kämpfte. Sie liefen den Weg am Bach entlang, um zur Obstwiese hinter dem Erlenwäldchen zu gehen und bei der Apfelernte zu helfen.

»Und das glaubst du ihnen?«, fragte David. Er freute sich, dass Melina endlich begann, über ihren Schmerz zu reden, der sie offensichtlich seit Tagen nicht mehr losließ.

Melina schaute ihn unsicher an. »Vielleicht stimmt es ja. Ich gehe nicht zur Schule und weiß deshalb nicht so viel wie die anderen Kinder.«

»Natürlich weißt du viel. Hannah bringt dir Lesen und Schreiben bei, und ich lese dir alles aus den Büchern vor. Bald kannst du selbst Bücher lesen. Wieso solltest du dann dumm sein?«

Melina schaute zu Boden.

»Wenn du allerdings abends nicht mehr kommst und ich dir nichts mehr beibringen kann, dann lernst du auch nichts Neues mehr dazu«, ergänzte er und legte einen beleidigten Ton in seine Stimme.

Melina schaute erschrocken zu ihm auf. David sah ihr an, dass sie darüber noch nicht nachgedacht hatte.

»Ich dachte, du denkst vielleicht auch so über mich und sagst es bloß nicht«, flüsterte sie.

David musste lächeln. Er blieb stehen und fasste sie sanft an den Schultern. »Melina, das denke ich überhaupt nicht. Und wenn die beiden Gören so etwas noch einmal sagen, dann bekommen sie es mit mir zu tun«, sagte er in energischem Ton.

Melinas Mund zuckte, bis sie schließlich lächelte.

David konnte sich vorstellen, wie sie die letzten Tage mit sich gerungen haben musste. Bestimmt hatte es ihr wie ein Stein auf dem Herzen gelegen. Sie hatte die Aussprache mit ihm gebraucht, um wieder lernen zu können und zu wollen. Ihr offenes Lächeln zeigte ihm, dass es so war. Wenn doch alles im Leben so einfach zu lösen gewesen wäre! Er dachte an Bruno und den Zusammenstoß mit Jochen und Ferdinand. Auch da war Melina zutiefst verwirrt gewesen. Glücklicherweise hatten sich die beiden Idioten nicht mehr blicken lassen.

»Komm, die anderen warten!« Melinas Worte rissen ihn aus seinen Gedanken. Sie lief voraus und er folgte ihr.

Sie erreichten die Obstwiese, wo Hannah und Hans, Annie, Maria und Klara schon eifrig bei der Ernte waren. David band sich einen Leinensack an seinen Gürtel und kletterte die Leiter hinauf, die an einem Apfelbaum lehnte. Bis zum späten Nachmittag füllten sie Säcke, Körbe und Kisten mit Äpfeln, die sie dann mit Schubkarren und Holzwagen nach Hause fuhren. David lächelte, als er sah, mit welcher Begeisterung Melina bei der Sache war. Abends bei den Hausaufgaben saß sie wieder mit am Küchentisch und hörte aufmerksam zu, als David ihr erzählte und vorlas.

Prag

Oktober 1941

»Sie werden den Blick von der Burg lieben«, sagte Heydrich, der auf der Rückbank des Wagens neben Peter saß. »Warten Sie erst mal den Abend ab. In der untergehenden Abendsonne glänzen die unzähligen Kuppeln und Kirchturmspitzen wie in einem goldenen Licht. Dadurch hat Prag auch den Beinamen ›die goldene Stadt‹ erlangt.«

»Wirklich beeindruckend«, stellte Peter fest, während er aus dem Fenster schaute und sich nicht sattsehen konnte an der Schönheit der Stadt.

»Und dann der Prager Hradschin«, fuhr Heydrich fort. »Es ist die größte Burganlage der Welt.«

»Und dort haben Sie Ihren Sitz als Reichsprotektor?«, fragte Peter.

»Ja, im Palais Czernin, dem Prager Außenministerium am Rande der Burg. Wenn Sie es sehen, werden Sie meine Begeisterung verstehen«, erklärte Heydrich. »Ich habe neulich hier mit Albert Speer eine Stadtrundfahrt gemacht, und er war ganz aus dem Häuschen. Er hat bereits während der Fahrt

Pläne für gigantische Neubauten entworfen. Er möchte Prag zur Kulturhauptstadt des Reiches machen.«

»Speer soll erst mal seine Entwürfe für Germania fertigstellen«, entgegnete Peter. »Berlin als Hauptstadt des Großdeutschen Reiches hat Vorrang.«

»Ja, dafür bettelt er mir immer Arbeiter ab. Er will jetzt sogar meine Tschechen haben. Aber das geht nicht. Die Rüstungsindustrie geht vor.«

Sie kamen an den imposanten Gebäuden der Karlsuniversität, der St. Nikolauskirche und des Palais Waldstein vorbei, bogen in die Nerudova-Straße ein und fuhren den Burgberg hinauf bis zum Hradschiner Platz. Durch das Matthiastor, flankiert von den Skulpturen zweier kämpfender Titanen, blickte Peter in den Ehrenhof und bestaunte die Gebäude der Spätrenaissance und des Barock, hinter denen sich die Türme des Veitsdoms erhoben. Das Auto fuhr weiter, und nach wenigen hundert Metern erreichten sie das Palais Czernin, wo sie anhielten.

Peter stieg aus und stand vor einem majestätischen Gebäude, dessen einhundertfünfzig Meter lange Vorderfront von dreißig Säulen untergliedert wurde. Blutrote Fahnen mit Hakenkreuz wehten im Wind und unterstrichen die Bedeutung des Palastes. Peter war wirklich beeindruckt.

Heydrich lachte. »Ich wusste, es würde Ihnen gefallen.«

Peter nickte. »Ein angemessener Regierungssitz für einen Reichsprotektor«, stellte er fest.

»Kommen Sie mit, ich zeige Ihnen die Büros.« Heydrich steuerte auf das Gebäude zu. »Danach haben wir einen Besichtigungstermin. In Theresienstadt.«

Etwa eine Autostunde nördlich von Prag lag die spätbarocke Garnison Theresienstadt, die einst als Festung zum Schutz Prags vor den Preußen in der lieblichen Landschaft an den

Ufern der Elbe errichtet worden war. Militärische Anlagen prägten das Stadtbild. Heydrich und Peter gingen durch die Straßen, vorbei an Kasernen, dem Kommandantenhaus, Offiziersgebäuden, dem Garnisonsspital sowie Bürgerhäusern, die in acht Blöcken auf einem schachbrettartigen Grundriss um den zentralen Marktplatz angeordnet waren. Die milden Strahlen der Herbstsonne hüllten die Stadt in ein zartes Licht.

»Diese Kleinstadt ist wie geschaffen für ein jüdisches Ghetto«, schwärmte Heydrich. »Es lebt hier kaum Zivilbevölkerung, wir haben reichlich Wohnraum, die Kasernen eignen sich als Wohn- und Fabrikgebäude, und in den umliegenden Bergwerken werden Arbeiter benötigt. Die hiesige Haftanstalt, die die ›kleine Festung‹ genannt wird, untersteht sowieso schon der Gestapo in Prag.«

»Kleine Festung?«, fragte Peter.

Sie hatten einen Fluss erreicht, der mitten durch die Stadt verlief, und Heydrich lenkte seine Schritte in Richtung einer nahe gelegenen Brücke.

»Am linken Ufer der Eger, die Theresienstadt teilt, liegt die Garnisonsstadt, genannt die große Festung. Und dort drüben, auf der anderen Seite der Brücke, befindet sich besagte kleine Festung, eine Militärstrafanstalt, die aber auch als Gestapogefängnis genutzt wird.«

Sie überquerten den Fluss und erreichten eine Befestigungsanlage, umgeben von einer Backsteinmauer, über die Stacheldraht gespannt war. Durch ein Eisentor, über dem in einem Rundbogen die Inschrift »Arbeit macht frei« angebracht worden war, traten sie in den ersten Gefängnishof.

»Dort sind die Gefängniszellen«, erklärte Heydrich und deutete auf die vergitterten Fenster der Backsteingebäude, die den Innenhof umschlossen. »Weiter hinten liegt der

Verwaltungsbereich. Der Ort ist ideal für ein Gefängnis, eine Flucht von hier ist praktisch unmöglich.«

SS-Männer kamen an ihnen vorbei und salutierten.

»Ja, Hagen«, meinte Heydrich lachend, »schauen Sie sich um. Das Ghetto Theresienstadt ist Ihr neuer Wirkungsort, es untersteht der Zentralstelle für jüdische Auswanderung in Prag, die Sie mit aufbauen werden.«

Sie gingen über die Egerbrücke zurück. An der Uferböschung stand eine Trauerweide, deren Äste beinahe bis hinunter zum Bach reichten. Für einen kurzen Augenblick kamen Peter die Weiden am Ufer der Spree in den Sinn, durch deren Äste die Strahlen der Oktobersonne auf Hannahs blondes Haar gefallen waren. Hannahs Lächeln, ihre strahlenden Augen. Ein Moment aus einer anderen Welt. Gedankenverloren und wehmütig hing er den Erinnerungen an diese schöne, unbeschwerte Zeit nach. Dann holten ihn Heydrichs Worte zurück in die Gegenwart, und er stellte fest, dass sie bereits den Marktplatz erreicht hatten.

»Hier wartet eine große Aufgabe auf mich. Und Sie werden mich unterstützen.«

»Ist das Ghetto für die böhmischen Juden bestimmt?«, fragte Peter.

»Dafür wird Theresienstadt nicht ganz ausreichen. Es gibt etwa achtzigtausend Juden im Protektorat«, antwortete Heydrich. »Wir werden mehrere Ghettos brauchen. Und Theresienstadt wird nur eines davon sein.«

Sie hatten ein Kasernengebäude am Marktplatz direkt neben der Garnisonskirche erreicht.

»Das Offiziershaus«, erklärte Heydrich und öffnete das Tor. »Hier werden Sie nun wohnen, wann immer Sie nach Theresienstadt kommen. Und ich nehme an, das wird von nun an öfter der Fall sein, denn ich brauche Ihre Unterstützung.«

Würzburg

Oktober 1941

Euthanasie. Das Wort geisterte durch Martin Beckers Gedanken, während er an seiner Sonntagspredigt für den Erntedankgottesdienst schrieb, und ließ ihn immer wieder vom Thema abschweifen. Die Tötung »lebensunwerten Lebens«, von den Nationalsozialisten mit Decknamen wie »Aktion Gnadentod« verschleiert. Durfte er in seiner Predigt das Thema anschneiden?

Martin drehte sich zum Fenster und schaute auf seine Kirche St. Burkard. Seine Arbeit als Priester war riskant geworden. Er kannte sie mittlerweile, die Gestapo-Männer, die in Zivilkleidung in seine Gottesdienste kamen und aufpassten, was er predigte. Schon mehrmals hatte er nach dem Gottesdienst unliebsamen Besuch in der Sakristei bekommen, und ein Gestapo-Mann hatte ihn wegen einer kritischen Äußerung verwarnt. Doch alles in ihm wehrte sich dagegen, einen Dankgottesdienst nach dem üblichen Muster zu halten. Danken für die Früchte der Äcker und Felder, für Gottes große Gnade. Danken, und all die Missstände außer Acht lassen, ging das? Euthanasie in Heilanstalten, Kinderheimen, Altenheimen, die systematische Ermordung Tausender Kranker und Menschen mit Behinderungen durch Ärzte und Pflegepersonal. Durfte er schweigen? Er griff noch einmal zur Predigt des Münsteraner Bischofs von Galen, der mutig ein Zeichen gesetzt hatte gegen die nationalsozialistische Mordpolitik.

Nie, unter keinen Umständen, darf der Mensch außerhalb des Krieges und der gerechten Notwehr einen Unschuldigen töten, hatte dieser gepredigt, und seine Worte waren anschließend vervielfältigt und in ganz Deutschland verteilt worden.

Konnte er dies auch wagen? Doch wie viele Bischöfe und Priester saßen schon im eigens errichteten Priesterblock in Dachau, weil sie nicht geschwiegen hatten? War es das wert? Erwartete Gott von ihm, dass er sein Leben riskierte? Er dachte an die jüdischen Mitbürger, denen er half, ihre Ausreise aus Deutschland zu organisieren. Was würde aus ihnen werden, wenn er in ein Lager kam? Martin Becker fühlte sich zerrissen zwischen Angst und Pflicht. Er warf den Stift auf den Tisch, er konnte die Predigt einfach nicht zu Ende schreiben. Er hatte ja noch Zeit. Vielleicht würde er morgen eine Entscheidung fällen.

Rschew

Sowjetunion

Dezember 1941

Georg kehrte mit einem Eimer Wasser, auf dem sich bereits eine dünne Eisschicht gebildet hatte, vom Brunnen zur Blockhütte zurück und schüttete den Inhalt des Eimers in den Kessel über der Feuerstelle. Er löste das Tuch, das er sich zum Schutz gegen die Kälte über Nase und Mund gebunden hatte, zog die Handschuhe aus und rieb sich die steif gefrorenen Hände. Nach den langen Wochen, in denen ihre Einheiten auf dem Vormarsch in Richtung Moskau nach lang anhaltenden Regenfällen regelrecht im Schlamm der aufgeweichten Straßen steckengeblieben waren, waren sie nun vom früh einsetzenden Winter überrascht worden. Nur mit Sommeruniformen ausgerüstet, froren die Wehrmachtssoldaten erbärmlich in den eisigen Temperaturen, und Georg dachte dankbar an die Päckchen aus der Heimat zurück, die glücklicherweise vor Kurzem eingetroffen waren. Die Mützen, Schals, Handschuhe und warmen Wollpullover hatten wahre Begeisterungsstürme unter seinen Kameraden ausgelöst, und Tag und Nacht trugen sie nun alle verfügbaren Kleidungsstücke in Schichten übereinander.

»Es war der größte Fehler, Moskau nicht schon im Sommer einzunehmen«, murrten die Kameraden, die dichtgedrängt auf den Holzbänken in der Hütte saßen und sich an einer Tasse heißem Tee wärmten. Die Strapazen der letzten Monate standen den Soldaten ins Gesicht geschrieben; sie waren blass und erschöpft und trugen allesamt struppige Bärte. Georg sah nicht anders aus. Noch immer rieb er sich die Hände warm und hörte den Gesprächen zu.

»Wir standen doch quasi schon vor den Toren Moskaus. Wieso dann erst die Krim, die Ukraine und der Kaukasus?«

»Hitler wollte sich halt die ganzen wirtschaftlich bedeutenden Gebiete nicht entgehen lassen.«

»Der ist jetzt auch nicht hier und friert wie ein Hund. Der sitzt schön warm in seiner Reichskanzlei bei Champagner und Kaviar.«

»Es war Wahnsinn, jetzt im Winter Moskau anzugreifen. Das musste ja scheitern.«

»Auf der Karte sieht das alles ganz einfach aus. Bis man dann vor Ort ist und die Wirklichkeit vor sich hat. Sümpfe, Moore, keine Straßen, und da sollen die Panzer durchkommen. Bei Schlamm, Schnee und Eis.«

»Napoleon ist schon an Russland gescheitert, und uns wird es ebenso ergehen. Wir können uns hier in Rschew ja kaum halten.«

Dieser Gedanke hatte Georg von Anfang an nicht losgelassen, doch er hatte ihn bisher nicht laut ausgesprochen.

»Hitler hat Guderians Vorschlag, dass wir uns bis nach Smolensk zurückziehen, kategorisch abgelehnt. Er will, dass wir diesen Verkehrsknotenpunkt hier halten.«

»Und dabei werden wir aufgerieben. Die Sowjets sind uns haushoch überlegen.«

»In einer Woche ist Weihnachten. Wir dachten alle, bis dahin wären wir wieder daheim.«

Das hatte auch Georg gehofft, und seine Gedanken wanderten wieder einmal zu seiner Frau. Wie es ihr und der Familie auf dem Sandnerhof wohl gerade erging? Auch seine Kameraden verstummten. Bestimmt empfanden sie dasselbe wie er. Ein jeder dachte mit Trauer daran, dieses Jahr das Weihnachtsfest nicht im Kreise der Familie verbringen zu können. Sie durchlebten im Geiste noch einmal die zurückliegenden kräftezehrenden Wochen, in denen sie sich bei eisiger Kälte gegen den erbitterten Widerstand der zahlenmäßig weit überlegenen Roten Armee bis in die ersten Vorstädte der russischen Hauptstadt vorgekämpft hatten.

In tiefer Trauer dachte Georg an die Soldaten, die Eis und Schnee das Leben gekostet hatte. Es waren mehr Kameraden aufgrund der Kälte als durch die Gewehrkugeln der Feinde gestorben. Die schlecht ausgerüstete deutsche Armee scheiterte am russischen Winter. Das war die eine Tatsache. Die andere Tatsache war, dass sie den letzten Verteidigungsring um Moskau nicht hatten bezwingen können. Sie hatten die Türme des Kremls bereits durch ihre Fernrohre erkennen können, doch die russische Gegenoffensive hatte sie zurückgedrängt bis in den Raum um Rschew, einhundertachtzig Kilometer westlich von Moskau, wo sie verzweifelt versuchten, die Stellung zu halten.

Einer der Kameraden holte ein Päckchen Zigaretten hervor. Als er sah, dass nur noch eine darin war, zündete er sie an, nahm einen tiefen Zug und reichte sie weiter. Zigaretten waren im Moment so wichtig wie die Feldpost aus der Heimat, doch der Nachschub hatte Schwierigkeiten, zu ihnen durchzukommen. Die Zigaretten gingen zur Neige, und die Feldpost blieb aus. Georgs Hoffnung sank von Tag zu Tag, und in den Gesichtern seiner Kameraden sah er, dass es ihnen ebenso erging.

Berlin

Dezember 1941

Peter saß im Wohnzimmer der Villa seiner Eltern und hielt eine Mappe mit ausländischen Pressemeldungen in der Hand. Er war nicht glücklich über das, was die Auslandspresse über seinen Chef Heydrich, den neuen Reichsprotektor von Böhmen und Mähren, schrieb. Innerhalb kürzester Zeit hatte dieser dem tschechischen Widerstand den Kampf angesagt und griff mit harter Hand durch. In den wenigen Wochen seit seinem Amtsantritt waren bereits Hunderte Regimegegner standrechtlich erschossen und Tausende in Konzentrationslager deportiert worden. In der tschechischen Bevölkerung wuchs der Hass auf Heydrich, und die ausländische Propaganda nannte ihn den Schlächter von Prag. Peter ermahnte ihn immer wieder zur Vorsicht, doch Heydrich war nicht dazu zu bewegen, sich einen Begleitschutz zuzulegen. Er vertraute darauf, dass sein Terrorregime die Gegner abschreckte.

»Wer sich mit mir anlegt, weiß, was ihm blüht«, pflegte er zu sagen und schlug damit Peters Bedenken lachend in den Wind. »Wenn ich mir Leibwächter zulege, dann sieht das ja so aus, als hätte ich Angst.«

Peter schaute sich um. Er liebte diesen Raum, das Haus, den liebevoll angelegten Garten, der an den Grunewald angrenzte. Doch war es wirklich das Leben hier, das er liebte, oder war es die Erinnerung an eine Zeit, die einmal lebenswert gewesen war? Eine Zeit, in der die Welt noch in Ordnung war? Eine Zeit, als …

Hastig schlug Peter die Mappe zu und stand auf. Er kannte diese melancholischen Anwandlungen, die ihn gelegentlich überfielen und denen er nicht nachgeben durfte. Entschlossen ging er zur Hausbar und goss sich einen reichlich bemessenen Whisky ein. Er liebte den Moment, wenn der erste Schluck Alkohol durch seine Kehle rann und sogleich eine Leichtigkeit in seinen Gedanken einsetzte. Noch ein paar Schlucke, und die Eindrücke aus seiner Umgebung verloren ihre Schärfe, Geräusche drangen nur noch gedämpft an sein Ohr, sein Denken schien sich zu verlangsamen. Mit dem Glas in der Hand trat er ans Fenster und beobachtete Clarissa, die mit Tristan im Garten einen Schneemann baute. Er lächelte. Bereits nach dem zweiten Whisky konnte er sich einreden, dass er dieses Leben liebte. Er goss noch einmal nach, öffnete die Balkontür, ging mit dem Whiskyglas in der Hand in den Garten hinaus und trat neben seine Frau.

»Papa, schau mal!«, rief der kleine Tristan begeistert und wuchtete eine Schneekugel über den Rasen. »Das wird der Kopf.«

»Dann lass dir von Berta in der Küche noch ein paar Kohlestücke für seine Augen geben!«, rief ihm Peter zu und lachte unangemessen laut. »Und eine Karotte für die Nase.«

Freudig rannte Tristan ins Haus.

»Ein schöner Schneemann«, sagte er zu Clarissa.

Sie drehte sich zu ihm um, in ihrem Blick konnte er den Vorwurf sehen: *Schon wieder.*

Clarissa hieß es nicht gut, und Peter wusste, dass sie recht hatte. In der letzten Zeit suchte er öfter im Alkohol Zuflucht. Zu oft.

Doch wie immer, wenn Tristan in der Nähe war, schluckte sie ihren Ärger darüber hinunter, verlor kein Wort in der Nähe ihres Sohnes.

»Peter, du hast ja keine Jacke an. Es ist viel zu kalt hier draußen, du holst dir noch den Tod!«

Er trat näher und fasste sie um die Taille. »Dann musst du mich wärmen«, sagte er heiter grinsend.

Sie stieß ihn scherzend von sich. »Geh zurück ins Haus. Du hast doch morgen eine Dienstreise. Oder soll Heydrich etwa ohne dich nach Prag fahren?«

Peter lachte. »Ich bin ja schon vernünftig«, brummte er, drehte sich um und ging leicht schwankend zurück zum Haus. Vor dem Schneemann blieb er stehen, streckte den Arm aus und rief »Heil Hitler!«. Dann lachte er schallend, bevor er hineinging.

Clarissa blickte ihm beunruhigt nach. Peter war schon wieder betrunken. Was war nur los? War es der Stress? Sie beobachtete, wie er ins Wohnzimmer ging, unschlüssig an der Hausbar stehen blieb und sein leeres Glas anblickte. Endlich stellte er das Glas hin und verließ den Raum. Was hatte das nur zu bedeuten? Clarissa hatte diese Phasen an ihrem Mann nun schon öfter beobachtet. Sie dachte zurück an den Tag, an dem es ihr zum ersten Mal aufgefallen war.

Es war mitten in der Nacht gewesen, wenige Tage vor ihrer Hochzeit, als er sturzbetrunken vor der Tür der Villa ihrer Eltern erschienen war. Damit er nicht das ganze Haus aufweckte, war ihr nichts anderes übrig geblieben, als sich schnell etwas überzuziehen und ihren betrunkenen Verlobten vom Haus weg in den Garten zu ziehen. In zusammenhangslosen Sätzen hatte er immer wieder etwas von »Hochzeit ist ein Fehler« und »nicht der Richtige für dich« erzählt. Auch der Name Hannah fiel, und Clarissa fragte sich, ob damit wohl die jüdische Geigenlehrerin gemeint war. Sie rief ihm dann ein Taxi und nannte dem Fahrer die Adresse der Villa Hagen. Zwei Tage lang hatte sie anschließend nichts von ihm gehört, doch dann hatte er wieder vor ihrer Tür gestanden, mit einem Strauß Rosen in der Hand und einer Entschuldigung auf den Lippen. Doch das Funkeln in seinen Augen war seit diesem Tag verschwunden.

Clarissa hatte nie herausgefunden, was damals vorgefallen war. Doch seit dieser Zeit hatte ihr Mann, der ansonsten so zuverlässig und pflichtbewusst war, immer wieder Phasen, in denen er vor etwas davonzulaufen schien.

Tristan juchzte, als er mit Kohlenstücken, Karotte und einem Zylinderhut auf sie zugerannt kam, und riss Clarissa aus ihren Gedanken.

Sie half ihm, die Karotte tief in das Gesicht des Schneemanns zu schieben, und lächelte anerkennend, als Tristan den Zylinderhut auf dem Kopf des Schneemanns platzierte.

Tristan tanzte singend um den Schneemann herum, und Clarissa beschloss, nach Peter zu sehen. »Er darf jetzt keinen Fehler machen«, murmelte sie vor sich hin. Selbst ihr gegenüber hatte Reinhard Heydrich schon mehrfach angedeutet, dass er große Pläne mit ihrem Mann habe. Ein hoher Posten wartete auf ihn. In Prag. Zwar sprach Peter immer nur davon, dass Prag für sie und Tristan zu gefährlich sei, doch sie hielt das für übertrieben, und vielleicht konnte sie ihn in diesem Punkt noch umstimmen. Heydrich hatte schließlich auch vor, seine Familie nachkommen zu lassen. Dann würde Peter sicher ebenfalls zustimmen.

Prag

28. Dezember 1941

Mit einem letzten Stoßgebet zum Himmel überprüften die Agenten nochmals die Gurte ihrer Fallschirme. Um zehn Uhr am Abend zuvor war die Halifax MK II der Royal Air Force vom Militärflughafen Tangmere im südenglischen Sussex zu ihrer Mission gestartet. Ihr Ziel: Prag. Das mit sieben Besatzungsmitgliedern und neun Fallschirmagenten besetzte Flugzeug war zunächst bei schlechter Sicht und Schneetreiben über den Ärmelkanal und das von Deutschland besetzte Frankreich geflogen. Über dem deutschen Luftraum waren sie mehrfach unter Flakbeschuss geraten und wiederholt von Nachtjägern attackiert worden, die sie jedoch erfolgreich abgeschüttelt hatten. Nun war es halb drei Uhr morgens, und sie hatten nach dem stundenlangen Flug ihr Zielgebiet in der Nähe von Prag beinahe erreicht. Der Pilot leitete bereits den Sinkflug ein. Sieben der neun Fallschirmagenten gehörten zur Operation *Silver A* und waren von der tschechoslowakischen Exilarmee in Großbritannien dazu ausgebildet worden, die tschechischen Widerstandsgruppen zu unterstützen. Die beiden anderen Fallschirmagenten Jan Kubiš und Jozef Gabčík hatten im Nordwesten Schottlands eine Spezialausbildung für ihre äußerst gefährliche Mission erhalten. Ihr Auftrag war es, einen der wichtigsten Funktionäre des Deutschen Reiches auszuschalten, der seit einigen Monaten im Protektorat Böhmen und Mähren ein Regime des Schreckens führte. Die beiden Spezialagenten mussten bei ihrem Auftrag damit rechnen, ihr Leben zu verlieren, nahmen jedoch das Risiko bewusst in Kauf. Am Vortag hatten sie sich von ihren Familien und Freunden verabschiedet und ein Testament geschrieben. Ihre in monatelangem Training einstudierte neue Identität war ihnen in Fleisch und Blut übergegangen, und nichts deutete mehr auf ihren Aufenthalt in England hin. Von ihrer Kleidung bis hin zu ihrer kompletten Ausrüstung war alles, was sie bei sich trugen, tschechischen Ursprungs. Als die Fallschirmagenten das Signal zum Absprung erhielten, öffneten sie die Tür der Halifax. Es herrschte völlige Dunkelheit über dem Protektorat, und dichte Wolken und Schneetreiben nahmen ihnen die Sicht, als sie über den schneebedeckten Feldern nahe Prag aus dem Flugzeug sprangen. Sieben von ihnen würden in den kommenden Wochen den von den Deutschen zerstörten Funkverkehr zwischen den tschechischen Widerstandsgruppen und dem Geheimdienst in London wiederherstellen. Und für zwei von ihnen, Jan Kubiš und Jozef Gabčík, begann mit dem Sprung aus dem Flugzeug die Operation Anthropoid. Ihr Auftrag lautete: »Tötet Heydrich.«

* * *

Heydrich saß mit Eichmann und Peter in seinem Büro auf dem Prager Hradschin und hielt mehrere Papiere in der Hand.

»Auf dieser Schutzliste stehen Namen europäischer Juden, mit denen wir besonders sorgfältig verfahren müssen«, erklärte er. »Juden mit hohem gesellschaftlichem Status,

Prominente, die im In- und Ausland bekannt sind, Träger hoher Kriegsauszeichnungen aus dem Ersten Weltkrieg. Auch Juden, die älter als fünfundsechzig sind. Sie alle können wir nicht einfach evakuieren, ohne dass das Ausland davon Wind bekommt und ein Sturm der Empörung losbricht.«

»Verstehe«, sagte Peter. »Und wo kommen sie hin?«

»Wir siedeln sie in Theresienstadt an. Ein Ghetto unter jüdischer Selbstverwaltung ist ein ideales Vorzeigeprojekt, wenn sich ausländische Regierungen einschalten«, erwiderte Heydrich und lehnte sich in seinem Stuhl zurück. »Früher oder später wird es Inspektionen geben, durch Regierungen oder internationale Hilfsorganisationen. Dafür müssen wir Theresienstadt herzeigbar machen.«

»Aber die Kapazitäten hier sind doch auch beschränkt«, gab Peter zu bedenken. »Das Ghetto ist bereits jetzt überfüllt mit böhmischen Juden.«

»Wir müssen einen Teil von ihnen deportieren«, antwortete Eichmann. »In die Lager im besetzten Polen.«

»Aber auch dort ist kein Platz mehr«, entgegnete Peter. »Hitler hat angeordnet, alle Juden aus den europäischen besetzten Gebieten deportieren zu lassen. Ich frage mich, ob er eine Ahnung hat, wie viele das sind.« Peter holte einen Aktenordner hervor und schlug ihn auf. »Die Aufstellung ist noch nicht komplett«, sagte er. »Aber das hier sind alle besetzten Gebiete und der Anteil der jüdischen Bevölkerung. Wir reden von mehreren Millionen Juden, das sind weit mehr, als die Lager im Gouvernement fassen können.«

»Aber in Russland gewinnen wir neuen Boden!«, rief Heydrich aus. »Himmler ist gerade in Minsk und verschafft sich ein Bild von der Lage. Und denken Sie an die Weiten Sibiriens, da können wir Lager errichten, so viele wir wollen!«

»Und in der Zwischenzeit? Wohin mit ihnen?« Peter beschlich ein mulmiges Gefühl. Es waren einfach zu viele und darunter auch viele Kinder. Selbst wenn die Eltern in den Fabriken ihren Arbeitsdienst leisteten, so brauchten doch alle Nahrung, Kleidung. Wie sollte das gehen?

»Das Thema wird bereits diskutiert. Auf allerhöchster Ebene«, deutete Heydrich an. Zu Peter gewandt sagte er: »Stellen Sie diese Übersicht fertig. Ich brauche so schnell wie möglich eine Aufstellung der gesamten europäischen jüdischen Bevölkerungszahlen, nach Ländern sortiert. Im Januar wird es in Berlin eine Konferenz geben, zu der alle Behörden eingeladen werden, die mit der Judenfrage beauftragt sind. Sie beide sind auch dabei. Wir brauchen eine einheitliche Strategie für unser Vorgehen. Für das Projekt gibt es ja auch bereits eine passende Bezeichnung: Endlösung.«

Sandnerhof

Dezember 1941

Hannah faltete die Zeitung zusammen und wollte sie gerade zurück auf die Eckbank legen, als ihr Blick auf ein Bild auf der letzten Seite fiel. Sie hätte den Mann auf dem Foto unter Tausenden wiedererkannt. Rasch nahm sie die Zeitung wieder zur Hand und blickte auf das Schwarz-Weiß-Bild, das mehrere Männer in grauer Uniform vor einem großen barocken Gebäude zeigte. In der Mitte stand Reinhard Heydrich und salutierte mit dem rechten Arm, neben ihm Peter, der mit ernstem Blick in die Kamera schaute. Sein Blick traf Hannah mitten ins Herz. Mit zitternder Hand las sie den Zeitungsartikel über den neuen Reichsprotektor, der in Böhmen und Mähren energisch gegen den tschechischen Widerstand vorging.

Also war Peter noch immer ein enger Mitarbeiter Heydrichs, dachte Hannah und konnte den Blick nicht von dem Foto wenden. Und nun war er in Prag. Er hatte es auf der Karriereleiter weit nach oben geschafft, und der Preis dafür war sie gewesen. Hannah spürte einen Stich in ihrem Herzen. Es war Jahre her, und dennoch tat es immer noch weh.

»Was ist los, Mama?«, fragte Melina, die gerade den Küchentisch deckte und anscheinend Hannahs Gesichtsausdruck gesehen hatte. »Was ist in der Zeitung?«

»Nichts«, murmelte Hannah und legte die Zeitung zur Seite. »Nichts, was wichtig für uns wäre.« Sie nahm sich vor, den Artikel am Abend, bevor Klara für gewöhnlich die Zeitung ins Feuer steckte, auszuschneiden. Den Rest des Tages verrichtete sie ihre Arbeit nahezu mechanisch, während ihre Gedanken immer wieder zurückwanderten zu längst vergangenen Tagen. Auch wenn sie versuchte, die Erinnerungen zu verscheuchen, so kamen ihr doch immer wieder Worte und Erlebnisse von damals in den Sinn. Gemeinsame Theaterbesuche, ausgiebige Streifzüge durch Berlins Kirchen und Museen sowie lange Spaziergänge im Park. Die kurze Zeit von Oktober bis Ostern, in der sie ein Paar gewesen waren. Hannah kam es so vor, als seien die glücklichsten Stunden und die größten Hoffnungen ihres Lebens auf diese wenigen Wochen beschränkt worden. Lange saß sie am Abend, als Melina bereits im Bett neben ihr schlief, am Fenster ihres Zimmers und blickte auf das Zeitungsbild. Sie versuchte, in Peters Gesicht zu lesen, wie es ihm gehen mochte. Er hatte viel erreicht, aber war er dabei auch glücklich geworden? War sie es? Und Melina? Wären sie als Familie glücklich geworden? Was war Glück überhaupt?

Berlin

Villa am Wannsee

20. Januar 1942

Der Wagen passierte das große Eisentor und fuhr auf die repräsentative Villa am Wannsee in Berlin zu. Zwei schneebedeckte Steinfiguren standen unter den Bäumen am Ende des Zugangsweges, vier steinerne Statuen wachten auf dem Dach der herrschaftlichen Industriellenvilla, die 1915 im italienischen Landhausstil errichtet worden war und nun als Gästehaus der SS diente. Es schneite an diesem Januartag, an dem Heydrich vierzehn Ministerialbeamte und hohe Partei- und SS-Funktionäre zu einer Besprechung zur Lösung der Judenfrage einbestellt hatte.

Peter stieg aus dem Wagen, ging auf das Haus zu und trat durch das von Säulen flankierte Portal ins hell erleuchtete Foyer. Er war etwas spät dran, und ein Diener führte ihn zum Besprechungszimmer, wo bereits Vertreter der SS, der NSDAP und verschiedener Reichsministerien an einem großen Tisch Platz genommen hatten.

Heydrich, der selbst gerade erst von Prag zurückgekehrt war, saß am Kopfende des Tisches und ergriff das Wort. »Meine Herren, wie Sie wissen, hat mich Reichsmarschall Göring damit beauftragt, ein Konzept für die Endlösung der europäischen Judenfrage zu erstellen. Aus diesem Grund ist diese Zusammenkunft heute notwendig, um alle an dem Projekt beteiligten Instanzen zu koordinieren. Vor uns liegt keine leichte Aufgabe.«

Er streckte seinen Rücken und wirkte dadurch noch größer, als er ohnehin schon war. Mit seinen stahlblauen Augen schaute er in die Runde. »Wie Sie wissen, haben wir die deutschen Juden in den letzten Jahren mehr und mehr aus allen Bereichen des Lebens zurückgedrängt. Dafür wurde den Juden Schritt für Schritt die Lebensgrundlage hier in Deutschland entzogen und ihre Auswanderung forciert. Doch diese Maßnahmen reichen bei Weitem nicht aus, sie sind viel zu langwierig und erfordern zu viel Verwaltungsaufwand. Zudem haben die meisten Aufnahmeländer die Zuwanderung von Juden erheblich erschwert.«

»Einige Länder haben bereits Einwanderungsbeschränkungen oder sogar Sperren eingeführt«, pflichtete ihm Adolf Eichmann bei. Während Eichmann seine Ausführungen fortsetzte, schweifte Peters Blick durch eines der Fenster auf den schneebedeckten Garten hinaus, der sich bis zum See hinunter erstreckte.

»Wir haben bis jetzt erst etwa eine halbe Million Juden zur Auswanderung gebracht«, endete Eichmann.

»So ist es«, sagte Heydrich. »Und das reicht bei Weitem nicht. Wir haben ja nicht nur das Problem der Juden in Deutschland zu lösen, auch die mittlerweile von Deutschland besetzten und annektierten Gebiete müssen judenfrei werden. Deshalb hat man nun nach einer anderen Lösungsmöglichkeit gesucht, nämlich der Evakuierung der Juden in den Osten.«

»Ihr könnt uns doch nicht noch mehr Juden schicken«, protestierte Doktor Josef Bühler, Staatssekretär im Generalgouvernement im besetzten Polen. »Die Ghettos sind voll. Warschau, Krakau, Kielce, alles überfüllt. Wo sollen wir denn noch hin mit denen?«

»Lassen Sie uns doch nicht von Ghettos sprechen. Wir bevorzugen hier den Ausdruck: Jüdische Gebiete unter Selbstverwaltung«, sagte Heydrich und lächelte kühl.

Peter kannte mittlerweile Heydrichs Vorliebe für derart beschönigende Bezeichnungen. Seine Mitarbeiter hatten eine vollkommen neue Sprache erfunden; sie waren Meister im Verschleiern von Tatsachen geworden. Endlösung, Umsiedlung, Arisierung, Entjudung, Sonderbehandlung, was für wunderbare Wortneuschöpfungen.

»In den bereits besetzten sowjetischen Gebieten sollen neue Lager errichtet werden, außerdem rechnen wir dort mit weiteren Gebietsgewinnen«, erklärte Heydrich.

»Sie sprechen von Lagern, die es noch gar nicht gibt, und von Gebieten, die noch nicht erobert sind«, protestierte Doktor Alfred Meyer. Er vertrat das Reichsministerium für die besetzten Ostgebiete in der Sowjetunion. »Die Situation vor Ort ist jetzt schon schlimm genug. Die Ereignisse in Minsk, Kowno und Riga sprechen für sich.«

Peter stutzte. Welche Ereignisse? Und warum wusste er nichts davon? Innerlich stimmte Peter Doktor Meyer zu. Auch ihm war nach wie vor schleierhaft, wie Heydrich sich das vorstellte.

Heydrich schwieg kurz und schüttelte dann den Kopf. »Über solche Einzelfälle wollen wir heute nicht reden.«

Peter registrierte diesen kurzen Moment des Zögerns bei Heydrich. Was war da los? Was war an diesen Orten vorgefallen? Er nahm sich vor, seinen Vorgesetzten nach der Konferenz darauf anzusprechen.

»Über wie viele Juden reden wir denn eigentlich?«, fragte Wilhelm Kritzinger aus der Reichskanzlei.

»Die genauen Zahlen kann uns Doktor Hagen nennen«, antwortete Heydrich.

Peter blätterte in seinen Papieren und zog eine Aufstellung hervor. »Wenn man alle europäischen Juden zusammenzählt, auch die in den noch nicht eroberten Gebieten,« er ließ seinen Blick über die Tabellen auf dem Blatt schweifen, »dann handelt es sich um elf Millionen Juden.«

Die Zahl stand im Raum und löste allgemeines Gemurmel aus.

»Meine Herren«, Heydrich stand auf, »das ist nur eine Zahl. Zugegeben, die Aufgabe, vor der wir stehen, ist groß, aber wer, wenn nicht wir, könnte sie lösen?«

Er trat zu einer Landkarte, die er vor einem Wandteppich mit griechisch-römischen Heldendarstellungen aufgestellt hatte, und deutete auf Gebiete im Osten der Sowjetunion.

»Mit Auswanderung allein können wir die Aufgabe nicht mehr lösen. Es werden neue Lager im Osten errichtet. Die Juden kommen dort zum Arbeitseinsatz im Straßenbau, in Steinbrüchen, in Fabriken. Das dortige Klima und die schwere Arbeit allein führen zu einer erheblichen Dezimierung. Der dann übriggebliebene – und wohl widerstandsfähigste – Rest erfährt eine entsprechende effektive Behandlung.«

Wovon redete er denn nun? Peter wunderte sich darüber, dass der sonst so sprachgewandte Heydrich sich heute so allgemein und unverbindlich ausdrückte. Was für eine Behandlung meinte er?

Peter vernahm, wie Staatssekretär Doktor Bühler sich zu Wort meldete und darum bat, die Judenfrage im Generalgouvernement so schnell wie möglich zu lösen. »Aber achten Sie darauf, dass die dort wohnende Bevölkerung durch die Maßnahmen nicht beunruhigt wird.«

Heydrich sicherte ihm eine angemessene Lösung zu und blickte auffordernd in die Runde.

»Alle von der Wehrmacht eroberten Gebiete werden von Westen nach Osten durchkämmt, und die SS übernimmt die Deportation der Juden nach dem Osten.«

»Reden wir hier nur von Volljuden oder auch von Halbjuden und Mischlingen ersten Grades?«, fragte Otto Hofmann, Chef des SS-Rasse- und Siedlungshauptamtes. »Zurzeit betreffen diese Maßnahmen ja nur Volljuden. Juden in Mischehen sind von Deportationen noch ausgenommen.«

Es durchfuhr Peter heiß. Schuldbewusst musste er sich eingestehen, dass er Hannah damals 1935, als Mischehen noch nicht verboten gewesen waren, mit einer Eheschließung hätte schützen können.

»Im gesamten Reichsgebiet kommen die Nürnberger Gesetze zur Anwendung«, antwortete Heydrich. »Demzufolge wird die Zuordnung vorgenommen.«

Peter schluckte trocken.

»Solche Fragen müssen wir im Moment zurückstellen, da sie uns verwaltungstechnisch und kapazitätsmäßig völlig überfordern«, wandte Hofmann ein und erntete allgemeine Zustimmung.

Heydrich blickte in die Runde.

»Wir stehen vor einer historischen Aufgabe, die nur durch uns gelöst werden kann. Noch nie haben in einem Staatsapparat alle Organe so reibungslos kooperiert und Hand in Hand gearbeitet. Die Wehrmacht erobert den neuen Lebensraum, die Ministerien ebnen uns den rechtlichen Weg, und wir, die SS, säubern die Gebiete. Meine Herren, wir stehen an der Schwelle zu einem neuen Europa. Nun darf ich Sie in den angrenzenden Wintergarten zu einem Imbiss bitten, denn nicht umsonst stand auf der Einladung: ›Besprechung mit anschließendem Frühstück‹.«

Obwohl Peter die Sorge um Hannah einen Moment lang auf den Magen geschlagen hatte, hatte er sich damit beruhigt, dass sie bestimmt längst im sicheren Ausland weilte. Er bediente sich an den auf Silbertabletts angerichteten Häppchen im stilvollen Wintergarten der Villa, dessen Mittelpunkt ein barocker Marmorbrunnen mit einem Kind auf einem Schwan bildete. Durch die hohen Fenster sah er die verschneite Gartenanlage, die sich bis hinunter zum Wannsee erstreckte. Nach den langen Stunden im Besprechungszimmer sehnte er sich nach frischer Luft. Er löste sich geschickt aus einem Gespräch mit Eichmann und Doktor Bühler, holte seinen Mantel und Schal und trat durch die Gartentür hinaus ins Freie. Er ging die von zwei Löwenstatuen flankierten Treppenstufen in den Garten der Villa hinunter und ließ seinen Blick über den winterlichen See schweifen. Die Besprechung hatte ihn verwirrt. Obwohl er sich doch als einen engen Mitarbeiter Heydrichs bezeichnet hätte, stellte er fest, dass er vieles, was an diesem Vormittag besprochen worden war, nicht verstanden hatte. Warum hatte Heydrich so oft nur vage Aussagen gemacht? Was vermied er konkret auszusprechen? Noch immer in Gedanken versunken, hörte er plötzlich Schritte neben sich. Er drehte sich um und sah Heydrich, der eigentlich Nichtraucher war, mit einer Zigarre in der Hand auf ihn zukommen.

»Immer dieses Kompetenzgerangel«, stöhnte Heydrich. »Fällt einem nicht die Wehrmacht in den Rücken, dann sind es die Ministerien und Beamten. Kaum haben sie ein Amt inne, da glauben sie schon, sie könnten schalten und walten, wie sie wollen.«

Peter blickte ihn an. »Also ging es in dieser Konferenz hauptsächlich darum, Zuständigkeiten und Autoritätsfragen zu klären?«, fragte er.

»Genau. Wie kann ich in den besetzten Gebieten Anordnungen durchsetzen, wenn man im Generalgouvernement und in den Ostgebieten meine Autorität anzweifelt? Hitler und Göring haben die Judenfrage eindeutig an mich delegiert, das musste hier nun ein für alle Mal geklärt werden.«

»Mir ist aufgefallen, dass Sie heute vieles nur in Andeutungen verpackt haben. Was genau war in Minsk, Kowno und Riga?«, erkundigte sich Peter.

»Tja, dort holt uns im Moment unser größtes Problem ein«, seufzte Heydrich und zog an seiner Zigarre. »Wir haben zu wenig Platz in den Lagern und in den Ghettos. Als der Führer im September nach dem Einmarsch in die Sowjetunion die Deportation der Juden aus dem Deutschen Reich anordnete, ging man von schnelleren Gebietsgewinnen in Russland aus. Die aktuellen Zielgebiete für die deportierten Juden sind überfüllt, also hat man dort mit Massenexekutionen wieder Platz geschaffen. Mehrere Tausend am Tag.«

Peter sah ihn irritiert an. Was redete er da?

»Eigentlich sollten nur die arbeitsunfähigen Juden liquidiert werden«, erklärte Heydrich. »Aber es hat wohl auch andere getroffen. Doch was sollen wir tun? Wir haben mit schnelleren Siegen an der Ostfront gerechnet. Die Juden sollten ja in Lager und Ghettos in Sibirien gebracht werden, dort hätte sich das Problem von allein gelöst. Aber der Krieg gegen die Sowjetunion geht nicht so rasch voran wie gedacht.«

»Man hätte die Judenfrage bis nach dem Krieg zurückstellen sollen«, entgegnete Peter.

Heydrich schaute ihn an. »Das habe ich mir auch schon gedacht. Aber der Führer will nach dem Krieg einen Neubeginn in einem neuen Europa, ja eigentlich in einer komplett neuen Welt.« Er schwieg einen Moment.

»Von welcher effektiven Behandlung haben Sie da andeutungsweise gesprochen?«, fragte Peter.

Heydrich blickte einen Moment lang auf den See hinaus, als müsse er erst nach den richtigen Worten suchen.

»Himmler war vor einigen Monaten in Minsk und hat dabei eine Massenerschießung erlebt, wie sie dort an der Tagesordnung ist. Er kam ganz aufgelöst zurück, weil er befürchtete, dass unsere Leute durch diese Arbeit verrohen und zu Wilden werden. Er will keine Erschießungen mehr.«

»Sondern?«, fragte Peter weiter.

Heydrich zögerte einen Moment mit der Antwort. »Gas.«

Peter war schockiert und wusste nicht, was er sagen sollte. »Gas?«, fragte er.

»Es wird gerade damit experimentiert, und es hat sich bisher als sehr effektiv erwiesen.«

»Aber was ist, wenn das Ausland davon erfährt? Erschießungen im Krieg, die kann man rechtfertigen – Sabotage, Widerstand –, da findet sich ein Grund, aber Gas?« Peter war fassungslos. Sein Innerstes wehrte sich gegen den Gedanken.

»Wie sollte das Ausland davon erfahren? Wer einmal im Lager ist, kommt nicht mehr lebend raus«, antwortete Heydrich.

Er klopfte Peter aufmunternd auf die Schulter.

»Sie sehen ein bisschen blass aus. Große Aufgaben sind nun mal nicht leicht zu bewältigen.«

»Das sehe ich auch so«, antwortete Peter, während er innerlich versuchte, seine Gedanken zu ordnen.

»Und dabei habe ich im Moment mit dem Protektorat wahrlich schon genug Probleme. Mein Vorgänger Neurath war viel zu nachsichtig, deshalb hat Hitler ihn ja auch durch mich ersetzt. Aber in meinen Augen fast zu spät. Seit ich das Sagen habe, wird dort ganz anders durchgegriffen. Die wandern alle sofort ins Arbeitslager.«

»Natürlich. Die tschechische Wirtschaft ist kriegswichtig für das Deutsche Reich, da können wir keine Aufstände dulden«, sagte Peter.

Heydrich sah ihn an. »Ich mag Ihre zielgerichtete und besonnene Art und wie Sie den Kern der Dinge immer sofort verstehen«, meinte er. »Ich habe so viele Hitzköpfe um mich. Wenn ich Sie im Moment nicht so dringend in Berlin bräuchte, würde ich Sie am liebsten ganz nach Prag holen.«

»Hier in Berlin wächst uns die Arbeit auch langsam über den Kopf«, antwortete Peter.

Heydrich seufzte. »Manchmal habe ich das Gefühl, die Aufgaben erschlagen mich. Wo ich auch bin, in Berlin oder Prag oder auf Dienstreisen im Generalgouvernement, überall die gleichen Probleme.« Er blickte einen Moment lang düster vor sich hin. Doch sogleich hellte sich sein Gesicht wieder auf. »Wissen Sie, was mir in solchen Momenten hilft?«

»Verraten Sie es mir«, erwiderte Peter.

»Richard Wagner! Lohengrin, Tannhäuser, Walküre – ich höre mir eine Oper von Wagner an, und die Welt ist wieder in Ordnung. Wussten Sie, dass ich lange Zeit vorhatte, Musiker zu werden? Ich spiele seit meiner Kindheit Geige. Mein Vater war der Komponist Bruno Heydrich.«

Peter glaubte, er habe sich verhört. Überrascht sah er ihn an.

Heydrich lachte, als er sein verblüfftes Gesicht sah. »Gehen wir wieder hinein und trinken wir noch einen Cognac!«, rief er und machte eine einladende Geste in Richtung Villa. »Nächste Woche müssen Sie mich übrigens dringend nach Prag begleiten, ich brauche Sie bei einer Konferenz. Die Zentralstelle für jüdische Auswanderung in Prag muss vollkommen reformiert werden.«

Er klopfte Peter ermutigend auf die Schulter und kehrte mit ihm zurück in die Villa.

Würzburg

Januar 1942

»Sie lassen die Juden seit dem Herbst nicht mehr ausreisen«, sagte Pfarrer Martin Becker zu Simon.

»Aber wir können doch nicht einfach zuschauen, wie sie deportiert werden.« Simon schüttelte ratlos den Kopf.

Die beiden standen im Hochchor der St.-Burkard-Kirche in Würzburg, wo Martin gerade einen Gottesdienst zelebriert hatte. Sie waren allein.

Martin löschte die Kerzen vor dem neugotischen Flügelaltar, der mit Skulpturen, Gemälden und Schnitzereien reich verziert war.

Simon blickte auf die Christusfigur in der Mitte des Schreins, die von zwei Heiligen flankiert war. Sein Blick blieb auf dem Bild des linken Altarflügels hängen, das Christus als Weltenrichter zeigte. Wo war er bloß in diesem Moment, der Richter der Welt? Warum schien er so fern? Er drehte sich zu Martin um. »Wie geht ihr vor?«

»Wir haben ganz unterschiedliche Unterstützung. Manche Leute helfen mit Geld, denn gefälschte Papiere sind teuer. Leute mit geeigneten Wohnverhältnissen haben dauerhafte Verstecke für Juden eingerichtet, andere sind bereit, sie für Tage oder Wochen aufzunehmen, bis es eine Möglichkeit gibt, sie außer Landes zu schmuggeln.«

»Wohin?«

»Wir bringen sie mit gefälschten Papieren über die grüne Grenze in die neutrale Schweiz. Eine Fluchtroute führt von Konstanz über den Bodensee, eine andere mittels Fluchthelfern durch die Grenzregion um Basel.«

»Und das klappt?«, fragte Simon besorgt.

»Es ist gefährlich. Aber was bleibt uns übrig?«, antwortete Martin. »In der Schweiz müssen die illegalen Flüchtlinge untertauchen, damit sie nicht zurückgeschickt werden. Aber auch da haben wir Leute, die uns unterstützen.«

Simon sah seinen Freund entschlossen an. »Du kannst auch auf mich zählen. Ich kann im Pfarrhaus in Erlenthal auch zeitweise Leute unterbringen.«

»Danke. Ich wusste, dass du das sagen würdest.« Martin nickte ihm zu.

Gemeinsam gingen sie die Stufen des Hochaltars hinunter und an den beiden Seitenaltären vorbei durch das Mittelschiff der Kirche.

»Wie geht es der Jüdin und ihrem Kind bei euch auf dem abgelegenen Hof?«

Simon versicherte sich mit einem Blick, dass sie allein in der Kirche waren, bevor er antwortete: »Bis jetzt geht es gut. Niemand kennt ihren wahren Namen, sie ist nicht gemeldet und verhält sich sehr unauffällig. Die wenigen Leute, die überhaupt von ihr wissen, halten sie für eine Verwandte der Sägemüllerfamilie.«

»Das ist gut. Tarnung ist heutzutage alles«, sagte Martin.

»Ja, hoffen wir, dass diese Tarnung nicht eines Tages auffliegt. Ich weiß ehrlich gesagt nicht, was ich Hannah raten soll. Natürlich ist ihr Versteck auf dem Sandnerhof nicht sicher, aber eine Flucht aus Deutschland, wie du sie mir gerade geschildert hast, ist auch riskant. Ich wüsste auch gar nicht, wie ich Hannah dazu überreden könnte.«

»Das ist nicht einfach zu entscheiden.« Martin schloss die Kirchentür hinter sich. »Komm mit hinüber ins Pfarrhaus. Dort können wir ungestört reden.«

Berlin

Reichssicherheitshauptamt

Januar 1942

Heydrich war nicht in seinem Büro. Unschlüssig schaute Peter auf den Ordner in seiner Hand, auf den der Leiter des Sicherheitshauptamtes wartete, dann ging er zu dessen Schreibtisch. Wenn er Heydrich schon nicht sprechen konnte, würde er ihm wenigstens die Unterlagen hinlegen. Er wollte gerade wieder gehen, als er halb verdeckt von Unterlagen ein paar Fotos auf dem Schreibtisch liegen sah. Peter hob sie auf, schaute sie an und erstarrte. Die Fotos zeigten Szenen einer Massenerschießung. Er sah Menschen mit furchtverzerrten Gesichtern und erhobenen Händen vor einem Abgrund stehen, hinter ihnen SS-Männer mit Gewehren im Anschlag. Im Graben vor ihnen Leichenberge. Er sah Fotos von fliehenden Menschen, schreienden Menschen, sterbenden Menschen. Auf einem der Fotos stand mit schwarzem Stift etwas geschrieben: »Babi Yar, Kiew«.

Eine Massenexekution. Es war etwas völlig anderes, in Berichten davon zu lesen, nachdem die entsprechenden Befehle ausgeführt worden waren, als das Ganze auf Fotos konkret dokumentiert zu sehen. Die Bilder schienen sich in seine Hand zu brennen. Peter ließ sie zurück auf den Tisch fallen.

Er hörte wieder Heydrichs Stimme: *Man hat dort mit Massenexekutionen wieder Platz geschaffen. Mehrere Tausend am Tag.*

Peter ließ seinen Blick über die Unterlagen schweifen, die auf dem Schreibtisch lagen.

Geheime Reichssache stand in großen Lettern auf einem maschinengeschriebenen Schriftstück. *Das Sonderkommando 4a hat am 29. und 30. September 1941 in Kiew 33 771 Juden exekutiert.*

Ein weiteres Schreiben listete in einzelnen Posten die Gesamtzahl der Exekutionen durch das Einsatzkommando 3 in den Ostgebieten in den letzten sechs Monaten auf und kam auf die Summe von einhundertsiebenunddreißigtausend.

Berichte von Himmlers Einsatzgruppen im Osten, dachte Peter, SS-Gruppen, die in den eroberten Gebieten die ethnischen Säuberungen vornahmen und ihren Report an das Reichssicherheitshauptamt schickten.

Er schob die Schriftstücke zur Seite und fand darunter noch weitere Fotos. Lastwagen mit geschlossenen Kastenaufbauten mit einer Vorrichtung zur Einleitung der Motorenabgase – mobile Tötungseinrichtungen.

Peter erinnerte sich an das Gespräch mit Heydrich:

Himmler will keine Erschießungen mehr.

Sondern?

Gas.

Peter fröstelte. Er legte den Ordner, den er mitgebracht hatte, auf Heydrichs Schreibtisch und verließ das Büro.

Prag

März 1942

Mochte der neue Reichsprotektor von Böhmen und Mähren auch mit eiserner Hand regieren, gelang es ihm dennoch nicht, den tschechischen Widerstand zu brechen. Illegale Zeitungen und Flugblätter riefen zu Versammlungen, Sabotageakten und Arbeitsniederlegung auf, geheime Funkverbindungen zur Exilregierung wurden aufgebaut, Industrieanlagen wurden zerstört. In Trambahnfahrern, Gemüsehändlern, Bedienungen in Cafés oder Hausmeistern trafen die beiden Agenten Jan Kubiš und Jozef Gabčík auf Mitverschwörer, die ihnen mit Geld, Lebensmitteln, Informationen oder einer Unterkunft weiterhalfen. Ihre Codewörter wurden mit einem kaum merklichen Lächeln oder einem wissenden Kopfnicken beantwortet, Worte wurden ihnen zugeraunt, Zettel, Päckchen oder Geldstücke zugesteckt. Sie wohnten in einem kleinen Zimmer in einer engen Seitenstraße unterhalb der Prager Burg, und Tag für Tag streiften die beiden Agenten durch die Goldene Stadt in dem Bemühen, die Lebensgewohnheiten des Reichsprotektors auszuspionieren. Wann kam er zu seinem Büro auf dem Prager Hradschin, wann fuhr er nach Hause? Welchen Wagen fuhr sein Chauffeur, welche Straßen wählte er, wurde er eskortiert? Wann kehrte er zurück zu seinem Wohnsitz Schloss Jungfernbreschan? Wo verbrachte der Reichsprotektor die Wochenenden, wann ging er mit seiner Frau Lina und den Kindern spazieren? Sie kannten mittlerweile Heydrichs Arbeitszeiten im Regierungsgebäude auf der Prager Burg und wussten, dass er meist ohne Eskorte vorfuhr, doch war dieser Ort für das Attentat völlig ungeeignet, da er Tag und Nacht von schwer bewaffneten SS-Männern bewacht wurde.

»Da fährt er«, sagte Jozef Gabčík.

Sie standen am Ufer der Moldau und sahen eine Wagenkolonne von schwarzen Autos mit SS-Fähnchen über die Karlsbrücke fahren, die die Altstadt mit dem Stadtteil unterhalb der Prager Burg verband.

»Heute ist er mit Eskorte unterwegs«, bemerkte Kubiš. »Wir müssen noch mehr über seine Gewohnheiten herausfinden.«

»Den holen wir uns in jedem Fall.« Gabčík beobachtete mit zusammengekniffenen Augen, wie die Wagenkolonne Richtung Burg verschwand.

Berlin

April 1942

Peter stand an der Bar im Wohnzimmer, stellte sein leeres Glas ab, griff nach der Whiskyflasche und schenkte sich erneut ein. Zu viele Gedanken gingen ihm durch den Kopf, die er wieder einmal mit Alkohol zu betäuben versuchte. Seit er in Heydrichs Büro die Fotos und Berichte von Himmlers Sonderkommandos entdeckt hatte, achtete er verstärkt auf die Nachrichten, die aus den besetzten Ostgebieten im Reichssicherheitshauptamt eintrafen. Wenn er auch keinen unmittelbaren Zugang zu den mit »Geheime Reichssache« gekennzeichneten Schriftstücken hatte, die direkt an Heydrich und Himmler weitergeleitet wurden, so konnte er doch immer wieder in einem unbeobachteten Moment einen Blick darauf werfen. Was er da las, bestätigte seinen Eindruck, dass das, was in Russland vor sich ging, nichts mehr mit einer normalen Kriegsführung zu tun hatte. Hitler führte dort einen Vernichtungskrieg mit dem Ziel, die Juden und Bolschewisten auszulöschen. Was dort geschah, waren Kriegsverbrechen im großen Stil. Wo würde das noch hinführen? Peter griff sein Glas und nahm einen tiefen Schluck.

Er war so tief in Gedanken versunken, dass er Clarissa erst bemerkte, als sie neben ihm stand und sich einen Wein eingoss. Er schaute sie an und sah, dass sie an diesem Abend ein besonders hübsches Kleid trug. Auch ihr Haar hatte sie anders frisiert. Hatte sie sich für ihn so fein gemacht?

»Tristan schläft, und deine Eltern und Linda haben heute Abend eine Einladung«, sagte Clarissa und lächelte ihn an. »Wir hätten mal wieder einen Abend nur für uns.«

Peter erwiderte ihr Lächeln zögerlich. Er ließ es zu, dass sie sich zu ihm beugte und ihm zärtlich durch die Haare strich, doch dann drehte er sich kaum merklich zur Seite und wandte seinen Blick ab. Sie bemerkte es und rückte enttäuscht von ihm ab.

»Du lässt keine wirkliche Nähe mehr zu«, sagte sie vorwurfsvoll. »Und ständig trinkst du. So habe ich mir das Leben mit dir nicht vorgestellt!«

Ihre Worte und ihr zorniger Blick trafen ihn zutiefst. Sie hatte ja recht. Was für ein Ehemann war er nur!

»Clarissa …« Er suchte nach Worten. »Lass dir erklären …«

»Nein! Ich will deine Erklärungen nicht mehr. Mal ist es deine nächste Dienstreise, dann ein wichtiger Termin. Ich bin es leid, immer diese Ausreden zu hören!«

»Das sind keine Ausreden«, versuchte er es erneut. »Ich bin sehr gefordert in meiner Arbeit. Das wächst mir manchmal alles über den Kopf. Aber wenn der Krieg vorbei ist, dann …«

»Wenn der Krieg vorbei ist? Wann ist das? In ein, zwei Jahren? Soll ich wirklich so lange warten, bis du mich wieder einmal in den Arm nimmst?«

Peter spürte, dass Clarissa sich mehr und mehr in Rage redete. Er starrte in sein Glas, das schon wieder fast leer war. »Clarissa, ich weiß, dass ich im Moment wenig Zeit für dich und Tristan habe …«

»Zeit? Es geht hier nicht um Zeit«, fiel sie ihm ins Wort. »Es geht um Interesse, Anteilnahme. Mir würden schon fünf Minuten mit dir reichen, wenn ich wüsste, dass du dann wirklich mit deiner ganzen Aufmerksamkeit bei mir bist. Du verbringst sehr wohl Zeit mit mir und Tristan, aber dann bist du nur körperlich anwesend. Du redest mit uns, aber schon nach kurzer Zeit schweift dein Blick ab und geht ins Leere. Dann bist du weit, weit weg. Ich möchte nur mal wissen, wo du dann in Gedanken bist!« Die letzten Worte waren wie ein Schrei aus ihr herausgebrochen.

Peter schaute ihr direkt in die Augen und schüttelte langsam den Kopf. »Glaub mir, Clarissa, das möchtest du nicht. Du möchtest nicht wissen, woran ich in diesen Momenten denke.«

Er stellte sein Glas auf die Bar und verließ wortlos das Zimmer, wobei er Clarissas Blick in seinem Rücken spürte. Sicher würde es nicht lange dauern, bis sie in Tränen ausbrach, doch er hatte nicht mehr die Kraft, sie zu trösten. Peter ging die Treppe hinauf, betrat das Kinderzimmer und ließ sich in den Sessel neben dem Bett seines Sohnes fallen. Er fühlte sich elend. Die Frau, die er geliebt hatte, hatte er verlassen; für die Frau an seiner Seite und für seinen kleinen Sohn war er eine Enttäuschung; seine Arbeit löste mehr und mehr Skrupel in ihm aus. Er schaute so lange auf den schlafenden Jungen, bis ihm selber die Augen zufielen.

Die Albträume kamen immer häufiger, Peter versank in endlosen Wasserfluten. Beinahe jede Nacht kämpfte er gegen die dunklen, kalten Wellen an, die über ihm zusammenschlugen und ihn nicht mehr freigaben. Mit Armen und Beinen schlug er um sich und versuchte, sich in den Strudeln nach oben zu arbeiten, an die Oberfläche, wo seine nach Sauerstoff ringenden Lungen wieder Luft zu finden hofften. Doch seine

Anstrengungen waren umsonst, Nacht für Nacht ertrank Peter in einem Meer aus schwarzen Wassermassen.

Wenn er zurückdachte, wann die Träume angefangen hatten, blieb er immer an einem bestimmten Datum hängen, dem Tag der Konferenz in der Villa am Wannsee.

»Gas«, hatte Heydrich bei ihrem Gespräch im Garten gesagt.

Etwas in seinem Inneren war schon damals zerbrochen, doch diese Zusammenhänge waren Peter immer nur für einen kurzen Moment bewusst, wenn er erwachte und erleichtert feststellte, dass alles nur ein Traum gewesen war. Mit dem heraufdämmernden Tag schwanden seine Bedenken stets wieder, und die tagtäglich präsenten Parolen von der »Jahrhundertaufgabe« und dem »Neubeginn nach dem Endsieg« gewannen wieder die Oberhand. Vor allem Heydrich gelang es mit seinen sprachgewandten Erklärungen stets aufs Neue, seine aufkeimenden Bedenken zu beschwichtigen.

Theresienstadt

26. Mai 1942

Die achthundert Arbeiterinnen saßen an langen Holztischen hinter ihren Nähmaschinen, vor ihnen Berge von Wehrmachtsuniformen, die unter den strengen Blicken der Vorarbeiterinnen ausgebessert werden mussten. Sie waren froh über diese Arbeit, vor allem, wenn sie hörten, was die Frauen aus der Glimmerspalterei berichteten, die in mühevoller Arbeit Blöcke des Minerals in dünne Schichten spalten mussten.

Heydrich führte Peter durch die Werkstatt, die in einer Kaserne eingerichtet worden war.

»Wer nicht in einer unserer Werkstätten eingesetzt ist, wird abkommandiert zum Walddienst oder Ausbessern der Wege«, erklärte Heydrich »Die Männer arbeiten zum Großteil in den umliegenden Bergwerken. Die Bergbaudirektionen fordern ständig neue Arbeiter an.«

»Das heißt, es gibt weitere Zugänge?«, fragte Peter.

»In einigen Tagen kommen mehrere Transporte mit deutschen und österreichischen Juden an«, erwiderte Heydrich.

»Aber das Ghetto ist doch jetzt schon überfüllt, wo sollen die denn alle untergebracht werden?«

»Wir siedeln die restliche Zivilbevölkerung nun vollständig um«, erklärte Heydrich. »Außerdem habe ich die Deportation einiger Tausend in den Osten angeordnet. Anfang Juni haben wir hier dann wieder Platz.«

»Deportation? Wohin?« Peter musste das fragen, auch wenn er sich fast vor der Antwort fürchtete.

»Nach Riga«, antwortete Heydrich.

Peter blickte ihn an. Sein Gespräch mit Heydrich im verschneiten Garten der Villa am Wannsee war plötzlich wieder gegenwärtig.

Was war in Minsk, Kowno und Riga?

Dort holt uns im Moment unser größtes Problem ein.

»Aber da ist doch auch alles überfüllt«, wandte Peter ein und verdrängte die Erinnerung an die Fotos auf Heydrichs Schreibtisch.

»Die Deportationen sind der Preis dafür, dass wir Theresienstadt zu einem Vorzeigeghetto machen. Denken Sie doch mal daran, was wir hier errichten können. Ein jüdisches Siedlungsgebiet.«

Peter nickte nachdenklich. Vielleicht würden diesem Siedlungsgebiet ja weitere folgen. Die Menschen konnten dort arbeiten und leben.

»Kommen Sie heute Abend mit zum Konzert im Palais Waldstein?«, fragte Heydrich. »Im Rahmen der Prager Musikwoche wird ein Werk meines Vaters Bruno Heydrich aufgeführt. Lina würde sich freuen, wenn Sie uns begleiten.«

Peter schüttelte den Kopf. »Tut mir leid, aber ich reise heute schon zurück nach Berlin. Am Geburtstag meiner Frau sollte ich zu Hause sein.«

»Aber natürlich.« Heydrich lachte. »Das verstehe ich. Richten Sie ihr herzliche Grüße aus, ich freue mich, sie bald in Berlin wiederzusehen.«

Als Peter sich von Heydrich verabschiedete, beschlich ihn ein ungutes Gefühl, das er sich nicht erklären konnte.

Prag

27. Mai 1942

Es war bereits zehn Uhr vormittags, als der schwarz glänzende Wagen das Tor von Schloss Jungfernbreschan, dem Landsitz der Familie Heydrich zwanzig Kilometer nördlich von Prag, passierte. Am Kotflügel flatterte die kleine rote Fahne mit dem schwarzen Hakenkreuz im weißen Kreis, auf dem Beifahrersitz neben seinem Chauffeur saß Reinhard Heydrich. Sie waren an diesem Tag außergewöhnlich spät dran, denn normalerweise fuhr der Reichsprotektor bereits in den frühen Morgenstunden zum Dienst. Doch die Reisevorbereitungen für seinen Flug nach Berlin, der für den frühen Nachmittag anberaumt war, sowie der Abschied von seiner Familie, die er nun einige Wochen nicht sehen würde, hatten Heydrich aufgehalten. Wegen des milden frühsommerlichen Wetters hatten sie das Verdeck geöffnet. Heydrich lächelte erfreut angesichts der Tatsache, dass er heute im offenen Wagen fahren konnte, da Peter Hagen, der das aus Sicherheitsgründen nicht guthieß, schon am Vortag nach Berlin zurückgekehrt war. Heydrich machte sich Gedanken wegen des wachsenden Widerstands in der tschechischen Bevölkerung. Auf der Pressekonferenz am Tag zuvor hatte er mit aller Deutlichkeit klar gemacht, dass man nicht gewillt sei, die oppositionelle Hetze und die Sabotageakte, die mittlerweile in zunehmendem Maße auftraten, noch weiter hinzunehmen. Das Reich würde Stärke demonstrieren, mit allen Konsequenzen, und er hatte einen harten Schlag angekündigt. Ein entsprechendes Memorandum über die politische Lage im Protektorat Böhmen und Mähren, das er Hitler anlässlich des für den späten Nachmittag anberaumten Treffens in der Reichskanzlei überreichen wollte, lag bereits in seiner Aktentasche auf dem Rücksitz.

Jozef Gabčík schaute auf seine Armbanduhr. Er wartete ungeduldig an einer Straßenbahnhaltestelle an einer engen Kurve in Libeň, einem Prager Vorort, und wurde immer nervöser. Unauffällig schaute er hinüber zu seinem Kollegen Jan Kubiš, der auf der gegenüberliegenden Straßenseite an einer Straßenlaterne lehnte und ratlos die Schultern zuckte. Wo blieb Heydrichs Wagen? Die beiden Agenten hatten seit Monaten das Leben des Reichsprotektors, sein dienstliches und persönliches Umfeld, seine Tagesroutine und seine bevorzugten Aufenthaltsorte ausgekundschaftet. Daher wussten sie, dass er bei seinen Aufenthalten in Prag immer diesen Weg von seinem Wohnsitz zum Regierungsgebäude auf dem Prager Hradschin nahm, und nun standen sie schon seit dem frühen Morgen auf ihren Posten. Unstimmigkeiten zwischen der tschechoslowakischen Exilregierung in London und den Widerstandsbewegungen im Protektorat hatten das geplante Attentat immer wieder hinausgezögert. Die Forderung aus London, Heydrich zu töten, war im tschechischen Untergrund auf große Bedenken gestoßen, da man im Falle eines Mordanschlags massive Vergeltungsmaßnahmen durch die Nationalsozialisten befürchtete. Schließlich hatte man sich auf eine Entführung des Reichsprotektors nach England geeinigt.

Für eine so hochrangige Geisel des Deutschen Reichs versprach man sich ein Einlenken von Seiten Berlins. Als sie vor wenigen Tagen von einem Informanten erfuhren, dass Heydrich Prag für einige Wochen verlassen werde, wurde die Ausführung des Planes forciert. Wenn das Attentat nicht nochmals verzögert werden sollte, musste es heute stattfinden.

Gabčík versicherte sich ein letztes Mal, dass der Krankenwagen nach wie vor in der Nähe der Straßenbahnhaltestelle parkte. Mit ihm sollte der entführte Heydrich zu einem Versteck gebracht und von dort aus nach England ausgeflogen werden. Gabčík hielt die Maschinenpistole unter seinem Regenmantel versteckt und wartete auf das Signal, mit dem ihnen ein weiter oben am Straßenrand positionierter Komplize Heydrichs Ankunft anzeigen sollte. Endlich wurde Gabčík von den Sonnenstrahlen geblendet, die ihm der dritte Verschwörer mit seinem Taschenspiegel zusandte. Das verabredete Zeichen! Heydrichs Wagen war in Sicht!

Gabčík und Kubiš machten sich bereit. Die Straße war sehr belebt, Passanten, Radfahrer und Autos waren unterwegs, eine Straßenbahn bimmelte. Da sahen sie Heydrichs offenen Mercedes kommen. Als der Wagen in der Kurve abbremsen musste, war der richtige Zeitpunkt.

Gabčík sprang auf die Straße und wollte seine Sten Gun auf den Wagen abfeuern, doch es löste sich kein Schuss, die Maschinenpistole versagte. Kubiš zögerte keinen Augenblick, stürzte auf das Auto zu und zündete eine umgebaute Panzerabwehrgranate, die direkt neben dem Fahrzeug detonierte. Menschen brachten sich schreiend in Sicherheit, die Scheiben einer vorbeifahrenden Straßenbahn zerbarsten, der durch Metall- und Glassplitter verletzte Heydrich sprang mit einer Pistole in der Hand aus dem Wagen, brach jedoch auf offener Straße zusammen. Überstürzt flohen die Attentäter und entkamen in den engen Gässchen der Vorstadt. Reinhard

Heydrich, der Reichsprotektor von Böhmen und Mähren und Chef des Reichssicherheitshauptamtes, wurde mit schweren Verletzungen in ein Krankenhaus eingeliefert. Adolf Hitler tobte vor Wut und ließ noch am selben Tag zwei Ärzte aus Deutschland einfliegen. Jan Kubiš und Jozef Gabčík, die unentdeckt vom Tatort entkommen konnten, versteckten sich in der Krypta einer Kirche. Sie wussten, dass die Operation Anthropoid mit dem Ziel, Heydrich nach England zu entführen, fehlgeschlagen war, und befürchteten, dass sie Prag nicht mehr lebend verlassen würden.

Sandnerhof

27. Mai 1942

Nach dem Abendessen auf dem Sandnerhof saßen Friedrich und Pfarrer Petersen noch bei einer Partie Schach im Wohnzimmer. Hans, David und Melina leisteten ihnen Gesellschaft und standen dem Großvater mit guten Ratschlägen zur Seite.

»Das ist nicht fair«, beschwerte sich der Priester, als er unter lautem Gelächter der Kinder seinen zweiten Springer verlor. »Vier gegen einen. Wo gibt's denn so was? Wenigstens du, Melina, könntest doch zu mir halten«, sagte er mit gespieltem Ernst.

Das Mädchen kicherte.

Die Schachpartie ging weiter, und Pfarrer Petersens Position wurde mehr und mehr geschwächt.

Vom lauten Lachen der Kinder angelockt, trat Hannah ins Wohnzimmer und schmunzelte ebenfalls über die aussichtslose Lage des Priesters. »Da kann ja nur noch ein Wunder helfen«, meinte sie und lächelte über Pfarrer Petersens zerknirschten Gesichtsausdruck.

Alle horchten auf, als die Stimme des Nachrichtensprechers im Radio eine Sondermeldung ankündigte. Auf den

Reichsprotektor Reinhard Heydrich war am Morgen in Prag ein Anschlag verübt worden, bei dem tschechische Attentäter eine Granate auf den vorbeifahrenden Wagen des Reichsprotektors geworfen und ihn schwer verletzt hatten. In einem Prager Krankenhaus kämpften Ärzte um sein Leben.

Hannah war bleich geworden. Ein Attentat auf Heydrich? Hatte Heydrich allein im Wagen gesessen? War Peter etwa auch betroffen?

Um einen Moment für sich allein zu sein, wandte sie sich vom Schachtisch ab und ging durch die Küche hinaus in den Garten. Mit besorgtem Gesicht blickte sie in den Abendhimmel. Wo mochte Peter sein? Ging es ihm gut?

Tief in ihre Gedanken versunken, bemerkte sie nicht, wie die Zeit verging, und zuckte kurz zusammen, als Pfarrer Petersen plötzlich vor ihr stand. Er hatte wohl sein Schachspiel beendet und wollte nach Hause gehen.

»Hannah, was ist los, warum sind Sie so traurig?«, fragte er. »Wenn hier jemand Trübsal blasen darf, dann bin ich das. Ich habe heute zweimal beim Schach verloren«, versuchte er sie aufzuheitern.

Hannah schwieg eine Weile, denn die Gefühle in ihrem Inneren waren so widersprüchlich, dass sie sie kaum in Worte fassen konnte. »Ich versteh mich selbst nicht mehr«, sagte sie endlich. »Wie kann ich mir Sorgen um Peter machen? Er hat mich für seine Karriere geopfert, er verfolgt uns Juden, und trotzdem habe ich Angst, es könnte ihm heute bei dem Attentat in Prag etwas zugestoßen sein. Er ist ein enger Mitarbeiter von Reinhard Heydrich, und es besteht die Möglichkeit, dass er auch vor Ort war.«

Hannah sah Pfarrer Petersen an, dass er nach den richtigen Worten suchte.

»Er ist der Vater Ihres Kindes, Hannah«, antwortete er nach einer kurzen Pause. »Sie können die Gefühle für ihn nicht auf Kommando abstellen.«

»Aber ich müsste traurig sein, wütend, ihn hassen! Und was mache ich? Ich sorge mich um ihn!«

»Hannah, ja, Sie sind traurig und wütend, und Sie hassen Peter auch. Doch das alles schließt nicht aus, dass Sie zugleich auch noch positive Gefühle für ihn empfinden. Sie haben ihn nicht als SS-Mann kennengelernt, sondern als jungen Menschen, der am Anfang seines Berufswegs stand. Damals hat dieser ganze Wahnsinn gerade erst begonnen.«

»Aber er hat sich für diesen Weg entschieden. Wie konnte er nur?«, rief Hannah aus.

Der Priester schwieg einen Moment.

»Ja, er hat sich für diesen Weg entschieden, und für diese Entscheidung muss er tagtäglich die Verantwortung tragen. Ich beneide ihn nicht darum.«

»Und wie soll ich damit umgehen? Dass sich der Vater meines Kindes in ein Monster verwandelt hat?«

»Ich kann Ihnen darauf keine einfache Antwort geben, Hannah. Ich glaube schon lange nicht mehr, dass die Zeit alle Wunden heilt, nein, wenn irgendjemand Wunden heilen kann, dann nur Gott. Teilen Sie ihm all Ihre Ängste und Sorgen, Ihre Wut und Enttäuschung mit. Ich bin überzeugt, er wird Sie nicht im Stich lassen.«

Hannah sah den Priester nachdenklich an. »Ich weiß nicht, ob alle Wunden heilen können. Ich glaube, es gibt Wunden, die niemals heilen«, murmelte sie. »Danke für Ihr Verständnis«, fügte sie noch hinzu und verabschiedete sich von dem Priester.

Berlin

Juni 1942

Reinhard Heydrich war tot; wenige Tage nach dem Attentat war er im Krankenhaus seinen Verletzungen erlegen. Der Sarg des SS-Obergruppenführers, der vor der Überführung nach Berlin zwei Tage lang auf dem Hradschin, der Prager Burg, aufgebahrt worden war, stand nun inmitten eines Blumenmeeres an der Stirnseite des Mosaiksaals der Neuen Reichskanzlei in Berlin. In den Wandnischen brannten Fackelschalen und untermalten die Dramatik der ganzen Zeremonie, die die Berliner Philharmoniker mit dem Trauermarsch aus Wagners »Götterdämmerung« einleiteten. Der Staatsakt zu Ehren des ermordeten Reinhard Heydrich war die größte Trauerfeier, die es im Dritten Reich je für einen Staatsmann gegeben hatte. Die führenden Staatsfunktionäre aus Partei, Wehrmacht und SS hatten sich eingefunden, um dem SS-Obergruppenführer die letzte Ehre zu erweisen. Adolf Hitler und Heinrich Himmler hielten Reden, die vom Rundfunk übertragen wurden und in denen die Verdienste des Reichsprotektors gewürdigt wurden.

Peter war unter den geladenen Gästen. Er war schockiert über das Attentat auf Heydrich, von dem er erfahren hatte, als das Haus voller Gäste gewesen war, die den Geburtstag seiner Frau Clarissa feierten. Wie oft war er selbst im Wagen des Reichsprotektors genau dieselbe Strecke gefahren! Er hatte Heydrich immer gewarnt, nicht ohne Eskorte zu fahren, aber dieser hatte ja nicht hören wollen.

In Heydrich hatte Peter seinen unmittelbaren Vorgesetzten verloren und war bei seiner Arbeit im Reichssicherheitshauptamt von nun an direkt Heinrich Himmler unterstellt, dem zweiten Mann im Reich. Peter war nicht wohl bei diesem Gedanken. Seit dem Gespräch am Wannsee war ihm Heydrich zwar zunehmend unheimlich geworden, da er immer deutlicher spürte, dass das Vorgehen gegen die Juden im Begriff war, eine beängstigende Dimension anzunehmen. Er hatte dennoch immer wieder die Nähe zu Heydrich gesucht, um von ihm zu erfahren, was an oberster Stelle beschlossen wurde. Himmler hingegen galt im Allgemeinen als sehr verschlossen. Würde er dessen Vertrauen gewinnen und weiterhin Informationen darüber erhalten, was im Reich vor sich ging?

Das Protektorat Böhmen und Mähren zitterte bereits vor dem Rachefeldzug der Nazis gegen die Attentäter und ihre Mitwisser, und mit ungeahnter Grausamkeit sollte in der Tat am Tag nach Heydrichs Begräbnis ein Vergeltungsschlag über das Protektorat hereinbrechen. Ein ganzes tschechisches Dorf wurde dem Erdboden gleichgemacht, und Hunderte Menschen wurden in Konzentrationslager deportiert oder standrechtlich erschossen. Die beiden Attentäter Jan Kubiš und Jozef Gabčík, die nach mehreren Tagen letztendlich doch in der Krypta einer Prager Kirche von SS-Männern aufgespürt wurden, erschossen sich selbst.

Peter saß im Sessel und ließ die Zeitung sinken.

Clarissa lief unruhig vor ihm auf und ab. »Ich mache mir Sorgen, Peter. Echte Sorgen.« Sie blieb vor ihm stehen.

»Ich weiß, dass dich das Attentat sehr mitgenommen hat, aber …«

»Nichts *aber.* Einen Tag früher, und du hättest mit im Wagen gesessen.«

»Dann wäre aber bestimmt nichts passiert«, entgegnete Peter. »Denn wann immer ich mit ihm im Auto saß, habe ich nie geduldet, dass er ohne Eskorte fuhr und schon gar nicht mit offenem Verdeck.«

»Er hätte mehr auf dich hören sollen«, lenkte sie ein und setzte sich zu ihm auf die Sessellehne. »Und wie wird es beruflich für dich weitergehen? Ohne Heydrich? Er wollte dich doch ganz nach Prag holen. Mittlerweile verstehe ich, warum du immer dagegen warst, dass Tristan und ich mitkommen. Ehrlich gesagt hatte ich immer den Eindruck, dass du übertreibst, als du sagtest, Prag sei zu gefährlich für uns. Aber nun hat sich leider gezeigt, dass du recht hattest.«

»Himmler hat andere Pläne. Er möchte, dass ich mit Eichmann in Berlin bleibe. Trotzdem werde ich oft ins Protektorat reisen müssen.«

»Warum? Wo musst du hin?«

»Nach Theresienstadt. Dort entsteht ein neues jüdisches Siedlungsgebiet.« Himmler hatte ihn damit beauftragt, sich verstärkt dem Projekt Theresienstadt zu widmen, um die ausländische Presse und Hilfsorganisationen zu beschwichtigen. Seit Wochen geisterten Schreckensmeldungen über Gräueltaten in deutschen Lagern durch die internationale Presse, denen man entgegentreten musste.

»Fahren Sie da hin, Hagen«, hatte Himmler gesagt, »und schaffen Sie dort Ordnung, damit man beruhigt Besucher durch die Stadt führen kann. Ich will, dass dort alles sauber und ordentlich ist, anständige Häuser, Gemüsegärten, Kinderbetreuung und ein Musikorchester. Nun, da Heydrich nicht mehr da ist, obliegt diese Aufgabe Ihnen und Eichmann.«

»Es ist ein Auftrag von Himmler«, erklärte er Clarissa. »Aber ich kehre immer wieder nach Berlin zurück.«

Er versuchte, ihr Lächeln zu erwidern, doch es wollte ihm nicht so recht gelingen. Es bereitete ihm zunehmend Probleme, seine Familie um sich herum zu ertragen.

Sandnerhof

Juli 1942

Maria fiel Georg überglücklich um den Hals. Er war wieder da. Ganze zwei Wochen Heimaturlaub!

Er umarmte sie, als wolle er sie niemals wieder loslassen. Als er sie endlich wieder freigab, schaute sie ihn prüfend an.

»Schmal bist du geworden«, sagte sie. »Und müde siehst du aus. Mein Gott, wie muss es da zugehen in Russland. Komm rein und ruh dich aus, damit du in den zwei Wochen wieder zu Kräften kommst.«

»Verwöhn mich nur nicht zu sehr«, entgegnete er und bemühte sich um ein Lächeln. »Sonst fällt mir die Umstellung hinterher umso schwerer.«

Die ganze Familie saß um den Tisch, und Georg griff nach den langen Monaten mit spärlicher Frontverpflegung ordentlich zu.

»Was bekommt ihr denn an der Front zu essen?«, erkundigte sich David.

»Das kommt darauf an, ob wir gerade Kampfeinsätze haben und wie schnell der Nachschub kommt«, antwortete Georg und nahm sich noch von den Kartoffeln. »Wenn wir warme Verpflegung bekommen, gibt es irgendeinen Eintopf oder Suppe. Wenn es nur zu kalter Verpflegung reicht, erhalten wir Brot oder Hartzwieback, Margarine und Konserven.«

»Aber davon kann man doch nicht monatelang leben.« Maria sah ihn besorgt an und schob ihm noch eine Schüssel Gemüse hin.

»Wo ist denn im Moment euer Einsatzgebiet?«, fragte Hans neugierig.

»Seit unserer Niederlage bei Moskau verteidigen wir den Raum bei Rschew«, antwortete Georg.

»Und wie stark ist die Rote Armee? Werdet ihr Moskau nochmals angreifen?«, wollte Hans wissen.

Georg starrte nachdenklich vor sich hin, ohne ihm eine Antwort zu geben.

»Habt ihr jeden Tag Kämpfe?«, bohrte Hans weiter.

»Nun lass ihn doch mal essen«, sagte Maria. »Georg muss doch nicht auch noch während seines Urlaubs andauernd an die Front erinnert werden.«

»Stimmt, du hast recht«, gab Hans sich geschlagen.

»Von Konrad haben wir schon seit einiger Zeit nichts mehr gehört«, murmelte Annie, und Georg sah Tränen in ihren Augen schimmern. »Sein letzter Brief kam vor zwei Monaten, da wusste er aber noch nicht, wann er wieder Heimaturlaub bekommt.«

»Soweit ich gehört habe, ist der südliche Flügel seiner Heeresgruppe auf dem Vormarsch nach Stalingrad an der Wolga«, sagte Georg. »Ich hoffe, er kommt bald auch einmal wieder nach Hause. Dieser ganze Ostfeldzug dauert nun schon viel länger, als wir jemals vermutet hätten.« Und noch ist kein Ende in Sicht, dachte er bei sich, doch er sprach die Worte nicht aus.

Als Friedrich Georg am Nachmittag allein beim Hühnergehege antraf, wo er den beschädigten Zaun ausbesserte, setzte er sich auf einen Baumstumpf, zündete seine Pfeife an und schaute seinem Schwiegersohn bei der Arbeit zu.

»Dass durch dieses Loch noch kein Fuchs gekommen ist und die Hühner geholt hat, grenzt an ein Wunder«, meinte Georg, während er eine Latte festnagelte.

»Da passt die Bella schon auf.« Friedrich schaute auf den großen braun gefleckten Mischlingshund, der träge im Schatten eines Apfelbaumes lag und beim Klang seines Namens kurz ein Auge öffnete. »Eine treue Seele, die Bella«, sagte er. »Hat den ganzen Hof im Blick. Hier passiert nichts unbemerkt, was ihr nicht gefällt.«

»Den Eindruck eines Wachhundes macht sie allerdings gerade nicht«, stellte Georg mit einem Blick auf den dösenden Hund fest.

»Das täuscht. Die Bella bewacht uns die ganze Zeit«, entgegnete Friedrich.

Die beiden Männer schwiegen.

»Ach, es ist so friedlich hier.« Georg seufzte wehmütig. »Ich will nicht mehr zurück nach Russland. Im Sommer die Hitze, der Sand und die Fliegen, im Winter die sibirische Kälte, dann noch das endlose Marschieren, das …«

Er brach mitten im Satz ab.

»Das Töten?«, vervollständigte Friedrich den Satz.

Georg blickte zu Boden. »Ja. Das Töten. Es ist so entsetzlich.« Sein Gesicht wurde vollkommen ausdruckslos. »Ich erschieße Menschen, um nicht selbst erschossen zu werden. Kameraden, die einen Moment zuvor noch neben mir kämpften, liegen im nächsten Moment tot oder schwer verwundet am Boden. Es ist so furchtbar.«

Friedrich nickte. »Ich weiß, ich habe das im Ersten Weltkrieg selbst mitgemacht. Ich weiß, wovon du sprichst.«

Plötzlich veränderte sich Georgs Gesichtsausdruck. »Du kannst dir nicht vorstellen, was ich auf dem Rückzug nach unserer Niederlage bei Moskau gesehen habe. Wir kamen wieder durch die russischen Dörfer, die wir erobert hatten und die von den SS-Einsatzgruppen ›gesäubert‹ worden waren. Friedrich, sie haben die Zivilisten niedergemetzelt. Alte Männer, Frauen und Kinder. Ganze Dörfer.«

Friedrich schüttelte ungläubig den Kopf.

»Das waren keine Partisanen, die die SS da umgebracht hat, oder hast du schon mal von dreijährigen und achtzigjährigen Widerstandskämpfern gehört? Hitler führt einen Vernichtungskrieg in Russland. Er rottet ganze Volksgruppen gezielt aus. Juden, Bolschewisten, Intellektuelle, Kirchenmänner – er metzelt alles nieder, was ihm im Weg steht.«

Friedrich starrte Georg an. »Was ist nur aus Deutschland geworden?«, fragte er. »Was sind das für Menschen, die das anordnen?«

»Und was für Menschen werden wir sein, wenn der Krieg einmal zu Ende ist und wir zurückkommen?«, ergänzte Georg bitter und nagelte eine weitere Latte über das Loch im Zaun.

Stalingrad

Dezember 1942

Konrad sah sich um. Eine Handvoll Wehrmachtssoldaten rannte ziellos durch die tief verschneiten Ruinen von Stalingrad, hinter ihnen krachten Granaten, irgendwo ratterten MGs. Sie waren abgeschnitten von ihrer Einheit, wussten nicht mehr, wo die Front sich befand. Überall auf den Straßen lagen Tote, in Kellern und Ruinen hatten sich Menschen verkrochen, hoffend, frierend, betend.

Niemals hätte Konrad damit gerechnet, sich einmal in einer derart aussichtslosen Situation wiederzufinden. Was hatte die deutsche Wehrmacht für ruhmreiche Schlachten geschlagen! Ganz Europa war doch eigentlich in deutscher Hand, und das Deutsche Reich hatte erst vor Kurzem seine größte Ausdehnung erreicht. Konrad seufzte. Nun hatten sie die Niederlage vor den Toren Moskaus wieder wettgemacht durch die erfolgreiche Eroberung Stalingrads, das sie seitdem besetzt hielten. Doch wofür?

Niemand hatte damit gerechnet, dass es der Roten Armee gelingen könnte, einen Ring um die Stadt an der Wolga zu ziehen. Nun saß Konrad mit der 6. Armee in Stalingrad in der Falle.

Als hinter ihnen Gewehrsalven ertönten, sprang Konrad Schutz suchend durch eine Öffnung in einer Mauer vor ihm. Ein Kellergewölbe. Zuerst erkannte er im Halbdunkel nur die toten Soldaten auf dem Boden, dann entdeckte er im Hintergrund eine kleine Schar Menschen, die dicht aneinandergedrängt eng an die Wand gepresst am Boden kauerten und ihn mit angsterfüllten Augen ansahen. Alte Männer, Frauen, ein kleines Kind. Das kleine Mädchen starrte ihn an und schien vor Furcht wie gelähmt.

Die Maschinengewehrsalven waren jetzt genau vor dem Kellerloch. Konrad duckte sich hinter einen Mauervorsprung und versuchte, den Husten zu unterdrücken, der ihn seit Tagen quälte, weniger aus Angst um sein eigenes Leben, sondern vielmehr aus Sorge um das kleine Kind. Wenn die Russen ihn entdeckten, würden sie das Feuer auf das Kellerloch eröffnen. Mit vor Fieber glänzenden Augen beobachtete er das Loch in der Mauer, sah russische Soldaten draußen vorbeirennen. Minuten wurden zur Ewigkeit. Er warf einen Blick auf die Menschen im Kellergewölbe. Das Mädchen blickte ihn noch immer mit schreckgeweiteten Augen an. Er musste hier raus, um die Menschen nicht in Gefahr zu bringen. Wo waren seine Kameraden? Er und die gesamte 6. Armee unter General Paulus war von den Rotarmisten hier in Stalingrad eingekesselt, abgeschnitten von ihren Einheiten, von Nachschub, von Hilfe. Nach wochenlangen Häuserkämpfen hatten sie kaum mehr Verpflegung und Munition. Stalingrad, das sie nach Uman, Kiew, Odessa, Charkow und Rostow so siegreich erobert hatten, war zur Hölle geworden.

Hitler hatte das Kapitulationsgesuch von General Paulus kategorisch abgelehnt, die Antwort aus dem Führerhauptquartier lautete: »Die Armee hält ihre Position bis zur letzten Patrone.«

Konrad fragte sich, ob er letztendlich durch die Kugel eines Rotarmisten, die eisige Kälte, das Fieber oder den Hunger sterben würde.

Ich muss hier raus, dachte er, als die Gewehrschüsse irgendwann nur noch von Weitem zu hören waren. Doch sein geschwächter Körper gehorchte ihm nicht mehr. Anstatt über die Trümmer nach draußen zu klettern, ließ er sich an die Wand sinken, um ein wenig auszuruhen. Trotz des Fiebers war ihm kalt, er hatte furchtbaren Durst und Hunger. Von der anderen Seite des Kellerlochs vernahm er monotone, leise gesprochene Worte, und obwohl er die Sprache nicht verstand, glaubte er, in den Worten ein Gebet zu erkennen. War es der Rosenkranz? Konrad schloss die Augen und begann, das Gebet leise auf Deutsch mitzusprechen, bevor er vor Erschöpfung einschlief.

Theresienstadt

Januar 1943

»Es reicht nicht, die Stadt nur zu verschönern«, stellte Peter fest, der vom Fenster seines Büros im Offiziersgebäude auf den verschneiten Marktplatz Theresienstadts schaute. Auf dem Stuhl vor seinem Schreibtisch saß Adolf Eichmann.

»Hier und dort ein paar Blumenbeete, ein neuer Anstrich der Häuserfassaden, neue Parkanlagen – das ist nicht genug. Wenn wir den Besuchern des Roten Kreuzes ein Vorzeigeghetto präsentieren wollen, brauchen wir hier auch ein kulturelles Leben.«

Peter sah Menschen mit grauen, müden Gesichtern, die in gebeugter Haltung und gegen die Kälte in Mantel und Schal gehüllt über den Marktplatz gingen. »Wir brauchen Farben hier und Menschen, die Lebensfreude ausstrahlen.«

Eichmann schaute auf.

»Ein Kaffeehaus, Bibliotheken, Musikgruppen. Ich bin die Listen der Zugänge durchgegangen, da sind viele Kinder dabei. Was machen wir mit denen? Wir brauchen Spielplätze, einen Fußballplatz, eine Theatergruppe. Wenn dies hier ein jüdisches

Siedlungsgebiet sein soll, dann müssen wir dafür sorgen, dass es das auch wird.«

»Aber die Besucher werden auch die Wohnungen besichtigen. Hagen, Sie wissen doch genau, unter welch erbärmlichen Umständen die Leute hier leben«, gab Eichmann zu bedenken. »Zu Dutzenden zusammengepfercht auf engstem Raum, da wird unsere These vom neuen jüdischen Siedlungsraum unglaubwürdig.«

Peter strich sich nachdenklich übers Kinn. »Ein paar ausgewählte Wohnungen werden wir mustergültig einrichten. Möbel, Teppiche, Vorhänge, Bilder an den Wänden. Das dürfte zum Vorzeigen genügen.« Und es würde nicht bei ein paar Wohnungen bleiben, dachte er. Würde er erst einmal anfangen, wollte er alles daransetzen, dass alle Bewohner eine bessere Unterkunft bekamen.

Eichmann nickte Peter zustimmend zu.

»Dann müssen wir alle Maßnahmen dem Judenrat vorlegen. Eppstein soll das Ganze dann umsetzen, die Mittel dazu erhält er.«

»Bis zur Besprechung mit der Kommandantur heute Nachmittag brauchen wir ein grobes Konzept«, meinte Peter. »Wir müssen zügig ans Werk gehen, denn den Besuch der Rotkreuzdelegation können wir höchstens noch ein paar Monate hinausschieben.«

Er deutete auf den Marktplatz. »Wir sollten den Besuch in die Sommermonate verlegen. Ich sehe es schon vor mir. Ein Musikpavillon. Und ein Orchester spielt klassische Musik. Wir haben viele Musiker unter den Juden.«

Er drehte sich um, und seine Augen glänzten.

»Eichmann, wir erschaffen ein völlig neues Theresienstadt.«

Stalingrad

2. Februar 1943

Im eisigen Wind schwenkte der Rotarmist die rote Fahne über den Ruinen auf dem Zentralen Platz. Bereits zwei Tage zuvor hatte der Nordkessel aufgegeben, nun folgte die Kapitulation des Südkessels unter General Paulus. Die Wehrmacht hatte schon seit Tagen keine Munition mehr, und viele Offiziere hatten ihre letzte Patrone dazu verwendet, sich selbst zu erschießen. Konrad stand vor Kälte schlotternd unter den entwaffneten deutschen Soldaten und wurde von einem heftigen Hustenanfall geschüttelt. Er war noch immer schwer krank. Dass er überhaupt noch lebte, hatte er den Menschen im Kellergewölbe zu verdanken. Als er damals mitten in der Nacht wieder aufgewacht war, waren sie nicht mehr da gewesen, doch sie hatten eine Decke über ihn gebreitet, und neben sich hatte er einen Krug Wasser und einen Kanten Brot gefunden. Warum hatten die Menschen ihm, einem deutschen Wehrmachtssoldaten, geholfen? War es das Gebet gewesen, das er mitgesprochen hatte?

Konrad folgte den Kameraden, die unter den Befehlen der russischen Soldaten losmarschierten. Über Trümmer und Leichen zog der Zug der deutschen Gefangenen durch die Stadt, dann begann ein endloser Marsch über Eis- und Schneefelder. Sie liefen Stunde um Stunde, Tag um Tag. Viele der geschwächten Männer überlebten den Todesmarsch nicht. Wer kraftlos zu Boden fiel, blieb liegen und wurde bald vom Schnee bedeckt, während Konrad mit dem Zug der Elenden weiterzog ins Kriegsgefangenenlager. Er fragte sich, was ihn dort wohl erwartete, sollte er diesen Marsch überhaupt überleben. Schwere Arbeit, Hunger und Krankheiten? Würde er lange dortbleiben müssen oder durfte er vielleicht schon bald nach Hause? Konrad war so müde und erschöpft, dass er immer wieder glaubte, keinen Fuß mehr vor den anderen setzen zu können. Doch der Gedanke an die Menschen, die er liebte und die zu Hause auf ihn warteten, gab ihm die Kraft, sich weiterzuschleppen. Wenn er Annie, Maria, Hans, David und seine Eltern jemals wiedersehen wollte, durfte er nicht stehen bleiben, ganz gleich, wie schwer ihm jeder einzelne Schritt auch fiel.

Sandnerhof

Februar–August 1943

Hannah saß mit Melina am Tisch und beobachtete, wie Klara die frische Butter aus dem Butterfass holte. Ein großes Stück davon wickelte sie in Pergamentpapier und legte es zu dem Laib Brot in den Korb. Ein Stück Käse und ein Glas Marmelade wanderten auch noch hinein.

Pfarrer Petersen stand lächelnd daneben. Er war ein dankbarer Abnehmer ihrer Gaben, denn seit Monaten schon versteckte er immer wieder in seinem Pfarrhaus Juden, die auf der Flucht waren. Manchmal blieben sie nur eine Nacht, manchmal mehrere Tage oder Wochen. Ein älterer Mann hatte den ganzen Sommer über in Pfarrer Petersens Keller gewohnt und sein verletztes Bein auskuriert, bis er im Herbst mit einem gefälschten Ausweis weiterreisen konnte.

»Ich weiß gar nicht, wie ich Ihnen danken soll, Klara«, sagte der Pfarrer. »Seit es Lebensmittel nur noch auf Bezugskarten gibt, ist es schwierig geworden, noch weitere Menschen mit durchzufüttern.«

»Ja, die Lebensmittel werden immer knapper. Wir müssen viele landwirtschaftliche Kriegsabgaben leisten, aber jeden

Brotlaib, jeden Liter Milch und jedes Ferkel im Stall können sie halt doch nicht zählen«, entgegnete Klara. »Und wir freuen uns, wenn Sie so oft wie möglich zu uns kommen und uns Mut zusprechen«, fügte sie noch hinzu.

Hannah sah zu den beiden hinüber und nickte zustimmend. Auch sie brauchte den Zuspruch des Pfarrers. Gab er ihr doch mit seinen Worten Zuversicht, dass alles irgendwann überstanden wäre.

»Seit Georgs letztem Heimaturlaub an Weihnachten haben wir nichts mehr von ihm gehört, und Konrads Besuch liegt noch länger zurück. Wir machen uns solche Sorgen, weil wir auch keine Post mehr von ihm erhalten.«

Hannah verstand ihre Sorge. Auch Maria hatte bei ihr Trost gesucht, weil sie mit einem Mal nichts mehr von Georg gehört hatte und er noch nicht einmal wusste, dass sie sein Kind unter dem Herzen trug. Die Ungewissheit belastete sie alle sehr.

»Ich verstehe Sie gut, Klara. Hitler müsste doch längst einsehen, dass er den Krieg gegen Russland nicht gewinnen kann. Die 6. Armee wurde vor Stalingrad vernichtend geschlagen, die Wehrmacht befindet sich in Russland auf dem Rückzug. Doch anstatt zur Besinnung zu kommen und diesem sinnlosen Morden ein Ende zu setzen, ruft Goebbels den ›totalen Krieg‹ aus.«

Hannah hatte in den Nachrichten davon gehört. Dieser elende Krieg war schon entsetzlich genug, es fehlte ihr schlichtweg die Vorstellungskraft, um zu verstehen, welchen Plan Goebbels nun noch verfolgte. Sie sah zu Melina, die so konzentriert auf der Schiefertafel Buchstaben schrieb, dass sie glücklicherweise der Unterhaltung nicht folgte.

»Das macht uns ja solche Sorgen, Konrad war in Stalingrad dabei, und nun hören wir nichts mehr von ihm. Ist er in Gefangenschaft geraten? Lebt er überhaupt noch? Diese sinnlosen Opfer. Fast jedes Haus in Erlenthal hat schon gefallene

Männer zu beklagen«, sagte Klara und wischte sich eine Träne aus den Augen. »Wann hört dieser Wahnsinn endlich auf?«

»Wir beten für unsere Angehörigen in Russland, Klara, und für ein baldiges Ende des Krieges«, versuchte der Priester, sie zu trösten.

»Das ist unsere einzige Hoffnung«, antwortete Klara.

Der Priester trat an den Tisch, und Hannah sah zu ihm auf, während Melina vollkommen in sich versunken weiter auf der Schiefertafel Buchstaben schrieb.

»Es ist so schade, dass Melina keine Schule besuchen kann«, sagte Hannah leise.

»Das stimmt. Aber es geht wirklich nicht, Sie beide sind ja nicht angemeldet.«

»Ja, gut, dass Bürgermeister Jonas nie auf einer Anmeldung bestanden hat. Er hält eisern zu Friedrich.«

»Jonas ist ein prima Kerl. Ich habe vor Kurzem mit ihm geredet und erfahren, dass er auch das behinderte Kind einer Frau in Erlenthal nicht gemeldet hat. Die Nazis würden es sonst in eine Anstalt stecken. Und dort würde es nicht mehr lange leben.«

»Ja, man hört immer wieder, was mit den Menschen in solchen Einrichtungen passiert«, sagte Hannah und wollte sich das Grauen gar nicht näher vorstellen.

»Die Bischofskonferenz hat zwar erreicht, dass das Euthanasieprogramm der Nazis offiziell gestoppt wurde, aber was inoffiziell passiert, das weiß niemand genau.« Der Priester runzelte die Stirn.

»Wir können uns glücklich schätzen, dass Jonas uns schützt. Wer weiß, was aus mir und Melina ohne ihn geworden wäre.«

»Das stimmt. Was ich von Pfarrer Becker erfahre, hört sich gar nicht gut an. Den Juden wurde nicht nur die Ausreise verboten, im letzten Jahr haben die Nazis auch noch begonnen, sie systematisch aus Deutschland zu deportieren.«

»Hoffentlich erfährt niemals jemand etwas über meine Herkunft«, flüsterte Hannah. »Und hoffentlich fällt es niemandem auf, dass Melina nicht zur Schule geht. Sie ist ja recht klein für ihr Alter, und das ist wohl der Grund, warum uns hier auf dem Sandnerhof noch niemand darauf angesprochen hat. Und sonst kennt uns ja kaum jemand. Ich gehe nicht ins Dorf und trete auch hier auf dem Sandnerhof so wenig wie möglich in Erscheinung, aber irgendwie läuft mir ständig Ortsgruppenführer Lehmann über den Weg. Ausgerechnet ihm begegne ich so oft.« Sie sah den Priester besorgt an.

»Es ist mir auch schon aufgefallen, dass er ein besonderes Interesse für den Sandnerhof an den Tag legt«, entgegnete er.

»Was sucht er denn hier?«, fragte Hannah.

»Die Frage müsste eher lauten: Wen sucht er hier? Seien Sie weiterhin vorsichtig, ich glaube, er interessiert sich für Sie.«

»Das wäre ja fatal. Da muss ich in Zukunft noch mehr darauf achten, dass ich ihm um keinen Preis begegne.«

»Ja, das scheint mir auch so. Wenn wir ihn uns zum Feind machen, haben wir ganz schlechte Karten.«

Hannah blickte auf Melina. »Ich hatte mir einfach nur eine normale Kindheit für sie gewünscht«, seufzte sie.

»Normal kann es erst wieder werden, wenn dieser Krieg vorbei ist«, erwiderte Pfarrer Petersen. »Schön machst du das, Melina. Kannst du schon deinen Namen schreiben?«

Melina schaute auf, dann begann sie, mit etwas ungelenken Bewegungen die Buchstaben ihres Namens auf die Schiefertafel zu schreiben. »Ich kann auch schon ein bisschen lesen«, sagte sie stolz, nahm die Bibel, die auf dem Tisch lag, und las dem Pfarrer langsam Wort für Wort die ersten Sätze aus der Schöpfungsgeschichte vor.

Er lächelte und lobte sie: »Da wirst du ja bald meine neue Lektorin werden, Melina.«

Klara trat dazu. »Pfarrer Petersen, wie erklären Sie sich dieses Leid, das über die Welt hereingebrochen ist? Warum lässt Gott das zu?«

»Klara, wir dürfen nicht den Fehler begehen, Gott für alles verantwortlich zu machen. Er führt keine Kriege. Er lässt uns Menschen die Freiheit, uns für das Gute oder auch für das Böse zu entscheiden. Das Böse ist eben auch eine starke Macht, die jede Gelegenheit sucht, Menschen in Versuchung zu bringen, sich ihrer zu bedienen. Es gibt da eine Passage in der Offenbarung des Johannes, die mir immer wieder in den Sinn kommt, wenn ich über diese Fragen nachdenke.«

Er setzte sich, blätterte in der Bibel und fand die gesuchte Stelle: »Und ich sah einen Engel vom Himmel herabsteigen, der hatte den Schlüssel des Abgrunds und eine große Kette in seiner Hand. Und er ergriff den Drachen (…) und legte ihn in Fesseln für tausend Jahre und warf ihn in den Abgrund und schloss über ihm zu und legte ein Siegel an, damit er die Völker nicht mehr verführe, bis die tausend Jahre vollendet wären. Danach muss er auf kurze Zeit losgelassen werden.«

»Oh bitte, erklären Sie uns, was das bedeutet«, bat Hannah, und Klara nickte zustimmend, woraufhin Pfarrer Petersen ihnen den Bibeltext erklärte und mit den Worten schloss: »Das Gute kämpft schon immer gegen das Böse.« Dann las er weiter: »Ich, Johannes, sah einen neuen Himmel und eine neue Erde.«

Den ganzen Frühling und Sommer über hatte Hannah bei ihrer Arbeit auf dem Sandnerhof immer ein wachsames Auge auf ihre Umgebung, doch sosehr sie auch aufpasste, immer wieder lief ihr Fritz Lehmann über den Weg. Ob sie aus dem Stall trat, auf den Feldern half oder das gemähte Heu auf den Wiesen zum Trocknen wendete, immer wieder tauchte der blonde junge Mann wie aus dem Nichts auf und versuchte, sie in ein Gespräch zu verwickeln. Wenn Friedrich in der Nähe war, gelang es ihm meist geschickt, die Aufmerksamkeit des Ortsgruppenleiters von Hannah abzulenken. Doch wenn Hannah allein auf ihn traf, hatte sie Probleme, ihn wieder loszuwerden, ohne ihn vor den Kopf zu stoßen.

Die Arbeit im Sägewerk, auf den Feldern und im Garten war anstrengend, nun, da die Männer fehlten. Besonders kräftezehrend war es, wenn Fliegeralarm Hannah und die anderen auf dem Sandnerhof nach einem harten Arbeitstag mitten in der Nacht aus dem Schlaf riss und sie überstürzt in den Keller eilen mussten. Zwar waren die nahen Städte das Ziel der Bombardements, doch durch unpräzise Abwürfe oder Flugzeuge, die von deutschen Nachtjägern abgeschossen wurden, wurden oftmals auch die umliegenden Dörfer getroffen. Melina klammerte sich dann stets verängstigt an ihre Mutter, und oft war es David, dem es gelang, sie im Keller von der Gefahr um sie herum abzulenken. Hannah war immer wieder erstaunt, welche Geschichten dem Jungen einfielen, die die verschreckte Melina beruhigen sollten. Wenn ein Angriff zu Ende war, fiel es allen schwer, wieder in einen ruhigen Schlaf zurückzufinden. Dann war es oft die Sorge um Konrad und Georg, von denen sie noch immer nichts gehört hatten, die sie wachhielt. Warum kam keine Feldpost mehr von ihnen? Waren sie verwundet in einem Lazarett, gefangen in einem Lager, lebten sie überhaupt noch? Die Bewohner des Sandnerhofs bemühten sich, trotz ihrer Sorgen etwas Schlaf zu finden, denn sie brauchten ihre Kräfte für die Arbeit, die für die wenigen Zurückgebliebenen kaum zu bewältigen war. Es fehlten so viele Hände, als im August die Getreideernte anstand und ihr Arbeitseinsatz von morgens bis abends gefordert war, um das Korn zu mähen, zu Garben zu binden und in die Scheunen einzufahren. Die langen Sommertage waren so sehr ausgefüllt mit Arbeit, dass Hannah abends, wenn sie todmüde auf ihr Bett sank, des Öfteren fürchtete, sie könnte den Fliegeralarm in der Nacht verschlafen.

Als Hannah an diesem Nachmittag mit einem Korb voll Gemüse aus dem Garten zurückkam, traf sie in der Küche die weinende Maria an, an ihrer Seite Klara, Annie und Friedrich. Bürgermeister Jonas stand verloren im Raum und drehte hilflos seinen Hut in den Händen. Er hatte den Brief der Dienststelle der Wehrmacht mit seinem traurigen Inhalt überbringen müssen und war nun angesichts der Reaktion von Maria zutiefst betroffen.

Hannah sah das verbeulte ovale Metallplättchen in Marias Hand und musste gar nicht weiter fragen, was passiert war. Die Erkennungsmarke der Wehrmachtssoldaten bekam eine Frau nur zugeschickt, wenn ihr mitgeteilt wurde, dass ihr Mann gefallen und sie Witwe geworden war. Hannah schob dem Bürgermeister einen Stuhl hin, worauf jener sich dankbar setzte.

Friedrich hielt den Brief in der Hand. »Ein Major schreibt, dass Georg im Juli bei der Schlacht um die russische Stadt Kursk tödlich verletzt wurde«, berichtete er mit tonloser Stimme.

Maria schluchzte auf.

»Wenn mir nur mal einer erklären könnte, was dieser Krieg soll«, sagte Friedrich bitter. »Was für ein sinnloses Morden. Uns hat in unserem ganzen Leben noch kein Franzose, kein Engländer und kein Russe etwas getan. Da kommt dieser Verrückte und zettelt einen Krieg an. Und unsere Söhne müssen den Kopf dafür hinhalten.«

Wieder brach Maria in lautes Weinen aus.

»Maria, du musst jetzt versuchen, stark zu sein. Das Kind braucht dich«, sagte Annie und legte den Arm um ihre hochschwangere Tochter.

»Unser Kind, das Georg nie sehen wird«, weinte Maria nun noch mehr.

»Was für ein sinnloser Krieg, wie viele sinnlose Opfer«, schluchzte Klara mit erstickter Stimme.

Hannah fehlten die Worte. Es gab einfach keinen Trost für diese verzweifelten Menschen.

Als Friedrich am Abend die Holztreppe zum Dachboden des Hauses hinaufstieg, fielen ihm die Schritte so schwer, als sei er seit dem Nachmittag um Jahre gealtert. Er ging zum Glockenturm, ergriff den Strang der kleinen Glocke und zog daran. Während das Läuten des Sterbeglöckchens über dem Tal zu hören war, wischte er sich die Tränen aus den Augen. Georg war tot, und wo war Konrad? Nur noch verschwommen erkannte er die Häuser der Siedlung und den gegenüberliegenden Wald, und für einen Moment tat es ihm gut, diese Welt nicht mehr klar und deutlich vor sich sehen zu müssen.

In der Küche waren die nächsten Angehörigen, Nachbarn aus den umliegenden Häusern und Freunde versammelt und beteten mit Pfarrer Petersen den Rosenkranz für den Verstorbenen.

Nach der Andacht bemühten sich die Frauen darum, die völlig verzweifelte Maria zur Ruhe zu bringen. Als Simon gerade gehen wollte, sah er Melina allein am Tisch sitzen und setzte sich noch einen Moment zu ihr.

Melina zeichnete mit Kreide ein Bild auf ihre Schiefertafel.

Simon erkannte ein Haus mit einem hohen Turm – eine Kirche, dachte er – und davor zwei kleine Hügel mit einem Kreuz darauf. Auf das eine Kreuz hatte Melina mit ihren noch recht steifen Buchstaben den Namen »Georg« geschrieben. Simon begriff, dass Melina ein Grab für den gefallenen Georg gezeichnet hatte. Doch für wen war das zweite Grab? Dachte Melina etwa, Konrad sei auch gefallen? Gespannt beobachtete er, wie das Kind begann, einen Namen auf das zweite Kreuz zu schreiben. Ein P, ein E, ein T … Ungläubig schaute Simon auf den Namen, den die kleine Kinderhand da schrieb. Peter.

»Wer ist denn in diesem Grab?«, fragte er, ahnte jedoch bereits, wen das Kind meinte.

»Mein Papa. Er ist tot.«

Fragend blickte Simon zu Hannah, die in der Nähe des Tisches stand und trotz ihrer Bemühungen um Maria die Szene ganz offensichtlich mitbekommen hatte.

Doch sie wich seinem Blick aus und verließ dann zusammen mit Maria und Annie die Küche, um Maria in ihr Zimmer zu bringen.

Simon verabschiedete sich von Klara und Friedrich und versprach, bald wiederzukommen und nach Maria zu sehen. Und er wollte mit Hannah reden.

Doch Hannah vermied es, ihm zu begegnen. Wann immer er auf dem Sandnerhof erschien, war Hannah beschäftigt. Es gab ja auch so viel Arbeit, und die hochschwangere Maria, die um ihren Mann trauerte, brauchte ihre Zuwendung. Nur der Gedanke an das Kind, das sie erwartete, schenkte der jungen Frau etwas Trost, und das erste Lächeln seit der schrecklichen Nachricht erschien in dem Augenblick auf Marias bleichem Gesicht, als ihr die Hebamme in den frühen Morgenstunden eines anbrechenden Tages im September nach vielen Stunden schmerzvoller Geburtswehen ihren kleinen Sohn in die Arme legte.

Pfarrer Petersen trug seine Priesterstola über dem weißen Hemd und zeichnete dem Säugling mit der Hand ein Kreuz auf die Stirn. Für die Taufe des kleinen Kindes war das Wohnzimmer der Sandners mit bunten Sommerblumen geschmückt worden, auf dem Wohnzimmertisch standen ein kleines Messingkreuz sowie ein Weihwasserkesselchen. Die anwesende Familie umringte Maria, die zwar noch immer blass war von den Anstrengungen der Geburt, doch mit einem freudigen Lächeln ihren kleinen Sohn in den Armen hielt. Der kleine Junge trug das weiße Taufkleid, das schon seit Generationen im Besitz der Familie war.

Simon nahm den Taufwasserkessel, machte auch über diesem Gefäß das Kreuzzeichen und sprach die Segensworte. Daraufhin goss er einige Tropfen des Weihwassers über das Köpfchen des Kindes mit den Worten: »*Ego te baptizo in nomine Patris et Filii et Spiritus Sancti.* Ich taufe dich auf den Namen Georg. Im Namen des Vaters, des Sohnes und des Heiligen Geistes.«

In seligem Schlummer verschlief das neugeborene Kind die Zeremonie.

»Er schreit gar nicht«, sagte Maria lächelnd, und alle Umstehenden teilten ihre Freude. Mit einem Segensgebet beendete Simon die Tauffeier.

»Sie bleiben aber noch auf ein Stück Kuchen«, drängte ihn Klara, und er nahm die Einladung dankend an. Simon setzte sich zur Familie an den gedeckten Tisch und aß ein Stück von Klaras Tauftorte. »Klara, Sie müssen zaubern können. Mit den wenigen Lebensmitteln, die es im Moment gibt, haben Sie etwas so Köstliches geschaffen.«

»Ich habe beim Kochen immer etwas von den Vorräten zur Seite gelegt, damit wir heute den kleinen Georg gebührend feiern können«, erklärte die alte Frau. »Trinken Sie noch eine Tasse Tee.« Sie lächelte Simon zu und goss ihm noch einmal nach. »Kaffee ist leider schon seit Monaten nicht mehr zu haben.«

Simons Blick schweifte immer wieder zu Hannah, die am anderen Ende des Tisches saß und sich mit Annie unterhielt.

Er spürte, dass Hannah ihm noch immer auswich. Hatte sie Angst, er würde sie wegen der Lüge ansprechen, die sie

Melina über ihren Vater erzählt hatte? Als er nach einem kurzen Gespräch mit Friedrich wieder zu Hannahs Platz schaute, war sie verschwunden. Simon war enttäuscht. Er hatte sich so sehr gewünscht, heute ein klärendes Wort mit ihr wechseln zu können. Er lehnte ein weiteres Stück Kuchen dankend ab, packte die Stola, das Kreuz und den Weihwasserkessel in seine Tasche und verabschiedete sich, um sich auf den Weg nach Erlenthal zu machen. Gerade lief er über den Hof des Sägewerks, als er aus der nahegelegenen Scheune das aufgeregte Gebell des Hofhundes vernahm. Und war da nicht auch Hannahs verängstigte Stimme? Simon begann zu rennen.

Als er die Scheune erreichte, sah er Fritz Lehmann, der die sich heftig wehrende Hannah fest umklammert hielt und gleichzeitig nach dem Hund trat, der laut bellend um ihn herumlief.

»Na komm schon, stell dich nicht so an«, hörte er die Stimme des Ortsgruppenleiters, während dieser Hannah noch fester packte. »Zu dem Kind bist du doch auch nicht wie die heilige Jungfrau gekommen, oder? Zier dich nicht so!«, rief er mit einem boshaften Lachen.

»Lassen Sie mich los!«, flehte Hannah. Tränen liefen ihr über das Gesicht, und ihre Stimme war voller Angst.

Simon sprang in die Scheune, packte den nichtsahnenden Ortsgruppenleiter von hinten und riss ihn von Hannah los.

»Da schau an!«, rief dieser aus, als er ihn erkannte. »Unser Herr Hochwürden spielt den Helden.«

»Lehmann, sehen Sie zu, dass Sie ganz schnell von hier verschwinden, und kommen Sie nie mehr in Hannahs Nähe. Sonst zeige ich Sie an«, drohte Simon. Seine Augen funkelten zornig.

»Da wollen wir erst mal sehen, wer hier wen anzeigt!«, rief Lehmann aus. »Sie habe ich schon lange im Visier. Eine falsche Predigt, Herr Hochwürden, und Sie landen im Lager.«

»Gehen Sie. Ein Wort von mir, und der Hund wird nicht mehr nur bellen, sondern an Ihrer Kehle hängen«, knurrte Simon und zog den Ortsgruppenleiter in Richtung Scheunentor.

»Wollen Sie mir etwa drohen, Hochwürden?«, rief Lehmann erbost aus. »Wir sehen uns wieder, verlassen Sie sich drauf!«, bellte er, bevor er sich endlich umdrehte und ging.

Unter lautem Gebell jagte ihn Bella über den Hof der Sägemühle.

Simon blickte auf die weinende Hannah. »So ein Mistkerl«, sagte er und strich ihr beruhigend über das Haar. »Er hat die Situation ausgenutzt, als alle oben im Haus waren und Ihnen hier keiner beistehen konnte. Was für ein hinterhältiger Kerl.«

»Danke, dass Sie mir geholfen haben«, war alles, was Hannah herausbrachte.

»Gut, dass Bella aufgepasst hat.« Simon strich dem Tier, das wieder zur Scheune zurückgekehrt war, lobend über das Fell. »Hat er Ihnen etwas getan, hat er Sie verletzt?«

Hannah schüttelte den Kopf und richtete ihre Kleidung wieder. »Ist es das, was Männer von mir denken?«, fragte sie.

Simon sah sie fragend an.

»Ich habe ein uneheliches Kind. Denken nun alle Männer, ich wäre leicht zu haben?«

»Nein, Hannah«, beschwichtigte Simon. »Niemand darf das von Ihnen denken. Kommen Sie, wollen wir ein Stück laufen? Frische Luft und Sonnenschein werden Ihnen guttun.«

Sie schlugen den Weg zur Kapelle am Waldrand ein.

»Versuchen Sie, nicht mehr an diesen Vorfall zu denken, Hannah. Lehmann ist ein Mann ohne Charakter, Sie müssen sich vor ihm hüten. Er ist hier im Ort Ihr größter Gegner.«

»Ich gehe ihm ja schon aus dem Weg, wo ich nur kann«, gab Hannah zurück.

»Ich weiß. Ich werde mit Friedrich reden, dass er von nun an immer ein Auge auf Sie hat. Lehmann wird sich nicht geschlagen geben. Hoffentlich beginnt er nach diesem Zwischenfall nicht, in Ihren Akten herumzuschnüffeln.«

Sie liefen eine Weile schweigend nebeneinander her.

»Hannah, ich möchte, dass Sie mir glauben, dass ich niemals schlecht von Ihnen denken könnte. In der letzten Zeit hatte ich das Gefühl, dass Sie mir ausweichen.«

Hannah nickte.

»Das müssen Sie nicht. Sie sind mir keine Rechenschaft schuldig. Sicherlich haben Sie Ihre Gründe für das, was Sie Melina über ihren Vater erzählen.«

Hannah sah ihn an. »Was hätte ich Melina auf ihre Fragen denn sagen sollen?«, fragte sie. »Dass ihr Vater ein SS-Mann ist? Dass er uns Juden verfolgt? Wäre das besser gewesen?«

Simon schüttelte den Kopf. »Nein, Sie haben schon recht, diese Antwort wäre für ein Kind schwer zu verkraften. Da bin ich ganz Ihrer Meinung. Aber glauben Sie nicht, dass Melina später, wenn sie älter ist, ein Recht darauf hat, die Wahrheit zu erfahren?«

»Für mich ist das die Wahrheit«, entgegnete Hannah. »Als Peter mich verließ, ist unsere Beziehung gestorben.«

»Das ist verständlich, Hannah, aber es stimmt nicht. Peter lebt, und Melina hat, denke ich, ein Recht darauf, irgendwann zu erfahren, wer ihr Vater ist.«

Hannah stiegen Tränen in die Augen. »Ich habe Melina niemals als sein Kind gesehen«, flüsterte sie. »Ich weiß nicht, ob ich das jemals schaffen werde.«

»Und das sagt eine Frau, deren liebster Satz lautet: *Man kann vor der Wahrheit nur eine Zeit lang davonlaufen?*«, fragte Simon.

Hannah stutzte, dann lächelte sie. »Jetzt haben Sie mich mit meinen eigenen Waffen geschlagen!« Und nach kurzem Nachdenken fügte sie hinzu: »Ich werde einige Zeit brauchen, um darüber nachzudenken.«

»Natürlich. Sie müssen das auch nicht jetzt entscheiden«, erwiderte Simon. »Lassen Sie im Moment alles so, wie es ist. Aber wenn Ihre Tochter erwachsen ist, dann denken Sie bitte nochmals über meine Worte nach. Bauen Sie Melinas Leben nicht auf einer Lüge auf.«

»Große Hoffnungen will ich Ihnen da im Moment noch nicht machen.« Hannah seufzte. »Aber vielleicht werde ich irgendwann Ihren Rat befolgen.«

Sie hatten die Bank vor der Kapelle erreicht und setzten sich.

»Ich bin froh, dass wir gesprochen haben«, sagte Simon, und in Gedanken fügte er hinzu: *Und dass ich rechtzeitig zur Scheune gekommen bin.* Er vermied es jedoch, den widerwärtigen Lehmann noch einmal zu erwähnen. »Ich habe mich gar nicht gut gefühlt, als Sie mir immer wieder aus dem Weg gegangen sind«, sagte er und lächelte sie an.

»Und ich bin erleichtert, weil Sie nicht schlecht von mir denken.«

Berlin

August 1943

Peter stand an der Bar im Wohnzimmer und goss sich einen doppelten Drink ein. Er war gerade aus Theresienstadt zurückgekehrt, neben dem Sessel stand seine Tasche mit dem schriftlichen Bericht an Himmler und der Deportationsliste. Ein Transport ins Arbeitslager Auschwitz. Peter hatte ein ungutes Gefühl, denn im Amt trafen in letzter Zeit viel zu viele Schreiben mit dem Vermerk »Geheime Reichssache« ein, die dieses Lager betrafen. Sie wurden sofort an Himmler weitergeleitet. Er musste unbedingt einen Weg finden, um etwas über den Inhalt dieser Dokumente zu erfahren. Himmler war nicht sehr gesprächig, und Schriftstücke dieser Art ließ er nicht offen auf dem Schreibtisch liegen.

Peter schaute auf das leere Glas in seiner Hand und füllte es erneut. Im Stockwerk über sich hörte er Clarissa, die den kleinen Tristan zu Bett brachte. Er leerte sein zweites Glas, hielt es mit einem Blick auf die Whiskyflasche noch einen Moment lang zögernd in der Hand und stellte es dann mit einer entschiedenen Geste auf den Tresen der Bar. Er durfte jetzt nicht weitertrinken! Er wandte sich von der Bar ab, setzte sich in den

Sessel und griff sich eine Zeitung. Wahllos las er Nachrichten aus dem In- und Ausland, um seine Gedanken zu zerstreuen.

Clarissa trat ins Zimmer. »Tristan wartet auf dich, damit du ihm wieder ein Märchen vorliest«, sagte sie.

Peter versuchte ein Lächeln und faltete die Zeitung zusammen.

»Gern«, sagte er, stand auf und drückte Clarissa einen flüchtigen Kuss auf die Wange, bevor er das Zimmer verließ und die Treppe zu den Schlafzimmern hinaufstieg. Er würde Tristan so lange vorlesen, bis dieser einschlief. Er blickte auf das Kind, das ihn beim Lesen so vertrauensvoll anschaute, und fühlte sich schuldig wegen der großen Leere, die in ihm herrschte. Er musste mittlerweile so viele mahnende Stimmen und nagende Zweifel in seinem Inneren betäuben, dass er auch zu positiven Gefühlen wie der Liebe zu seinem Kind nicht mehr fähig war. Nachdem Tristan eingeschlafen war, blieb er noch neben seinem Bett sitzen, bis ihm selbst die Augenlider schwer wurden. Er hatte Angst davor, ins Bett zu gehen, denn mit dem Schlaf würden wieder die Albträume kommen. Die Wellen schlugen mittlerweile fast jede Nacht über ihm zusammen und verschlangen ihn.

Sandnerhof

September–November 1943

Simon stieg mit einem Korb in der Hand die Kellertreppe des Pfarrhauses hinunter und öffnete die verriegelte Kellertür. Er drehte das Licht an, das unruhig flackerte, und ging auf ein Holzregal an der Rückwand des Kellerraums zu. Er nahm mit Gurken und Marmelade gefüllte Einmachgläser sowie einige Kisten und Schachteln aus den Regalfächern, dann zog er an dem Gestell, bis es von der Wand weggerückt war und eine dahinterliegende verborgene Tür freigab. Simon öffnete die Holztür und betrat einen weiteren Raum. Im Schein einer Petroleumlampe saßen zwei Frauen, ein Mann und zwei kleine Kinder an einem Tisch, an den Wänden des Zimmers standen Liegen mit Decken. Das Ehepaar Friedland, ihre Töchter Sarah und Judith sowie Großmutter Esther waren Juden, die auf Vermittlung seines Freundes und Pfarrkollegen Martin im Pfarrhaus in Erlenthal ein zeitweiliges Versteck gefunden hatten. Simon setzte sich zu ihnen und packte seinen Korb aus. Er blickte in erfreute Gesichter, als er die Becher auf dem Tisch mit warmem Tee aus seiner Thermoskanne füllte und die Käsebrote und Äpfel vom Sandnerhof verteilte.

»Ich habe noch etwas für dich, Aaron.« Simon wickelte eine gestopfte Pfeife und eine Schachtel Streichhölzer aus einem Zeitungspapier. »Die hat mir Friedrich Sandner für dich mitgegeben, als ich ihm sagte, dass du gern mal wieder eine Pfeife rauchen würdest.«

Die Augen des Mannes leuchteten auf.

Die Menschen am Tisch verzehrten dankbar das mitgebrachte Essen.

»Wir warten, bis es völlig dunkel geworden ist. Dann können wir wieder nach oben in den Garten gehen. Sollte wirklich eine Razzia kommen, dann versteckt ihr euch im Gebüsch.«

»Seit wir auf der Flucht sind, ist die Nacht unser Tag geworden«, stöhnte Aaron Friedland. »Wir verkriechen uns wie die Mäuse im Loch und hoffen, dass uns die Katze nicht findet.«

»Ich weiß, dass das kein Leben ist.« Simon blickte mit ernster Miene in die Gesichter der beiden kleinen Mädchen, die stumm ihr Brot aßen. Wann hatten sie zuletzt im Sonnenschein gespielt? »Ich hoffe und bete, dass dieser Wahnsinn bald endet«, sagte er.

»Er endet nicht. Er wird noch schlimmer. Unsere einzige Hoffnung ist, dass wir noch irgendwie dieses Land verlassen können«, entgegnete Aaron.

»Nur der Traum, weit weg in Palästina neu anzufangen, gibt uns noch Kraft«, pflichtete seine Frau ihm bei.

Simon warf einen Blick auf seine Armbanduhr. »Es ist spät genug. Kommt, Kinder, wir können es wagen, ein bisschen frische Luft zu schnappen.« Sogleich griffen zwei kleine Kinderhände nach seiner Hand. »Ihr wisst ja, dass wir ganz leise sein müssen«, mahnte er die Mädchen. Durch den Hintereingang des Hauses ging die Gruppe schweigsam hinaus in den nächtlichen Garten.

Aaron Friedland lehnte sich an einen Baum und entzündete die Pfeife, an der er anschließend genüsslich zog, die beiden

Frauen setzten sich auf die Gartenbank, und die zwei kleinen Mädchen, die sich für ihr Alter viel zu ruhig verhielten, schauten an Simons Hand in den sternenübersäten schwarzen Himmel über Deutschland. Sie hatten in ihrem kurzen Leben lernen müssen, ihr Kindsein abzulegen, um zu überleben.

* * *

Im Nachhinein fragte sich Pfarrer Petersen, ob sie sich nicht alle viel zu sicher gefühlt hatten. In ganz Deutschland wurden die Juden unterdrückt, entrechtet, verfolgt und deportiert, mussten aus Deutschland fliehen oder sich in Kellern, Kammern und Dachböden verstecken, wohingegen Hannah und Melina die ganze Zeit über völlig unbehelligt auf dem Sandnerhof lebten. Sie hatten sich alle darauf verlassen, dass Hannah im Dorf als eine Verwandte der Sägemüllerfamilie angesehen wurde und dass der einzige, der wusste, dass sie bei den Behörden nicht gemeldet war, auf ihrer Seite stand. Doch dieser eine, Bürgermeister Jonas Böhm, verließ sie plötzlich ganz unerwartet. Am Allerheiligentag erwachte er nicht mehr in dieser Welt, seine Frau fand ihn morgens tot im Bett. Herzversagen war alles, was der eilig hinzugerufene Doktor Müller der völlig aufgelösten Frau Böhm sagen konnte, als er nach einer eingehenden Untersuchung bedauernd den Kopf schüttelte und sein Stethoskop wieder in die Tasche packte. »Er ist einfach eingeschlafen.«

Simon versuchte, der Witwe in einem Trauergespräch Beistand zu leisten, doch Frau Böhm war für keine Worte des Trostes erreichbar.

»Wie konnte er mich einfach so alleinlassen«, klagte sie unablässig und rang die Hände. »Einfach so. Beide Söhne in Russland, und er hat mich alleingelassen.«

Als Simon am nächsten Tag wiederkam, um mit Frau Böhm die Beerdigung ihres Mannes zu besprechen, erfuhr er im Verlauf des Gesprächs, dass die gemeindlichen Angelegenheiten nun an den Ortsgruppenleiter Lehmann gehen sollten. Bei dieser Nachricht läuteten bei ihm alle Alarmglocken. Sie mussten umgehend handeln.

Direkt nach dem Gespräch eilte er zum Sandnerhof und fand Friedrich in der Werkstatt, wo er gerade an der halbfertigen Madonna schnitzte.

In knappen Worten berichtete Simon, was er von Frau Böhm erfahren hatte. »Natürlich wird Lehmann Nachforschungen über Hannah anstellen«, sagte Friedrich. »Der schleicht doch andauernd hier herum und fragt jeden über sie aus. Er wird darauf bestehen, dass Hannah ordnungsgemäß gemeldet wird, und dann fliegt alles auf.«

Simon nickte düster. »Nach dem Vorfall am Tag der Taufe habe ich ohnehin Angst, dass Lehmann nur auf eine Gelegenheit wartet, es Hannah heimzuzahlen«, sagte er. »Haben wir eine Möglichkeit, sie zu verstecken?«

Friedrich schüttelte den Kopf. »Lehmann wird bei einer Durchsuchung das ganze Haus auf den Kopf stellen. Da gibt es kein wirklich sicheres Versteck.«

Simon grübelte stirnrunzelnd vor sich hin. Wie er die Sache auch drehte und wendete, er kam immer wieder zur gleichen Schlussfolgerung. »Dann kann uns nur noch Martin helfen.«

Friedrich sah ihn fragend an, und in knappen Worten schilderte Simon, wie die Rettungsaktionen in Würzburg abliefen.

Der Gedanke gefiel ihm allerdings ganz und gar nicht: Hannah und Melina mit gefälschten Papieren und Fluchthelfern unterwegs in die neutrale Schweiz.

Friedrich machte ein sorgenvolles Gesicht. »Wie erfolgreich ist so ein Unternehmen?«

»Ich will Ihnen da nichts vormachen«, antwortete Simon. »Es ist strapaziös. Vor allem für ein Kind. Bisher ist es immer gut ausgegangen. Allerdings wird es auch von Tag zu Tag gefährlicher. Die Nazis lassen sich ständig neue Kontrollen einfallen und decken immer wieder Fluchtwege auf.«

»Wir hätten nicht so lange warten sollen.« Friedrich seufzte. »Wir hätten schon damals bei Kriegsbeginn auf Sie hören sollen, als man noch legal auswandern konnte. Sie haben uns immer dazu geraten!«

»Friedrich, diese Selbstvorwürfe bringen doch jetzt nichts«, versuchte Simon, den alten Mann zu beruhigen. »Wer konnte denn ahnen, dass Bürgermeister Jonas gerade jetzt stirbt? Es wäre noch lange gutgegangen, wäre das nicht geschehen.«

»Ja, Sie haben recht«, antwortete Friedrich. »Wir müssen vorwärtsschauen.«

»Gehen Sie zu Hannah und reden Sie mit ihr, ich setze mich mit Martin in Verbindung«, sagte Simon. »Wir müssen jetzt ganz schnell handeln.«

Melina trottete mit hängenden Schultern durch den Garten am Bienenhaus vorbei, wo nun im November Ruhe eingekehrt war. Sie blieb am Hühnerhof stehen und schaute verloren auf die Hennen und den Hahn, die in ihrem Gehege nach Körnern auf dem Boden pickten, dann öffnete sie die Tür des großen Stalles und ging hinein. Im Gegensatz zum kalten Novemberwetter im Freien war es hier im Stall warm, die Kühe schauten sie mit großen Augen an und fraßen Heu aus der Heuraufe oder lagen wiederkäuend am Boden. Melina lief den Mittelgang entlang an den Kühen vorbei bis in den hinteren Teil des Stalls, wo am Tag zuvor ein Kälbchen zur Welt gekommen war. Adalbert hatten sie und David es getauft, und da stand es auf seinen staksigen Beinchen und trank am Euter seiner Mutter. Melina streckte die

Hand aus und streichelte über das zarte, weiche Fell des weiß und braun gefleckten Tieres.

»Auf Wiedersehen, Adalbert«, sagte sie, und plötzlich liefen ihr Tränen über das Gesicht. Sie setzte sich auf einen Strohballen an der Stallwand und weinte.

Im Sägewerk zog David mit Hans und Opa Friedrich den letzten Baumstamm für diesen Tag auf den Gatterwagen und spannte ihn fest. Anschließend fuhren sie den Wagen zur Gattersäge, die den Stamm in gleichmäßig breite Bretter zerschnitt.

David klopfte sich die Sägespäne von der Hose und verließ die Werkstatt. Auf dem Weg zum Wohnhaus kam er am Kuhstall vorbei und wunderte sich, dass die Tür nur angelehnt war. Kurz entschlossen ging er hinein. Fahles Novemberlicht fiel durch die Fensterscheiben und ließ den Staub in der Luft vor seinen Augen tanzen. Er hörte das Wiederkäuen der Tiere, ein gelegentliches Schnauben oder Rascheln im Stroh – und das leise Weinen eines Kindes.

Er lief durch den Stall und entdeckte Melina, die weinend auf dem Strohballen neben dem neuen Kälbchen saß. Sie nahm ihn erst wahr, als er vor ihr stand.

»Melina«, sagte er und schaute auf sie hinunter, »ich weiß, warum du weinst. Opa sagt, du und deine Mutter, ihr müsst morgen weggehen.«

Melina hob ihr Gesicht und schaute ihn stumm aus geröteten Augen an.

David sah ihre Angst, und sein Herz verkrampfte sich. Er begriff intuitiv, wie sehr sich das Mädchen davor fürchtete, von hier wegzugehen. Außer ihrer Kleinkindzeit in Berlin, die lange zurücklag, hatte sie ausschließlich hier gelebt, und da Hannah mit ihr nicht einmal mehr ins Dorf ging, hatte Melina in ihrem Leben fast nichts anderes kennengelernt als den Sandnerhof.

Die wenigen Häuser der Siedlung und die Menschen, die hier wohnten, waren zu ihrer kleinen Welt geworden.

»Nicht weinen, Melina«, versuchte David, sie zu trösten. »Opa sagt, es ist diese schreckliche Politik, die die Leute in Berlin beschließen, die euch aus Deutschland vertreiben wollen. Sie sind alle verrückt, sagt Opa.«

Melina hörte ihm zu. Sie war mit ihren sieben Jahren noch zu klein, um etwas von Politik zu verstehen, doch David bemühte sich, ihr zu erklären, dass er es genauso schrecklich fand wie sie, dass sie den Sandnerhof verlassen musste.

David legte seine Hand auf ihre Schulter, als Melina erneut die Tränen in die Augen stiegen.

Er fühlte sich wütend und hilflos zugleich. Wütend, weil Opa gesagt hatte, dass man gar nichts machen könne gegen diese Politiker, weil sie mit Polizisten und Soldaten ihre Gesetze erbarmungslos durchsetzten, und hilflos, weil ihm die kleine Melina so leidtat. Er kauerte sich hinunter zu ihr und nahm ihre kleinen Hände in seine Hand. Wenn Melina nur zu weinen aufgehört hätte!

»Ihr kommt sicher bald wieder zurück«, versuchte er, dem Mädchen Mut zuzusprechen. »Opa sagt, der Krieg ist bald vorbei, dann haben die in Berlin gar nichts mehr zu sagen. Dann kommt ihr wieder zu uns. Ihr gehört doch hierher!«

David merkte, dass seine Worte beruhigend auf Melina wirkten, und redete immer weiter.

»Wenn du wiederkommst, wirst du Augen machen, wie groß Adalbert schon geworden ist.« Er atmete auf, als tatsächlich ein Lächeln über Melinas Gesicht huschte.

»Weißt du was? Ich zeichne dir heute noch ein Bild von ihm. Dann hast du ihn immer bei dir.«

Melina nickte.

»Komm, Melina«, sagte er, erhob sich und zog sie von ihrem Strohballen hoch.

»Komm, wir gehen. Bald gibt es Abendessen, Oma Klara wartet bestimmt schon auf uns. Und ich zeichne dir noch viele Bilder. Du musst mir nur sagen, was ich dir alles zeichnen soll. Dann nimmst du morgen den ganzen Sandnerhof in Bildern mit.«

Melina schaute zu ihm auf und lächelte.

David hoffte inständig, dass sie mit seinen Bildern etwas hätte, woran sie sich in dieser schwierigen Zeit festhalten konnte. Und, dass sie so wie er fest darauf vertraute, bald wieder auf den Sandnerhof zurückkehren zu können.

»Friedrich, ich danke dir, dass du mir das restliche Geld für die Fluchthelfer leihst«, sagte Hannah, als sie mit ihm nach dem Abendessen im Wohnzimmer saß. »Mein Erspartes hätte dafür nicht gereicht.«

»Das ist das Mindeste, was ich für euch tun kann«, entgegnete Friedrich, und Hannah sah ihm an, wie sehr ihn der Abschied mitnahm.

»Dass ihr mir bloß wieder gesund zurückkommt«, murmelte er, sichtlich bewegt. »Wenn wir nur nicht so überstürzt handeln müssten. Aber du bist hier nicht mehr sicher, Hannah. Der Ortsgruppenleiter kann uns jeden Tag auf die Schliche kommen, und dann ist es zu spät. Die Witwe von Jonas Böhm hat mir heute mitgeteilt, dass Lehmann bereits die Gemeindeangelegenheiten übernommen hat.«

Sie hörten eilige Schritte im Flur, und Pfarrer Petersen betrat das Wohnzimmer.

»Guten Abend«, grüßte er.

»Kommen Sie aus Würzburg? Haben Sie gute Nachrichten mitgebracht?«, fragte Friedrich und bot dem Pfarrer einen Platz neben sich auf dem Sofa an.

»Ja, ich komme gerade von Martin«, antwortete Simon, setzte sich und schaute Hannah und Friedrich an. »Wir haben einen guten Plan. Er hat mir einen Ausweis für Sie mitgegeben, Hannah.« Er öffnete seine Tasche und holte das Dokument heraus. »Mit Ihrem können Sie nicht reisen, er trägt ja einen Stempel mit einem großen ›J‹ für ›Jüdin‹. Damit kommen Sie nicht weit.«

»Woher hat Pfarrer Becker den Ausweis?«, fragte Hannah überrascht und blätterte in dem Dokument. Er war auf eine Frau ausgestellt, die ihr sehr ähnlich sah und etwa in ihrem Alter war.

»Er bekommt sie von Mitgliedern aus seiner Pfarrgemeinde, die sie anschließend als verloren melden«, antwortete Simon. »Damit fahren Sie morgen nach Würzburg, wo Martin Sie erwartet. Er lässt gerade gefälschte Reisepapiere für Sie und Melina anfertigen, und sobald diese fertig sind, fahren Sie weiter nach München. Dort wohnen mit ihm befreundete Fluchthelfer, die Sie in die Schweiz bringen zu einer vertrauenswürdigen Adresse. Dann sind Sie beide in Sicherheit.«

Hannah seufzte tief.

»Ich verstehe, dass Ihnen das Angst macht.« Simon sah Hannah mitfühlend an. »Aber einen anderen Weg weiß ich nicht. Eine offizielle Ausreise aus Deutschland ist nicht mehr möglich.«

»Im eigenen Land gefangen! Wir hätten früher auf Sie hören sollen«, jammerte Friedrich, doch Simon versuchte, ihn zu beruhigen. »Hannah hat auch jetzt noch gute Chancen.«

»Wo treffe ich morgen den Pfarrer? Wo wohnt er?«, fragte Hannah.

Simon beschrieb ihr seinen Priesterkollegen, der sie am Bahnhof abholen würde, und nannte ihr auch noch die Adresse des Pfarrhauses neben der St.-Burkard-Kirche und die der Fluchthelfer in München.

»Aber schreiben Sie sich bitte nichts auf«, warnte Simon. »Sollte irgendetwas schiefgehen, darf man keine Namen und

Adressen bei Ihnen finden. Die Menschen riskieren alle ihr Leben dafür, dass sie anderen helfen.«

»Gott sei Dank gibt es noch solche Menschen«, sagte Hannah und murmelte anschließend die beiden Adressen vor sich hin, um sie sich einzuprägen. Sie bemerkte, dass es im Wohnzimmer mit einem Mal still geworden war. Nun war also der Moment gekommen, den sie so gefürchtet hatte und der auch die beiden Männer sehr bewegte. Sie und Melina mussten den Sandnerhof verlassen. Sie dachte an jenen Tag vor vier Jahren, an dem sie hier mit bangem Herzen angekommen war und so liebevolle Aufnahme gefunden hatte. Und morgen mussten sie wieder gehen. Sosehr sie es auch versuchte, Hannah konnte die Tränen nicht zurückhalten.

* * *

Hannah reichte Pfarrer Petersen ihren kleinen Koffer, der ihn in sein Auto verlud. Er wollte sie zur Bahnstation im Nachbarort bringen, damit ihre Abreise im Dorf kein Aufsehen erregte.

»Wenn ich nur genügend Benzin hätte, um euch direkt nach Würzburg zu bringen«, sagte er zu Hannah. »Aber im Moment ist alles rationiert. Ich konnte nichts mehr auftreiben.«

»Das ist schon in Ordnung«, erwiderte Hannah.

»Ich habe euch noch Reiseproviant eingepackt.« Klara reichte Hannah einen gut gefüllten Beutel.

David kam aus dem Haus gerannt. »Melina, warte! Der Block mit den Bildern! Ich bin gerade fertig geworden.«

Hannah sah, wie er einen Notizblock in Melinas Rucksack packte. »Damit du dich immer an uns erinnerst.«

»Das ist eine großartige Idee«, lobte ihn Pfarrer Petersen. »Damit haben Melina und Hannah stets ein Stück Heimat dabei.«

»Ich danke euch«, flüsterte Hannah tief bewegt, »dass dieser Hof so lange ein Zuhause für uns war.«

»Was heißt denn hier ›war‹?«, protestierte Friedrich. »Der Sandnerhof *ist* eure Heimat, und ihr kehrt bald zu uns zurück.«

»Ich hoffe es so sehr«, antwortete Hannah und umarmte alle zum Abschied.

Auf der Fahrt zum Bahnhof wiederholte Pfarrer Petersen zu seiner eigenen Beruhigung noch einmal jeden einzelnen Schritt ihres Plans, obwohl er das nun schon unzählige Male getan hatte. Als der Zug einfuhr, konnte Hannah, die sich so fest vorgenommen hatte, stark zu sein, ihre Tränen nicht mehr verbergen. Pfarrer Petersen beugte sich zu der kleinen Melina hinunter und umarmte sie zum Abschied, dann richtete er sich auf und nahm die weinende Hannah in die Arme. Da war noch so vieles, was er ihr sagen wollte, so viele unausgesprochene Worte. Davon war Hannah überzeugt.

»Ihr seid in meinen Gebeten. Kommt bitte wieder heim«, war jedoch alles, was er mit tränenerstickter Stimme hervorbrachte.

Hannah blickte aus dem Zugfenster. In einer Stunde würden sie Würzburg erreichen.

»Melina, du darfst nicht vergessen, was ich dir während der letzten Tage schon mehrere Male gesagt habe«, flüsterte sie ihrer Tochter zu. »Sag niemandem, wie du heißt und woher du kommst. Sag niemandem etwas vom Sandnerhof.«

»Ich werde es nicht tun, Mama. Versprochen«, entgegnete Melina mit fester Stimme.

Hannah sah ihr an, dass sie den Ernst der Lage begriff.

»Wenn mich jemand fragt, dann tue ich so, als ob ich ihn nicht verstanden hätte. Als sei ich taub und stumm«, fügte Melina noch hinzu.

»Sehr gut«, lobte Hannah und strich ihr über das Haar.

Melina schaute aus dem Fenster und betrachtete die Landschaft, die an ihr vorbeizog. Ob sie sich wohl an die Zugfahrt von Berlin nach Erlenthal vor vier Jahren erinnerte, fragte sich Hannah. Konnte es denn wahr sein, dass sie nun wieder unterwegs waren und erneut einer unbekannten Zukunft entgegenfuhren? Damals war Hannah ähnlich bang ums Herz gewesen. Doch sogleich verscheuchte sie die dunklen Gedanken. Sie war nicht mehr so allein wie damals, sie kannte mittlerweile Menschen, die ihr halfen, und fuhr nicht ins Ungewisse. Pfarrer Petersens Priesterfreund Martin Becker würde sie abholen und gemeinsam mit seinen Helfern in Sicherheit bringen. Vielleicht mussten sie ja gar nicht lange in der Schweiz bleiben; vielleicht waren sie in ein paar Monaten schon wieder daheim! Daran musste sie ganz fest glauben.

Als sie eine Stunde später mit Melina an der Hand aus dem Zug stieg, hielt sie Ausschau nach einem Mann mit dunklen Haaren und einer Brille.

Würzburg

November 1943

Als die Türglocke an diesem Tag klingelte, wunderte sich Pfarrer Martin Becker. Hannah konnte es noch nicht sein, sie und ihre kleine Tochter wollte er doch erst in einer Stunde vom Bahnhof holen, und Beichtgespräche hielt er erst am Abend vor dem Gottesdienst. Als er die Haustür öffnete und die Männer der Gestapo in ihren langen dunklen Ledermänteln vor der Tür stehen sah, blieb ihm fast das Herz stehen. Nein, nicht jetzt, bloß nicht jetzt!

»Pfarrer Becker, gegen Sie liegt eine Anzeige vor. Kommen Sie mit!«, sagte einer der Männer.

»Eine Anzeige? Wegen was?« Martin überlegte fieberhaft, wie er der Verhaftung entgehen oder zumindest noch Simon oder Hannah verständigen konnte.

»Das werden Sie schon noch früh genug erfahren«, sagte der andere und drängte zur Eile. »Brauchen Sie noch einen Mantel oder kommen Sie so mit?«

»Ich habe heute Abend Gottesdienst. Sie können mich nicht einfach so mitnehmen. Ich muss zumindest noch dem Mesner Bescheid geben!«, beschwerte er sich.

»Nein, das müssen Sie nicht.« Der Polizist packte ihn am Arm.

Martin konnte gerade noch die Haustür schließen, da wurde er auch schon von den Männern der Gestapo zum Auto gezerrt.

Der Bahnhof in Würzburg war sehr belebt. Hannah musterte die Menschen, die auf den Bahnsteigen unterwegs waren, aber niemand sah aus wie Pfarrer Becker, den Pfarrer Petersen ihr so ausführlich beschrieben hatte. Da es sehr kalt war, beschloss sie, mit Melina in der Bahnhofshalle zu warten. Sie fanden einen Platz auf einer Bank und packten einen Teil ihres Reiseproviants aus. Hannah wurde immer unruhiger, als die Zeiger der Bahnhofsuhr langsam auf halb vier zugingen und Pfarrer Becker nicht kam. Was konnte da passiert sein?

Sie kannte die Adresse des Priesters, Pfarrer Petersen hatte ihr den Weg oft genug erklärt.

»Komm, Melina, Pfarrer Becker muss etwas dazwischengekommen sein. Wir gehen zu ihm«, sagte sie, setzte Melina ihren kleinen Rucksack auf und nahm den Koffer in die Hand.

Sie liefen zunächst die Kaiserstraße entlang und folgten dann der Domstraße. Von der Alten Mainbrücke aus, auf der Melina mit großen Augen die überlebensgroßen Heiligenfiguren bestaunte, sahen sie schon das imposante Gebäude der St.-Burkard-Kirche.

An der Tür des benachbarten Pfarrhauses läuteten sie mehrmals die Glocke, doch niemand öffnete. Die Unruhe in Hannah wurde immer größer. Was konnte nur geschehen sein? Es wurde langsam dunkel. Wo war Pfarrer Becker? Wo sollte sie nun mit Melina hin?

Sie gingen hinüber zum Kirchengebäude, öffneten die Tür und traten ein. Noch war die Kirche leer, doch sie mussten nicht lange warten, da kamen die ersten Gottesdienstbesucher, bekreuzigten sich und nahmen in den Kirchenbänken Platz. Hannahs Hoffnung stieg. Offensichtlich war bald Messe, da musste der Pfarrer ja kommen. Sie setzte sich mit Melina in eine der hinteren Bänke und wartete.

Die Tür der Sakristei öffnete sich, und der Mesner, ein älterer Herr, trat sichtlich aufgeregt vor die Menschen. »Es wird heute keinen Gottesdienst geben«, sagte er. »Pfarrer Becker ist heute Nachmittag von der Gestapo verhaftet worden.«

Die Menschen in der Kirche schauten sich verständnislos an.

Oh Gott! Hannah schnappte nach Luft. Ihre schlimmsten Befürchtungen, die sie den ganzen Nachmittag versucht hatte, zu verdrängen, waren wahr geworden. Pfarrer Becker verhaftet? Was nun? Was sollte nun aus ihnen und ihren Fluchtplänen werden? Wie bekam sie nun die Reisepapiere? Sollte sie sich an den Mesner wenden? Doch der würde ihr vermutlich auch nicht weiterhelfen können. Außerdem wusste sie nicht, inwieweit er in alles eingeweiht war.

Sie spürte die kleine Hand ihrer Tochter, die sich ganz kalt anfühlte. Melina fror.

Hannah erhob sich und ging mit Melina an der Hand aus der Kirche. »Wir suchen uns jetzt erst mal ein warmes Zimmer«, sagte sie und versuchte, ihre Stimme zuversichtlich klingen zu lassen. »Dann überlegen wir, was wir weiter unternehmen. Auf dem Weg hierher sind wir an einem Gasthaus vorbeigekommen. Lass uns da mal schauen.«

Sie fanden die Gastwirtschaft, bestellten in der Wirtsstube ein warmes Abendessen und gingen dann in das kleine Zimmer, das ihnen die Wirtsfrau zuwies. Hannah brachte die übermüdete Melina ins Bett und setzte sich neben sie. Sie strich ihr die Haare aus der Stirn und versuchte, ihr die Ereignisse des Tages zu erklären. Wie mussten die letzten Monate auf Melina gewirkt haben? Das ständige Verstecken, das Aufpassen, die Fluchtpläne, Pfarrer Beckers Verhaftung? Ein Kind konnte das nicht verstehen. Hannah begann, beruhigend ein Lied zu summen, und bald erkannte sie an den regelmäßigen Atemzügen ihrer Tochter, dass sie eingeschlafen war.

Hannah trat ans Fenster und schaute in die dunkle Novembernacht hinaus. Es hatte angefangen zu schneien. Was sollte sie nun tun? Wie lange würde Pfarrer Becker im Gefängnis bleiben? Selbst wenn er bald entlassen wurde, war es unwahrscheinlich, dass er dann sofort gefälschte Reisepapiere besorgen konnte. Vielleicht war ihre Flucht ohnehin schon aufgeflogen, vielleicht hatte die Gestapo sein Haus durchsucht und die Papiere längst gefunden? Wenn sie hier in Würzburg blieb und sich nach ihm erkundigte, würde sie sich dann nicht erst recht verdächtig machen? Zurück zum Sandnerhof konnte sie jedoch auch nicht. Lehmann würde sie dort finden, und damit würde sie die gesamte Familie Sandner in Gefahr bringen. Und Pfarrer Petersen. Sollte sie zu Agnes nach Berlin fahren? Aber wo sollte sie sich dort verstecken? Die alte Frau konnte ihr nicht helfen, sie und Melina würden sie ebenso in Gefahr bringen wie die Sandners. Hannah griff in die Tasche ihres Kleides und holte den gefälschten Ausweis heraus. Sie hatte dieses Dokument und kannte die Adresse in München. Würden ihr die Fluchthelfer dort weiterhelfen können? Hannah überlegte hin und her, und irgendwann kam sie zu der Überzeugung, dass sie gar keine andere Möglichkeit hatte. Sie musste versuchen, nach München zu kommen.

Auch für den Fall, dass sie und Melina in eine Ausweiskontrolle gerieten, legte sie sich einen Plan zurecht, doch dabei brach ihr fast das Herz. Es würde die schwerste Entscheidung sein, die sie in ihrem Leben jemals getroffen hatte, doch sollte es zum Äußersten kommen, würde ihr keine andere Wahl bleiben, wenn sie Melinas Leben retten wollte. Hannah hoffte inständig, dass das nicht geschehen würde. Diesen Plan wollte sie niemals umsetzen müssen.

Der ältere Herr hinter dem Fahrkartenschalter, der Hannah am nächsten Morgen eine Fahrkarte verkaufte, fragte nicht nach ihrem Ausweis, und nun saß sie in dem überfüllten Abteil des Zuges nach Nürnberg und hatte die schlafende Melina auf dem Schoß, die sich ganz heiß anfühlte. War Melina nun auch noch krank geworden? Konnte sie mit einem kranken Kind diese gefährliche Reise unternehmen? Die Gedanken in Hannahs Kopf kamen nicht zur Ruhe. War es besser, Deutschland so schnell wie möglich zu verlassen, oder sollte sie eine Rast einlegen und warten, bis Melina wieder gesund war? Konnte sie es riskieren, einen Tag länger als unbedingt notwendig in Deutschland zu bleiben?

Nürnberg

November 1943

Am Nürnberger Hauptbahnhof weckte sie Melina, die schlaftrunken hinter ihr aus dem Waggon stieg. Sie mussten das Gleis wechseln, um den Anschlusszug nach München zu erreichen, der laut Fahrplan gleich einfahren sollte. Hannah blickte sich unterwegs vorsichtig um, ob sie irgendwo in der Menschenmenge Gestapomänner sah. Unbehelligt erreichten sie den belebten Bahnsteig, doch der Zug war noch nicht da.

»Mama, ich hab so großen Durst«, jammerte Melina. »Und mein Hals tut mir so weh.«

Hannahs forschender Blick glitt weiter über die Menschen auf dem Bahnsteig.

»Mama!«, rief Melina und zerrte ungeduldig an ihrem Arm.

Hannah wandte sich dem Kind zu. Sie griff an Melinas heiße Stirn. Besorgt stellte sie fest, dass Melina hohes Fieber hatte.

»Der Zug kommt gleich, Melina, dann geb ich dir einen von Klaras Äpfeln. Du musst nur noch ein bisschen durchhalten.«

In diesem Moment hörte Hannah das Wort »Ausweiskontrolle«. Sie sah auf und blickte in die Gesichter zweier Polizisten. Sie hatte sie nicht kommen sehen und war einen Augenblick lang völlig überrumpelt. War es dieser Moment, der die beiden Männer argwöhnisch machte? Hatten sie bemerkt, wie sehr sie erschrocken war? Hannah reichte den beiden Männern ihren Ausweis, den diese ganz genau musterten. In ihren Gesichtern las Hannah die Worte »Gefängnis, Deportation, Arbeitslager«.

In Bruchteilen von Sekunden erkannte sie, dass sie jetzt nur noch versuchen konnte, Melina zu retten, und dass sie den Plan, von dem sie gehofft hatte, dass sie ihn niemals würde anwenden müssen, in die Tat umsetzen musste. Während die Männer sie und das Bild im Ausweis betrachteten, ließ sie ihren Blick gehetzt über die Menschen auf dem Bahnsteig gleiten, als ob von irgendwo Hilfe kommen könnte. Reisende standen wartend bei ihrem Gepäck, liefen hin und her, riefen einander etwas zu, begrüßten sich, nahmen Abschied. An einem Fahrplanaushang sah sie ein Ehepaar stehen, der Mann stand neben einem Koffer und studierte die Abfahrtszeiten der Züge, die Frau wartete daneben und schaute in Hannahs Richtung. Sie beobachtete die Szene mit der Gestapo. Für einen kurzen Moment trafen sich die Blicke der beiden Frauen, und Hannah fasste einen Entschluss. Laut sagte sie zu ihrer Tochter: »Schau doch, da drüben ist schon Tante Silvia, sie kommt dich abholen.« Sie deutete auf die Frau.

Melina schaute ihre Mutter verständnislos an. Hannah befürchtete, dass die Polizisten Melinas Blick mitbekommen hatten, denn die Männer drehten sich in die Richtung, in die Hannah zeigte.

»Geh, Melina, geh zu deiner Tante Silvia, dort drüben am Abfahrtsplan!«, rief Hannah und versuchte, ihre Stimme so sicher wie möglich klingen zu lassen. »Erkennst du sie nicht? Die Frau mit dem hellen Mantel und dem Hut. Geh, ich komme gleich nach.«

Und Melina ging. Ob es das Fieber war, das ihre Gedanken lähmte, oder ob sie einfach glaubte, was ihre Mutter sagte, Hannah wusste es nicht. Sie sagte sich, dass sie Melina gleich würde folgen können, sollten die Polizisten den falschen Ausweis akzeptieren. Flog allerdings der Schwindel auf, konnte sie Melina so vielleicht wenigstens vor dem Schlimmsten bewahren. Melina würde dem fremden Ehepaar die Adresse des Sandnerhofs nennen und sicherlich von ihnen dorthin zurückgebracht werden.

»Ist das Ihr Kind?«, fragte ein Polizist misstrauisch.

»Nein, das ist das Kind einer Bekannten. Ich bringe Melina nur zu ihren Verwandten, Sie sehen ja, sie wird abgeholt«, antwortete Hannah und winkte Melina, die sich nach ihr umdrehte, aufmunternd zu. »Ich habe es auch eilig, ich muss zum Zug«, sagte sie und versuchte, das Zittern in ihrer Stimme zu unterdrücken.

»Hier stimmt etwas nicht. Sie kommen jetzt mit uns«, knurrte einer der Polizisten und steckte ihren Ausweis ein. Er packte sie am Arm. »Vorwärts.«

Hannah konnte Melina nicht aus den Augen lassen. Während sie von den Polizisten abgeführt wurde, nahm sie wahr, dass ihre Tochter bei dem Ehepaar angekommen war, die Frau etwas zu dem Kind sagte und sich dann aufrichtete und zu ihr herübersah. Hannah schaute sie verzweifelt an, und ihr war, als ob ihr die Frau verständnisvoll zunickte.

Kurt und Emma Schiller sahen noch, wie die beiden Polizisten die Frau in die Bahnhofshalle führten.

»Sie hat uns das Kind herübergeschickt«, erklärte Emma ihrem Mann. »Sie hat mir einen verzweifelten Blick zugeworfen. Ich habe ihr zugenickt, ich glaube, das hat sie ein bisschen beruhigt.«

»Was machen wir jetzt?«, fragte Kurt, der sich noch immer keinen rechten Reim auf das alles machen konnte.

Emma wandte sich an das kleine Mädchen. »Wie heißt du denn, mein Kind?«, fragte sie.

Sag niemandem deinen Namen und woher du kommst. Sag niemandem etwas vom Sandnerhof, hatte Mama gesagt. Ob das jetzt auch galt? Melina fühlte sich so elend, sie verstand nicht, warum ihre Mutter nicht nachgekommen war, wie sie es versprochen hatte, sondern mit den beiden Polizisten weggegangen war, und warum sie ihr nie von einer Tante Silvia erzählt hatte. Außerdem hatte sie schreckliche Hals- und Kopfschmerzen.

»Ob sie nicht sprechen kann?«, wunderte sich Kurt.

Emma strich dem Kind über die Stirn. »Sie ist ganz heiß, sie hat bestimmt Fieber.«

»Weshalb hat die Gestapo die Frau wohl mitgenommen?«, fragte Kurt.

»Sie haben ihren Ausweis kontrolliert«, erklärte Emma.

»Ich glaube, die ganze Situation lässt nur einen Schluss zu. Die Frau ist entweder politisch engagiert oder Jüdin. Das würde ihr Verhalten erklären.«

»Auf alle Fälle wollte sie nicht, dass das Kind mitgenommen wird, also rechnet sie mit dem Schlimmsten«, mutmaßte Emma.

Nach längerem Nachdenken beschloss ihr Mann: »Die Kleine ist krank, wir können jetzt sowieso keine großen Nachforschungen anstellen. Wir nehmen sie mit nach Hause und finden dann heraus, wo sie hingehört. Wenn sie sich erholt hat, wird sie uns sicherlich sagen, wo sie wohnt.«

Der gerade einfahrende Zug nahm ihnen ihre Entscheidung ab, denn Kurt Schiller, Professor für Experimentalphysik, musste zurück an die Technische Hochschule in München.

»Wenn der Schaffner kommt, müssen wir für das Kind noch eine Fahrkarte kaufen«, sagte Emma zu ihrem Mann, als sie in einem Abteil drei Plätze gefunden hatten.

Melina war erschöpft eingeschlafen.

»Was machen wir bei einer Ausweiskontrolle? Wie erklären wir, wer sie ist?« Kurt Schiller warf einen Blick auf das schlafende Kind, dann sah er seine Frau an. »In unserem Ausweis ist Tim noch eingetragen. Er wäre jetzt ungefähr in ihrem Alter. Wenn du sie mit deinem Mantel zudeckst und ihre langen Haare ein bisschen unter ihre Mütze schiebst, fällt es gar nicht auf, dass sie ein Mädchen ist.«

Der Zug fuhr los, und während der gesamten Fahrt fragten Kurt und Emma Schiller sich immer wieder, wer wohl die fremde Frau und das Kind waren, die das Schicksal an diesem Tag in ihr Leben gesandt hatte. Ihre Sorge wegen einer Kontrolle war unbegründet gewesen; am späten Nachmittag erreichten sie unbehelligt den Münchner Hauptbahnhof.

München

November 1943

Kurt trug das schlafende Kind die Treppe hinauf zur Wohnung in der Theatinerstraße, dabei machte ihm sein steifes Bein schwer zu schaffen. Allerdings hatten ihm diese Verletzung aus Kindertagen und der Umstand, dass sein Lehrstuhl als kriegswichtig angesehen wurde, bisher den Wehrdienst erspart.

Emma öffnete die Wohnungstür und eilte ins Kinderzimmer, wo sie die Decke des Bettes zurückschlug, damit Kurt das Kind hinlegen konnte. Während Emma das Mädchen versorgte, machte sich Kurt daran, den Kachelofen anzuschüren, und bald wurde es in der Wohnung warm. Er setzte den Wasserkessel auf den Herd und bereitete eine Kanne Tee zu, und als er mit zwei gefüllten Teetassen in der Hand zum Kinderzimmer kam, blieb er einen Moment im Türrahmen stehen.

Er sah Emma im Sessel neben dem Bett sitzen, bemüht, mit nassen Tüchern das Fieber des Kindes zu senken, und wurde schmerzlich an eine ähnliche Szene zwei Jahre zuvor erinnert, als der kleine vierjährige Tim in diesem Zimmer den Kampf gegen eine Lungenentzündung verloren hatte. Kurt dachte darüber nach, dass das Leben zwei Wunder für ihn bereitgehalten hatte.

Zum einen Emma, seine wunderschöne Frau, der es nichts auszumachen schien, ihr Leben mit einem Mann zu teilen, der fast ausschließlich in der Welt der Zahlen und Formeln zu Hause war, und zum anderen Tim, der es mit seinem Lachen und seinen lustigen Einfällen auf so wunderbare Weise geschafft hatte, in ihm wieder das Kind zu wecken. Der Gedanke an den kleinen blonden Wildfang, der auf einmal so still dagelegen hatte, und an die grenzenlose Trauer seiner Frau, die in den folgenden Tagen und Wochen mehr Zeit auf dem Friedhof als zu Hause verbracht hatte, schnürte ihm die Kehle zu.

Kurt schaute sich in dem Zimmer um, und sein Blick fiel auf das Schaukelpferd, den Kuschelbären, die Murmeln und die Malstifte, die nur darauf zu warten schienen, dass der kleine Junge, der sie zwei Jahre zuvor hier zurückgelassen hatte, zur Tür hereinkommen und sie wieder zum Leben erwecken würde. Und nun lag erneut ein schwer krankes Kind in diesem Bett. Hoffentlich wiederholte sich das Drama von damals nicht. Kurt schwor sich, alles zu tun, was in seiner Macht stand, um das zu verhindern.

Er trat zu Emma und reichte ihr eine Tasse Tee, die zweite stellte er auf das Nachttischchen. »Hier ist etwas Warmes zu trinken«, sagte er. »Ich gehe und schaue, ob Doktor Baumann zu Hause ist und kommen kann.«

Emma blickte ihn dankbar an, und Kurt verließ kurz darauf die Wohnung.

Melina träumte einen wirren Fiebertraum. Sie hatte sich im Wald verlaufen, eben war Mama noch neben ihr gewesen, doch jetzt war sie allein. Wo war Mama bloß? Suchend irrte Melina umher, doch sie konnte zwischen all den Bäumen keinen Pfad oder Weg erkennen. Da hörte sie die Stimme ihrer Mutter. »Ja, Mama, ich denk dran, ich sag niemandem, dass ich Melina heiße. Wo bist du?«, rief sie im Traum. »Wo ist David?« Doch so verzweifelt Melina auch rief, es kam keine Antwort zurück. Da waren Hände, die mit einem Tuch ihre heiße Stirn abwischten und sie sanft streichelten. Es waren nicht die Hände ihrer Mutter, die sie seit ihrem ersten Lebenstag kannte und deren Berührungen sich tief in ihr Unterbewusstsein eingegraben hatten, aber sie fühlten sich ähnlich gut an. Ab und zu schreckte Melina aus ihrem Traum hoch und blickte in das Gesicht einer Frau, die ihr mittlerweile vertraut vorkam, manchmal war da auch das Gesicht eines Mannes, der sie besorgt anblickte. Doch dann versank Melina wieder in ihrer Fieberfantasie.

* * *

»Hörst du, sie spricht wieder im Schlaf«, sagte Emma zu Kurt, während er liebevoll eine Decke über sie breitete. Dankbar rückte sie sich in ihrem Sessel zurecht, und Kurt zog einen Stuhl heran. Er setzte sich zu Emma ans Bett des Kindes.

»Ich verstehe immer nur die Worte Mama, David und Lina. Ob das Kind wohl Lina heißt?«, rätselte Emma. Durch die Medikamente, die Doktor Baumann dagelassen hatte, war das Fieber des Kindes etwas gesunken.

Kurt griff zu dem Notizblock auf dem Nachtschränkchen neben dem Bett. »Wir haben in ihrem Rucksack nichts gefunden, was auf ihren Namen oder ihre Herkunft schließen lässt«, sagte er.

»Nein, nur diese Zeichnungen und ein paar Kleidungsstücke«, antwortete Emma. »Schau dir das Strickjäckchen an, wie liebevoll es mit Gänseblümchen bestickt ist. Wer auch immer das Jäckchen gemacht hat, muss das Kind sehr geliebt haben.«

Zum wiederholten Male blätterte Kurt den Notizblock durch. »Diese Zeichnungen erstaunen mich immer wieder aufs Neue«, sagte er. »Sie sind großartig. Auf einigen Bildern erkennt man das Mädchen.«

»Und das hier ist ihre Mutter.« Emma deutete auf ein Bild. »Es ist eindeutig die Frau vom Bahnhof.«

»Hier, anscheinend eine Hochzeit in einer Kirche«, mutmaßte Kurt und blätterte weiter. »Ein älterer Herr – vielleicht ihr Großvater?«

»Wer mag diese Bilder wohl gezeichnet haben? Das Mädchen scheint mir dafür noch zu klein zu sein. Ich schätze sie auf sechs oder sieben Jahre.«

»Dieses Bild hier ist für mich das größte Rätsel.« Kurt zeigte Emma die Skizze, die zwei Hände darstellte, die sich beinahe berührten. »Alle Bilder scheinen eher aus einer ländlichen Umgebung zu stammen, mit Wäldern, Wiesen, Feldern, einer Dorfkirche, und mittendrin plötzlich ein Detail aus Michelangelos ›Erschaffung Adams‹ aus der Sixtinischen Kapelle in Rom. Wie passt das alles zusammen?«

»Wenn die Kleine wieder gesund ist, wird sie uns alles erzählen. Dann werden wir versuchen, ihre Angehörigen ausfindig zu machen«, entgegnete Emma. Sie wusste zwar jetzt schon, wie schmerzhaft es werden würde, das Kind wieder herzugeben, an das sie von der ersten Minute an ihr Herz verloren hatte, doch war sie auch eine Mutter, die um den Schmerz wusste, den der Verlust eines Kindes bedeutete. Sie mussten herausfinden, was mit der Frau geschehen war, die ihnen ihr kleines Mädchen anvertraut hatte.

Nürnberg

November 1943

Es war der Blick der fremden Frau, der Verständnis signalisiert hatte, und dieses stumme Zunicken, an das Hannah sich klammerte, wenn sie sich voller Zweifel fragte, ob sie das Richtige getan hatte. Bestimmt würde das Ehepaar sich um Melina kümmern, sie würden das Kind nach seinem Namen und seiner Herkunft fragen und dann irgendwie zum Sandnerhof zurückbringen. Und wenn sie sich in der überfüllten Gefängniszelle der Gestapoleitstelle Nürnberg umschaute, in der sie schon seit zwei Tagen und zwei Nächten eingesperrt war, wusste sie, dass sie die richtige Entscheidung getroffen hatte. Ein krankes Kind! Wenn sie an die Brutalität dachte, mit der die Gefängniswärter hier vorgingen, konnte sie sich nicht vorstellen, dass Melina das überstanden hätte. Irgendwann während des dritten Tages kam dann der Moment, in dem sie nach einem stundenlangen Verhör vor lauter Erschöpfung und Hunger ihre Identität preisgab. Ja, sie war Jüdin, sie war Hannah Rosenberg. Nein, sie hatte kein Kind. Den Ausweis hatte sie gefunden. Nein, sie hatte keine Helfer. Sie wusste nichts von Fluchthelfern. Als sie am Ende dieses Tages mit einer Gruppe von Häftlingen zu einem abgelegenen Gleis des Nürnberger Hauptbahnhofs gebracht und in einen Güterzugwaggon geschubst wurde, dankte sie Gott, dass Melina nicht dabei war. Der Waggon war randvoll mit Menschen, jungen und alten, Eltern mit ihren Kindern, Gesunden und Kranken, als sie Nürnberg verließen.

Der Zug fuhr durch die Nacht. Die Menschen saßen auf Stroh am Boden, es war bitterkalt. Sie wickelten sich, so gut es ging, in ihre Kleidungsstücke, um sich warm zu halten. Alle hatten Hunger und Durst. Männer schimpften, Mütter versuchten, ihre weinenden Kinder zu beruhigen, andere saßen nur still da und starrten vor sich hin.

Hannah kauerte in einer Ecke neben einer jungen Frau. Irgendwann in der Nacht hörte sie sie leise weinen, da streckte sie ihre Hand aus und berührte sie sanft am Arm. Als das Schluchzen nachließ, rückte Hannah ein bisschen näher und legte ihren Arm um sie. »Wie heißt du?«, fragte sie.

»Esther«, antwortete die Frau.

Hannahs Berührung schien sie etwas zu beruhigen.

»Wo fahren wir hin? Was machen die mit uns?«, fragte Esther.

»Ich weiß es nicht«, antwortete Hannah.

»Ich habe Angst«, flüsterte Esther in der Dunkelheit des Waggons.

Auschwitz

November 1943

Der Zug schien endlos zu fahren. Am späten Nachmittag des nächsten Tages hielt er auf freiem Feld. Bewaffnete SS-Männer mit bellenden Hunden an ihrer Seite rissen die Waggontüren auf und stießen die Menschen aus dem Zug. Frauen mit Kindern, Alte und Kranke wurden in bereitstehende Lastwagen gedrängt, die anderen trieben die SS-Leute vor sich her.

»Wo sind wir bloß?«, flüsterte Esther, während sie neben Hannah lief.

Die SS-Leute schlugen jeden mit Knüppeln oder Gewehrkolben nieder, der sich ihren Befehlen widersetzte oder auch nur ein Wort sprach.

Hannah zuckte ratlos die Schultern. Sie war hungrig und durstig, und ihr Kopf schmerzte, doch sie erlaubte sich nicht, sich hängenzulassen.

Die Lastwagen, in welche die anderen Menschen eingestiegen waren, fuhren an ihnen vorbei auf ein lang gezogenes, düsteres Gebäude zu, in dessen Mitte sich ein Turm mit einem großen Tor in den grauen Novemberhimmel erhob. Auf dieses furchteinflößende Torhaus bewegte sich schweigend die Menschenkolonne zu.

Als sie das Tor passierten, spürte Hannah ein Grauen in sich aufsteigen. Das Eisentor schloss sich hinter ihnen, und sie sahen endlose Reihen von Backsteinbaracken vor sich. In eine davon wurden sie von den SS-Leuten gebracht.

Es hatte nicht länger als eine Stunde gedauert, um ihnen das Letzte zu nehmen, was sie aus ihrem bisherigen Leben noch besaßen. Frauen in grauen Uniformen hatten ihnen ihr gesamtes Gepäck abgenommen, sie in gestreifte Gefängniskleidung gesteckt, ihnen die Haare abrasiert und eine Nummer auf den linken Arm tätowiert.

Esther saß weinend neben Hannah. »Sie haben uns einfach alles weggenommen«, schluchzte sie. Die junge Frau fuhr über ihren kahl geschorenen Kopf und blickte auf ihre in dicken Strähnen am Boden liegenden langen dunklen Haare.

»Nein, wir haben doch noch uns. Und wir werden alles versuchen, um in diesem Lager zusammenzubleiben«, sprach Hannah ihr Mut zu, doch auch ihre Stimme klang tonlos.

Sie hatten mittlerweile in Erfahrung gebracht, dass man sie in ein Arbeitslager mit dem Namen Auschwitz im besetzten Polen gebracht hatte. Hannah wollte herausfinden, was weiter mit ihnen geschehen würde. Sie hatte bemerkt, dass eine der Wärterinnen, die hinter einem Schreibtisch saß und auf einer Schreibmaschine schrieb, etwas freundlicher zu sein schien als die anderen, und wandte sich an sie.

»Warum sind wir hier?«, fragte Hannah die Frau mit den straff nach hinten gebundenen Haaren in der grauen Uniform, erhielt jedoch keine Antwort.

»Wir sind hier so wenige. Wo sind die anderen, die mit unserem Zug gekommen sind? Die Frauen und Kinder, die Alten, die mit den Lastwagen geholt wurden?«

Die Wärterin wich Hannahs Blick aus, bevor sie antwortete. »Sie wurden woanders hingebracht.«

Hannah war das Zögern der Frau nicht entgangen, und eine dunkle Ahnung stieg in ihr auf. »Wo kommen wir nun hin? Zu welcher Arbeit werden wir eingeteilt?«

Die Frau schaute auf eine Liste neben ihrer Schreibmaschine. »Ihr kommt in den medizinischen Block.«

»In den medizinischen Block? Aber wir sind keine Krankenschwestern oder Ärztinnen«, entgegnete Hannah.

»Das müsst ihr auch nicht sein«, sagte die Wärterin.

Wieder hatte Hannah ein ungutes Gefühl und überlegte, was das alles zu bedeuten hatte.

»Können wir auch woanders eingesetzt werden?«, fragte Hannah, einem inneren Impuls folgend, weil ihr der Ausdruck »medizinischer Block« Angst einflößte. »Wir sind jung. Wir können in einer Fabrik arbeiten.«

Die Wärterin blickte von ihrem Formular auf »Die Listen sind schon eingeteilt, da kann man nichts mehr ändern. Es sei denn, ihr seid Dolmetscher oder Musiker. Für die haben wir hier im Lager andere Verwendung.«

Hannah schaute sie fragend an.

»Die Insassen kommen aus verschiedenen Ländern, da werden immer Leute zum Übersetzen gebraucht.«

Hannah hatte keine Fremdsprachen gelernt und blickte fragend zu Esther, doch die schüttelte den Kopf.

»Musiker, was meinen Sie damit?«, hakte Hannah eilig nach, weil sie befürchtete, die Wärterin könnte sich von ihnen abwenden und sie ihrem Schicksal, dem medizinischen Block, überlassen.

»Es gibt hier ein Lagerorchester. Da werden immer Musiker gesucht. Geige, Cello, alles Mögliche.«

Ein Orchester? Was machte ein Orchester an einem solchen Ort?

»Ich spiele Geige«, sagte Hannah und fügte sofort hinzu: »Und Esther ist auch Musikerin.«

Sie fing Esthers erstaunten Blick auf.

»Ah, das ändert natürlich alles, dann bring ich euch zu Alma«, meinte die Wärterin, stand von ihrem Tisch auf und bedeutete Hannah und Esther, sie zu begleiten.

»Was bin ich? Musikerin?«, flüsterte Esther.

Sie folgten der Frau bei eisigen Novembertemperaturen in ihrer dünnen Häftlingskleidung durch das Lager. »Ich hab als Kind mal Flöte gespielt, aber das ist auch schon alles.«

»Willst du lieber in den medizinischen Block?«, wisperte Hannah. »Ich möchte nicht wissen, was sie mit den Menschen machen, die mit den Lastwagen abgeholt wurden, und ich glaube nicht, dass man einen medizinischen Block hier lange überlebt.«

Das Lager hatte riesige Ausmaße. Sie kamen an unzähligen Baracken vorbei, aus einigen Fenstern schauten Menschen mit eingefallenen Gesichtern und leerem Blick. Unterwegs begegneten ihnen SS-Leute in dicken Mänteln mit Gewehren und Hunden, aber auch ausgemergelte Häftlinge in ihrer viel zu dünnen Kleidung. Sie steuerten auf eine Baracke am Ende des Lagers zu, hinter der sich ein niedriges, lang gezogenes Backsteingebäude mit einem hohen Schornstein befand. Aus dem Schornstein drang dichter schwarzer Rauch, der sich über das ganze Lager zu legen schien. Der Geruch war furchtbar. Zu diesem Gebäude fuhren auch die Lastwagen, aus denen anschließend die Menschen ausstiegen. Hannah bekam beim Anblick des schwarzen Rauches eine Gänsehaut.

Die Wärterin blieb auf einmal stehen und öffnete die Tür zu einer Baracke, aus der Musik drang.

»Da drinnen findet ihr Alma, die wird entscheiden, ob ihr für das Orchester geeignet seid«, sagte die Frau in der grauen Uniform und ging wieder.

In der Baracke trafen Hannah und Esther eine Gruppe von Musikerinnen beim Üben an. Etwa dreißig Frauen saßen mit den unterschiedlichsten Instrumenten in einem Halbkreis hinter ihren Notenständern, vor ihnen stand eine junge Frau und dirigierte. Hannah erkannte das Stück, das sie spielten, es war ein Lied aus einer Operette. Die ganze Szenerie kam ihr so unwirklich vor, dass sie einen Moment brauchte, um die Absurdität zu begreifen. Man deportierte Menschen gegen ihren Willen in ein Lager und spielte dort Operettenmusik!

Die Dirigentin, die sich in diesem Moment zu den beiden Neuankömmlingen umdrehte, schien Hannahs erstaunten Blick nur zu gut zu verstehen.

»Wir sind das Lagerorchester«, erklärte sie. »Die Lagerleitung befiehlt, dass wir morgens und abends, wenn die Arbeitskolonnen das Lager zu ihrer Arbeit in den Fabriken verlassen und später wieder zurückkommen, am Tor stehen und Marschmusik spielen. Sonntags spielen wir im Krankenblock oder vor den SS-Kommandanten, manchmal kommt auch hoher Besuch, irgendwelche SS-Funktionäre. Als Häftling lebt man hier nicht lange. Das Orchester gibt uns Aufschub.«

»Ich verstehe«, sagte Hannah. »Solange die Lagerleitung ein Orchester wünscht, bleiben die Musiker am Leben.«

»Genau. Wie ihr seht, sind wir ein sehr ungewöhnliches Orchester. Ein paar Geigen, ein Cello, Gitarren, Mandolinen, Akkordeon, Blockflöte, Querflöte, Schlagzeug. Es ist nicht leicht, mit dieser Besetzung Musik zu machen. Keine Partitur der Welt ist für eine solche Zusammenstellung von Instrumenten geschrieben. Und wir müssen gute Leistung bringen. Welche Instrumente spielt ihr?«

»Geige und Blockflöte.«

Eine der Musikerinnen stand auf und ging in den hinteren Teil Baracke, wo viele unbenutzte Instrumente lagen. Sie kam mit einer Geige und einer Flöte zurück.

»Woher habt ihr die Instrumente?«, fragte Hannah erstaunt.

»In diesem Lager gibt es fast alles. Ihr glaubt gar nicht, was Menschen alles mitnehmen, wenn man ihnen sagt, dass sie umgesiedelt werden.«

Hannah strich über die Geige in ihrer Hand. Es war ein schönes Instrument mit einer feinen Maserung im Holz, die Gebrauchsspuren am Griffbrett ließen darauf schließen, dass die Geige viel bespielt worden war. Wem mochte sie einmal gehört haben? Doch schon in den wenigen Stunden, die Hannah hier im Lager war, wurde ihr klar, dass es besser war, bei vielen Dingen nicht genauer nachzufragen.

»Ihr könnt hierbleiben und euch ein bisschen einspielen. Hier sind die Noten. Wir müssen jetzt raus zum Appell, danach höre ich mir euer Spiel an.«

Die Orchestermusikerinnen verließen mit ihren Instrumenten und Notenständern die Baracke, und Hannah und Esther blieben allein zurück.

Esther brach in Tränen aus. »Hast du das gehört? Ich werde das nicht schaffen. Ich weiß gar nicht, ob ich noch Flöte spielen kann«, schluchzte sie.

»Doch, du wirst es können, bleib ganz ruhig. Flöte spielen verlernt man nicht. Wir üben es jetzt gemeinsam.« Hannah blickte auf die Noten vor sich. Ein Andante von Schubert. Sie spielte Esther das Stück auf der Geige vor, dann ging sie es langsam mit ihr durch. Esther hatte schon so viele Jahre nicht mehr Flöte gespielt, dass sie sich nur mit Mühe an die einzelnen Griffe erinnern konnte. Doch Hannah gab nicht auf. Note für Note, Takt für Takt studierte sie mit Esther das Stück ein, und langsam wurde aus den einzelnen Tönen, die Esther auf der Flöte blies, Musik.

»Gut, ja, das war schon richtig gut«, lobte Hannah. »Hier, diese Stelle mit den Achteln, die muss noch schneller werden. Versuch es noch mal.«

Sie übten ihr Andante, während sie von Weitem die Marschmusik des Orchesters vernahmen. Hannah konnte sich das Ganze noch immer nicht erklären. Ein Orchester, das um sein Leben spielte, während Menschen von einer Arbeit zurückkehrten, von der sie nur der Tod erlösen konnte. Was war nur aus dieser Welt geworden?

Esther hatte das Stück inzwischen verstanden, und es klang nun schon recht flüssig. Hannah spielte dazu auf der Geige. Als das Orchester zurückkehrte und die Dirigentin sie spielen hörte, sagte sie: »Das klingt gut. Ihr bekommt eure Chance. Aber ihr wisst, ihr müsst alles geben. Wir sind auf Gedeih und Verderb aufeinander angewiesen. Wie heißt ihr?«

»Hannah und Esther.«

»Willkommen im Orchester. Ich bin übrigens Alma Rosé.«

»Alma Rosé? Die Tochter von Arnold Rosé, der das weltbekannte Streichquartett in Wien leitet?«, fragte Hannah überrascht. »Ich habe Schallplatten von ihm zu Hause.«

»Ja«, bestätigte Alma. »Ich stamme aus einer Musikerfamilie. Ich bin die Tochter von Arnold Rosé und die Nichte des berühmten Komponisten Gustav Mahler.«

Hannah schaute die junge Frau ungläubig an.

»Ja«, antwortete Alma. »Ich bin Jüdin. Wie ihr.«

Die wässrige Suppe am Abend war das Scheußlichste, das Hannah und Esther je gegessen hatten, aber sie würgten sie trotzdem hinunter. An den Wänden der Baracken befanden sich unterteilte Holzgestelle mit Pritschen, wo die Frauen auf Strohsäcken mit viel zu dünnen Decken schliefen.

»Wo sind wir hier nur gelandet?«, fragte sich Hannah zum wiederholten Male. Die Ereignisse der letzten Tage waren so unbegreiflich, dass sie trotz ihrer Müdigkeit nicht schlafen konnte. Noch vor wenigen Tagen war sie auf dem Sandnerhof gewesen, bei Menschen, die sie liebten, und hatte alles gehabt, was man zum Leben brauchte. Essen, Kleidung, ein warmes Bett. Und nun lag sie hier auf einem Strohsack auf einer Holzpritsche im Konzentrationslager Auschwitz-Birkenau, zitternd vor Kälte und Angst. Sie dachte an die Menschen, die Stunden zuvor noch mit ihr im Zug gesessen hatten, die Männer, Frauen und Kinder. Was war mit ihnen geschehen? Voller Grauen erinnerte sie sich an den Rauch, der unablässig aus den Schornsteinen kam, und schickte ein Dankgebet zum Himmel, dass Melina nicht hier im Lager war.

München

November 1943

Das Kind war auf dem Weg der Genesung, doch es sprach immer noch nicht. Doktor Baumann, der jeden Tag vorbeikam, vermutete eine Sprachstörung infolge einer schweren seelischen Belastung. Da Emma ihm versichert hatte, dass das Kind, das sie Lina nannten, in seinen Fieberträumen gesprochen hatte, führte er die Stummheit auf die Erlebnisse der letzten Tage zurück.

»Lina hat ihre Mutter verloren, war schwer krank und ist hier in einer fremden Umgebung«, erklärte der Arzt. »Hier hilft nur viel Liebe und Geduld.«

Melina saß auf dem Boden und spielte mit den Murmeln und dem Kuschelbären. Aus dem Augenwinkel bemerkte sie, wie diese Frau, Emma, sie beobachtete. Sie hieß nicht Silvia, war auch nicht ihre Tante. Die Murmeln brachten eine Erinnerung zurück, und wehmütig ließ Melina die kleinen Kugeln durch das Zimmer rollen. Wie oft hatte sie dieses Spiel an lauen Sommertagen mit David gespielt. Sie sehnte sich zurück zu ihm. Mama hatte ihr erklärt, dass sie weggehen mussten, damals, als sie in den Zug gestiegen waren, weil böse Menschen nicht wollten, dass sie in Deutschland lebten. Mama war von Polizisten weggeführt worden und hatte sie zuvor zu diesen fremden Leuten geschickt. Sie waren nett zu ihr. Die Frau sagte ihr oft, sie würden versuchen, ihre Mama zu finden, und stellte ihr Fragen. Doch wann immer Melina antworten wollte, kam kein Ton über ihre Lippen. Die Worte waren wie in ihrem Inneren eingeschlossen, als ob sie vergessen hätte, wie man spricht. Melina wünschte sich nichts mehr, als sich wieder mitteilen zu können.

Sandnerhof

November 1943

»Martin? Du hier?«, fragte Pfarrer Petersen erstaunt, als er die Haustür öffnete. »Sind Hannah und Melina schon in der Schweiz angekommen? Ich warte ungeduldig auf eine Nachricht von ihnen.«

Simon führte Martin ins Wohnzimmer. Es fiel ihm auf, dass sein Freund sehr blass und schweigsam war, so als hätte er gerade eine schwere Krankheit überstanden. Dass er heute unangekündigt gekommen war, verhieß nichts Gutes. Simon setzte sich auf das Sofa und bedeutete seinem Freund, im Sessel Platz zu nehmen.

»Ach, Simon«, seufzte Martin und setzte sich. »Es ist alles schiefgegangen. Kurz bevor ich die beiden vom Bahnhof abholen wollte, wurde ich von der Gestapo verhaftet. Ich war tagelang eingesperrt, und nur, weil sie nichts Belastendes in meiner Wohnung gefunden haben und der Bischof Sturm gelaufen ist, haben sie mich wieder freigelassen. Sonst wäre ich jetzt in Dachau.«

Simon erbleichte und krampfte seine rechte Hand in die Polsterung des Sofas. »Das darf doch nicht wahr sein!«

»Ich habe keine Ahnung, wo Hannah und Melina sind. Nach meiner Entlassung habe ich sofort nachgeforscht, aber in Würzburg sind die beiden niemandem aufgefallen, und von meinen Kontaktleuten in München hat auch niemand etwas von ihnen gehört. Meine letzte Hoffnung war, dass sie hierher zurückgekehrt sind.«

Simon schüttelte den Kopf. Er brauchte einen Moment, um die Nachricht zu verarbeiten. »Hannah wusste ja, dass sie hier nicht mehr sicher war. Ich vermute, sie hat versucht, irgendwie nach München zu kommen, als sie erfahren hat, dass du verhaftet worden bist.«

»Und dass sie dort nicht angekommen ist, kann nur eines bedeuten: Sie ist in eine Kontrolle geraten und ebenfalls verhaftet worden. Und was mit Juden mittlerweile hier in Deutschland geschieht, das wissen wir ja.« Martin ließ resigniert den Kopf hängen.

Die beiden starrten eine Zeit lang schweigend vor sich hin.

»Jetzt fällt mir nur noch eine Person ein, an die ich mich wenden kann«, sagte Simon schließlich. Als Martin ihn fragend anschaute, fügte er hinzu: »Aber das dürfte ziemlich schwierig werden.«

Er besprach mit dem Freund das Vorhaben, und im Abendgottesdienst informierte er die Gemeinde darüber, dass die Morgenandacht am nächsten Tag ausfallen werde, da er dringend verreisen musste.

Berlin

November 1943

Peter kehrte am späten Nachmittag aus der Reichskanzlei zurück nach Hause. »Nach dem Endsieg braucht das Deutsche Reich Männer wie Sie«, hatte der Führer gesagt, und das nicht zum ersten Mal. Als enger Mitarbeiter Himmlers verkehrte Peter in den höchsten Führungskreisen, und derzeit war wieder von einer Beförderung die Rede. Aber wollte er das überhaupt noch?

Im Flur berichtete er Clarissa von den Neuigkeiten und wollte sich gerade mit einem Glas Cognac in der Hand ins Wohnzimmer setzen, wo sein fünfjähriger Sohn Tristan mit einem Spielkameraden auf dem Boden saß und seine elektrische Eisenbahn aufbaute, als es an der Haustür klingelte. Er öffnete selbst und war überrascht, als ein junger Mann sich ihm ohne Umschweife vorstellte.

»Guten Tag, ich bin Pfarrer Simon Petersen und würde gern Doktor Hagen sprechen.«

»Der steht vor Ihnen«, antwortete Peter, der sich nicht so recht erklären konnte, warum ein Priester ihn sprechen wollte. »Wie kann ich Ihnen helfen?«

Während der Pfarrer ihn einen Moment lang stumm musterte, lächelte Peter ihm aufmunternd zu. »Nun?«

»Ich komme wegen einer Angelegenheit, die Hannah Rosenberg betrifft«, antwortete der Pfarrer.

Peter fühlte sich, als hätte ihm jemand in den Magen geschlagen. Wortlos stellte er sein Cognacglas auf eine Kommode, griff seinen Mantel, trat auf die Schwelle neben den Pfarrer und zog leise die Tür zu.

»Gehen wir ein Stück«, sagte er und schlug mit dem Priester einen Weg ein, der vom Anwesen der Villa direkt in den Grunewald führte.

»Was ist mit Hannah?«, fragte Peter nach einiger Zeit den Priester. »Woher kennen Sie sie?«

»Sie lebte bis vor Kurzem in einer abgelegenen Siedlung in der Nähe von Würzburg, wo ich Priester bin«, erklärte Simon Petersen.

»Bis vor Kurzem? Sie ist nicht im Ausland?« Sollte sich Peters Befürchtung bewahrheiten? »Sie hat doch Anfang 1939 Berlin verlassen, da hätte sie doch noch emigrieren können! Ich war davon überzeugt, dass sie mit ihrer Familie irgendwo im Ausland lebt.«

»Nein, sie ist nicht emigriert, obwohl ich ihr oft dazu geraten habe«, erwiderte der Priester.

»Warum nicht?«

»Es ist nicht so einfach, mit einem kleinen Kind diesen Schritt zu wagen. Außerdem hat sie so versteckt auf dem Hof gelebt, dass wir alle glaubten, sie wäre dort sicher.«

»Was ist passiert?« Peter sah dem Pfarrer an, dass er wusste, mit wem er hier sprach, und offensichtlich überlegte, wie viel er preisgeben konnte. Geduldig wartete Peter ab.

»Sie hat versucht, Deutschland doch noch zu verlassen, aber es ist offensichtlich schiefgegangen. Ich habe keine Nachricht mehr von ihr.«

Peter schwieg. Er wusste, was das bedeutete. In seinem Inneren tobte ein Kampf: Wut, weil Hannah sich nicht in Sicherheit gebracht hatte. Angst um die Frau, die er einmal geliebt hatte. Aufbrausend rief er: »Warum kommen Sie damit zu mir? Gut, ich kannte Hannah mal für eine kurze Zeit, aber das ist längst vorbei. Ich bin verheiratet, und sie hat ja auch wieder jemand anderen kennengelernt. Sie hat ein Kind von ihm. Was ist mit ihm, hat er ihr nicht geholfen?« Und als der Priester stehen blieb und ihn nur schweigend ansah, fügte er noch hinzu: »Was ist? Warum schauen Sie mich so an? Ich habe mit der Sache nichts mehr zu tun!«

Simon Petersen schüttelte ungläubig den Kopf. »Es ist nicht zu fassen. Sie wollen es wirklich nicht wahrhaben, oder?«, fuhr er Peter an.

»Was?«

»Das Kind hat Ihre Augen!«, rief der Priester.

Die Worte trafen Peter wie ein Faustschlag. Er sah wieder das kleine Mädchen mit den honigfarbenen Haaren in Hannahs Wohnung, das auf ihn zugelaufen war und ihn mit großen, dunklen Augen angesehen hatte. Seine Augen. Sein Kind. Er spürte, wie sein Herz einen Schlag lang aussetzte bei diesem Gedanken.

»Haben Sie es wirklich nicht geahnt? Haben Sie das Kind damals in der Wohnung tatsächlich nicht als Ihr Kind erkannt?«, fragte Pfarrer Petersen und redete sich in Rage. »Haben Sie wirklich geglaubt, Hannah hätte sich so schnell mit einem anderen getröstet? Da kennen Sie sie aber schlecht!«

Peter schluckte trocken. »Sie hat es mir nicht gesagt«, antwortete er tonlos.

»Ja, warum wohl nicht? Was hätte sie denn von Ihnen erwarten können?«, fragte der Priester zornig.

Peter schwieg betreten. Ein Kind … seine Tochter. Ihm wurde schwindlig. »Wie heißt das Kind?«, fragte er schließlich mit belegter Stimme.

»Melina.«

»Erzählen Sie mir alles, was Sie wissen«, bat er den Pfarrer.

Und Peter hörte atemlos zu, als Simon Petersen ihm von seiner ersten Begegnung mit Hannah bei der Hochzeit auf dem Sandnerhof bis zu ihrer überstürzten Flucht vor wenigen Tagen alles berichtete.

»Dann muss sie Anfang November irgendwo zwischen Würzburg und München kontrolliert und verhaftet worden sein«, stellte Peter fest. »Ich kann Inhaftierungsberichte oder Deportationslisten aus diesem Zeitraum anfordern, aber die sind oft unvollständig.«

»Tun Sie, was Sie können!«, bat ihn Simon Petersen. »Ich spüre, das Schicksal der beiden ist Ihnen nicht egal. Helfen Sie ihnen.«

Peter nickte. Wie hätte es ihm auch egal sein können. Sie war seine Tochter.

Der Pfarrer holte einen Umschlag aus der Manteltasche und reichte ihn Peter. »Darin ist ein Bild von Hannah und ihrer Tochter. Der neunjährige Sohn des Sägemüllers hat es damals gezeichnet. Melina war Blumenmädchen bei der Hochzeit und ist am Nachmittag erschöpft auf dem Schoß ihrer Mutter eingeschlafen. Es ist alles, was ich von den beiden habe, und ich möchte es Ihnen schenken.«

Peter öffnete den Umschlag und zog die Zeichnung heraus. Er erkannte sofort das Kind aus Hannahs Wohnung. Sein Kind. Und Hannah. Auf einer Bank vor einer Rosenhecke. Er brachte kein Wort heraus.

»Melina hält ihren Vater für tot. Bitte helfen Sie den beiden. Ich werde mich dafür einsetzen, dass Melina zum richtigen Zeitpunkt erfährt, wer ihr Vater ist. Auf dem Umschlag steht auch meine Adresse, falls Sie irgendetwas über die beiden herausfinden sollten.« Der Pfarrer seufzte. »Ich möchte den Nachtzug erwischen.«

Wortlos gingen die beiden Männer zurück zur Villa, wo Pfarrer Petersen sich von Peter verabschiedete.

»Wir stehen auf zwei verschiedenen Seiten«, sagte Pfarrer Petersen und reichte Peter Hagen die Hand, »und dies ist nicht der Zeitpunkt für eine Grundsatzdiskussion. Aber ich bete für Sie, dass Sie das Richtige tun werden.«

Als Peter in dieser Nacht im Traum wieder gegen die Wasserfluten ankämpfte, spürte er, wie kleine Hände nach ihm griffen. Er blickte sich um und sah ein kleines Kind mit dunklen Augen und honigfarbenem Haar, das sich in den Wassermassen Hilfe suchend an ihn zu klammern versuchte.

Er versuchte, das Kind festzuhalten und sich mit ihm an die Wasseroberfläche zu kämpfen, doch er und das Kind versanken immer tiefer. Schweißgebadet erwachte Peter aus seinem Albtraum.

Auschwitz

November 1943

Sie standen in Eiseskälte im Morgengrauen am Eingang des Lagers hinter ihren Notenständern und wussten kaum, wie sie mit den steif gefrorenen Händen ihre Instrumente spielen sollten, während eine Kolonne ausgehungerter Häftlinge zum Arbeitseinsatz durch das Tor hinauszog. Dieses Spektakel wiederholte sich am Abend bei der Rückkehr der Arbeiter. Den Rest des Tages probten sie in der Baracke, denn sie wussten, dass ihre Existenz von der Gunst der Lagerleitung abhing.

Hannah hatte in kürzester Zeit gelernt, Musik und Gefühle zu trennen. Wenn sie früher ein Lied zuerst in sich spüren musste, um es gut zu spielen, so konnte sie heute einfach die Noten spielen, mit der Präzision eines Uhrwerks – aber auch genauso gefühllos. Sie fragte sich, ob das fortan immer so sein würde, ob sie, falls sie jemals hier herauskäme, keine Musik mehr würde spüren können? Auch vor der Lagerleitung mussten sie Konzerte geben, und Hannah warf den Lagerkommandanten ab und zu einen verstohlenen Blick zu und fragte sich, wie diese Menschen am Ende des Tages in ihre Häuser abseits der Lager zurückkehren und sich an den Abendbrottisch zu Frau und

Kindern setzen konnten, als kämen sie von einer gewöhnlichen Arbeit in einem Büro oder einer Fabrik zurück. Konnte man wirklich so herzlos sein?

Sie lag auf ihrer harten Pritsche neben Esther und hüllte sich in die dünne Decke. Die Ereignisse der letzten Tage, die ihrem Leben eine so unbegreifliche Wendung gegeben hatten, gingen ihr wieder und wieder durch den Kopf. Sie dachte an den Augenblick, als ihre Flucht gescheitert war. Es war der Moment gewesen, als Melina am Nürnberger Hauptbahnhof über Durst und Halsschmerzen geklagt und Hannah sich zu ihr hinuntergebeugt hatte, in dem sich alles entschieden hatte. Hannah spielte dieses Spiel mit dem Wörtchen »wenn« in ihren Gedanken durch. Wenn an diesem Tag der Zug nach München keine Verspätung gehabt hätte, wären sie und Melina bereits im Abteil gewesen, als die beiden Polizisten kamen. Wenn sie damals von der kranken Melina nicht abgelenkt gewesen wäre, dann hätte sie die beiden kommen sehen und vielleicht noch irgendwie aus ihrem Blickfeld verschwinden können. Wenn Pfarrer Becker nicht am Tag zuvor verhaftet worden wäre … Wenn, wenn, wenn. Die Reihe ließ sich endlos fortsetzen. Doch diese Gedanken führten zu nichts, die Zeit ließ sich nicht mehr zurückdrehen. Um etwas Ruhe zu finden, begann Hannah zu beten. Sie sprach die christlichen Gebete ihrer Großmutter und die jüdischen Gebete ihres Großvaters und wandte sich dabei an ein und denselben Gott, den sie bat, Melina irgendwie sicher zum Sandnerhof zurückzubringen.

Berlin

Reichssicherheitshauptamt

November 1943

In seinem Büro im Reichssicherheitshauptamt legte Peter die Unterlagen, die er gerade studiert hatte, auf den Tisch zurück und atmete erleichtert auf. Die Listen, die er aus Würzburg, Nürnberg und München angefordert hatte, zeigten, dass Deportationen nach Theresienstadt und Auschwitz stattgefunden hatten, doch Hannahs und Melinas Namen standen nicht darauf. Er wusste zwar, dass die Aufstellungen nicht immer zuverlässig waren, denn oft ergaben sich im letzten Moment noch Änderungen, doch er redete sich ein, dass Hannah und ihre Tochter bestimmt untergetaucht waren, denn auch in den angeforderten Inhaftierungsberichten der betreffenden Gefängnisse hatte er keine Hinweise gefunden. Er hoffte inständig, dass die zunehmend mit Arbeit überlastete Gestapoleitstelle Nürnberg ihm keinen lückenhaften Bericht geschickt hatte.

Peter wandte sich wieder seiner Arbeit zu, doch die nagenden Zweifel, ob Hannah und seine Tochter wirklich in Sicherheit waren, blieben. Seit dem Besuch des Priesters fiel es ihm immer schwerer, sich auf die Aktenberge auf seinem Schreibtisch zu konzentrieren, denn er konnte die Stimme in seinem Inneren, die ihm sagte, dass etwas nicht in Ordnung war, immer weniger ignorieren. Hannah und Melina waren irgendwo da draußen und brauchten seine Unterstützung, und er wusste nicht, wie er ihnen helfen konnte. Sosehr Peter sich auch bemühte, diesen Gedanken beiseitezuschieben, es gelang ihm einfach nicht.

München

Dezember 1943

Es war ein eisiger Dezembermorgen, und die ersten Schneeflocken fielen vom Himmel, als Kurt Schiller vor dem Schaufenster eines Kaufhauses stehen blieb und seinen Schal fester um den Hals wickelte. Er war auf dem Weg zur Technischen Hochschule, jedoch nicht, um Vorlesungen zu halten, sondern um den Umzug der Institute und Forschungseinrichtungen zu organisieren, denn seit den Bombardierungen im Frühjahr und Herbst dieses Jahres war die Verlegung des Universitätsbetriebs aufs Land beschlossen worden. Wie schon oft in den letzten Tagen hatte Kurt auch heute auf die Straßenbahn verzichtet, um die Schaufenster der Einkaufsstraßen nach Spielwaren abzusuchen, doch die spärliche Auslage, die es in diesen Kriegstagen gab, bestand fast ausschließlich aus Gebrauchsgegenständen, Kleidung und Schuhen, und so fand er nicht das, was er suchte. Doch dann sah er sie plötzlich. Die Puppe im rosa Kleidchen saß halb verdeckt von Haushaltswaren im Schaufenster, sie hatte schulterlanges blondes Haar und schaute ihn aus hellblauen Augen an. Auch wenn Kurt bisweilen als ein wenig weltfremd gelten mochte, wusste er doch, dass kleine Mädchen und

Puppen untrennbar zusammengehörten, und so zögerte er nicht lange und ging in das Geschäft. Die Verkäuferin holte bereitwillig die Puppe aus dem Schaufenster und führte sie ihm vor. Kurt, der sich noch nie im Leben gefragt hatte, ob eine Puppe Echthaar und bewegliche Gliedmaßen haben sollte, sondern eher der Frage nachging, warum Licht gleichzeitig Teilchen- und Wellencharakter hatte und ob sich die Quantenphysik mit der Relativitätstheorie vereinbaren ließ, hörte sich aufmerksam die Ausführungen der Verkäuferin an.

Er schluckte, als er feststellte, dass dieses wundervolle Spielzeug beinahe so viel kostete wie ein Lehrbuch der Experimentalphysik, doch er wäre an diesem Vormittag auch bereit gewesen, ein ganzes Monatsgehalt zu bezahlen, wenn er nur dem stummen Kind in seiner Wohnung eine kleine Freude bereiten konnte.

Er sollte nicht enttäuscht werden. Als er am Abend nach seiner Rückkehr die Puppe aus seiner Tasche zog und dem kleinen Mädchen reichte, wurde er mit einem zaghaften Lächeln belohnt. Kurt und Emma schauten sich an. Waren sie auf dem richtigen Weg?

Sandnerhof

Dezember 1943

Friedrich Sandner hatte achtundsechzig Jahre alt werden müssen, um zu erfahren, wie es sich anfühlte, zu hassen. Natürlich hatte es in seinem Leben Ärger gegeben und Verdruss. Dinge, über die er den Kopf schüttelte oder die ihn zornig machten. Doch seit Pfarrer Petersen ihm die Nachricht überbracht hatte, dass Hannahs und Melinas Flucht gescheitert sei und er keine Ahnung habe, wo die beiden nun waren, hatte Friedrich begonnen, zu hassen. Den Verrückten in Berlin, seine gnadenlosen Helfer und ihre menschenverachtende Politik. Dieser Hass wühlte in seinem Inneren, er ließ ihn am Tag nicht zur Ruhe kommen und raubte ihm in der Nacht den Schlaf. Er verstellte ihm den Blick für die Tiefe des Lebens, für all die Dinge, die unter der Oberfläche lagen. Seit jenem Tag hatte er mehrfach versucht, seine Ruhe wiederzufinden, indem er an der Madonna weiterschnitzte. Doch wo auch immer er das Schnitzmesser ansetzen wollte, fühlte es sich falsch an.

»Ich sehe die Figur nicht mehr im Holz«, hatte er Pfarrer Petersen erklärt. »Bevor ich anfange zu schnitzen, muss ich die Figur im Holz erahnen, sodass ich sie mit dem Schnitzmesser nur noch freilegen muss. Aber ich sehe sie nicht mehr. Wie soll ich der Figur ein Gesicht geben, wie den Faltenwurf des Gewandes weiter herausarbeiten, wenn ich die Umrisse nicht mehr sehe?«

Mit diesen Worten hatte er die Figur von der Werkbank genommen und sie in den Abstellraum getragen. Friedrich konnte nicht mehr schnitzen.

Auch Davids gutes Zureden, der zusammen mit seinem Bruder dem Großvater nach Kräften im Sägewerk half, vermochte daran nichts zu ändern.

»Gib die Hoffnung nicht auf«, sagte David. »Sie kommen zurück.« Er vermisste seine Spielgefährtin sehr. Niemand war mehr da, der ihm entgegenrannte, wenn er von der Schule nach Hause kam, keiner saß abends neben ihm, wenn er seine Hausaufgaben erledigte, niemand schaute ihm geduldig zu, wenn er stundenlang malte. David dachte oft an den Abend der Hochzeit, als er mit der kleinen Melina getanzt und sie für einen kurzen Moment als junge Frau gesehen hatte, in einem großen Raum, dessen Decke und Wände mit wunderschönen Bildern bemalt waren. Sie hatte ihn angelächelt. Es konnte gar nicht anders sein, Melina musste einfach zu ihm zurückkommen.

Er sann darüber nach, wie sehr sich das Leben für ihn und die anderen Kinder auf dem Sandnerhof verändert hatte. Da die meisten Lehrer eingezogen worden waren, gab es nur noch an zwei Tagen in der Woche Unterricht. Die restliche Zeit über waren sie in die Pflichten des Alltags eingebunden, wo mittlerweile viele Arbeitskräfte fehlten. Es waren die Kinder gewesen, die mit ihren Müttern und Großeltern im Sommer die Ernte eingeholt und im Herbst auf den Feldern die Wintersaat ausgebracht hatten. Im Sägewerk ersetzte sein Bruder Hans schon fast einen Arbeiter und war zu einer unentbehrlichen Stütze für Friedrich geworden. Er selbst konnte dort nur bei den leichteren Arbeiten mithelfen, doch er ließ für gewöhnlich sofort seine Malsachen liegen und eilte seiner Mutter zu Hilfe, wenn er sah, dass sie einen Korb mit Brennholz trug, eine schwere Schubkarre schob oder die Ställe ausmistete. Er spürte, wie die Sorge um seinen Vater immer mehr an ihr zehrte. Sie, die früher so fröhlich gewesen war und stets gut gelaunt ihre täglichen Pflichten erledigt hatte, war zu einer ernsten Frau geworden, die still und in sich gekehrt ihre Arbeit verrichtete. Ihre einzige Freude schien der kleine Georg zu sein. Maria hatte nach dem Tod ihres Mannes den Hof verpachtet und war mit dem Kind auf den Sandnerhof zurückgekehrt, und wenn Annie ihren kleinen Enkel im Arm hielt, sah David ein Lächeln in ihrem Gesicht.

München

Dezember 1943

Als Kurt am Abend die Wohnungstür öffnete, wurde er von seiner Frau im Flur erwartet, die warnend den Finger auf den Mund legte.

»Doktor Baumann hat gesagt, wir dürfen uns nichts anmerken lassen, wenn es so weit ist«, erklärte Emma und half ihm hektisch aus dem Mantel. »Komm, du glaubst nicht, was heute passiert ist«, flüsterte sie und zog Kurt zum Kinderzimmer, dessen Tür halb offen stand.

Drinnen hockte Lina auf dem Teppich, vor ihr saßen die neue Puppe und der Kuschelbär.

»Bist du schon müde?«, fragte das Kind die Puppe. »Es gibt bald Abendessen. Bestimmt hast du großen Hunger.«

Vollkommen in ihr Spiel vertieft, unterhielt sich Lina weiter mit der Puppe und dem Bären.

Kurt war zuerst sprachlos, als er staunend die Szene beobachtete. »Seit wann?«, fragte er dann leise seine Frau.

Sie zog ihn ins Wohnzimmer und erklärte ihm aufgeregt: »Seit heute Nachmittag. Im Radio lief ein Violinkonzert, Lina saß mit der Puppe auf dem Sofa und kämmte sie, und plötzlich summte sie die Melodie mit, sie schien sie zu kennen. Und wenig später hat sie angefangen, mit der Puppe zu sprechen.«

»Das ist ja großartig«, freute sich Kurt.

»Nun rate mal, wie sie die Puppe nennt, aber ich sage dir gleich, du kommst nicht drauf.« Emma lachte, und als ihr Mann sie mit fragendem Blick anschaute, sagte sie: »Salome!«

»Salome?«, fragte Kurt ungläubig. »Wie in der Oper? Wie um alles in der Welt ist sie denn auf diesen Namen gekommen?«

»Jemand in der Familie des Mädchens scheint etwas mit Musik zu tun zu haben. Sie kannte ja auch Mozarts Violinkonzert«, mutmaßte Emma. »Oh, Kurt, die Idee mit der Puppe war so wundervoll, Lina hat tatsächlich wieder angefangen zu sprechen!« Emma fiel ihrem Mann glücklich um den Hals.

»Na siehst du.« Kurt schloss sie fest in die Arme. Schon lange hatte er seine Frau nicht mehr so glücklich gesehen. »Wir schaffen das schon. Immerhin wissen wir jetzt den Namen der Puppe, vielleicht erfahren wir ja auch bald, ob die Kleine tatsächlich Lina heißt.«

Auschwitz

Dezember 1943

Am schlimmsten war der Hunger. Hannah fiel es zunehmend schwer, sich stundenlang auf die Musik zu konzentrieren, da sie sich so matt und kraftlos fühlte. Und doch musste sie durchhalten. Manchmal, wenn sie eine kurze Pause hatten, erzählten Esther und sie sich gegenseitig, was sie als Erstes essen würden, wenn sie hier jemals wieder rauskämen. Täglich gab es nur die scheußliche Suppe, die von Tag zu Tag dünner wurde, und hartes Brot mit etwas Margarine. Und davon viel zu wenig. Die Mangelernährung machte sie anfällig für Krankheiten, die zahlreich im Lager grassierten. Fieber, Husten, Durchfall, Erbrechen und Fleckfieber rafften Tausende Häftlinge dahin. Solange es ging, versuchten Kranke, ihren Zustand zu verbergen, denn in der Regel wurde mit ihnen kurzer Prozess gemacht. So kam es vor, dass die Frauen mit fiebrigen Augen oder schlimmsten Magenkrämpfen hinter ihren Notenständern saßen und unter Aufbietung all ihrer Kräfte ihr Übungspensum absolvierten. Sie hatten keine andere Wahl, wenn sie überleben wollten.

Die Währung im Lager war Brot. Mit Brot konnte man sich in Auschwitz mit etwas Glück wichtige Dinge organisieren. Die vollgepackten Koffer, die mit den endlosen Transporten im Lager ankamen, wurden von der Rampe in die Kleiderbaracke gebracht. Dort wurde von den Arbeiterinnen ausgepackt, was Tausende Menschen auf eine Reise mitgenommen hatten, von der sie nicht wussten, wohin sie führte und wie lange sie dauerte. In den Regalen und Lagerräumen türmten sich Kleidungsstücke, Schuhe, Mäntel, Brillen, Bücher, Bürsten, Kämme, Seife und Zahnpasta. Wer es schaffte, von seiner eigenen Essensration etwas aufzusparen, und mit den Arbeiterinnen in dieser Sammelstelle gut stand, konnte hier gegen Nahrung etwas eintauschen. Auf diese Weise hatten sich Hannah und Esther jeweils einen warmen Pullover verschafft, den sie unter ihrer Häftlingskleidung trugen, um sich wenigstens ein bisschen gegen die Kälte zu schützen.

»Als Nächstes sparen wir für warme Socken.« Esther kauerte neben Hannah auf der Pritsche und wickelte sich fröstelnd in ihre Decke. »Es ist so schrecklich kalt.«

»Wenn ich da an das Kaminfeuer im Wohnzimmer auf dem Sandnerhof denke«, sagte Hannah sehnsüchtig. »Wie die Scheite im Feuer prasselten und wohlige Wärme verbreiteten. Wir werden das wieder erleben, Esther, wir müssen nur fest daran glauben. Wenn wir hier rauskommen, besuchst du mich auf dem Sandnerhof.«

Die junge Frau neben ihr schaute versonnen vor sich hin.

»Erzähl mehr davon. Ich glaube, ich kann das Kaminfeuer schon ein bisschen spüren.«

Es kam der Tag, vor dem Hannah sich am meisten gefürchtet hatte. Weihnachten, und somit Melinas Geburtstag. Sie kauerte auf ihrer Pritsche und versuchte, unter ihrer dünnen Decke ein bisschen warm zu werden. Die anderen Frauen hatten sich im vorderen Teil der Baracke zusammengesetzt und ein paar sehnsuchtsvolle jüdische Chanukka-Lieder angestimmt, doch Hannah wollte allein sein. Niemand konnte sie an diesem Tag trösten. Sie blickte auf die kleine Kerze, die jemand auf das Fensterbrett gestellt hatte, wo ihr Licht sich in der Scheibe spiegelte und die Nacht dahinter noch dunkler erscheinen ließ. Eine einsame Kerze am Weihnachtsabend in Auschwitz. Konnte es etwas Trostloseres geben? Hannahs Tränen ließen die Baracke um sie herum verschwimmen, in der ein einziges kleines Licht darum kämpfte, die Dunkelheit zu erhellen. Mit einem Mal spürte sie eine Hand auf ihrem Arm, und als sie sich umdrehte, blickte sie in Esthers Gesicht.

»Wir kommen wieder nach Hause, Hannah«, sagte Esther. »Du wirst Melina wiedersehen, du musst nur fest daran glauben.« Hannah ergriff Esthers Hand und lächelte sie dankbar an.

Sandnerhof

24. Dezember 1943

Die deutsche Bevölkerung litt Not, und die Menschen in der Heimat waren fast genauso erschöpft und niedergeschlagen wie die Soldaten in ihren Winterquartieren an der Front. Der nicht enden wollende Krieg in Russland war das vorherrschende Tagesgespräch, das die Menschen am Tag hoffen und in der Nacht beten ließ. An diesem Weihnachtstag, an dem die Menschen in Deutschland für ein baldiges Ende des Krieges beteten, eröffnete die Rote Armee bei Kiew die Winteroffensive gegen die Heeresgruppe Süd, in deren Verlauf die deutschen Truppen immer weiter Richtung Westen zurückgedrängt wurden.

In seiner Kirche in Erlenthal löschte Pfarrer Petersen nach der Mitternachtsmesse die Kerzen am Altar, bis nur noch in einem roten Glasgefäß das Ewige Licht brannte, dessen Schein ausreichte, um ihm in der dunklen Kirche den Weg bis zur Tür zu erleuchten. Weihrauch hing noch in der Luft, doch weder den uralten Riten, seinen Gebeten noch Lehrer Pohlmanns innigem Orgelspiel war es gelungen, die bedrückte Stimmung der Menschen zu heben. Zu lange schon dauerte dieser sinnlose Krieg, zu viele Opfer hatte er bereits gefordert, um zu viele Menschen an der Front musste man sich sorgen. Simon hatte sich Zeit genommen für seine Gemeindemitglieder, sie in der Vorweihnachtszeit besucht, den Berichten von ihrem Leid zugehört und versucht, Worte zu finden, die Trost spenden konnten und Hoffnung. Er schloss die Tür des Gotteshauses und trat hinaus in die sternenklare Nacht. So viele Gedanken gingen ihm durch den Kopf. Er schaute hinauf in den Sternenhimmel, als ob diese Zeugen einer Milliarden Jahre alten Welt ihm Antwort hätten geben können auf die Fragen, die ihn bewegten: Wann würde dieser Krieg enden? Wo waren Konrad, Hannah und Melina? Wann würden die Menschen den neuen Himmel und die neue Erde sehen, von denen die Bibel sprach?

München

Januar 1944

Sie hatte wieder begonnen zu sprechen, doch ihre Erinnerung bestand nur noch aus einzelnen Bruchstücken, die sie den Schillers erzählen konnte. Sie wusste noch, dass die schönen Zeichnungen aus dem Notizblock von David gezeichnet worden waren, doch die Menschen auf den Zeichnungen blieben namenlos, sosehr sie sich auch bemühte, sie konnte sich nicht erinnern. *Sag niemandem, wie du heißt,* hatte die Mutter ihr eingeschärft. *Erzähl niemandem etwas vom …* Wie hatte nur der Ort geheißen? Doch da dieser Wunsch der Mutter so wichtig gewesen war, hatte sich der Name tief in ihrem Inneren verborgen. So tief, dass sie selbst keinen Zugang mehr dazu fand.

»Als du so krank warst und im Fieber gesprochen hast, da hast du manchmal den Namen Lina gerufen, so habe ich dich damals verstanden«, sagte Emma. »Ist das dein Name? Heißt du Lina?«

Sie zögerte. Lina. Das war nicht ihr Name. Aber er war ähnlich. Bestimmt hätte Mama nichts dagegen, wenn die Leute sie Lina nennen würden. Sie mussten ihr ja irgendeinen Namen geben. Und so nickte sie.

Auf die Frage, wie der Ort hieß, wo sie gewohnt hatte, konnte sie nicht antworten.

Kurt Schiller fragte sich, wie er etwas über die Herkunft des Kindes herausfinden sollte, wenn er weder den Namen ihrer Familie wusste noch deren Wohnort.

Auch beim Suchdienst des Roten Kreuzes, den er mehrfach konsultierte, war es nicht möglich, eine Vermisstenanzeige über eine etwa siebenjährige Lina aus dem Nürnberger Raum ausfindig zu machen. Es gab dort Tausende Karteikarten von vermissten Kindern, und seine Suche schien aussichtslos.

»Sie müssen Geduld haben«, sagte Doktor Baumann immer wieder. »Seien Sie froh, dass das Kind überhaupt wieder spricht. Lina ist schwer traumatisiert, die Erinnerung kommt mit der Zeit.«

Kurt und Emma war bewusst, dass sie die Suche nach Linas Mutter nicht einstellen durften, doch sie mussten sich auch eingestehen, dass sie sich ein Leben ohne Lina nicht mehr vorstellen konnten. Zu spüren, dass das kleine Mädchen langsam seine anfängliche Scheu verlor und Vertrauen zu ihnen fasste, tat ihren verwaisten Herzen unendlich gut.

Auschwitz

Januar 1944

»Wir hatten eine Buchhandlung in Nürnberg«, sagte Esther.

Spät abends, wenn die Proben beendet waren und sie auf ihren Strohsäcken lagen, erzählten sich Hannah und Esther gegenseitig aus ihrem Leben.

»Eine Buchhandlung mit Antiquariat, und Vater liebte seine Arbeit. Jener Tag im Mai 1933, als auf dem Hauptmarkt die Bücherverbrennung stattgefunden hat und Werke von Heinrich Mann, Erich Kästner, Bertolt Brecht und vielen anderen verbotenen Schriftstellern in Flammen aufgingen, war ein schwerer Schlag für Vater. Er war fassungslos und konnte einfach nicht glauben, wie weit es mit Deutschland, dem Land der Dichter und Denker, gekommen war.«

»Ja, damals brannten die Bücher in vielen Städten, auch in Berlin«, antwortete Hannah.

»Meine ältere Schwester Gerda und ihr Mann Anton, ein Allgemeinmediziner, waren gerade zu Besuch, und an diesem Tag ist zum ersten Mal das Wort ›Auswanderung‹ bei uns gefallen. Als die Arbeitsbedingungen für Anton immer schwieriger wurden und er seine Kassenzulassung verlor, schlossen er und

Gerda sich der Zionismusbewegung an, mit dem Ziel, nach Palästina auszuwandern. Oft saßen sie in unserem Wohnzimmer und redeten auf Vater ein, es ihnen gleichzutun. Doch er war schon alt und gesundheitlich angeschlagen. ›Du bist jung, Anton‹, sagte er immer, ›du bist Arzt und kannst dir in der Fremde eine neue Existenz aufbauen. Aber ich alter Mann, ein Buchhändler, wovon sollte ich in Palästina leben?‹«

»Diese Bedenken haben viele Juden in Deutschland umgetrieben«, bestätigte Hannah mit einem Stirnrunzeln. »Auch mich. Ich scheute mich ebenfalls vor einer Auswanderung in die Ferne. Pfarrer Petersen hat mir immer wieder dazu geraten, Deutschland zu verlassen.«

»Wie so viele andere hat auch Vater immer gehofft, dass das Ganze vorübergehen und Deutschland wieder zur Vernunft kommen würde«, fuhr Esther fort. »Gerda und Anton haben gerade noch rechtzeitig den Absprung geschafft. Es dauerte Monate, ihren Haushalt aufzulösen und die nötigen Papiere zu erhalten, und sie verloren fast ihr gesamtes Vermögen, doch 1938 war es dann so weit. Sie hatten alle Ausreisepapiere erhalten sowie Bahnfahrkarten und Tickets für eine Schiffspassage über Triest nach Haifa gekauft und packten das, was ihnen geblieben war, in einige wenige Koffer. Der Abschied am letzten Abend vor ihrer Abfahrt fiel uns allen sehr schwer.«

»Warum haben sie nicht wenigstens noch dich mitgenommen?«, fragte Hannah.

»Sie haben Vater oft gedrängt, mich mitgehen zu lassen. Doch ich war noch so jung, gerade mal dreizehn Jahre alt. Er hatte Angst um mich.«

»Das ist verständlich«, erwiderte Hannah.

»Vater hat sich getäuscht. Es wurde nicht mehr besser für uns in Deutschland. Immer mehr Gesetze schränkten unser Leben ein, bis wir eines Tages mit einem gelben Stern auf der Kleidung für alle sichtbar als Juden gebrandmarkt waren. Vater musste seine Buchhandlung schließen und ich wurde zum Arbeitseinsatz in eine Munitionsfabrik beordert. Im September 1942 kam dann das Schreiben, dass meine Eltern sich binnen vierundzwanzig Stunden an einer Sammelstelle einzufinden hätten. Auch wenn es keiner aussprach, wussten wir alle, was das bedeutete. Ich wurde in dem Schreiben nicht erwähnt, wahrscheinlich, weil ich in der kriegsrelevanten Fabrik arbeitete. Mutter weinte, und Vater versuchte, sich seine Bestürzung nicht anmerken zu lassen, doch beim Abschied sagte er: ›Hätte ich dich doch nur mit Gerda mitgehen lassen‹. Auf einmal war ich allein. Ich arbeitete mehrere Monate weiter in der Fabrik. Das vorherrschende Thema unter uns jüdischen Arbeitern waren natürlich mögliche Fluchtwege aus Deutschland, und eine Mitarbeiterin weihte mich in ihren Plan ein, zu Verwandten in den nicht besetzten Teil Frankreichs zu gelangen. Da sie die Flucht nicht allein antreten wollte, fragte sie mich, ob ich mitkommen würde. Ich sagte Ja, denn was hatte ich schon zu verlieren? Doch bei dem Versuch, uns gefälschte Ausweise zu verschaffen, wurden wir erwischt und verhaftet. Wir saßen monatelang im Gefängnis, weil man vermutete, wir würden zu einem größeren Ring von Fluchthelfern gehören. Den Rest der Geschichte kennst du ja, ich bin im gleichen Zug nach Auschwitz gelandet wie du.«

»Von deinen Eltern hast du nichts mehr gehört?«, fragte Hannah.

Esther schüttelte den Kopf. »Ich weiß nicht, wohin man sie gebracht hat«, antwortete sie. »Und ich glaube nicht, dass sie noch am Leben sind.« Sie schluchzte auf.

Hannah legte ihren Arm um die junge Frau.

»Nach dem Krieg werden wir nach ihnen forschen«, sagte sie tröstend.

München

Februar 1944

Der Tod aus der Luft kam erst in den beiden letzten Kriegsjahren nach Bayern. Der Freistaat im Süden Deutschlands, von den britischen Bombern schwer zu erreichen, war im Luftkampf über Deutschland bis 1943 ein Nebenkriegsschauplatz und galt lange als Luftschutzkeller des Reiches. Die bayerische Landeshauptstadt München war jedoch wegen ihrer Rüstungsfirmen und ihrer Bedeutung als Verkehrsknotenpunkt ein begehrtes Bombenziel. München als »Hauptstadt der Bewegung«, in welcher der Nationalsozialismus seinen Aufstieg begonnen hatte, war zudem Standort vieler Einrichtungen und Behörden der NSDAP. Die britische Luftwaffe setzte neue Bomber mit größerer Reichweite ein, und nach dem Waffenstillstand der Alliierten mit Italien konnten italienische Luftstützpunkte genutzt werden, wodurch Bayern besser erreichbar wurde und zunehmend in das Visier der alliierten Luftflotten geriet. So sah der Freistaat im Frühjahr des Jahres 1944 seinen schlimmsten Bombardements erst noch entgegen.

Der Abschied von seinem bisherigen Wirkungsort, dem Gebäude der Technischen Hochschule in der Arcisstraße, fiel Kurt Schiller nicht leicht, zumal die neuen Räume in der fünfzig Kilometer von München entfernt gelegenen Kleinstadt Miesbach sehr beengt und nur unzureichend eingerichtet waren. Doch die Sicherheit seiner Familie und seiner Studenten sowie der Schutz seiner Forschung hatten Vorrang. Kurt ging ein letztes Mal über den Königsplatz, und dabei stellte er erneut fest, wie sehr der von König Ludwig I. in Auftrag gegebene einstmals wunderschöne Platz im Herzen Münchens durch die Nationalsozialisten verunstaltet worden war. Der Führerbau, das große Verwaltungsgebäude der NSDAP sowie die beiden Ehrentempel waren in der wuchtigen und protzigen Architektur der Nationalsozialisten errichtet worden und ließen die historischen Bauwerke des Platzes in den Hintergrund treten. Alle Grünanlagen waren unter Granitplatten verschwunden, sodass sich der Platz nun bestens für Aufmärsche und Versammlungen eignete. Kurt konnte sich noch gut an die Bücherverbrennung erinnern, die hier stattgefunden hatte, und dachte an die Dozenten, die aus Rasse- und Ideologiegründen von der Hochschule verwiesen worden waren. Viele hatten Deutschland rechtzeitig verlassen, einige waren untergetaucht. Sein Lehrstuhl war noch glimpflich davongekommen, da die naturwissenschaftliche Forschung nun mal wenig politischen oder ideologischen Zündstoff bot. Zudem war es ihm gelungen, einige Mitarbeiter und Studenten weiter zu beschäftigen und so vor einem Einsatz an der Front zu bewahren, indem er ihre Arbeit als unentbehrlich für die Forschung ausgegeben hatte. Kurt seufzte, als er ein letztes Mal vor den beiden protzigen Bronzestatuen der Rossebändiger am Eingang der Technischen Hochschule stand. Seelenlose Monumentalwerke. So wie diese beiden Männer ihre Pferde bändigten, so sahen sich die Nationalsozialisten, als Helden, die die Zügel des

Weltgeschehens in der Hand hielten. Wann würde dieser Spuk endlich ein Ende finden?

Kurt und seine Frau Emma machten sich Sorgen. Sie fürchteten beide, der Wechsel nach Miesbach könnte sich ungünstig auf Linas Entwicklung auswirken, da sie sich doch gerade erst in ihrer neuen Umgebung eingelebt hatte. Sie waren erleichtert, als sie nach ihrem Umzug feststellten, dass in unmittelbarer Nachbarschaft zu ihrer neuen Wohnung ein Mitarbeiter von Kurt mit seiner Frau und seiner kleinen Tochter Lea eingezogen war. Von dem Moment an, als Lea die neu angekommene Lina gefragt hatte, ob sie mit ihr im Garten den Puppenwagen schieben wolle, und Emma dem Mädchen aufmunternd zugenickt hatte, waren die beiden Kinder unzertrennlich. Emma freute sich, dass Lina nun eine Freundin gefunden hatte, was ihr sicherlich half, den Schmerz über den Verlust ihrer Heimat zu überwinden.

Auschwitz

März 1944

Die Eisenbahnschienen waren im Frühjahr bis ins Lager hinein verlegt worden und endeten hinter dem Musikblock, sodass die Musikerinnen nun aus nächster Nähe die Ankunft der Züge miterlebten. Das Lager war hoffnungslos überfüllt, die Transporte nahmen kein Ende, und der Rauch über Auschwitz lag Tag und Nacht in der Luft.

Hannah blickte durch die offene Tür auf die Menschen, die gerade den Zug verließen. Vielleicht beruhigte sie die Musik ein bisschen, vielleicht dachten sie, das Lager könne ja nicht so schlimm sein, wenn es hier sogar ein Orchester gab. Obwohl sie diese Szenen jeden Tag mehrfach miterlebte, konnte sie nicht anders, als mit den neu Ankommenden stets aufs Neue mitzufühlen. Sie sah die Kinder, und das Herz wurde ihr schwer. Sie war unendlich dankbar, dass Melina nicht hier war. An vielen Tagen überfiel Hannah eine zutiefst schmerzliche Sehnsucht nach ihrer Tochter. Dann hatte sie das Gefühl, dass ihr Herz die Trauer um Melina nicht fassen konnte. Es war ein geradezu körperlicher Schmerz, der sie durchdrang, wenn sie an ihr kleines

Mädchen dachte. Sie sah wieder das kleine, winzige Wesen vor sich, das die Hebamme ihr nach der Geburt in den Arm gelegt hatte und das sie mit einem Blick angesehen hatte, der aus einer anderen Welt zu sein schien. Sie dachte an die kleine Hand, die sich sofort um ihren Finger geschlossen hatte, als wollte das Kind seine Mutter nie mehr loslassen. Hannahs Finger spürten wieder die zarte Kinderhaut des winzigen Gesichtchens, sie fühlte Melinas Haare an ihrer Wange, wenn ihre Tochter sich an sie schmiegte. Sie dachte an das erste unverständliche Geplapper der Kleinen, das mit der Zeit zu Worten wurde. Sie sah die strahlenden dunklen Augen Melinas, wenn sie sich freute, und den kleinen Schmollmund, wenn sie traurig war. Und sie dachte an den Moment, in dem ihr klar geworden war, wie sehr ihre Tochter doch ihrem Vater ähnelte. Melina hatte eindeutig Peters Augen.

In diesen Stunden, wenn die Erinnerungen sie überfielen, konnte sich Hannah kaum von all den schmerzlichen Gedanken losreißen, doch sie wusste, dass sie sich dieser Trauer nicht hingeben durfte, sondern alle Kraft benötigte, um zu überleben. Deshalb rief sie sich immer wieder das freundliche Gesicht der Frau am Nürnberger Bahnhof ins Gedächtnis, zu der sie Melina geschickt hatte. Sie erinnerte sich an das Verständnis in den Augen der Frau, die ihr zugenickt hatte. Dieser eine kurze Blick gab ihr Hoffnung.

* * *

Das Fleckfieber hatte den Musikerblock erreicht; drei schwer kranke Musikerinnen lagen schon im Krankenblock. Und von dort kam selten jemand zurück. Als Hannah eines Nachts das Zittern in Esthers Körper neben sich spürte, richtete sie sich alarmiert auf. Sie hatte Schüttelfrost, gleichzeitig spürte Hannah, dass Esthers Stirn ganz heiß war. Nur mit Mühe schleppte sich

Esther am nächsten Morgen hinaus auf den Appellplatz und versuchte, sich unter ständigem Zuspruch von Hannah trotz Schmerzen und Fieber nichts anmerken zu lassen.

»Halte durch«, murmelte Hannah immer wieder.

Alma war besorgt. »Was machen wir bloß?«, klagte sie. »Es dürfen nicht noch mehr tragende Stimmen ausfallen. Es ist von hohem Besuch die Rede. Irgendein ganz hohes Tier soll wohl in nächster Zeit das Lager besuchen. Reißt euch zusammen. Wir müssen unser Bestes geben!«

»Auch das noch!«, stöhnten die Frauen.

»Wer kommt denn?«, wollte jemand wissen. »Hitler selbst?«

»Ich weiß es nicht«, entgegnete Alma. »Ihr wisst ja, wie schnell hier im Lager Gerüchte die Runde machen. Aber irgendetwas ist im Busch. Werdet mir jetzt bloß nicht alle krank.«

Esther ging es schlecht. Auch Hannah und einige andere Musikerinnen hatten Fieber bekommen, doch sie kämpften sich verbissen durch den Tag, zwangen sich abends, ihre Suppe zu essen, und verbrachten mit Schüttelfrost und Fieber die Nächte. An Tagen wie diesen war der Gedanke an das Ende so nah, dass sie es sich manchmal herbeisehnten. Doch irgendeine Kraft trieb sie immer wieder an. Nahezu pausenlos übten die Frauen ihre Stücke, schrieben Partituren um, probten neue Lieder und verwarfen sie wieder, bis sie sich auf ein Repertoire geeinigt hatten, das sie gut beherrschten. Ihr Programm würde Orchestermusik, Opernarien und klassische Stücke umfassen.

»Damit können wir uns sehen lassen«, sagte Alma an einem Abend anerkennend. Das seltene Lob aus dem Mund der Dirigentin gab Hannah und den anderen Zuversicht. Hannah fragte sich, wer wohl kommen werde.

Berlin

März 1944

Der Schein der Taschenlampe geisterte über die Aufzeichnungen in seiner Hand. Es war gespenstisch ruhig zu dieser nächtlichen Stunde im Reichssicherheitshauptamt. Peter saß an Himmlers Schreibtisch und blätterte in einem Stoß von Unterlagen. Lagepläne von Arbeitslagern. Den Großteil davon kannte er. Belzec, Sobibor, Treblinka, Majdanek, Auschwitz. Zahlenreihen zu Größe, Kapazität, Deportationen, Häftlingszahlen. Handschriftliche Notizen. Teilweise unleserlich.

Peters Gespräch mit Heydrich damals nach der Konferenz am Wannsee ließ ihm keine Ruhe mehr. In seinem Kopf kreiste immer wieder dieses eine Wort: *Gas!*

Wäre Heydrich damals nicht dem Attentat zum Opfer gefallen, dann hätte er von ihm weitere Informationen erhalten können.

Peter blieb als Quelle nunmehr nur Himmler, doch der war verschlossen, wog genau ab, wem er was anvertrauen konnte und wem nicht. Peter war seit einiger Zeit davon überzeugt, dass er von Himmler nicht jede Einzelheit erfuhr. Doch er wollte nun alles genau wissen. Er musste es wissen und daher das Risiko eingehen, heimlich die Unterlagen einzusehen. Was ging in den Konzentrationslagern vor sich? Handelte es sich in Wirklichkeit um Tötungsfabriken und wenn ja, in welchem Umfang? Die Schrift des SS-Reichsführers war schwer zu lesen. Peter betrachtete die Lagepläne genau. Lange Reihen von Baracken. Lagerräume. Verwaltungsgebäude. Er blätterte die Seiten durch und kniff die Augen zusammen, um Himmlers handschriftliche Notiz zu entziffern.

Peter stand auf und ging zum Aktenschrank, öffnete die Türen und holte einige Ordner mit der Aufschrift »Geheime Reichssache« hervor. Er blätterte sie durch und stieß auf die Bestellungen für das tödliche Gift Zyklon B. Meine Güte, das Gift wurde in unfassbar großen Mengen geordert. Peter keuchte. Für wie viele Tötungen reichte es? In welchem Umfang wurde in den Lagern gemordet?

Peter knipste die Taschenlampe aus, trat ans Fenster und starrte in die mondbeschienene Nacht über Berlin. Sein Blick war ausdruckslos, eine seltsame Kälte überkam ihn. Fühlte es sich so an, wenn man einer Wahrheit, die man lange Zeit nicht hatte sehen wollen, endlich ins Auge schaute? Hatte er es nicht immer gewusst? Am liebsten hätte er in dieser Stunde alles hingeworfen und wäre mit seiner Familie einfach geflohen. Trotz seiner fehlenden echten Liebe zu Clarissa hatte er doch Verantwortung für sie, seinen Sohn und seine Eltern. Außerdem gab es da draußen noch zwei Menschen, die möglicherweise vollkommen schutzlos diesem Wahnsinn ausgeliefert waren. Was konnte er nur tun? Wenn er mehr Informationen erhalten wollte, gab es nur einen Weg. Er musste sich das Vertrauen von Himmler erschleichen.

Auschwitz

März 1944

Alma hob den Dirigentenstab, blickte alle Musikerinnen noch einmal durchdringend an und zählte stumm den ersten Takt voraus. Als sie den Stab sinken ließ, setzte das Orchester ein.

Hannah atmete auf, und die Musik von Franz Lehár erfüllte den Raum. Das Konzert, auf das sie sich mehrere Wochen lang Tag und Nacht vorbereitet hatten, lief gut. Seit sie wussten, dass der SS-Reichsführer Heinrich Himmler und seine Gefolgsleute unter den Zuhörern sein würden, hatten die Proben kein Ende mehr genommen. Er, eine der einflussreichsten SS-Größen des Deutschen Reiches mit einer Machtfülle, die nur noch von Hitler selbst überboten wurde, hatte seinen Besuch in Auschwitz angekündigt.

»Ihr wisst, was es bedeutet, wenn Himmler kommt«, hatte Alma sie gewarnt.

Die Musikerinnen waren zusammengezuckt.

»Wir spielen für unseren eigenen Henker«, hatten einige gemurmelt.

Doch Alma hatte keine Gefühlsausbrüche geduldet. »Wir wissen alle, was von seinem Besuch abhängt. Hört auf zu jammern und spielt.«

Sie hatten trotz Krankheit und Schwäche bis zur Erschöpfung geprobt, und Alma hatte unerbittlich alles aus ihren Musikerinnen herausgeholt.

Ihr Einsatz zahlte sich aus, das Konzert wurde ein Erfolg.

Hannah saß in der ersten Reihe und hatte freien Blick auf SS-Reichsführer Himmler. Der Mann wirkte klein und schmächtig in seiner Uniform, das dunkle Haar war streng gescheitelt, er trug einen Schnauzbart und eine Brille. Ein vollkommen unscheinbarer Mann. Er sah so harmlos aus, man hätte nicht vermutet, dass er sich den Großteil des Tages mit der Frage beschäftigte, wie man am effektivsten Menschen tötete.

Himmler schaute zufrieden, die Musik schien ihm zu gefallen. Hannah fragte sich, was die Komponisten wohl gesagt hätten, wäre ihnen zugetragen worden, wo und vor wem ihre Musik gerade aufgeführt wurde. Hätten sie sich gewünscht, sie hätten sie niemals komponiert?

Dank seiner Position als SS-Obersturmführer war es Peter gelungen, Himmler dazu zu überreden, ihn auf diese Inspektionsreise in den Osten mitzunehmen. Auf diese Weise konnte er sich selbst ein Bild machen und brauchte nicht mehr das hohe Risiko einzugehen, heimlich in den geheimen Papieren nach Informationen zu suchen. Doch nun kam er zu spät zur Aufführung, weil er in der Baracke der Kommandantur aufgehalten worden war. Peter zupfte kurz seine Uniform zurecht, betrat den Konzertraum und wollte sich soeben auf einen Stuhl in der letzten Reihe setzen, als sein Blick auf die Frau mit der Geige in der ersten Reihe fiel. Sein Atem setzte einen Augenblick lang aus. Hannah. Fassungslos starrte Peter sie an. Es versetzte ihm einen Stich ins Herz, als er sie so sitzen sah: Abgemagert, blass, mit einer ungesunden Gesichtsfarbe und nur wenige Zentimeter langen Haaren, doch es war unverkennbar Hannah, die Frau, mit der er die glücklichste Zeit seines Lebens verbracht hatte. Für einen Moment hatte Peter das Gefühl, an einem Abgrund zu stehen, in den er zu stürzen drohte. Irgendwie schaffte er es, sich wieder zu fassen. Er erhob sich und eilte, so schnell er konnte, aus dem Konzertraum.

Hannah war hier. In Auschwitz. Er hatte doch so sehr gehofft, ihr wäre die Flucht ins Ausland gelungen! Sein schlimmster Albtraum, seit der Priester ihn vor einigen Wochen in Berlin aufgesucht hatte, war wahr geworden. Ein neuer, schrecklicher Gedanke schoss ihm durch den Kopf. Wenn Hannah hier war, wo war dann das Kind? Seine Tochter? War sie auch im Lager? Er blickte sich verzweifelt um. Was konnte er nur tun?

Er verließ das Gebäude und beobachtete, wie in diesem Moment ein neuer Zug einfuhr und an der Rampe zum Stehen kam. SS-Leute rissen die Waggontüren auf, und Hunderte von Menschen stiegen aus oder wurden unter dem Gebrüll der SS-Männer herausgestoßen.

Peter versuchte, die Menschen nicht anzuschauen, doch als er einmal kurz den Kopf hob, blickte er direkt in die großen, dunklen Augen eines kleinen Kindes, das aus dem Zug kletterte. Und wieder sah er vor sich das bezaubernde kleine Mädchen mit den honigfarbenen Haaren, das in Hannahs Wohnung auf ihn zugelaufen war.

Das Kind hat Ihre Augen, hörte er die Stimme des Priesters.

Peter brauchte dringend einen Moment für sich allein, setzte sich auf eine kleine Mauer hinter der Baracke und barg sein Gesicht in den Händen. Seine schlimmsten Ängste waren wahr geworden. Hannah war hier, an diesem Ort des Grauens. Hatte er das alles nicht längst geahnt, bereits als er begonnen hatte, sich Himmlers Vertrauen zu erschleichen, damit er ihn mitnahm auf diese Inspektionsreise in den Osten? War das nicht genau die Realität, die sie in ihren Behörden und Ämtern vermieden auszusprechen, indem sie eine eigene Sprache erfunden hatten? War ihnen noch bewusst, was die Worte »Endlösung« und »Sonderbehandlung« bedeuteten? Über wie viele europäische Juden hatten sie bei der Konferenz in der Villa am Wannsee gesprochen? Elf Millionen? Damals war das nur eine Zahl auf einem Stück Papier gewesen, doch seit heute hatten diese elf Millionen Menschen Gesichter, es waren Männer, Frauen, Kinder, die hier ums Leben kamen. Und Hannah, die einzige Frau, die er je geliebt hatte, war in diese Tötungsmaschinerie geraten, und er hatte sie nicht davor bewahrt. Schlimmer noch, er war ein Teil davon geworden. Und wo war sein Kind, Melina? Peter hatte sich noch nie in seinem Leben so schlecht gefühlt wie in diesem Moment. *Man kann nur eine Zeit lang vor der Wahrheit davonlaufen,* hatte Hannah damals zum Abschied gesagt. Wann hatte er sich so verändert, wann hatte er aufgehört, er selbst zu sein?

Inmitten des dichten Rauches, der über Auschwitz lag, jenem Ort, an dem es keinen grünen Grashalm, keinen Baum und keinen Strauch zu geben schien, fühlte er sich plötzlich zurückversetzt an jenen Spätsommertag an der Spree. Er sah wieder Hannahs blaue Augen vor sich, wie sie ihn angelächelt hatte an jenem Nachmittag und wie er plötzlich ungläubiges Staunen und zugleich tief empfundenes Glück darin gelesen hatte, als er beim Abschied auf sie zugegangen war und sie in den Arm genommen hatte.

Peter richtete sich wieder auf. Ein Plan nahm in seinem Inneren Gestalt an, zwar nebulös und noch undeutlich, aber er wusste, er musste handeln. Er hatte keine Ahnung, ob er als einzelner diese Tötungsmaschinerie aufhalten konnte, doch Heydrichs Worte nach der Konferenz in der Villa am Wannsee hallten mit einem Mal in seinen Gedanken wider: *Wie sollte das Ausland davon erfahren?*

Peter öffnete seine Tasche, holte seinen Fotoapparat heraus und legte eine neue Filmrolle ein.

»Ihr habt großartig gespielt«, sagte Alma am Ende des Konzerts, als sie wieder in ihrer Baracke saßen. »Himmler war zufrieden.«

»Gott sei Dank«, war die einhellige Meinung aller.

»Heute Nachmittag proben wir nicht mehr. Ruht euch aus.« Alma lächelte, und alle waren erleichtert. Sie waren zutiefst erschöpft von den Anstrengungen der letzten Tage.

Hannah wurde von einer seltsamen Unruhe erfasst, die sie sich nicht erklären konnte. War es der Besuch des Naziführers gewesen, der sie so aufgewühlt hatte? Die Angst, das Konzert könnte ihm nicht gefallen, steckte ihr noch in den Knochen. Hannah fand keine Ruhe auf ihrer Pritsche und trat ans Barackenfenster. Sie beobachtete die Züge, die unablässig ins Lager einfuhren und Hunderte und Aberhunderte von Menschen brachten. Wann würde das enden?

Hannah sah Himmlers SS-Männer einzeln oder in Gruppen durch das Lager laufen. Von Weitem sah sie einen Mann in Uniform, der einen Fotoapparat in der Hand hielt und Bilder vom Lager machte. Wie sehr wünschte sich Hannah in diesem Moment, die Fotos kämen in die richtigen Hände. Wenn doch die Welt da draußen erfahren würde, was hier passierte! Der Mann drehte sich in ihre Richtung, und ihre Blicke schienen sich zu treffen. Etwas an ihm kam ihr vertraut vor. Für einen Moment hatte Hannah das Gefühl, sie müsste hinlaufen zu diesem Mann und ihn um Hilfe bitten, ihn anflehen, die Welt da draußen über ihr Elend zu informieren, um es zu beenden. Doch dann wandte sie sich ab. Es nützte nichts, Tagträumen nachzuhängen. Niemals würden durch einen SS-Mann Fotos von Auschwitz in die richtigen Hände gelangen.

Berlin

März 1944

Peters größtes Problem nach seiner Rückkehr nach Berlin war die Frage, wo er den Film aus seinem Fotoapparat entwickeln lassen sollte. Ein normales Fotogeschäft kam nicht infrage, wie sollte er die Szenen, die die Fotos zeigten, erklären? Die Dienststelle für Dokumentation im Reichssicherheitshauptamt kam ihm in den Sinn. Dort lagerten Fotos und Filme, die den wahren Krieg zeigten, und nicht die geschönten und gestellten Materialien, die in den Wochenschauen dem Volk vorgeführt wurden. Doch diese Dienststelle hatte für gewöhnlich ihre eigenen Kriegsfotografen, und er war keiner von ihnen. Zudem verblieben die Fotos in der Regel in der Dienststelle und wurden dort archiviert. Wie sollte er seinen Auftrag erklären? Konnte er einfach die Fotos samt Negativen wieder abholen? Wie stellte er sicher, dass niemand irgendwo nachfragte? Eine schier unlösbare Aufgabe. Sollte er es mit Bestechung versuchen? Nein. Es durfte keine Mitwisser geben. Es blieb nur ein Mittel: Einschüchterung.

Kurz entschlossen stand Peter von seinem Schreibtisch auf, holte die Dose mit der Filmrolle aus seiner Aktentasche und verließ sein Büro. Er ging die Treppe hinunter ins Untergeschoss, wo sich das Fotolabor befand. Für einen kurzen Moment schoss ihm die Frage durch den Kopf, ob es nicht Wahnsinn war, die Fotos im eigenen Haus entwickeln zu lassen, doch er schob die Bedenken zur Seite. Es gab keine andere Möglichkeit. Er legte sich eine Strategie zurecht, wie er einen Labormitarbeiter unter Druck setzen konnte.

Peter öffnete die Tür des Labors. Hinter einem Tresen stand ein älterer Herr, der einen grauen Kittel über seiner Kleidung trug und Formulare in einen Ordner heftete.

Peter stellte die Filmdose vor ihn auf den Tresen.

»Heil Hitler«, grüßte er mit energischem Ton und stellte die Filmdose vor den Mann. »Ich benötige bis heute Mittag Abzüge von diesem Film in zweifacher Ausführung. Die Angelegenheit hat höchste Priorität.« Er wusste, dass diese Forderung gar nicht zu erfüllen war. »Wann kann ich die Fotos abholen?«

Der Mann im grauen Kittel rückte seine Brille zurecht und blickte Peter stirnrunzelnd an.

»Tut mir leid«, sagte er zögerlich, »aber so schnell kann ich diesen Auftrag nicht ausführen. Bei uns staut sich die Arbeit, im Labor ist alles belegt.«

Peter sah ihm direkt in die Augen. »Sie sagen also, Sie können mir die Abzüge nicht bis heute Mittag anfertigen?«, bellte er in scharfem Ton.

»Nein, auf gar keinen Fall«, entgegnete der Mann.

»Wie heißen Sie?«, fragte Peter streng.

»Warum, was tut das denn hier zur Sache? Mein Name ist Schulz. Karl Schulz«, antwortete der Mann aufgebracht.

Peter bemerkte, wie Herr Schulz seine Uniform musterte, sicherlich, um anhand der Abzeichen seinen Dienstrang festzustellen.

»Damit ich dem Reichsführer Himmler sagen kann, wer seine Fotos nicht entwickeln will«, entgegnete Peter und schaute den Mann mit bohrendem Blick an. Er streckte seine Hand nach der Filmdose aus und machte Anstalten zu gehen.

»Dem Reichsführer? Wieso, warum, ich wusste ja nicht …«, stammelte Herr Schulz nun verunsichert.

»Soll Himmler selbst herunterkommen und mit Ihnen den Auftrag durchsprechen?«

Karl Schulz schüttelte den Kopf. »Aber bis heute Mittag, das ist wirklich nicht zu schaffen«, sagte er kleinlaut.

Damit hatte Peter gerechnet, und er schlug nun einen kollegialen Ton an. »Das verstehe ich. Ist bei uns oben genauso. Alles ist brandeilig und soll sofort erledigt werden, aber wir können ja alle nicht hexen, oder? Was wäre denn der früheste Termin für eine Abholung?«

»Ginge fünf Uhr heute Nachmittag?«, fragte Schulz, der durch den vertraulichen Tonfall in Peters Stimme wieder zugänglicher geworden war.

Peter nickte ihm wohlwollend zu. »Das werde ich Himmler gegenüber vertreten können. Die Fotos dienen zur Überprüfung der Sicherheitsmaßnahmen in den Arbeitslagern im Osten. Schicken Sie sie aber nicht in das Büro des Reichsführers, ich hole sie persönlich ab, zusammen mit den Negativen.«

Schulz nickte. »Wenn Sie mir noch dieses Formular hier unterschreiben und Ihre Dienststelle eintragen könnten«, sagte er.

Peter wurde es heiß in seiner Uniform. Dienststelle und Unterschrift? Doch er konnte das auf keinen Fall ablehnen.

»Natürlich«, sagte er leichthin, füllte das Formular aus und unterschrieb, wobei er es nicht wagte, eine falsche Dienststelle oder einen anderen Namen einzutragen. Diesem Schulz traute er zu, dass er seine Identität überprüfte.

Er verließ den Raum und ging langsam die Treppe hinauf in sein Büro. War er ein zu großes Risiko eingegangen? Würde Schulz ihn irgendwo melden, würde er Nachforschungen anstellen? Die Gedanken kreisten in Peters Kopf. Er durfte jetzt nicht auffliegen. Nicht, bevor er seine Mission erfüllt hatte und die Fotos in die richtigen Hände kamen.

Vom Brandenburger Tor aus schlug Peter den Weg in den sonnendurchfluteten Park ein. Er trug nicht seine Uniform, als er durch den Tiergarten ging und dabei unauffällig die Umgebung beobachtete. Ein paar Jungs kickten auf einer Wiese einen Ball, ein älterer Mann führte seinen Dackel aus, eine Frau zog ein Kind hinter sich her, das lauthals gegen irgendetwas protestierte. Nichts Auffälliges. Peter atmete auf. Er hatte alle seine Beziehungen spielen lassen und war ein hohes Risiko eingegangen, entdeckt zu werden, doch es war ihm gelungen, über einen Mittelsmann im Auswärtigen Amt einen Kontakt zum amerikanischen Geheimdienst herzustellen. Er schlug den Weg zum verabredeten Treffpunkt ein. Auf einer Bank neben der hohen weißen Marmorstatue der Königin Luise von Preußen saß ein Mann in hellem Anzug, der eine Zeitung las. Das musste der Kontaktmann vom amerikanischen Geheimdienst sein, mit dem er sich treffen wollte. Peter holte als Erkennungszeichen eine Schachtel Zigaretten aus der Jackentasche und bat den Fremden um Feuer, der bereitwillig ein Feuerzeug hervorholte.

Die angebotene Zigarette lehnte der Fremde ab und sagte vereinbarungsgemäß den Satz: »Ich habe mir das Rauchen aus Gesundheitsgründen abgewöhnt.«

Peter war sich nun sicher, den Richtigen vor sich zu haben, und setzte sich auf die Bank neben ihn. »Ich habe Fotomaterial aus einem Konzentrationslager«, sagte er mit gedämpfter Stimme.

»Fotos?« Der Mann horchte auf. »Hochinteressant. Uns liegen zwar mündliche Berichte von einigen wenigen Geflohenen vor, aber solche Aussagen sind schwer nachprüfbar«, erwiderte er leise.

»Das verstehe ich.«

»Welches Konzentrationslager?«

»Auschwitz-Birkenau, im besetzten Polen. Die genaue Lage habe ich Ihnen aufgeschrieben. Auch die Standorte anderer Konzentrationslager.«

Sie schwiegen einen Moment.

»Wie sind Sie an die Fotos gekommen?«

»Ich habe das Lager selbst besucht, zusammen mit Heinrich Himmler.«

»Sie haben sie selbst aufgenommen?«

»Ja. Was passiert mit den Fotos, wenn ich sie Ihnen gebe? Werden Sie eingreifen?«, fragte Peter.

»Das Material wird an höchste Stellen weitergeleitet. Dort wird entschieden, wie weiter vorgegangen wird.«

Peter schwieg nachdenklich.

»Sie wissen, was Sie riskieren?« Der Mann sah ihn prüfend an.

»Das ist mir bewusst.«

»Woher soll ich wissen, dass die Fotos echt sind?«, fragte der Unbekannte.

»Sie werden es sehen. Solche Fotos kann man nicht stellen.«

Der Mann nickte.

»Wo haben Sie sie entwickeln lassen?«

»In unserem Fotolabor im Reichssicherheitshauptamt.«

Der Mann stieß hörbar die Luft aus. »Sie sind ein hohes Risiko eingegangen.«

Peter nickte. Sie erhoben sich von der Bank und gingen ein paar Schritte schweigend nebeneinander her.

»Erzählen Sie mir von Auschwitz«, sagte der Mann.

Und Peter berichtete, was er in Auschwitz gesehen hatte.

Der Mann hörte schweigend bis zum Ende zu.

»Schwer zu glauben, was Sie mir da gerade erzählt haben«, meinte er dann.

»Sie müssen etwas unternehmen«, drängte Peter. »Bombardieren Sie die Schienennetze, die zu den Lagern führen. Bombardieren Sie die Krematorien. Machen Sie diesem Wahnsinn ein Ende. Bitte, machen Sie Druck auf Ihre Regierung; jeder Tag, an dem nichts geschieht, kostet Tausende Menschen das Leben.«

»Ich werde das Bildmaterial und Ihre Informationen weiterleiten. Verraten Sie mir noch, warum Sie sich in Ihrer Position mit einem Mal so einsetzen?« Der Mann sah ihn an.

Peter senkte den Blick. Mit tonloser Stimme erwiderte er:

»Die Mutter meines Kindes ist in Auschwitz. Ich befürchte, mein Kind ist dort gestorben.«

Er reichte dem Unbekannten zum Abschied die Hand und drückte ihm dabei einen kleinen Schlüssel in die Hand.

»Er passt zu einem Schließfach am Hauptbahnhof«, sagte er und ging.

Noch am gleichen Tag übergab Peter dieselben Fotos auch einem Kontaktmann des russischen Geheimdienstes. Doch das reichte ihm noch nicht. Er wollte mehr, und es gab nun kein Zurück mehr. Seit seinem Besuch in Auschwitz war er zu allem entschlossen. Er hatte von einer Gruppe um einen Oberst der Wehrmacht erfahren, die nicht nur Hitler ausschalten wollten, sondern die komplette Regierung. Sie nannten ihr Vorhaben »Unternehmen Walküre«.

Sandnerhof

März 1944

Simon Petersen wartete. Auf einen Brief aus Berlin, auf ein Lebenszeichen von Hannah und Melina, auf eine Antwort von Gott. Wo war Gott in diesem Moment? Hatte er sein Antlitz mit Grauen von den unfassbaren Dingen abgewandt, die in diesen Jahren in Deutschland geschahen? Er konnte sich nicht erinnern, jemals so zerrissen gewesen zu sein. Jeden Tag sagte er sich, dass er auf Gott vertrauen musste, dass er irgendwann irgendwie helfen würde, doch sein Glaube wurde auf eine harte Probe gestellt. Keine Nachricht über Konrads, Hannahs und Melinas Schicksal, und um ihn herum nur das Leid und der Schmerz der Menschen, die um ihre Angehörigen an der Front bangten oder um Gefallene trauerten. All diese Menschen wandten sich Hilfe suchend an ihn, doch manchmal fand selbst er keine Worte mehr, die trösten konnten. In seinen düstersten Stunden versuchte er, sich die Zeit wieder ins Gedächtnis zu rufen, als in ihm vor Jahren der Wunsch gereift war, Priester zu werden. Es war keine bewusste Entscheidung gewesen, sondern ein Gefühl, das mehr und mehr in ihm gewachsen war. Es hatte ihn glücklich gemacht zu spüren, dass Gott ihn zu dieser

Aufgabe rief und sie ihm zutraute. Hatte er sich geirrt? War die Aufgabe zu schwer für ihn? Warum nur schickte Gott ihm keine Antwort?

Wenn Simon an den Sonntagnachmittagen bei seinen Spaziergängen aus dem Erlenwäldchen hinaustrat und die Marienkapelle oberhalb des Sandnerhofes sah, dann war ihm manchmal, als mischten sich in das Säuseln des Windes in den Baumkronen die leisen Töne einer Geige. Er hörte wieder die zarten Klänge von Mozarts Andante, die er hier so oft vernommen hatte. Doch wenn er genau hinhorchte, musste er feststellen, dass es nur der Wind war, der durch die Äste der Bäume strich. Die Geige war vor Monaten verstummt, die Kapelle war leer und die Bank davor verwaist.

»Oh Gott, lass sie noch am Leben sein«, murmelte er leise vor sich hin.

Berlin

März 1944

Zwei parallele gerade Striche, durchzogen von einem von links unten nach rechts oben führenden Querstrich. Punkt. Wieder zwei parallele durchzogene Linien, weitere gleichmäßig geschwungene Buchstaben. Himmlers Unterschrift zu fälschen, war nicht schwer. »H. Himmler«. Mit dieser Unterschrift signierte Peter Anordnungen, die das Orchester in Auschwitz betrafen. Er saß zu nächtlicher Stunde an der Schreibmaschine in seinem Arbeitszimmer in der Villa am Grunewald und verfasste die Bestimmungen, mit denen er hoffte, Hannah vor der Gaskammer zu bewahren. Bei seinem Besuch im Konzentrationslager war ihm bewusst geworden, dass Hannah nur so lange leben würde, wie es dort ein Orchester gab. Über den Verbleib seiner Tochter nachzudenken, schaffte er nicht. Zu grausam war die Vorstellung, das kleine Mädchen mit gebrochenen Augen auf einem Berg von Toten liegen zu sehen. Lange hatte er auf der Rückfahrt nach Berlin darüber nachgesonnen, was er tun konnte, um Hannah zu schützen. Als sie an einen Grenzposten gekommen waren und Himmler einen Passierschein unterzeichnet hatte, war Peter mit einem Mal die Erkenntnis gekommen, welche Macht diese Unterschrift besaß. Diese wenigen Buchstaben »H. Himmler« konnten so vieles bewirken. Sie befehligten den kompletten SS-Apparat, bestimmten mit über das Schicksal des Deutschen Reiches und entschieden über Leben und Tod. Peter hatte beschlossen, mit diesen wenigen Buchstaben Hannah irgendwie zu schützen. Und nicht nur damit. Er hatte Beziehungen zu jener Widerstandsgruppe geknüpft, die innerhalb der Wehrmacht entstanden war. In diesen Männern waren die Zweifel gewachsen wie in Peter, bis sie zur Gewissheit geworden waren: Es gab keinerlei Rechtfertigung für diese Gräuel. Die Männer waren bereit, ihr Leben zu riskieren, um Hitler auszuschalten. Peter war es ebenfalls.

* * *

»Unser Mann im Außenministerium hat Kontakt zu einem engen Mitarbeiter von Himmler aus dem Reichssicherheitshauptamt. Er soll belastendes Fotomaterial an den russischen und amerikanischen Geheimdienst weitergeleitet haben«, sagte Adjutant Werner von Haeften, der Oberst Graf von Stauffenberg vom Flugplatz Rangsdorf zum Bendlerblock, dem Sitz des Oberkommandos der Wehrmacht in Berlin, chauffierte.

»Was für Fotos?«, erkundigte sich der Oberst.

»Aus dem Konzentrationslager Auschwitz. Er war dort zusammen mit Himmler«, antwortete von Haeften und setzte den Blinker zum Abbiegen. Es herrschte viel Verkehr auf der Wilhelmstraße, und sie kamen nur langsam voran.

Stauffenberg nickte und schwieg eine Weile.

»Ein enger Mitarbeiter von Himmler könnte uns sehr nützlich sein. Er hat Zugang zu Himmlers Terminen und weiß, wann er sich wo aufhält. Wir müssen sie beide gleichzeitig liquidieren, Hitler und Himmler«, sagte der Oberst dann.

»Ja, es nützt nichts, nur einen Wahnsinnigen auszuschalten, wenn ihn der nächste sogleich ersetzt«, stimmte von Haeften ihm zu.

»Ist er vertrauenswürdig?«, fragte Stauffenberg.

»Er scheint sehr entschlossen zu sein. Fälscht sogar Himmlers Unterschrift.«

»Und wenn er damit auffliegt?« Stauffenberg runzelte die Stirn. »Wir dürfen die Sache nicht gefährden. Ist er damit nicht eher ein Sicherheitsrisiko?«

»Sind wir das nicht alle?«, entgegnete von Haeften.

»Da haben Sie auch wieder recht.« Stauffenberg überlegte eine Weile. »Wir dürfen nicht mehr lange warten. Unzählige Menschen werden noch ihr Leben verlieren, wenn es uns nicht gelingt, diese Regierung auszuschalten.« Der Oberst überlegte kurz. »Er ist entschlossen, sagen Sie? Bringen Sie ihn zum nächsten Treffen mit.«

* * *

»Der Führer Adolf Hitler ist tot.«

Der Mann, der diesen Satz sagte, stand vor einer Gruppe von Männern, die in seinem Wohnzimmer saßen und ihm zuhörten. Er trug eine Augenklappe über seinem linken Auge, seine rechte Hand und zwei Finger der linken Hand hatte er bei einem Tieffliegerangriff in Tunesien verloren. Doch wenn Oberst Graf von Stauffenberg sprach, dann zog er seine Zuhörer so sehr in den Bann, dass sie die Behinderung nicht mehr wahrnahmen. Peter saß im Kreis der Verschwörer und hörte den Ausführungen von Stauffenbergs zu.

»Der Führer Adolf Hitler ist tot«, wiederholte der Oberst. »Dieser Satz muss unmittelbar nach dem Attentat über Fernschreiben an die Wehrkreise verbreitet werden. Wir geben die Meldung heraus, dass Putschisten der NSDAP und SS einen

Anschlag auf den Führer verübt haben. Gleichzeitig tritt das ›Unternehmen Walküre‹ in Kraft. Dieser von Hitler selbst entworfene Verteidigungsplan, der im Falle innerer Unruhen den Einsatz der in Deutschland verbliebenen Heeresverbände vorsieht, ist in den letzten Monaten von uns unauffällig dahingehend umgeschrieben worden, dass nach einem Attentat auf den Führer alle Institutionen der Regierung, der Partei, der Gestapo und der SS durch die Wehrmacht entmachtet werden. Der Plan ist genial, aber hoch riskant. Wir lassen die Regierung praktisch von ihren eigenen Streitkräften absetzen.«

Für einen Moment herrschte Schweigen im Raum.

»Die ersten Stunden nach dem Putsch sind die entscheidenden«, erklärte der Wehrmachtsgeneral Olbricht. »Wenn wir alle Wehrkreise in Deutschland und den besetzten Gebieten auf unsere Seite bekommen, können wir die Regierung ausschalten.«

»Dabei dürfen wir auch mit Unterstützung durch die Alliierten rechnen, mit denen wir bereits in Kontakt stehen, um im Falle eines erfolgreichen Staatsstreichs Friedensverhandlungen zu führen«, fügte Generaloberst Beck hinzu. Er war als neues Staatsoberhaupt Deutschlands vorgesehen, sollte der Putsch gelingen.

»Wir müssen auf einen günstigen Augenblick warten, um Hitler und Himmler zusammen zu erwischen«, fuhr Stauffenberg fort. »Dabei kann uns Doktor Hagen behilflich sein. Er steht in engem Kontakt mit Himmler und kennt dessen Termine.«

Die Augen der Männer im Raum richteten sich auf Peter, der zu den Worten Stauffenbergs zustimmend nickte.

»Was ist, wenn der Putsch misslingt? Was passiert mit unseren Familien, unseren Frauen und Kindern?«, fragte einer der Verschwörer.

»Sie aus Deutschland noch herauszuschaffen, ist nicht mehr möglich«, erwiderte Stauffenberg. »Wenn es so weit ist, schicken wir sie an Orte, die noch relativ sicher sind, irgendwo weit weg von Berlin im ländlichen Bereich. Dann können wir nur noch hoffen.«

* * *

Peter wusste, dass er den Weg, den er eingeschlagen hatte, höchstwahrscheinlich mit dem Leben bezahlen würde, doch er war nicht mehr davon abzubringen. *Ich bete für Sie, dass Sie das Richtige tun werden,* hatte der Priester zu ihm gesagt. Peter hatte das Gefühl, zum ersten Mal in seinem Leben das Richtige zu tun. Die Albträume hatten aufgehört, er konnte wieder schlafen, ohne Nacht für Nacht zu ertrinken. Er gab dem Putschversuch nicht allzu große Chancen, viel zu viel konnte schiefgehen, denn immerhin wollten sie die mächtigsten Männer Deutschlands beseitigen und die Regierung stürzen, doch er konnte morgens wieder in den Spiegel schauen, ohne den Menschen, den er darin erblickte, zu verachten.

Beim ersten Zusammentreffen mit Oberst Graf von Stauffenberg war Peter erstaunt gewesen, welche Tatkraft und Entschlossenheit von dem Mann ausging, der so schwere Kriegsverletzungen davongetragen hatte. Sein Auftreten war das eines Menschen, der wusste, was er wollte. Oberst Graf von Stauffenberg war zu allem entschlossen.

Auschwitz

April 1944

Alma Rosés Gesicht war ausgezehrt und schneeweiß, die geschlossenen Augen waren dunkel umrandet, ihr Mund blutleer. Alma Rosé war tot. Die Musikerinnen des Orchesters standen weinend am Bett ihrer toten Dirigentin, um Abschied zu nehmen. Ihr geschwächter Körper hatte sich nicht mehr gegen das Fieber wehren können, nach nur wenigen Tagen hatte er den Kampf aufgegeben. Die Nichte des berühmten Komponisten Gustav Mahler war auf ihrer Pritsche in der Musikerbaracke in Auschwitz-Birkenau gestorben, ohne dass ihr irgendjemand helfen konnte. Die Frauen konnten es nicht fassen. Alma, die dieses Orchester aufgebaut und all ihre Kraft dafür eingesetzt hatte, ihnen allen eine Galgenfrist zu verschaffen, war nicht mehr unter ihnen. Was würde nun mit ihnen geschehen?

»Sie hat uns vor dem medizinischen Block bewahrt«, sagte Hannah und spürte, wie ihr allein bei der Erwähnung dieses Ortes eine Gänsehaut über den Rücken lief. Es gab Gerüchte darüber, von denen sie lieber nicht wissen wollte, ob sie wahr waren.

»Ja.« Esther schluchzte. »Ihr verdanken wir so viel, ich kann nicht fassen, dass sie einfach so gestorben ist.«

»Was wird ohne Alma? Wird die SS das Orchester auflösen?« Bang schauten die Frauen sich an. Hatten sie noch eine Chance?

Theresienstadt

Juni 1944

Die Verschönerungsaktionen in Theresienstadt hatten länger gedauert als erwartet, und der Besuch des Roten Kreuzes musste immer wieder verschoben werden. Doch nun blieben nur noch wenige Tage Zeit, und die Arbeiten liefen auf Hochtouren. Auf dem Marktplatz entstand der Musikpavillon, Blumenbeete wurden angelegt und ein Spielplatz errichtet. Aus den Fenstern eines Kasernengebäudes hörte man das Orchester spielen, im Nebengebäude probte das Kindertheater. Möbel, Bilder und Vorhänge wurden in Häuser getragen, Gartenzäune gestrichen, Parkbänke aufgestellt. Es gab eine Bibliothek, ein Café und einen neuen Kindergarten. Vor Kurzem war sogar eine Bank eröffnet worden mit einer eigenen Währung. Eine Kleiderausgabe wurde eingerichtet und ein zweiter Friseur eingestellt, damit die Bevölkerung am Besuchstag ein gutes Bild abgab. Die Judenräte wurden angehalten, mit den Leuten zu proben, wie sie sich zu verhalten und was sie auf Fragen zu antworten hatten. Theresienstadt sollte das Musterbeispiel eines gelungenen Umsiedlungsprojektes sein.

»Wir können zufrieden sein mit unserer Arbeit«, meinte Eichmann, als er mit Peter durch die Straßen der Stadt ging. »Es gibt nichts, was man an dieser Stadt bemängeln könnte. Wenn wir so weitermachen, zieht uns noch die ganze Delegation des Roten Kreuzes hier ein.«

Ihre monatelangen Planungen und Anstrengungen hatten sich ausgezahlt.

Peter nickte zustimmend und rang sich ein Lächeln ab. Obwohl es ihm schwerfiel, durfte er sich Eichmann gegenüber nicht anmerken lassen, dass er schon längst die Seiten gewechselt hatte. Er sah die Menschen, die mit Koffern in der Hand aus ihren Häusern kamen und in gedrückter Stimmung auf das neue Schulgebäude zugingen. In diesem Gebäude, das ebenfalls nur der Täuschung diente, weil dort niemals wirklich Unterricht stattfinden würde, war in diesen Tagen der Sammelpunkt für die Juden eingerichtet worden, die vor dem Besuch des Roten Kreuzes noch deportiert werden sollten. Die Stadt, die ursprünglich für dreitausend Menschen ausgelegt gewesen war, war mit der mittlerweile zehnfachen Bevölkerung hoffnungslos überfüllt, und Peter, der die Deportation so lange wie möglich hinausgezögert hatte, musste nun doch wohl oder übel zustimmen. Er versuchte, den Gedanken an die Listen zu verdrängen, die auf seinem Schreibtisch lagen. Noch musste er das Spiel mitspielen, um die Pläne der Widerstandsgruppe nicht zu gefährden.

* * *

»Heute steht die Reputation des gesamten Deutschen Reiches auf dem Spiel«, verkündete Eichmann, als die Wagen mit den Besuchern vor dem Offiziersgebäude in Theresienstadt vorfuhren.

Die dänische Rotkreuzdelegation war eingetroffen. Der Vertreter des Internationalen Komitees war ein junger Arzt, der in Begleitung von Mitgliedern des dänischen Außenministeriums sowie des Gesundheitswesens angereist war. Der Stolz in Eichmanns und Kommandant Rahms Gesichtern war unverkennbar, als sie in Begleitung von Peter die Vertreter der Hilfsorganisation durch die vor Leben strotzende Kleinstadt führten. An diesem Tag wurde nicht nur die über mehrere Monate einstudierte Kinderoper »Brundibár« aufgeführt, nein, ganz Theresienstadt war zur Theaterkulisse geworden. Gut gekleidete Menschen saßen in den Werkstätten, liefen durch die Straßen, kauften in Geschäften ein, im Schulgebäude wurden Unterrichtsstunden abgehalten, auf dem Spielplatz schaukelten die Kleinkinder. Die Besucher wurden in behaglich eingerichtete Wohnungen geführt, und die Bevölkerung gab ihnen auf ihre Fragen bereitwillig einstudierte Antworten. In den Kantinen der Werkstätten wurden beim Eintritt der Delegation die Teller mit einer besonders großen Portion gefüllt, im Kaffeehaus schenkte man echten Bohnenkaffee aus.

»Unsere Inszenierung ist perfekt«, raunte Eichmann Peter in einem unbeobachteten Moment zu. »Unser Plan geht auf. Ich sehe jetzt schon die Schlagzeilen der Presse vor mir, die Theresienstadt zum jüdischen Siedlungsparadies erklären wird.«

Peter hoffte tief in seinem Inneren, dass die Mitglieder der Delegation genauer hinschauen würden, hatte jedoch Zweifel. Nahmen der Arzt und seine Begleiter wirklich nur den äußeren Schein wahr? Fiel ihnen nicht auf, dass die Menschen blass, abgearbeitet, verhärmt waren? Sahen sie nicht, dass die Kinder an Unterernährung litten, die ihnen in der Kinderoper auf der Bühne den Kampf der beiden Geschwister Pepíček und Aninka gegen den bösen Leierkastenmann Brundibár vorspielten? Kam ihnen bei den überaus positiven Äußerungen der Bevölkerung nicht der Verdacht, dass die Antworten möglicherweise unter Zwang gegeben wurden, aus Angst, sonst bei der nächsten Deportation fortgeschafft zu werden?

Doch die Besucher schienen mit dem, was sie in Theresienstadt vorfanden, zufrieden zu sein, und als sie am Abend wieder in ihre Autos stiegen, klopfte Eichmann Peter auf die Schulter. »Unsere Mission, Theresienstadt zum Vorzeigeghetto zu wandeln, ist erfüllt. Himmler wird zufrieden sein.«

Peter nickte stumm.

Auschwitz

Juli 1944

Hannah saß vor einem Stoß von Blättern mit Notenzeilen und schrieb die Stimmen der einzelnen Instrumente aus der Orchesterpartitur heraus. Diese Arbeit hatte früher hauptsächlich Alma Rosé übernommen, doch seit deren Tod mussten sie die Aufgaben neu verteilen. Sie versuchten, die Lagerleitung davon zu überzeugen, dass sie nach wie vor in der Lage waren, gute Musik zu machen, und als die ersten Morgen- und Abendappelle ohne Alma überstanden waren, war keine Rede mehr davon, dass das Orchester aufgelöst werden könnte. Die Musikerinnen atmeten auf. Noch hatten sie eine Chance.

»Sie fehlt mir so«, sagte Esther. Sie saß mit Hannah auf der Pritsche, und sie aßen ein Stück hartes Brot, das sie sich vom Vortag aufgespart hatten. »Ich habe mir zwar oft gewünscht, sie wäre nicht so streng zu uns, doch heute weiß ich, dass sie damit nur unser Bestes wollte.«

»Ja, sie war mit Leib und Seele Musikerin«, stimmte Hannah ihr zu. »Und mit dieser Begeisterung hat sie uns allen viel Kraft gegeben. Sie hat es manchmal geschafft, dass ich für einige Momente vergessen konnte, wo wir waren, und nur noch die Musik wahrgenommen habe. Manchmal hatte ich tatsächlich das Gefühl, ich sei gar nicht mehr in einer Baracke in Auschwitz, sondern säße in irgendeinem Konzertsaal. Dann hat mich die Musik einfach fortgetragen über die Stacheldrahtzäune und Grenzposten, hinaus in die Welt, in die Freiheit.«

»Sie wird uns fehlen, und keiner kann sie jemals ersetzen«, seufzte Esther.

Sie blickte auf den kleinen Brotkanten in ihrer Hand, der ihren Hunger bei Weitem nicht stillen konnte.

»Wir müssen froh sein, dass unsere schlimmsten Befürchtungen nicht wahr geworden sind, nämlich, dass das Orchester nach Almas Tod aufgelöst wird. Dann würden wir jetzt schon nicht mehr leben«, murmelte Hannah. Der Gedanke, hier von Gott und der Welt vergessen zu sterben und nie mehr zurückzukehren zu ihrer kleinen Tochter, jagte ihr einen eisigen Kälteschauer über den Rücken. Sie vermisste Melina von Tag zu Tag mehr, und immerzu fragte sie sich, ob es ihr wohl gut ging. War sie wohlbehalten wieder auf dem Sandnerhof und hatte Friedrich eine Möglichkeit gefunden, sie irgendwie vor Lehmann zu verstecken?

Berlin

Juli 1944

Peter war es nach Jahren wieder möglich, die wenigen Abende, die er zu Hause mit seiner Familie verbrachte, zu genießen. Er lächelte, wenn er dem kleinen Tristan beim Fußballspielen auf dem Rasen der Villa Hagen zuschaute, genoss die Abendstunden, die er mit Clarissa auf der Terrasse verbrachte, und lauschte versonnen Lindas Geigenspiel. Er musste nicht mehr trinken, um zu vergessen, im Gegenteil. Seine Gedanken waren glasklar auf ein Ziel gerichtet. Er wusste, dass die Veränderung in ihm, die Ruhe, die er nun ausstrahlte, allen in der Familie aufgefallen war. Die Abende verliefen harmonisch, und das Lachen war ins Haus zurückgekehrt. Den Grund dafür ahnte keiner von ihnen, und Peter war dankbar, dass niemand fragte. Auch Clarissa hatte er sich wieder angenähert und musste anerkennen, dass sie wirklich alles tat, um ihm und seinem Sohn Geborgenheit zu vermitteln.

Eines Abends Anfang Juli nahm er Clarissa in die Arme und küsste sie lange, wie zum Abschied.

»Du musst heute packen, Clarissa. Für dich, Tristan und Linda. Unsere Eltern habe ich schon informiert, und sie machen sich bereit für die Abreise. Du weißt, es steht schlecht um Deutschland, und in der nächsten Zeit kann es sehr unruhig werden in Berlin«, sagte er leise. Seine Augen begegneten Clarissas verständnislosem Blick. »Ihr werdet morgen früh abgeholt und an einen sicheren Ort gebracht. Frag bitte nicht nach Einzelheiten.« Peter sah in ihren Augen nicht nur unzählige unausgesprochene Fragen, er erkannte darin auch Angst. »Bitte, tu es einfach«, bat er sie nachdrücklich.

Clarissa nickte stumm, und er sah ihr nach, als sie die Koffer aus der Abstellkammer holte und ins Schlafzimmer trug.

Tristan schlief bereits, als Peter sich an das Bett seines Sohnes setzte und dem kleinen Jungen behutsam über das helle, lockige Haar fuhr. Wie sehr er doch dem kleinen Mädchen ähnelte, das in Hannahs Wohnung auf ihn zugelaufen war!

»Wenn ich euch doch nur irgendwie beschützen könnte«, murmelte er leise. »Ich weiß nicht, was die nächsten Tage bringen werden, aber ich hoffe, du wirst mich einmal verstehen, Tristan. Ich konnte nicht anders.«

Peter wurde das Herz schwer, als er sich über den Kopf seines Sohnes beugte und ihm einen Kuss auf die Stirn gab. Er wusste nicht, ob er ihn jemals wiedersehen würde.

Er traf Linda im Wohnzimmer, wo sie ihre Noten durchblätterte.

»Spiel mir doch noch mal das schöne Stück, das du damals mit Fräulein Rosenberg geübt hast. Für das Weihnachtskonzert der Schule«, bat Peter seine Schwester.

»Du meinst den ›Winter‹ von Vivaldi? Oh, das ist lange her.« Linda suchte eine Weile, bis sie schließlich ein Notenalbum aus dem Stoß der Notenbücher hervorzog.

»Für dich. Als Abschiedskonzert, da wir ja morgen alle wegfahren und dich hier allein zurücklassen. Wenn du nur mitkommen könntest.«

Linda setzte den Bogen an, und die Klänge der Geige beschworen noch einmal den Zauber des lange zurückliegenden Abends in der vollbesetzten Kirche herauf. Das Allegro erklang in schnellem Tempo, beim zarten Largo musste sich Peter verstohlen die Tränen aus den Augen wischen, und beim letzten Satz gestand er sich tief in seinem Inneren ein, dass damals, als er Hannah verlassen hatte, tatsächlich der Winter in seine Seele eingezogen war.

Linda setzte die Geige ab, als das Stück beendet war. »Es war so eine schöne Zeit damals.« Ihre Stimme klang wehmütig. »Ich wüsste so gern, wo Fräulein Rosenberg jetzt ist. Ob sie noch Geige spielt?«

»Ja, sie spielt noch Geige«, antwortete Peter, ohne nachzudenken.

»Woher willst du das wissen? Du hast sie doch seit damals nicht mehr gesehen«, entgegnete Linda.

Am liebsten hätte Peter ihr geantwortet: Doch, ich habe sie gesehen, vor Kurzem erst. Und ja, sie spielt noch Geige. Wahrscheinlich hat ihr dieses Instrument das Leben gerettet.

Doch er konnte Linda nichts über Auschwitz erzählen. Und auch nicht, dass Hannah dort war.

»Ich denke halt, dass jemand, der die Musik so sehr liebt wie sie, sein Lieblingsinstrument nicht einfach aufgeben kann«, entgegnete er ausweichend.

»Ich frage mich so oft, was aus ihr geworden ist, Peter. Sie wird doch nicht deportiert worden sein, wie so viele Juden, von denen man hier in Berlin hört? Es wird ihr doch gut gehen?«

Er schaute seine Schwester an. »Ich hoffe es, Linda, ich hoffe es von ganzem Herzen.«

»Kannst du nicht morgen mitkommen? Ich will nicht, dass du hier allein zurückbleibst. Brauchen die dich in deinem Amt denn wirklich so dringend?«

Peter überlegte, was die nächsten Tage wohl bringen und was man im Nachhinein seiner Familie über ihn erzählen würde. Was würde Linda über ihn erfahren? Falls der Staatsstreich erfolgreich sein sollte, hatte er die Möglichkeit, alles klarzustellen. Wenn es jedoch schiefging, wie würde man ihn nennen? Putschist? Hochverräter?

Er suchte nach Worten, um Linda eine Erklärung zu geben, mit der er sie nicht allzu sehr beunruhigte.

»Linda, in den nächsten Tagen stehen schwerwiegende Entscheidungen an. Deutschland wird den Krieg nicht mehr gewinnen können, und unsere Regierung hat große Fehler gemacht. Nicht nur im militärischen, sondern vor allem im menschlichen Bereich. Ich war auch ein Teil des Systems, und deshalb ist es meine Aufgabe, zu verhindern, was noch zu verhindern ist.«

Linda sah ihn ratlos an.

»Ich versteh dich nicht, Peter, was meinst du damit?«

»Ich kann dir im Moment nicht mehr sagen, Linda, aber bitte, glaub nicht alles, was man vielleicht in ein paar Tagen von mir sagen wird.«

Dann fiel ihm noch etwas ein. Er nahm einen Zettel und einen Stift und schrieb eine Adresse auf. »Es ist Krieg, man kann nie wissen, was geschieht. Sollte mir etwas zustoßen, dann bitte ich dich, sobald du die Gelegenheit dazu hast, diesen Mann aufzusuchen. Er wird dir alles erklären.«

Linda las die Adresse: »Pfarrer Simon Petersen, Erlenthal?«

»So gern ich es auch tun würde, ich kann dir im Moment nicht mehr sagen, Linda, glaube mir. Bitte verwahre den Zettel gut und zeige ihn niemandem.« Er nahm sie in die Arme. »Und morgen eine gute Reise, Schwesterchen«, sagte er und schloss für einen Moment die Augen.

Peter hatte nun alle Vorkehrungen getroffen, die möglich waren, um seine nächsten Angehörigen vor allzu großem

Schaden zu bewahren. Seine Frau, Tristan, Linda und ihre Eltern würden in Sicherheit gebracht werden, so hoffte er zumindest. Hannah versuchte er zu schützen, indem er in Himmlers Namen Anordnungen nach Auschwitz schickte, die besagten, dass das Orchester nicht aufgelöst werden dürfe und im Falle einer Räumung in ein anderes Lager deportiert werden müsse. Nur Melina, seine Tochter, konnte er nicht mehr schützen. Er wusste nicht, wo sie war und ob sie überhaupt noch lebte.

Berlin

20. Juli 1944

Schon in den frühen Morgenstunden, als Peter die Villa verließ und in seinen Wagen stieg, um zum Reichssicherheitshauptamt in der Wilhelmstraße 101 zu fahren, war es sehr warm an diesem 20. Juli. Würde das Attentat heute stattfinden? Die Chancen standen gut. Oberst Graf von Stauffenberg war zur Lagebesprechung ins Führerhauptquartier in der Wolfsschanze in Ostpreußen beordert worden, und Peter hatte ihn informiert, dass auch Himmler heute dort erwartet wurde. Vor fünf Tagen war Stauffenberg bereits mit einem Sprengsatz in der Tasche auf den Obersalzberg gereist, konnte das Attentat jedoch nicht ausführen, da Himmler trotz Ankündigung nicht gekommen war. Heute jedoch schien alles zu passen.

In seinem Büro blickte Peter aus dem Fenster und fragte sich, ob er an diesem Abend Teil einer neuen Regierung sein würde, oder aber verhaftet wäre oder gar bereits tot. Er setzte sich an seinen Schreibtisch und begann, in unbeobachteten Momenten Akten in den Reißwolf zu schieben. Er konnte nun nur noch auf den verabredeten Anruf aus dem Bendlerblock warten, dem Sitz des Allgemeinen Heeresamtes, wo sich an diesem Tag die weitere Geschichte Deutschlands entscheiden würde.

Rastenburg

Führerhauptquartier Wolfsschanze

20. Juli 1944

Himmler kam nicht.

»Warum ist dieser Mensch eigentlich nie da, wenn man ein Attentat auf ihn plant?«, raunte Stauffenberg zynisch seinem Adjutanten Werner von Haeften zu. Sie waren am Morgen nach Rastenburg geflogen und soeben im Führerhauptquartier Wolfsschanze eingetroffen. Ihre Nerven waren zum Zerreißen gespannt.

»Wir müssen heute handeln«, fügte er hinzu. »Wir können nicht länger warten. Ob wir nun Erfolg haben oder nicht, wir müssen der Welt zeigen, dass es einen deutschen Widerstand gibt. Der Rubikon ist überschritten!«

Die Lagebesprechung sollte nicht im Besprechungsbunker, sondern in einer Baracke stattfinden. Stauffenberg hatte vorab davon Kenntnis erhalten und die Menge des verwendeten Sprengstoffs an die neuen Gegebenheiten angepasst. Vor der Besprechung zogen sie sich unter einem Vorwand in einen kleinen Raum zurück, um die beiden Bomben in Stauffenbergs Tasche scharfzumachen. Dabei wurden sie von einem Offizier gestört.

»Geht denn heute alles schief?«, schimpfte Stauffenberg vor sich hin, stopfte schnell den einen scharfgemachten Sprengsatz in die dafür vorgesehene Tasche und machte sich auf den Weg zur Besprechung. Hatte er die Bombe richtig vorbereitet? Oder war womöglich in der Eile etwas schiefgegangen? Die Gedanken überschlugen sich in Stauffenbergs Kopf, während er nach außen hin versuchte, die Ruhe zu bewahren. Die Baracke war bereits voll mit Generälen, die über Landkarten auf dem Tisch gebeugt waren und mit Adolf Hitler den Frontverlauf besprachen.

Stauffenberg platzierte seine Tasche in der Nähe des Führers unter dem Tisch und verließ unter einem Vorwand die Besprechungsbaracke. Er befand sich bereits vor dem Gebäude der Adjutantur der Wehrmacht, als die Bombe mit einem ohrenbetäubenden Knall detonierte. Er warf einen Blick zurück. Die Besprechungsbaracke war zusammengestürzt. Sollte wirklich alles geklappt haben? Stauffenberg eilte in das Gebäude der Adjutantur, meldete telefonisch den Erfolg des Attentats nach Berlin und forderte, die weiteren Schritte für »Unternehmen Walküre« einzuleiten. Während um die Besprechungsbaracke herum große Aufregung herrschte, stieg er unbehelligt mit seinem Adjutanten zu dem ahnungslosen Chauffeur in den Wagen, um zum Flugplatz zurückzufahren.

Wir haben es geschafft!, dachte Stauffenberg siegessicher. Wir haben es tatsächlich geschafft! Er warf Haeften einen vielsagenden Blick zu. Stauffenberg und Haeften fuhren zum Flugplatz und bestiegen das Flugzeug nach Berlin.

Berlin

20. Juli 1944

In Berlin trafen in kürzester Zeit widersprüchliche Meldungen ein, was zu einer großen Verwirrung unter den Verschwörern führte. Daher wurde das »Unternehmen Walküre« mit großer Verzögerung ausgelöst. Wertvolle Stunden waren verloren. Erst kurz bevor Stauffenberg und Haeften wieder in Berlin eintrafen, ging in den Fernschreibzentralen der Wehrkreise die Nachricht ein: »Unser Führer Adolf Hitler ist tot.«

Das in der Stadt verbliebene Ersatzheer wurde angewiesen, alle Regierungsgebäude militärisch zu sichern und die führenden Amtsträger in der Partei, SS und Regierung festzunehmen. »Unternehmen Walküre« war angelaufen. Für eine kurze Zeit glaubten Stauffenberg und seine Mitverschwörer an ihren Erfolg, während immer mehr hochrangige Partei- und Regierungsführer verhaftet wurden.

Doch der Führer war nicht tot. Aufgrund des fehlenden zweiten Sprengsatzes war die Wucht der Explosion nicht stark genug gewesen, und durch die schwere Tischplatte aus Eichenholz geschützt, hatte Adolf Hitler kaum Verletzungen durch die Detonation davongetragen. Bald waren die Umsturzpläne der

Attentäter aufgedeckt, und von der Wolfsschanze aus ergingen nun neue Befehle, den Staatsstreich niederzuschlagen. Die Verschwörer in der Bendlerstraße, die für wenige Stunden die Oberhand gewonnen hatten, fochten bald einen aussichtslosen Kampf. Wehrkreise in Deutschland und ganz Europa, die kurzzeitig den Befehlen Stauffenbergs gefolgt waren, änderten ihre Marschrichtung wieder, die inhaftierten Mitglieder der Regierung und der SS-Führung wurden freigelassen. Die Niederschlagung des Putsches hatte begonnen, und die ersten Offiziere im Bendlerblock flohen oder wechselten die Seiten.

Die Telefone im Reichssicherheitshauptamt in der Wilhelmstraße standen nicht still. Die unterschiedlichsten Meldungen machten die Runde. War es ein Putsch? Steckte die SS dahinter? War Hitler tot? Peter stellte sich ahnungslos und zeigte sich bestürzt, als Wehrmachtsoffiziere das Prinz-Albrecht-Palais stürmten und SS-Offiziere verhafteten. Auch um seine Hände schlossen sich Handschellen. Er wurde zusammen mit anderen SS-Männern auf Lastwagen gestoßen und ins Gefängnis Plötzensee gebracht. Zusammengepfercht saßen die Gefangenen in ihren Zellen. Im Lauf der Nachmittagsstunden wurden bereits die ersten SS-Männer aus seiner Zelle wieder freigelassen, und als gegen Abend die Stimme des Rundfunksprechers verkündete, dass der Putsch niedergeschlagen worden sei, schwand Peters Hoffnung. Um Mitternacht vernahm er plötzlich aus dem Zimmer der Polizeiwache die aggressive Stimme Adolf Hitlers über den Rundfunk und wusste in diesem Moment endgültig, dass der Putsch gescheitert und alles verloren war. Der Führer informierte die Welt über das gescheiterte Attentat, die göttliche Vorsehung, die ihn beschützt habe, und über die standrechtliche Erschießung der Hauptattentäter. Während Peter in seiner Zelle saß und verzweifelt die Hände vors Gesicht schlug, starb mit dem Ausruf »Es lebe das heilige

Deutschland!« Oberst Graf von Stauffenberg im Kugelhagel des Exekutionskommandos im Innenhof des Bendlerblocks. Mit ihm erschossen wurden sein Adjutant von Haeften, Oberst von Quirnheim und General Olbricht.

Peter wachte die ganze Nacht in seiner Zelle in Plötzensee. Er holte die Bleistiftzeichnung von Hannah und Melina aus seiner Jackentasche und blickte auf die beiden Menschen, für die er das alles getan hatte. Er wusste, dass es für ihn keine Hoffnung mehr gab, aber würde Hannah wenigstens überleben? Und wenn seine Tochter noch lebte, auch sie?

Auschwitz

20. Juli 1944

Es war ein heißer Sommer, der das Leben in Auschwitz nicht unbedingt erträglicher machte. In der Baracke staute sich die Hitze, der Rauch aus den Krematorien lag über dem Lager und zog nicht ab. Die Züge kamen in immer kürzeren Abständen, die Selektionen an der Rampe nahmen kein Ende. Die Schreie der bewaffneten SS-Männer, das Bellen der Hunde und die Angstrufe der Menschen drangen durch die offene Tür in den Musikerblock, sodass die Musikerinnen das Leid vor ihrer Tür immer wieder aus nächster Nähe miterleben mussten.

Im Lager machte die Nachricht die Runde, dass auf Adolf Hitler ein Anschlag durch Wehrmachtssoldaten verübt worden sei, der jedoch gescheitert war.

»Gibt es also doch noch Menschen, die Hitler nicht blind und ergeben folgen?«, fragte Hannah, und Hoffnung glomm in ihr auf. »Offiziere der Wehrmacht! Seine eigenen Leute haben sich also gegen ihn gestellt!«

»Schade nur, dass es schiefgegangen ist. Wir könnten vielleicht sonst heute schon frei sein«, murmelte Esther sehnsüchtig.

Frei sein, das Lager verlassen. Was für ein Gedanke!

»Oh ja, wie vielen Menschen hätten die Attentäter wohl das Leben gerettet?« Hannah blickte auf die Menschen, die von den SS-Männern in verschiedene Gruppen eingeteilt wurden. Die Entscheidung über Leben und Tod. »Schau dir die Leute dort an, die aus den Zügen steigen. Sie wären vielleicht gar nicht mehr deportiert worden.«

Esther nickte stumm.

»Wenn das nur irgendwann einmal vorbei wäre«, seufzte Hannah sehnsuchtsvoll.

»Wir haben trotzdem noch großes Glück, dass unser Orchester nach Almas Tod nicht aufgelöst wurde. Irgendein guter Stern scheint über uns zu leuchten.«

»Stimmt. Wir dürfen die Hoffnung nicht aufgeben, wir sind immer noch am Leben. Was passiert wohl mit den Attentätern? Ob sie alle hingerichtet worden sind?« Hannahs Herz krampfte sich bei dem Gedanken zusammen.

»Das denke ich schon. Sie haben unglaublichen Mut bewiesen«, antwortete Esther leise.

»Gut zu wissen, dass es in Deutschland auch noch Menschen wie sie gibt«, flüsterte Hannah. Wer mochten die Männer gewesen sein, die ihr Leben für dieses Unternehmen riskiert hatten?

Strafgefängnis Berlin

Plötzensee

8. August 1944

Innerlich nahm Peter Abschied von den Menschen, die er liebte. Er saß auf der Pritsche in seiner Zelle und dachte an seine Eltern und seine kleine Schwester Linda, an seine Frau und seinen Sohn Tristan. Wie würde seine Familie ohne ihn zurechtkommen? Dass seine Eltern und Schwiegereltern seine Beweggründe würden verstehen können, glaubte er nicht, bei Linda hingegen hoffte er auf Verständnis. Und Clarissa? Würde sie ihm jemals verzeihen? Tristan würde ohne Vater aufwachsen. Doch was für ein Vater wäre er gewesen, hätte er einfach weitergemacht? Die Welt würde erfahren, welche Verbrechen geschehen waren, und Tristan sollte wissen, dass sein Vater das nicht mehr länger hatte mitverantworten wollen.

Peter dachte an Hannah, die Liebe seines Lebens, und erinnerte sich noch einmal an jeden einzelnen wundervollen Moment in jener kurzen Zeit in seinem Leben, als er vollkommen glücklich gewesen war. Er sah das Strahlen in Hannahs

Augen, das Lächeln in ihrem Gesicht, er spürte ihre Arme um seinen Hals und hörte ihre Stimme, die seinen Namen flüsterte. Mehr als alles in der Welt hoffte er, dass Hannah noch am Leben war.

Sollte seine Tochter noch leben, was würde man ihr über ihn erzählen? Er blickte auf die Bleistiftzeichnung in seiner Hand. Hannah und seine Tochter. Würden sie jemals erfahren, dass er diese Regierung hatte stürzen wollen und nun lieber in den Tod ging, als ihr noch weiter zu dienen? Noch in der Nacht des Attentats waren vier der Hauptverschwörer exekutiert worden. In den folgenden Wochen hatte in ganz Deutschland und Europa eine beispiellose Jagd auf die Mitverschwörer stattgefunden, und Hunderte von Männern waren verhaftet und zum Tode verurteilt worden. Auf ihn selbst wartete der Strang. Nicht nur seine Beteiligung am Attentat hatte man ihm nachgewiesen, auch seine Verbindung zu den alliierten Geheimdiensten war bekannt geworden. Auf einmal war es Peter unglaublich wichtig, noch eine Nachricht zu hinterlassen, obwohl er Zweifel hatte, dass sie jemanden erreichen würde. Wer würde den Brief eines zum Tode verurteilten Häftlings abschicken? Er griff zu einem Block und Stift auf dem Tisch und begann, seine Gedanken zu Papier zu bringen. Er schrieb sich alles von der Seele. Die nagenden Zweifel, die ihn wegen seiner Arbeit befallen hatten, seine Nachforschungen über die Gräueltaten, die in den Lagern begangen wurden, sein Entschluss zum Widerstand. Seine Sorge um seine Familie, um Hannah und Melina. Nach einer Weile lagen mehrere eng beschriebene Blätter vor ihm. Er faltete sie zusammen und legte einen Zettel mit einer Adresse zuoberst. Peter hoffte, dass irgendjemand die Nachricht weiterleiten würde. Er hielt noch einen Moment inne, griff zu der Zeichnung und schob sie zwischen die Blätter. Dann wartete er, bis man ihn holte.

Die Anhörung vor dem Präsidenten des Volksgerichtshofs, Roland Freisler, der im roten Talar vor einer blutroten Hakenkreuzfahne thronte, war ein einziger Schauprozess. Zusammen mit anderen Verschwörern wurde Peter in den Gerichtssaal geführt. Mit schneidender Stimme sprach Richter Freisler von der ungeheuerlichsten Anklage in der Geschichte des Deutschen Volkes, von Hochverrat und einem Verbrechen an der Volksgemeinschaft. Mit undurchdringlicher Miene fällte er über alle Angeklagten das Todesurteil durch den Strang, das noch am selben Tag vollstreckt werden sollte.

Peter nahm das Urteil ohne Gefühlsregung auf, er hatte es erwartet. In Handschellen wurde er abgeführt. Auf dem Weg über den Hof bis zur Todeskammer nahm er noch einmal das Leben um sich herum wahr, er spürte die frische Luft, hörte die Vögel in den Bäumen, sah die Sonne, die vom Himmel schien. Das Wissen, dass er dies alles zum letzten Mal erlebte, intensivierte die Eindrücke noch. Es blieben ihm nur noch wenige Momente, um Abschied zu nehmen von diesem Leben und den Menschen, die ihm wichtig waren. Als sie das aus roten Backsteinen gebaute Hinrichtungsgebäude erreichten, kamen ihm die Worte des Priesters in den Sinn: *Ich bete für Sie, dass Sie das Richtige tun werden.*

Mit dem Gefühl, das Richtige getan zu haben, schloss er die Augen, als ihm der Strick um den Hals gelegt wurde.

München

8. August 1944

Emma klappte am Abend dieses heißen Augusttages das Märchenbuch zu und legte es auf das Nachttischchen. Sie hatte bereits drei Märchen vorgelesen, doch Lina machte noch immer keinen müden Eindruck. Sie war schon den ganzen Tag über so unruhig gewesen, nicht einmal das Spielen mit Lea hatte sie froh gestimmt. Wurde sie etwa krank?

»Wo ist meine Mama?«, fragte Lina wie so oft vor dem Einschlafen und schaute mit ihren großen, dunklen Augen zu Emma auf. Es war die Frage, die Emma immer wieder einen Stich ins Herz versetzte.

Sie streichelte dem kleinen Mädchen über das Haar. »Wir wissen es nicht, Lina«, sagte sie. »Sie hat dich zu uns geschickt. Und wenn dir wieder etwas über deinen früheren Wohnort einfällt, werden wir sie sicherlich finden.«

»Mein Papa ist tot.«

Das hatte Lina bisher nur selten erwähnt. »Was weißt du über deinen Papa?«, fragte Emma.

»Mama hat erzählt, dass er Peter heißt. Und er mag Geigenmusik. Genau wie Mama.«

Emma horchte auf. Es war ein Violinkonzert von Mozart gewesen, welches das Mädchen damals aus seiner Stummheit geholt hatte. Musik war für Lina eine innere Verbindung zu ihrer Mutter. Gab es hier eine Möglichkeit, der Seele des kleinen Mädchens eine Brücke zu bauen zu ihrer verlorenen Heimat?

»Was meinst du, möchtest du auch Geige spielen lernen? So wie deine Mama?«, fragte sie nach einer Weile.

Lina schaute sie überrascht an. Der Gedanke gefiel ihr offensichtlich. »Kann ich das?«

»Natürlich kannst du das. Wir müssen uns nur umhören, wo wir im Moment ein Instrument auftreiben können und wer dir Unterricht geben kann.«

Lina lächelte Emma an, bevor sie die Augen schloss und einschlief.

Der Wald war düster und kalt. Mit ängstlich klopfendem Herzen irrte das kleine Mädchen umher. Die Bäume standen dicht beieinander, sie konnte kaum die Hand vor Augen sehen. Gehetzt schaute sie um sich. Wo sollte sie hingehen? Wie aus dieser Dunkelheit herausfinden? »Mama« formte ihr stummer kleiner Mund, doch vor Angst brachte sie kein Wort hervor. Sie lauschte, ob sie wieder die Stimme ihrer Mutter hörte, die sie in ihren Träumen manchmal leise vernahm, wobei sie die Mutter aber niemals finden konnte. Sie wusste nicht, was sie tun sollte. Wollte rennen, doch die Beine gehorchten ihr nicht. Mit angsterfüllten großen Augen versuchte sie, die Dunkelheit zu durchdringen, lauschte auf das kleinste Geräusch. War das ein Windstoß, der die Blätter der Bäume zum Rascheln brachte? Sie horchte auf, als sie erkannte, dass es leise gesprochene Worte waren, die an ihr Ohr drangen. Es war aber nicht die Mutter, nein, es war eine Stimme, die sie noch niemals gehört hatte. Panik wollte in ihr aufsteigen, doch die Stimme sprach leise weiter und wurde mit einem Mal vertrauter. Eine Ahnung stieg in ihr auf, wer da zu ihr sprach, und die Angst, die ihr die Luft zum Atmen zu nehmen drohte, legte sich. »Papa?«, flüsterte sie zaghaft in die Nacht hinein. »Papa, bist du da?« Ihr war, als wäre da auf einmal jemand neben ihr, der aus den Schatten der Bäume heraustrat, schemenhaft zunächst, doch dann immer klarer. Sie blickte auf und schaute in ein Gesicht, das dem Bild ähnelte, das sie sich von ihrem Vater gemacht hatte. Sie erkannte die dunklen Augen, die ihren eigenen so sehr glichen, und fühlte sich plötzlich nicht mehr allein. Erleichtert atmete sie auf und griff zaghaft nach der Hand ihres Vaters. In dieser Nacht verlor der dunkle Wald seinen Schrecken.

Auschwitz

8. August 1944

»Ich frage mich, was die Männer tief in ihrem Inneren dazu bewogen hat, ihr Leben aufs Spiel zu setzen«, überlegte Hannah am Abend dieses 8. Augusts. Sie und Esther standen am Fenster der Baracke und schauten in die Nacht hinaus, durch die wie immer die Suchscheinwerfer geisterten.

Der Gedanke an das gescheiterte Attentat ließ sie seit Tagen nicht mehr los. Wären sie ihrer Befreiung tatsächlich nahe gewesen? »Bestimmt fühlte es sich für sie besser an, zu handeln und möglicherweise zu sterben, als diesem Staat noch weiter zu dienen.«

»Wie konnte es nur so weit kommen?«, fragte Esther. »Wie ist es möglich, dass von einem Tag auf den anderen das Böse regiert? Dass ganz plötzlich alle Vernunft, alle Gesetze der Menschlichkeit außer Kraft gesetzt werden? Wie kann Gott das zulassen?«

»Ich habe mir das auch schon oft überlegt«, antwortete Hannah. »Und ich glaube, Gott kämpft gerade. Er kämpft mit uns gegen dieses Böse.«

»Wie genau meinst du das?« Esther sah sie fragend an.

»Vor langer Zeit hat Pfarrer Petersen einmal aus der Bibel vorgelesen. Aus der Offenbarung des Johannes. Da stand in dem Bibeltext, dass ein Engel Gottes auf die Erde kam, den Drachen packte und ihn in den Abgrund sperrte. Er verschloss und versiegelte den Abgrund so fest, dass der Drache für tausend Jahre nicht mehr herauskommen konnte. Aber nach tausend Jahren, da musste der Engel ihn wieder herauslassen, wenn auch nur für eine kurze Zeit.«

»Und was soll das heißen, Hannah? Sind die tausend Jahre um, und der Drache ist frei?«

»Pfarrer Petersen hat damals erklärt, so, wie es Gott und das Gute gibt, so gibt es auch das Böse und seine Macht. Und solange wir auf der Erde leben, kann das Böse niemals für immer gebannt werden, es bekommt seine Chance, wenn auch nur für kurze Zeit. Gottes Engel wird den Drachen wieder in den Abgrund sperren. Aber noch hat er es nicht geschafft. Er kämpft gerade noch mit ihm.«

»Und wie geht das Ganze aus?«

»Pfarrer Petersen hat weitergelesen: *Ich, Johannes, sah einen neuen Himmel und eine neue Erde.*«

Esther lächelte. »Einen neuen Himmel und eine neue Erde. Das klingt tröstlich. Das würde ich jetzt auch gern sehen.«

Doch beim Blick aus der Baracke in die Nacht von Auschwitz schienen dieser neue Himmel und die neue Erde unendlich fern.

Als Esther schon längst schlafend auf ihrer Pritsche lag, stand Hannah noch immer am Fenster der Baracke. Ihre Gedanken kamen nicht zur Ruhe, sie geisterten mit den Scheinwerfern durch die Nacht, als ob sie ebenfalls etwas suchten. Oder jemanden. Vor allem ein Gedanke ließ sie nicht los. Peter. Was war nur los, dass er ihr heute immer wieder in den Sinn kam?

Die Erinnerung an ihn war so lebendig, dass es ihr in manchen Momenten so vorkam, als stünde er neben ihr.

Ich wollte dich nicht verlieren, hatte er an ihrem letzten gemeinsamen Tag gesagt und sie mit traurigen Augen angesehen. *Die Zeit mit dir war die schönste in meinem Leben.*

Stumme Tränen liefen über Hannahs Gesicht. Tränen, die eine Mauer zum Einstürzen brachten, die sie um ihr Herz errichtet hatte. Tränen, die den Damm brachen zu einem tief in ihr vergrabenen Schmerz, der endlich gefühlt werden musste. Tränen, die sie nun zum ersten Mal um den Mann weinte, den sie wie niemanden sonst auf dieser Welt geliebt hatte.

»Peter«, schluchzte sie leise, »warum musste alles so kommen? Warum konnten wir nicht eine Familie werden, wir beide und Melina?«

Sandnerhof

August 1944

Der britische Feindsender, den Pfarrer Petersen Abend für Abend hörte, berichtete tagelang über die Befreiung des Konzentrationslagers Majdanek im besetzten Polen, das die Rote Armee Ende Juli bei ihrem Vormarsch Richtung Westen erreicht hatte. Was er hörte, ließ ihm das Blut in den Adern gefrieren. Obwohl die SS im letzten Moment versucht hatte, das Lager zu räumen und die Spuren ihrer Verbrechen zu verwischen, hatten die sowjetischen Soldaten dort todkranke und halb verhungerte Gefangene vorgefunden sowie Gaskammern und ein Krematorium. Die Auslandspresse verurteilte die menschenverachtenden Taten der Nazis in diesem Vernichtungslager aufs Schärfste, und Heinrich Himmler, der den Bau des Lagers in Auftrag gegeben hatte, wurde zum meistgesuchten NS-Verbrecher erklärt.

Waren Hannah und Melina auch in so einem Lager? Diese Frage trieb ihn seit Tagen um, ließ ihn nicht mehr zur Ruhe kommen. Sie raubte ihm selbst die Kraft zum Beten.

Simon hatte es nicht mehr länger allein mit seinen Gedanken ausgehalten und Friedrich in seiner Werkstatt aufgesucht.

»Ich habe mir das auch schon gedacht.« Friedrich blickte ihn mit sorgenvoller Miene an. »Nächtelang liege ich wach im Bett und frage mich, wie es Konrad, Hannah und Melina geht. Leben sie überhaupt noch? Sind Hannah und Melina in so einem furchtbaren Lager? Diese Ungewissheit kann man gar nicht mehr ertragen.«

Simon sah in die dunkel umrandeten Augen des alten Mannes und nickte.

»Als ich Peter Hagen in Berlin aufgesucht habe, hat er mir versichert, Nachforschungen anzustellen, ob Hannah und ihre Tochter auf einer Deportationsliste stehen«, berichtete er. »Bis jetzt habe ich nichts von ihm gehört.«

Friedrich atmete tief durch. »Werten wir das mal als ein gutes Zeichen. Man muss sich ja an jeden Strohhalm klammern.«

Die Tür zur Werkstatt flog auf, und Annie stürmte mit einem Brief in der Hand herein.

»Volkssturm!«, rief sie. »Hans soll zum Volkssturm! Reicht es nicht langsam? Von Konrad seit Monaten keine Nachricht, Georg tot, von Hannah und Melina keine Spur. Und nun soll auch noch der Junge sein Leben aufs Spiel setzen?«

Simon sah das Entsetzen in Friedrichs Gesicht, als er Annie das Blatt Papier aus der Hand nahm und das amtliche Schreiben las.

> *Es ist in den Gauen des Großdeutschen Reiches aus allen waffenfähigen Männern im Alter von 16 bis 60 Jahren der deutsche Volkssturm zu bilden. Er wird den Heimatboden mit allen Waffen und Mitteln verteidigen.*

»Ein schönes Heer stellt er da auf, dieser Himmler!« Friedrich schüttelte fassungslos den Kopf. »Kinder, Invaliden und Greise. Das ist doch Wahnsinn! Die Westfront ist zusammengebrochen, und die Rote Armee steht bereits im Osten an der Reichsgrenze. Will Himmler Deutschland von Kindern verteidigen lassen?«

»Unfassbar!«, rief Simon aus. »Wenn Bürgermeister Jonas noch leben würde, hätte er das nicht zugelassen. Er hätte die Jungen, die das betrifft, aus den Akten gestrichen. Aber der Lehmann, der kann ja nicht schnell genug alle Befehle umsetzen. Wann gehen denn dem endlich mal die Augen auf, was für einem Verrückten er da hinterherläuft?«

»Was will er denn noch verteidigen, dieser Hitler? Deutschland hat doch sowieso schon alles verloren. Ich sehne mich nach dem Tag, an dem dieser Spuk endlich ein Ende hat.« Annie wischte sich über die Augen. »Gleich morgen geh ich zum Lehmann und erzähl dem was.« Sie stemmte die Hände in die Hüften. »Glaubt der wirklich, wir machen diesen Zirkus noch länger mit?«

»Annie, das wird nichts bringen«, sagte Simon. »Sie haben gegen ihn keine Chance. Ihr werdet euch nicht dagegen wehren können.«

»Aber nicht auch noch Hans!« Annie schluchzte verzweifelt auf. »Nicht auch noch Hans!«

Alsbald beobachtete Simon vom Fenster seines Pfarrhauses aus, wie sich Hans Sonntag für Sonntag auf der Wiese hinter dem Gemeindehaus in Erlenthal einfand, um im Bau von Panzersperren und Verteidigungsstellungen, im Ausheben von Schützengräben sowie im Umgang mit modernen Waffen ausgebildet zu werden. Doch anders als viele Gleichaltrige, die noch immer an einen deutschen Endsieg glaubten und mit Begeisterung bei der Sache waren, betrachtete Hans das alles nur als eine Pflichtveranstaltung, der er sich nicht entziehen konnte. Simon erzählte er, dass er sich wie ein Lügner vorgekommen sei, als er zusammen mit den anderen Männern und Jugendlichen auf den Führer vereidigt wurde und eine Urkunde sowie in Ermangelung einer Uniform eine Armbinde und ein Soldbuch erhielt. Niemals im Leben hätte Hans freiwillig eine Waffe angefasst, dessen war sich Simon sicher.

Auschwitz

2. November 1944

Seit Wochen ging das Gerücht im Lager um, dass es schlecht um Deutschland stehe. Nach der Landung alliierter Truppen in der Normandie waren diese von Westen aus auf dem Vormarsch, und die Rote Armee rückte aus dem Osten vor. Die Flugzeuge und dumpfen Einschläge der Bomben, die man in den Nächten hörte, schienen zunehmend weniger weit entfernt zu sein. War die Rote Armee bereits in der Nähe? Wurde das Lager vielleicht bald befreit? Die Frauen wussten nicht, ob sie dies hoffen oder fürchten sollten. Würde man zum Ende hin noch ein Orchester brauchen? Würde man sie, die Zeugen der Verbrechen, am Leben lassen? Die Hektik im Lager nahm zu. Es schien, als liefe der SS die Zeit davon.

Es war mitten in der Nacht, als Hannah sich ruckartig auf ihrer Pritsche aufrichtete. Auch die anderen Frauen waren hochgeschreckt, und alle eilten zum Fenster. Flugzeuggedröhne und Bombeneinschläge waren zu hören, ganz nah.

»So dunkel war es doch noch nie!«

»Die Suchscheinwerfer auf den Wachtürmen sind aus.«

»Verdunkelung!«

Die Flugzeuge und Einschläge kamen immer näher, der Boden bebte. Waren das russische Flugzeuge?

»Kommen sie, um uns zu befreien?«, fragten einige ängstlich.

Das Dröhnen war nun direkt über ihnen.

Ein ohrenbetäubender Lärm ertönte, und ein greller Lichtschein blendete die Frauen am Fenster der Baracke. Der Boden unter ihren Füßen wurde erneut erschüttert. Eine Bombe hatte ins Lager eingeschlagen.

Die Angstschreie der Frauen gellten durch die Baracke.

»Was haben sie getroffen? Eine Gaskammer? Ein Krematorium?«

»Bombardieren sie das ganze Lager?«

»Werden wir nun befreit?«

Die Frauen schauten panisch in die Nacht hinaus und wussten nicht, was sie erwartete.

Sie hörten noch weitere Einschläge in nächster Nähe, doch irgendwann war es wieder still.

»Was geschieht nun?«, fragten sich die Frauen. »Sind die Russen da?«

Die Antwort erfuhren sie im Morgengrauen. Angesichts der näher kommenden russischen Soldaten wurde das Lager geräumt. Vom Lagerkommandanten wurden sie aus der Baracke getrieben und zur Rampe gebracht, wo sie in einen Eisenbahnwaggon stiegen, der anschließend mit unbekanntem Ziel losfuhr. Während der schier endlos langen Fahrt, die sie frierend, ohne Essen und mit nur wenig Wasser eng zusammengepfercht in dem Waggon verbrachten, wobei sie versuchten, sich gegenseitig Mut zu machen, fragten sie sich immer wieder, wieso die SS-Leute sich die Mühe machten, sie zu deportieren. Wenn sie vorhatten, das Lager aufgrund der näher kommenden

Roten Armee zu räumen und Beweise und Zeugen zu beseitigen, hätten sie sie doch in Auschwitz viel leichter loswerden können. Sie wussten nicht, welches Ziel der Zug hatte, doch solange er rollte, lebten sie noch.

Nach drei Tagen hielt der Zug. Er hatte sie quer durch halb Europa ins deutsche Konzentrationslager Bergen-Belsen in der Lüneburger Heide gebracht. Das Lager war hoffnungslos überfüllt, und die Bedingungen waren katastrophal. Es gab kaum Nahrung und Wasser. Die Menschen verhungerten oder starben wie die Fliegen an Krankheiten, die sich in Windeseile verbreiteten.

Hannah und Esther kamen sich unendlich verlassen vor. Sie hatten kein Orchester mehr, und die täglichen Proben fehlten ihnen. Abgeschieden von der Welt fragten sie sich, ob überhaupt noch jemand an sie dachte oder ob man sie und all die anderen Menschen schon aufgegeben hatte. Gab es da draußen noch jemanden, der auf ihre Rückkehr hoffte?

Würzburg

Dezember 1944

»Ich weiß nicht mehr, was ich noch predigen soll«, sagte Pfarrer Petersen zu Martin Becker. »Du bist der einzige, dem ich das sagen kann. Du verstehst mich.«

»Natürlich verstehe ich dich.« Martin hängte eine weitere Kugel an den Weihnachtsbaum, der im Altarraum seiner Kirche aufgestellt war, und reichte Simon die Schachtel mit den Strohsternen. »Es wäre nicht normal, wenn man in Zeiten wie diesen nicht an Gott zweifeln würde.«

»Ich hadere oft mit ihm«, gestand Simon.

»Aber sind es nicht genau diese schweren Zeiten, in denen Gott uns am meisten braucht?«, entgegnete Martin. »Wer soll den Menschen Hoffnung geben, die Trauernden trösten, die Verzweifelten wieder aufrichten? Wer soll in Zeiten, in denen wir nur von größenwahnsinniger Macht und Gewalt umgeben sind, an der Botschaft des Kindes in der Krippe festhalten? Wir sind Gottes Hände und Füße, und wir verkünden sein Wort. Er braucht uns Priester, Simon. Er braucht dich, und zwar dringender denn je.«

Simon seufzte. »So viele Menschen in meiner Pfarrei sind in Sorge um einen Angehörigen an der Front, und oft weiß ich einfach keine tröstenden Worte mehr. Friedrich Sandner wartet auf Nachricht von seinem Sohn Konrad und sorgt sich um Melina, die übermorgen Geburtstag hat.«

Simon bemerkte Martins prüfenden Blick; offensichtlich hatte Martin ihn noch nie in einer solchen Verfassung gesehen.

»Ich verstehe dich, Simon. Mir geht es ja ähnlich. Doch es müssen nicht immer große Worte gemacht werden, um Menschen wieder Zuversicht zu schenken. Oft sind es kleine Gesten oder deine bloße Anwesenheit, die den Menschen um dich herum vermitteln, dass du ihre Sorgen teilst. Und allein das hilft.«

Simon starrte gedankenverloren auf den Strohstern in seiner Hand. »Du hast recht, Martin. Deine Worte haben mich wieder aufgebaut.«

»Gib mal her.« Martin nahm ihm die Schachtel mit den Strohsternen aus der Hand. »Du bist mir heute wahrlich keine Hilfe. Bei deinem Tempo ist der Baum an Ostern noch nicht geschmückt.«

Sandnerhof

Dezember 1944

David saß im Schein der Wohnzimmerlampe am Tisch und zeichnete ein Bild in seinen Zeichenblock. Es war der Block, den er am Tag von Melinas Abreise begonnen hatte und in dem er alle Ereignisse festhielt, von denen er ihr berichten wollte, wenn sie wieder da war. Er blätterte durch die Zeichnungen und betrachtete die Bilder vom ersten Weihnachtsfest, das Melina nicht mehr mitgefeiert hatte, vom Kälbchen Adalbert, das im Frühling zum ersten Mal auf die Wiese durfte, von jungen Kätzchen, die David eines Tages im Stall entdeckt hatte, von Maria mit ihrem kleinen Sohn Georg, der seinen ersten Geburtstag feierte. Die vielen Zeichnungen rund um das Leben auf dem Sandnerhof machten ihm bewusst, wie lange Melina schon nicht mehr da war. Alle waren tief besorgt, seit sie erfahren hatten, dass die Flucht aus Deutschland nicht geglückt war, besonders Opa Friedrich.

»Warum gibt dieser Hitler nicht endlich auf«, hörte David den alten Mann immer wieder sagen. »Wir haben diesen Krieg doch schon längst verloren.«

Die Nachrichten, die der verbotene Feindsender BBC in deutsche Wohnzimmer sandte, sprachen von massiven deutschen Verlusten an allen Fronten. Abend für Abend versammelten die markanten Paukenschläge, die mit dem berühmten Motiv aus Beethovens 5. Sinfonie die Stimme der Wahrheit aus England ankündigten, die Familien vor den Rundfunkgeräten, die so leise gestellt waren, dass sie von den Zuhörern gerade noch vernommen werden konnten.

Auch Opa Friedrich hatte das Radio angeschaltet. Kurz sah David von seiner Zeichnung auf und hörte ebenfalls zu.

Die im Westen geplante deutsche Ardennenoffensive, mit der Hitler das Schicksal Deutschlands noch einmal hatte wenden wollen, war gescheitert. An der Weichselfront im Osten befürchtete man eine Winteroffensive durch die Rote Armee, die von Hitler bislang vehement bestritten wurde.

Kopfschüttelnd brummte Friedrich: »Er hat einfach keine Einsicht. An den Fronten verheizt er unsere Soldaten, und in der Heimat hungert das Volk. Die Christbäume werden dieses Jahr in Deutschland vom Himmel fallen.«

»Du meinst die Markierungsbomben der Alliierten bei den Nachtangriffen?«, fragte David.

Friedrich nickte. »Ja, die bunten Leuchtkörper am Nachthimmel sehen aus wie Christbäume, die vom Himmel fallen.«

»Deutschland geht unter, und Hitler schaut einfach dabei zu.« Annie schüttelte fassungslos den Kopf.

»Dies wird das letzte Kriegsweihnachten sein«, sagte Friedrich. »Wie wir nächstes Jahr Weihnachten feiern werden, weiß ich nicht. Fest steht, es wird nicht mehr unter Hitler sein.«

David zeichnete weiter an seinem Bild. Es zeigte Melina, wie sie ihm immer auf dem Schulweg entgegengelaufen war. Ein Mädchen mit honigfarbenem Haar, dunklen Augen und einem strahlenden Lächeln. Ein Mädchen, das auch dieses Jahr das Weihnachtsfest auf dem Sandnerhof nicht mitfeiern würde. David traten Tränen in die Augen.

München

24. Dezember 1944

Unter dem Weihnachtsbaum lagen ein neues Kleid für Linas Puppe und eine Geige. Staunend betrachtete Lina das Instrument und nahm es vorsichtig in die Hand. Sie zupfte an den Saiten und lauschte dem zarten Klang. »Eine Geige, wie Mama eine hatte«, sagte sie leise.

»Eine nette ältere Dame, die ganz in der Nähe wohnt, kann dir beibringen, wie man sie spielt«, erklärte Kurt und konnte sich fast nicht sattsehen an Linas Begeisterung.

»Und wenn wir Mama wiederfinden, wird sie staunen, wenn ich auch Geige spielen kann.« Lina strahlte ihn an.

Emma kam mit einem Tablett mit einer dampfenden Teekanne und einigen Keksen ins Wohnzimmer. Sie hatte die Lebensmittelrationen der letzten Wochen so gut eingeteilt, dass Zutaten für ein paar Weihnachtsplätzchen übrig geblieben waren.

Begeistert griffen alle zu und erfreuten sich an dem seltenen Genuss.

»Sind die lecker!«, rief Lina aus und nahm sich gleich noch ein Plätzchen.

Kurt sah Emma glücklich an. Lina hatte sich gut eingelebt in ihrer kleinen Familie. Ein Leben ohne das Mädchen konnten sich die beiden gar nicht mehr vorstellen.

Kurt hatte noch ein weiteres Geschenk. Beim Durchstöbern seiner Bücher, die seit dem Umzug nach Miesbach zum Teil noch in Kisten verpackt im Keller standen, war er auf ein Buch über die Werke Michelangelos gestoßen. Er holte es hervor und schlug es bei einem bestimmten Bild auf, das er Lina zeigte.

»Schau mal, kennst du das?«

Staunend blickte Lina auf die »Erschaffung Adams«, die beiden Hände, die sich beinahe berührten.

»Davids Bild!«, rief sie aus. »Das Bild aus Großvaters Buch.«

Es gab also einen Großvater. Kurt sah Emma an. Würden sie eines Tages doch noch mehr über Linas Herkunft erfahren?

Lina setzte sich zu ihm und Emma. Sichtlich begeistert blätterte sie mit ihnen den Kunstband durch, und Kurt fragte sich, ob es so auch in ihrem früheren Zuhause gewesen war. Eine Familie auf dem Sofa, die gemeinsam Bilder betrachtete. Er sah in Linas Augen, dass er ihr eine Erinnerung, ein Stück ihres früheren Lebens zurückgegeben hatte.

Konzentrationslager Bergen-Belsen

Januar 1945

Hannah vermisste die Musik. Durch sie hatte sie sich dem Leben, der Normalität, näher gefühlt. Die Regeln und Muster, nach denen die Stücke komponiert waren, schienen die einzigen festen Strukturen zu sein, die von ihrer bisherigen Welt übrig waren, einer Welt, in der alle anderen Gesetzmäßigkeiten außer Kraft gesetzt worden waren. Vielleicht hatte die Musik in gewisser Weise auch betäubend auf sie gewirkt. Die Konzentration auf Noten, Harmonien und Taktvorgaben hatten ihre Gedanken beschäftigt, doch nun kamen sie nicht mehr zur Ruhe. Die ganze traurige Wirklichkeit war allgegenwärtig.

Hannah spürte, wie sich ihr Zustand täglich verschlechterte, doch sie war machtlos. Tag für Tag kamen ihr weniger Worte über die Lippen, und sie lebte nur noch für die Nacht. Die Dunkelheit, die sich am Abend wie ein schwarzes Tuch über die Welt senkte und die Wirklichkeit auslöschte, war zu ihrer Zuflucht geworden. Den ganzen Tag über sehnte sie den Zeitpunkt herbei, wenn sie sich abends auf ihre Pritsche legen und die Augen schließen konnte. In diesen Momenten sah sie wieder die leuchtenden Augen ihrer Tochter vor sich, hörte sie wieder die Worte des Priesters: »Ihr seid in meinen Gebeten.« Eingehüllt in diese Erinnerungen konnte sie ihre Gedanken loslassen und sich in die Dunkelheit des Schlafes, des Unterbewussten und der Träume sinken lassen und dort Trost finden.

Würzburg

16. März 1945

An diesem Frühlingstag wurde Würzburg zum »Grab am Main«. Da militärisch vollkommen unbedeutend, war die Stadt bis dahin weitestgehend verschont geblieben, und so kam der Luftangriff durch die Britische Royal Air Force in den späten Abendstunden völlig unerwartet. In zwei Angriffswellen wurde die Innenstadt von schweren Spreng- und Brandbomben getroffen, die Fachwerkhäuser und die räumliche Enge der Altstadt begünstigten einen verheerenden Flächenbrand. Menschen suchten verzweifelt Schutz in Kellern und Luftschutzräumen, doch mehrere Tausend fanden in dieser Nacht den Tod. Ein Feuersturm fegte durch die Straßen und zerstörte fast die komplette Altstadt, und selbst in weit entfernt liegenden Dörfern war in dieser Nacht der blutrote Himmel über Würzburg noch zu sehen.

Bei jedem Bombeneinschlag bebte die Erde und ließ den Verputz von den Wänden des Kellers rieseln, in dem Pfarrer Becker zusammen mit verstörten und weinenden Menschen um Gottes Beistand betete. Eine Bombe folgte der anderen, der Angriff schien kein Ende zu nehmen.

Als Martin in den frühen Morgenstunden des nächsten Tages aus dem Schutzkeller hinauskletterte, sah er, dass auch seine Kirche brannte.

»Warum?«, rief er aus und streckte die Arme verzweifelt zum Himmel. »Warum Würzburg?«

Er blickte fassungslos auf die Verwüstung um sich herum. »Sind den Alliierten die Ziele ausgegangen, nachdem sie die großen deutschen Städte bereits in Schutt und Asche gebombt haben?«

Die Festung Marienberg und die Wallfahrtskirche auf den Bergen hoch über dem Main schauten herab auf die zerstörte Bischofsstadt, in der beim ersten Licht des Tages die Menschen aus den Kellern und Bunkern kamen und begannen, Brände zu löschen, in den Trümmern nach Überlebenden zu suchen und Leichen zu bergen.

Bergen-Belsen

15. April 1945

Wieder waren in der Ferne Schüsse zu hören. Oder bildete sich Esther das alles ein? Sie wusste nicht, ob sie vor lauter Hunger schon Halluzinationen hatte. Seit fünf Tagen hatten sie keine Nahrung und kaum mehr Wasser bekommen, die Frauen in der Baracke waren inzwischen mehr tot als lebendig.

»Hannah, gib nicht auf, bitte, gib nicht auf«, murmelte Esther und strich der Frau, die auf der Pritsche neben ihr lag, mit zitternder Hand über die Stirn. Hannah hatte hohes Fieber und reagierte kaum auf Esthers Worte.

»Ich glaube gar nicht, dass die Lagerleitung noch da ist. Die sind bestimmt getürmt und lassen uns hier sterben«, flüsterte eine Frau auf der Pritsche nebenan.

»Hannah, bitte lass mich nicht allein«, jammerte Esther. Wie sollte sie das Ende ertragen, wenn Hannah vor ihr starb? Hannah war doch immer die Stärkere gewesen, diejenige, die Rat wusste, wenn es keinen Rat mehr zu geben schien, die tröstete, wenn es fast keinen Trost mehr gab. Ohne Hannah wäre Esther niemals ins Orchester gekommen, ohne Hannah hätte sie die Schrecken des Lagers, den Hunger und die Angst nicht überlebt. Sie erinnerte sich an die unzähligen Male, als Hannah ihr die Noten der Musikstücke erklärt hatte, ihr ein Stück von ihrem eigenen Brot gegeben und ihr Geschichten erzählt hatte, um ihr die Angst vor der Nacht zu nehmen. Hannah durfte jetzt nicht sterben.

Doch Hannah hatte aufgegeben. Sie wusste nicht mehr, woher sie die Kraft nehmen sollte, weiterzuatmen, weiterzuleben. In ihren Fieberträumen war sie schon ganz weit weg von diesem Lager, sie sah vor sich die wunderschöne grüne Wiese am Bach des Sandnerhofs, mit leuchtend bunten Blumen. Sie hörte das Plätschern des Wassers, das Rauschen des Windes in den Bäumen und das Lachen eines Kindes. Von Weitem sah sie ihre kleine Tochter über die Wiese springen. Melina war wieder da!

Auf dieser Wiese wollte Hannah bleiben und dieses Bild bewahren, und nur ganz gedämpft, wie durch Watte, drangen Esthers Worte an ihr Ohr, die auf einmal ganz aufgeregt klangen: »Hannah, da draußen ist etwas. Da draußen fährt ein Panzer, da rufen Leute laut durcheinander, die sprechen Englisch. Hannah, wach auf, ich glaube, die Engländer sind da!«

Aber Hannah wollte nicht aufwachen, sie wollte weiter auf der wunderschönen Sommerwiese bleiben.

Von dem Aufruhr vor der Baracke, den Panzern und den Lautsprecherdurchsagen bekam sie nichts mit, sie hörte auch nicht, dass sich auf einmal die Tür öffnete und Soldaten hereinkamen.

Esther richtete sich mühsam auf und sah Männer in britischen Uniformen, die sich, um Fassung ringend, in der Baracke umblickten.

Sie konnten nicht glauben, was sie in diesem Lager vorfanden. Leichenberge auf den Wegen, Baracken voller ausgezehrter und halbtoter Menschen. Als Soldaten hatten sie schon vieles erlebt, doch ein solches Elend überstieg ihre Vorstellungskraft.

Ebenso ungläubig blickten die Frauen, die noch bei Bewusstsein waren, die Soldaten an, denn sie hatten nicht mehr damit gerechnet, ihre Befreiung noch zu erleben.

»*We are British soldiers. We have come to liberate you. You are free*«, sagten die Soldaten zu den Frauen, die sie mit stumpfen Augen aus ausgemergelten Gesichtern anstarrten.

Esther hatte sich ihre Befreiung immer in den buntesten Farben als ein frohes Fest mit Lachen und Jubelrufen ausgemalt, doch nun, da es endlich so weit war, fehlte ihr die Kraft, sich zu freuen.

Als Hannah spürte, dass Arme sie umfassten und aufrichteten, öffnete sie die Augen und blickte in das bestürzte Gesicht eines britischen Soldaten, der ihr behutsam eine Wasserflasche an den Mund setzte. Sie spürte ein paar Tropfen Wasser auf ihren ausgetrockneten Lippen, bevor sie wieder im Fiebertraum versank.

Für das Konzentrationslager Bergen-Belsen ging an diesem Tag der Krieg zu Ende; an anderen Stellen des Reiches jedoch wurde noch verzweifelt gegen die anrückenden alliierten Truppen gekämpft. Manche Städte und Dörfer leisteten erbitterten Widerstand, andere ergaben sich kampflos. Die meisten Opfer forderte die letzte Schlacht um Berlin, wo Hitlers noch verbliebener Machtbereich, der einmal von der Atlantikküste bis zum Kaukasus und vom Nordkap bis zur Sahara gereicht hatte, in den letzten Tagen des Aprils nur noch aus wenigen Straßenzügen bestand, die von Hitlerjungen erbittert gegen die anrückenden Panzer der Roten Armee verteidigt wurden.

Doch auch diese Schlacht fand schließlich ein Ende, und mit ihr das Deutsche Reich. Als Lina und Lea am 30. April verstohlen aus einem Fenster spähten und mit großen Augen beobachteten, wie amerikanische Panzer durch Miesbach rollten, während das nahe gelegene München sich den Divisionen der 7. US-Armee ergab; als aus den Fenstern des Sandnerhofs weiße Fahnen hingen, während die Bewohner sich im Keller vor den einmarschierenden alliierten Truppen versteckten; als in Würzburg Pfarrer Becker mit einer Schar verängstigter Bürger in seiner Kirche versuchte, gegen die Angst vor den Kanonenschüssen in den Straßen anzubeten, während in Lübeck der nach seiner gescheiterten Kontaktaufnahme mit den Alliierten zum Verräter erklärte Heinrich Himmler seine Flucht aus Deutschland vorbereitete; als im Bunker der Berliner Reichskanzlei das Testament des Führers auf einer Schreibmaschine getippt wurde, während im Nachbarzimmer Magda Goebbels ihre Kinder ein letztes Mal zu Bett brachte, setzte ein Schuss aus einer Pistole dem sechs Jahre dauernden Wahnsinn ein Ende.

Der Führer des Deutschen Reiches hatte Selbstmord begangen. Er hatte eine Blutspur durch ganz Europa gezogen und hinterließ eine Welt in Trümmern. Ein Teil seiner letzten Getreuen ging noch am selben Tag mit ihm in den Tod, andere versuchten, mit gefälschten Papieren aus der Hauptstadt zu entkommen. Für das Deutsche Reich war der Zweite Weltkrieg zu Ende, und nach seiner bedingungslosen Kapitulation schlug für Deutschland die Stunde null.

Belsen Camp

Mai 1945

Die britischen Befreier des Konzentrationslagers standen vor schier unlösbaren Aufgaben. Für Tausende todkranker Menschen mussten Medikamente, ärztliche Versorgung, Nahrung und Kleidung beschafft werden. Gleichzeitig wurde mit den Aufräumarbeiten begonnen und Massengräber für die Leichenberge ausgehoben. Erst nach und nach erschloss sich den britischen Soldaten das gesamte Ausmaß des Elends in diesem Lager, das sie immer wieder fassungslos machte. Hunderte von Menschen waren durch Hunger und Krankheit bereits so geschwächt, dass jegliche Hilfe zu spät kam und sie noch in den ersten Tagen nach der Befreiung des Lagers starben. Im Laufe der nächsten Wochen konnten die überlebenden Gefangen in das wenige Kilometer entfernte Militärcamp Belsen umgesiedelt werden, wo sie sich in menschenwürdiger Umgebung erholen konnten.

Hannah bekam von den Aufregungen der ersten Tage kaum etwas mit; sie war in ihren Fieberträumen gefangen und spürte nur ab und zu, wie ihr jemand Medikamente oder Nahrung einflößte. Als sie das erste Mal wieder richtig zu sich kam, lag sie in einem Bett. Nach den eineinhalb Jahren auf einer harten Holzpritsche fühlte sich dies nahezu paradiesisch an. Ein Bett mit einem Kissen und einer Decke! Sie konnte es kaum fassen.

»Da schaust du, was?« Esther, die neben Hannahs Bett saß, lachte. »Ich war genauso überrascht wie du.«

Hannah blickte sich ungläubig in dem Krankenzimmer um, wo alles einfach, aber sauber eingerichtet war. »Wo sind wir hier? Im Himmel?«, fragte sie Esther erstaunt.

»Ja, das ist der Himmel, Hannah, denn wir haben die Hölle überlebt. Ich freue mich so, dass es dir wieder besser geht. Eine Zeit lang stand es gar nicht gut um dich.«

Hannah richtete sich auf und schaute staunend aus dem Fenster in den hellen Frühlingstag hinaus. »Es ist, als ob man die Welt zum ersten Mal sieht«, stellte sie nach einer Weile fest. »Ich möchte nach draußen gehen; meinst du, das schaffe ich schon?«

»Bestimmt«, sagte Esther und suchte für Hannah ein Kleid und eine Strickjacke. »Wir haben schon ganz anderes geschafft, oder? Komm, ich helfe dir.«

Hannah erhob sich, und auf zitternden Beinen machte sie die ersten unsicheren Schritte. Sie fühlte sich zwar noch müde und matt, doch die Aussicht, in den strahlenden Frühlingstag hinauszutreten, verlieh ihr Kraft. Hannah zog sich an und tastete mit ihren Händen über den Stoff des Kleides, das viel zu weit an ihrem mageren Körper hing. Ein Kleid! Wann hatte sie zuletzt ein Kleid getragen? Sie fuhr sich durch das bereits wieder einige Zentimeter lange Haar und lächelte.

Gemeinsam verließen sie das Krankengebäude des Camps und setzten sich im Freien auf eine Bank unter einem Baum.

Hannah atmete die frische Luft ein, in der nicht mehr der Gestank aus den Krematorien hing, und konnte die Wunder, die sie sah, kaum fassen. Luft, grünes Gras, normale Kleidung, eine

Unterkunft und Nahrung. Um sich herum sah sie Menschen, die nicht mehr mit ausdruckslosen Augen aus ausgemergelten Gesichtern vor sich hin starrten, sondern sich langsam von ihrem Leid zu erholen schienen. Von den Eindrücken überwältigt, saß Hannah lange Zeit stumm auf der Bank. Sie fühlte, dass sie mit jedem Atemzug ein Stück ins Leben zurückkehrte. Sie hatte Auschwitz überlebt.

Von diesem Moment an ging es Hannah täglich besser. Sie konnte jeden Tag länger aufbleiben, wobei sie vor allem die Zeit im Freien genoss. Sich wieder an normales Essen zu gewöhnen, war nicht einfach. Ihre Angst vor dem Verhungern saß durch die langen Entbehrungen so tief, dass sie sich zwingen musste, ihr Essen nicht hinunterzuschlingen, sondern langsam zu sich zu nehmen. Sie wurde kräftiger und bekam wieder eine gesündere Gesichtsfarbe. Nach einigen Wochen wuchs in ihr der Wunsch, endlich nach Hause zurückzukehren. Nach Hause – das war der Sandnerhof, das waren Melina, Friedrich und Klara, Annie und Konrad, David und Hans. Wie mochte es Maria gehen, war sie vielleicht nach dem Tod ihres Mannes zurück auf den Sandnerhof gezogen? Und wie groß war wohl inzwischen der kleine Georg geworden? Sie war sich sicher, dass man sie dort wieder willkommen heißen würde, und nahm das Gleiche für Esther an.

»Du kommst erst mal mit mir«, sagte sie. »Klara und Friedrich haben sicherlich noch ein Plätzchen für dich.«

Es waren viele Formalitäten zu erledigen, denn als ehemalige Insassen eines Konzentrationslagers zählten sie zunächst zu den *displaced persons,* Menschen, die kriegsbedingt ihre Heimat verloren hatten. Für Millionen von Zwangsarbeitern und Zwangsverschleppten, für Kriegsgefangene und Häftlinge, für entwurzelte Menschen aus allen Ländern Europas, die ihre Heimat verloren hatten, mussten die Alliierten und die internationalen Hilfsorganisationen eine Rückführung in ihren Heimatstaat organisieren. Da Hannah und Esther zu den wenigen Juden gehörten, die in Deutschland bleiben wollten und zudem eine Adresse hatten, an die sie sich wenden konnten, wurde ihr Antrag schnell bearbeitet. Im Juli erhielten sie alle nötigen Papiere, um ein neues Leben außerhalb des Lagers zu beginnen. Als sie von einem Rotkreuztransport erfuhren, der in die Nähe von Würzburg fahren sollte, packten sie ihre wenigen Habseligkeiten zusammen und bereiteten sich auf die Reise vor.

SANDNERHOF

Juli 1945

Auf dem Sandnerhof war mit dem Kriegsende die Hoffnung gewachsen, Nachricht von den Vermissten zu erhalten. Die Konzentrationslager waren befreit, die ersten Kriegsgefangenen auf dem Weg zurück in die Heimat, doch noch immer hatten sie nichts von Konrad, Hannah und Melina gehört. Der in den letzten Kriegswochen zum Erliegen gekommene Postverkehr war wieder aufgenommen worden, und Pfarrer Petersen kontrollierte täglich seinen Briefkasten. Doch anstelle der erwarteten Nachricht von Hannah hielt Simon eines Tages einen Brief in der Hand, der in den Wirren des letzten Kriegsjahres einen weiten Weg zu ihm zurückgelegt hatte. Eine Putzfrau im Gefängnis Berlin-Plötzensee hatte die eng beschriebenen Blätter Monate zuvor in der Zelle eines Insassen entdeckt, mit dem sie des Öfteren ein paar Worte gewechselt hatte. Der Mann mit den braunen Haaren, den wehmütigen Augen und der sanften Stimme, der so oft das Bild von einer Frau und einem Kind in den Händen gehalten und dem sie nachgeblickt hatte, als man ihn in die Todeskammer führte, hatte sie zusammengefaltet auf seine Pritsche gelegt. Auf das oberste Blatt hatte er eine Adresse geschrieben und die Bitte, den Brief weiterzuleiten. Unauffällig hatte die Frau damals die Blätter in ihre Schürzentasche gesteckt und Tage später den Brief auf einem Postamt aufgegeben.

Was Simon darin las, drohte ihm den Boden unter den Füßen wegzuziehen.

Er brauchte mehrere Tage, bis er den Mut fand, Friedrich Sandner in seiner Werkstatt aufzusuchen.

»Sie war in Auschwitz?«, fragte dieser, um Fassung ringend. Alles Leben schien aus den Augen des alten Mannes gewichen zu sein.

»In Auschwitz-Birkenau. Das Konzentrationslager wurde bereits im Januar befreit, mittlerweile müssten wir etwas von ihr gehört haben«, stellte Simon resigniert fest. Die letzten Tage hatten sehr an ihm gezehrt.

»Wenn ich nur an die Berichte im Radio und in den Zeitungen denke, welche Verbrechen dort verübt worden sind. Hannah in Auschwitz!« Friedrich rang die Hände und schüttelte immer wieder den Kopf.

»Und von Melina schreibt Peter Hagen, dass er sie dort nicht gesehen hat. Er wusste zu dem Zeitpunkt, als er den Brief schrieb, selbst nicht, ob sie noch am Leben war.«

Friedrich hielt sich Halt suchend an der Werkbank fest. »Melina! Mein kleiner Engel!« Er wischte sich über die Augen. »Und dieser Peter Hagen wurde hingerichtet?«, fragte er.

»Ja, er hat Fotos von Auschwitz an die alliierten Geheimdienste weitergegeben und war am Attentat auf Hitler im Juli letzten Jahres beteiligt. Er hat mit gefälschter Unterschrift Anweisungen gegeben, dass das Orchester nicht aufgelöst und nicht exekutiert werden darf. Ob er Hannah damit bis zum Schluss schützen konnte, wusste er natürlich nicht.«

»Ich weiß gar nicht, wie ich diese Nachricht Klara beibringen soll. Sie weint sich ohnehin schon die Augen aus dem Kopf.« Gramgebeugt ließ Friedrich die Schultern hängen.

Die beiden Männer waren so sehr in ihr Gespräch vertieft, dass sie gar nicht mitbekamen, wie am Straßenrand vor dem Sägewerk ein Rotkreuzfahrzeug anhielt, aus dem zwei Frauen ausstiegen. Erst als die beiden Frauen schon über den Hof auf die Werkstatt zugingen und Bellas aufgeregtes Bellen zu hören war, hob Simon den Kopf und konnte für einen Moment nicht glauben, was er durch das Fenster sah. Er erblickte eine überaus schlanke Frau mit kurzen blonden Haaren in einem schlichten Kleid in Begleitung einer anderen jungen Frau. Spielten ihm seine Augen einen Streich oder kam da tatsächlich Hannah über den Hof gelaufen? Simon sprang auf, ließ den verdutzt dreinschauenden Friedrich zurück und riss mit einem Ruck die Tür der Werkstatt auf. Er lief den beiden Frauen entgegen.

»Das ist Pfarrer Petersen«, sagte Hannah aufgeregt zu Esther, als sie den Priester auf sich zueilen sah. Sie strahlte. Wie sehr hatte sie sich gefreut, als sie aus dem Fahrzeug gestiegen war und festgestellt hatte, dass der Sandnerhof den Krieg unbeschadet überstanden hatte. Sie sah Hans vor der Werkstatt einen Wagen mit Holz beladen, vernahm das Rattern der Sägen, sah die Kinder, die auf der Wiese neben dem Bach spielten. Sie war wieder daheim! Es kam ihr so vor, als wollte ihr altes Leben sie willkommen heißen.

Atemlos blieb Simon vor ihr stehen, zögerte einen Moment, und als ihm keine Worte einfielen, die auch nur annähernd das auszudrücken vermochten, was er fühlte, schloss er Hannah fest in die Arme. »Sie sind wieder da!«, rief er überglücklich und schaute in ihr lachendes Gesicht. Tränen der Freude liefen ihr über die Wangen. »Sie sind zurück!«

Diesen Augenblick, in dem Simon Hannah umarmte und sie ihn mit diesem wunderbaren Lächeln anstrahlte, würde er für immer in Erinnerung behalten als einen der glücklichsten Momente seines Lebens. Leider währte dieser Augenblick nicht lange, denn wenig später wurde Hannah von tiefer Verzweiflung übermannt, als sie ihn nach Melina fragte und er ihren erwartungsvollen Blick nur mit einem stummen Kopfschütteln beantworten konnte. Simon spürte, wie Hannah innerlich zusammenbrach. Der Schmerz in ihren Augen verriet ihm, dass sie nicht wahrhaben wollte, was er nicht auszusprechen vermochte.

Hannah schlug die Hände vors Gesicht und brach in Tränen aus.

Simon fühlte sich hilflos. »Wir werden sie finden, Hannah«, sagte er wieder und wieder und versuchte, die schluchzende Frau in seinen Armen zu beruhigen. »Wir werden sie wiederfinden.« Doch nie zuvor hatte ihm der Glaube an seine eigenen Worte so sehr gefehlt wie in diesem Moment. Als er seinen gequälten Blick zum Himmel hob, als könnten ihm die vorbeiziehenden Wolken eine Antwort geben, sah er David in der Tür der Werkstatt stehen. Fassungslos schaute er auf die Menschen im Hof der Sägemühle. Ihre Blicke trafen sich und verrieten einen tiefen Schmerz, den Worte nicht auszudrücken vermochten.

Simon wusste, wie sehr auch David gehofft hatte, Melina wiederzusehen. Dass nun nur Hannah zurückgekehrt war, musste für den Jungen entsetzlich sein, denn welche Mutter kam ohne ihr Kind, wenn es noch lebte?

Hannah kauerte auf dem Sofa im Wohnzimmer und hielt ihre angezogenen Beine umschlungen, als ob sie sich selbst halten wollte, um nicht ins Bodenlose zu fallen. Melina war nicht auf den Sandnerhof zurückgekehrt! Diese Nachricht war schrecklicher als all das Grauen, das sie in Auschwitz erlebt hatte. Wo war ihr Kind? Lebte es noch?

Aus der Küche drangen Stimmen zu ihr. Esther berichtete von ihrer gemeinsamen Zeit im Konzentrationslager, und Hannah spürte, dass Esther ebenso wie sie in der Familie willkommen war. Sie hörte Schritte im Flur. Pfarrer Petersen kam ins Zimmer und stellte eine Tasse Kräutertee vor sie auf den Tisch.

»Für Sie, Hannah«, sagte er leise und setzte sich in den Sessel ihr gegenüber. Lange saßen sie schweigend da. Hannah war dem Priester dankbar, dass er nicht versuchte, sie mit weiteren Worten zu trösten, sondern einfach nur bei ihr saß und sie in ihrer Verzweiflung nicht allein ließ. Sie wusste nicht, wie viel Zeit vergangen war, als sie plötzlich sagte: »Wo ist Melina? Wo kann sie nur sein?«

»Wo genau sie ist, kann ich Ihnen nicht sagen«, antwortete Simon, »aber glauben Sie mir, Hannah, sie ist immer in Gottes Hand.«

Hannah schaute ihn an. »Ich kann nicht einmal mehr beten«, flüsterte sie verzweifelt.

»Ich weiß«, beruhigte Simon sie, »und Gott weiß das auch. Ich bin da und kann für uns alle beten.« Und er begann, mit leiser Stimme das Vaterunser zu sprechen. Das Gebet wirkte beruhigend auf Hannah.

In den ersten Tagen nach ihrer Rückkehr auf den Sandnerhof spürte Simon, dass nur seine Worte und Gebete Hannah in ihrer tiefen Verzweiflung erreichen konnten. Schwer wie Blei schien die Trauer um Melina auf ihr zu lasten, dunkel wie die Nacht. Ganz behutsam sprach er mit ihr, wie mit einem verängstigten Kind, dessen Vertrauen er erst gewinnen musste, und ihre Seele schien sich allmählich von den Schatten abzuwenden, die sich ihrer bemächtigt hatten. Er bemerkte, dass sie langsam wieder begann, am Leben um sie herum teilzunehmen. Es gelang ihm, sie davon zu überzeugen, dass sie alles in ihrer Macht Stehende unternehmen würden, um Melina zu finden. Mit Davids Bildern, die er von dem Mädchen angefertigt hatte, wollten sie sich an die Suchdienste wenden und Aufrufe in Zeitungen schalten. Simon spürte, dass sie neue Zuversicht gewann. Er hatte bisher gezögert, ihr Peters Brief zu geben, doch nun hielt er den richtigen Zeitpunkt für gekommen. Peters Zeilen würden viele ihrer Fragen beantworten und ihr vielleicht ein wenig Frieden schenken.

»Hannah, ich habe etwas für Sie.« Er reichte ihr den Umschlag.

»Was ist das?«, fragte sie.

»Ein Brief von Peter. Er hat ihn mir geschrieben und ausdrücklich gebeten, ihn Ihnen zu geben, sollte ich Sie wiedersehen.«

Hannah griff danach, und Simon beobachtete das Wechselspiel der Gefühle, das sich in ihrem Gesicht widerspiegelte, als sie die Zeilen las. Schließlich ließ sie die Blätter sinken.

»Er wurde hingerichtet«, sagte sie tonlos. »Er lebt nicht mehr. Kurz vor seinem Prozess hat er diesen Brief geschrieben.«

»Ja, sein letzter Gedanke galt seiner Familie und Ihnen und Melina«, erwiderte Simon.

»Und er war in Auschwitz. Er hat mich erkannt, und ich habe ihn dort tatsächlich, ohne es zu wissen, zum letzten Mal gesehen. Er war der SS-Mann mit dem Fotoapparat. Ich kann mich noch gut daran erinnern, dass mir der Anblick des Mannes so vertraut vorkam und ich für kurze Zeit das Gefühl hatte, von ihm müsse Hilfe kommen.«

»Sein Besuch in Auschwitz war der ausschlaggebende Grund für ihn, sich an dem Attentat zu beteiligen. Zweifel an seiner Arbeit hatte er schon lange vorher, doch er wusste nicht, wie er aus dem ganzen System aussteigen konnte.«

Hannah nickte nachdenklich. »Ich bin froh, dass ich das nun weiß. Es war schrecklich für mich, zu wissen, dass der Mann, den ich geliebt habe, dieses verbrecherische Regime unterstützt hat. So kann ich jetzt von ihm Abschied nehmen und ihm vielleicht auch irgendwann einmal verzeihen.«

Simon atmete auf. Seine Hoffnung, dass der Brief Hannah ein Stück inneren Frieden zurückgeben werde, war in Erfüllung gegangen. Doch er wusste auch, dass die Schatten um ihre Augen, in denen sich die Sorge um ihre kleine Tochter spiegelte, so lange bleiben würden, bis sie Melina wiedergefunden hatten.

Teil 2

1951 – 1952

Der Eiserne Vorhang senkte sich zwischen die westlichen, demokratischen Staaten Europas und die sozialistischen Diktaturen des Ostens und spaltete die Welt in zwei politisch unversöhnliche Machtblöcke. Nach dem gemeinsamen Sieg über Deutschland traten die ideologischen Gegensätze zwischen den westlichen Alliierten und der Sowjetunion immer deutlicher hervor und führten zum Bruch des Bündnisses der Siegermächte. Das weltpolitische Klima kühlte sich ab bis zum Kalten Krieg, in dem das besiegte und in vier Besatzungszonen aufgeteilte Deutschland eine zentrale Rolle spielte. Auf den Ruinen der besetzten Westzonen errichteten die westlichen Siegermächte eine Demokratie als Bollwerk gegen den Bolschewismus. Aus dem faschistischen Deutschland, das ein Jahrzehnt lang die Welt in Angst und Schrecken versetzt hatte, wurde ein Bündnispartner der freien Welt. Dafür musste der Feind von einst entnazifiziert werden. Über die deutsche Vergangenheit wurde Gericht gehalten, in den Kriegsverbrecherprozessen in Nürnberg ebenso wie vor den landesweiten Spruchkammern und Militärgerichten. Der Preis, der von den Westzonen für ihren Wiederaufbau und ihre Integration in das westliche Staatenbündnis gezahlt wurde, war hoch. Der Preis war die Teilung Deutschlands.

Die ersten Nachkriegsjahre im besiegten Deutschland verlangten der Bevölkerung viel ab. Die Städte waren zerbombt, in den Ruinen ihrer Häuser versuchten die Menschen mit dem wenigen, was ihnen geblieben war, einen Neuanfang. Die Versorgung der Bevölkerung mit Lebensmitteln, Brennmaterial und Kleidung war unzureichend, die Geschäfte waren leer, die Währung wertlos, der Schwarzmarkt blühte. In endlosen Flüchtlingsströmen drängten Millionen Vertriebene aus dem Osten in die Städte und Dörfer, wo jeglicher noch verfügbare Wohnraum von der Regierung zugeteilt wurde.

So stand an einem kalten Novembertag des Jahres 1945 die aus Oberschlesien vertriebene Josefa Malcherek mit ihren beiden Enkelkindern vor der Tür des Sandnerhofs. An der Hand führte sie die vierjährige Matilda, im Arm hielt sie den in ein Tuch gewickelten, wenige Tage alten Matys, dessen Geburt ihre Tochter unter den Strapazen der Flucht nicht überlebt hatte. Klara, Annie, Maria, Hannah und Esther richteten ein Zimmer für die Flüchtlinge ein und holten die Wiege vom Speicher, in der zuletzt der kleine Georg gelegen hatte. Der Zustand des Säuglings, der in den ersten Tagen seines Lebens viel zu wenig Nahrung bekommen hatte, war so besorgniserregend, dass der Arzt gerufen wurde. Auch Pfarrer Petersen kam, um eine Nottaufe vorzunehmen. Die Frauen des Sandnerhofs kümmerten sich abwechselnd mit der Großmutter um das Kind, und es war hauptsächlich Hannah, die den kleinen Matys nächtelang in den Armen hielt, denn der kleine Junge wirkte beruhigend auf ihr trauerndes Herz.

Im Lauf der Zeit besserte sich Matys' Zustand, wenn er sich auch langsamer entwickelte als andere Säuglinge. Mit der kleinen Matilda war ein wahrer Sonnenschein auf den Sandnerhof gekommen. Sie tollte mit Georg durch das Haus und den Garten und war unermüdlich im Erfinden neuer Spiele. Mit den anderen Kindern der Siedlung umringte sie die Jeeps der amerikanischen Soldaten, die vor den bittenden Kinderaugen kapitulierten und bereitwillig Weißbrot, Konserven, Schokolade und Bonbons verschenkten. Ihre Schätze trugen die Kinder zu Klara und Josefa in die Küche, wo sie zu einer Bereicherung der schmalen Nachkriegskost wurden.

Die Kinder des Sandnerhofes nahmen die weltpolitischen Entwicklungen um sie herum kaum wahr. Sie waren unbeeindruckt, als Friedrich ihnen nach der Währungsreform die ersten neuen Geldscheine zeigte, und sie spielten weiter mit ihren Murmeln auf dem Wohnzimmerteppich, als der Nachrichtensprecher im Radio über die Berlinblockade berichtete und über die Luftbrücke, mit der die Westmächte versuchten, die hungernde Bevölkerung in der von den Sowjets abgeriegelten Stadt mit Nahrungsmitteln zu versorgen. Sie hörten zu, als Friedrich über die Verabschiedung des Grundgesetzes aus der Zeitung vorlas und dieses Ereignis als die Geburtsstunde der Bundesrepublik Deutschland bezeichnete, und sie sahen die Wahlplakate zur Wahl des ersten Deutschen Bundestages an der Litfaßsäule hängen. Sie hörten die Erwachsenen über einen neuen Bundeskanzler namens Konrad Adenauer reden, der im Radio die Bildung der Bundesregierung verkündete. Es war nicht die große Politik selbst, die die Kinder berührte, sondern die Veränderungen, die diese Politik in den Erwachsenen hervorrief. Sie spürten, dass ihre Eltern aufatmeten, dass sie wieder an eine Zukunft glaubten, dass es langsam bergauf ging. Die Diktatur, unter welcher die Kinder geboren waren, hatte sich in wenigen Jahren in eine Demokratie gewandelt.

Sandnerhof

13. Juli 1951

»Bringt bitte noch eure Aufsatzhefte nach vorne zum Lehrerpult«, sagte Hannah, als die Schulglocke klingelte und die Schüler von ihren Stühlen aufsprangen. »Und vergesst die Hausaufgaben nicht. Morgen probt noch einmal der Schulchor für das Sommerfest!« Es waren die letzten Schultage vor den Sommerferien, und die Schüler waren bereits in Ferienstimmung. Hannah packte die Aufsatzhefte ein und verließ das Schulgebäude in Erlenthal, wo sie seit ihrer Rückkehr Deutsch- und Musikunterricht erteilte.

Sie schlug den Weg zum Sandnerhof ein, hielt dann jedoch vor der Dorfkirche inne und trat durch die schwere Holztür ins Kirchengebäude. Im Vergleich zu dem strahlend heißen Sommertag draußen war es in dem Gotteshaus angenehm kühl. Hannah ging zum Ständer mit den Opferkerzen, nahm eine Kerze und entzündete sie. Ihr Blick fiel auf die Nische neben dem Taufbecken, die noch immer leer war. Sie kam Hannah in diesem Moment vor wie eine offene Wunde, die noch nicht geschlossen war, die Wunde in ihrem und in Friedrichs Herzen, die erst heilen konnte, wenn sie etwas über Melina und Konrad erfahren würden. Friedrich konnte immer noch nicht schnitzen, die Madonna stand nach wie vor unfertig im Abstellraum.

Hannah stellte die brennende Kerze auf den Ständer. In wenigen Tagen war der 20. Juli, der Jahrestag des Attentats auf Hitler, an dem Peter beteiligt gewesen war. Er hatte dafür mit dem Leben bezahlt. Bei dem Gedanken fröstelte Hannah.

Eine einsame Kerze am Weihnachtsabend in Auschwitz.

Hannah blickte in die Flamme, deren Schein durch die Tränen in ihren Augen in einem Lichtermeer verschwamm. Melina. Peter. Eine Welt in Scherben.

Pfarrer Petersen kam aus der Sakristei und sah Hannah allein bei den Kerzen stehen. Die Verlorenheit, die sie in diesem Moment ausstrahlte, versetzte ihm einen Stich. Tränennasse Augen, die ihn ahnen ließen, welche Gespenster der Vergangenheit sie verfolgten. Nur ein Teil von Hannah war aus Auschwitz zurückgekommen, denn ihre Hoffnung auf einen Neuanfang auf dem Sandnerhof war in dem Moment zerbrochen, als sie erkannt hatte, dass Melina nicht zurückgekehrt war. Alle Bemühungen, etwas über den Verbleib des Mädchens herauszufinden, waren bisher vergebens gewesen. David hatte Zeichnungen von Melina angefertigt, die sie bei allen Suchstellen des Roten Kreuzes und anderer Hilfsorganisationen abgegeben hatten, selbst in verschiedenen deutschen Tageszeitungen hatten sie Aufrufe gestartet. Zwar war Nürnberg ihr letzter Anhaltspunkt, doch Melina konnte im Grunde überall sein.

Was war mit dem Kind geschehen? War Melina damals doch kränker gewesen als gedacht und gestorben? Oder war sie in einem Bombenhagel ums Leben gekommen? Simon stellte sich die bange Frage, ob Hannah jemals wieder glücklich werden würde. Sie gab sich große Mühe, ihre Trauer nicht nach außen zu tragen, doch ihm konnte sie nichts vormachen. Er sah den Schmerz in ihren Augen, vernahm jedes Zittern in ihrer Stimme.

Er trat auf sie zu, und sie nahm ihn erst wahr, als er direkt vor ihr stand.

»Wie geht es Ihnen, Hannah?«, fragte er leise. Simon wusste, dass er in solchen Momenten seine Stimme senken musste. Hannah hatte ihm einmal erzählt, dass seine Stimme wie ein Windhauch den Schleier der Trauer von ihr ziehen könne. Sie so aus ihrer Welt der Schatten in die Gegenwart holte.

»Es werden bald sieben Jahre«, antwortete sie.

»Er hat euch geliebt, Sie und Melina«, sagte Simon. »Als ich ihm damals in Berlin mitgeteilt habe, dass Melina seine Tochter ist, hat ihn das sehr bewegt.«

Hannah nickte.

»Es muss für ihn ein Schock gewesen sein, als er Sie in Auschwitz erkannte und annehmen musste, dass Melina ums Leben gekommen ist. Danach war er zu allem entschlossen. In seiner Position wusste er, was er riskierte.«

Hannah nickte stumm.

Sie verließen die Kirche und traten hinaus in den hellen Sommertag. Trotz der sommerlichen Hitze fröstelte Hannah.

»Sind Sie schon fertig mit den Vorbereitungen für das Sommerfest?«, erkundigte sich Simon, um Hannah auf andere Gedanken zu bringen.

»Ich werde morgen noch einmal mit dem Schulchor proben«, antwortete sie. »Einige Jungs in der zweiten Stimme singen an manchen Stellen immer falsch und werfen damit das ganze Lied um. Wenn die Vorführung am Sonntag nicht im Desaster enden soll, muss ich morgen wohl den Deutschunterricht kürzen und eine längere Gesangsprobe einlegen.«

»Die Kinder denken nur noch an die Ferien.« Simon lachte. »Das merke ich im Religionsunterricht auch. Ich lese nur noch Geschichten mit ihnen, zu mehr sind sie ohnehin nicht bereit.«

Hannah nickte. »Nun muss ich aber los, Matys wartet bestimmt schon auf mich.« Sie warf einen Blick auf ihre Uhr.

»Grüßen Sie die Sandners von mir und Esther«, sagte Simon zum Abschied.

An der Abzweigung der Straße zum Sandnerhof kam ihr ein kleiner Junge entgegengelaufen. Hannah lächelte, als Matys sie erreichte und sie mit strahlenden Augen umarmte. Bei ihrer Rückkehr von der Schule wurde sie stets von dem kleinen Jungen empfangen. Für seine beinahe sechs Jahre war Matys noch sehr zierlich, und die mangelhafte Ernährung zu Beginn seines Lebens hatte auch seine geistige Entwicklung beeinträchtigt. Das Kind mit dem sonnigen Gemüt, das als Kleinkind friedlich auf der Wiese auf einer Decke liegend die Arbeit der Frauen auf den Feldern beobachtet hatte und dessen Blick neugierig den Wolken am Himmel und den Käfern auf den Grashalmen gefolgt war, hatte erst mit drei Jahren zu laufen gelernt. Matys verstand zwar vieles, was man ihm sagte, konnte jedoch nur wenige Worte sprechen.

»Holst du mich wieder ab?«, fragte Hannah und strich dem Kind zärtlich durch das dunkle Haar.

»Ja«, antwortete Matys und lächelte Hannah an.

»Hast du mit Klara und Josefa etwas Gutes gekocht?«, erkundigte sie sich.

»Ja!«, rief der kleine Junge begeistert.

»Da bin ich ja mal gespannt; dann sollten wir uns beeilen, damit sie nicht ohne uns mit dem Mittagessen anfangen«, scherzte Hannah. Den Rest des Heimwegs sprang Matys fröhlich lachend neben ihr her.

Auf dem efeubewachsenen Mäuerchen vor dem Haus der Familie Sandner saßen Georg und Matilda und blätterten in einem Poesiealbum.

Das Büchlein, in dem sich Freunde und Verwandte mit Gedichten und Schmuckbildchen verewigten, war Matildas größter Schatz.

»Schau mal Hannah, was Traudl mir ins Album geschrieben hat!«, rief Matilda und hielt Hannah das aufgeschlagene Buch entgegen.

»Es gibt nichts Gutes, außer man tut es«, las Hannah einen sorgfältig mit kleinen lila Veilchen umkränzten Satz von Erich Kästner vor. »Das ist sehr schön, Matilda.«

Hannah blätterte durch die Seiten, fand einen liebevollen Eintrag von Pfarrer Petersen mit einem kleinen Engelsbild und stieß dann auf das wertvollste Werk des Büchleins, ein kleines Gedicht und eine wunderschöne Landschaftszeichnung von David.

»Das ist ein wahres Kleinod«, sagte Hannah.

»Schreibst du mir auch etwas ins Album?«, erkundigte sich Matilda.

»Aber gern«, antwortete Hannah.

»Wenn nur Matys auch etwas reinschreiben könnte«, seufzte das Mädchen mit einem Blick auf den kleinen Bruder. »Er fehlt noch.«

»Ja!«, rief Matys laut aus.

Nachdenklich schaute Hannah auf die beiden Geschwister und steckte das Buch in ihre Tasche.

»Vielleicht fällt uns da ja eine Lösung ein«, meinte sie und lächelte. »Nun aber los, ihr habt doch bestimmt schon alle Hunger.«

Esther saß noch an ihrem Schreibtisch in dem kleinen Büro neben dem Wohnzimmer der Sandners. An den

Wänden standen Aktenschränke, und auf dem Tisch neben ihrer Schreibmaschine türmten sich Aktenordner, Briefe, Lieferscheine und Rechnungen. Nach ihrem Einzug auf dem Sandnerhof hatte Friedrich hocherfreut die Schreibarbeit für das Sägewerk an Esther übergeben, die bereits die Buchhaltung für die Buchhandlung ihrer Eltern erledigt hatte, und er hatte seither das Büro nur noch in seltenen Fällen betreten und stets so schnell wie möglich wieder verlassen.

»Soll ich dir später helfen?«, fragte Hannah mit Blick auf den überfüllten Schreibtisch.

»Gern«, antwortete Esther. »Das Sägewerk hat Hochkonjunktur. Es wird wieder viel gebaut. Da fällt jede Menge Büroarbeit an.«

»Du bist ein Segen für Friedrich«, meinte Hannah lächelnd. »Ich glaube, er wüsste gar nicht, was er ohne dich machen sollte. Schreibarbeiten mag er gar nicht.«

»Stimmt.« Esther lachte. »Das Büro ist wahrlich nicht sein Lieblingsort. Manchmal muss ich ihm bis ins Sägewerk nachlaufen, um mir eine Unterschrift von ihm zu holen.«

»Hans dagegen sieht man hier schon öfter«, sagte Hannah mit einem vielsagenden Seitenblick auf Esther, die errötete.

»Oh ja. Er ist oft meine letzte Rettung, wenn etwas unterzeichnet werden muss und ich Friedrich nirgends finden kann.«

»Ja, ich glaube, es würde die beiden sehr schmerzen, solltest du den Sandnerhof wieder verlassen«, sagte Hannah seufzend. Ihr Blick war auf ein Buch gefallen, das unter einem Stoß Rechnungen hervorschaute. Esthers Lieblingsbuch. Ein Buch über Palästina, das Pfarrer Petersen ihr geschenkt hatte. Mit Wehmut dachte sie auch an die Briefe, die Esther mit ihrer emigrierten Schwester austauschte. Nach dem Krieg hatte Esther nach ihren Eltern geforscht und vom Deutschen Roten Kreuz die Auskunft erhalten, dass die beiden im September 1942 nach Theresienstadt und im Frühjahr 1943 nach Auschwitz deportiert worden und dort gestorben waren. Somit war ihre Schwester Gerda die einzige Verwandte, die Esther noch hatte.

»Es ist nur ein Traum«, sagte Esther, die Hannahs Blick gefolgt war. »Es wird bestimmt niemals mehr sein als nur ein Traum.«

»Was ist nur ein Traum?«, fragte eine Stimme von der Tür her. Hans trat mit einem Stoß Lieferscheine in der Hand ins Büro.

»Meine Schwester wiederzusehen«, erwiderte Esther.

Hans bemerkte das Buch auf dem Tisch, griff danach und blätterte darin.

»Das verstehe ich. Aber wenn, dann doch hoffentlich nur besuchsweise. Wir brauchen dich hier nämlich«, sagte er.

Esther lächelte. »Lade sie und ihren Mann doch mal zu uns ein«, schlug Hans vor. »Oder denkst du, sie hat Deutschland für immer den Rücken gekehrt und möchte niemals mehr zurückkommen?«

»Ich werde sie in meinem nächsten Brief fragen«, antwortete Esther.

»Hoffentlich stimmt sie zu«, meinte Hannah. »Ich würde sie und Anton zu gern kennenlernen.«

»Ja, das wäre wunderbar. Auf alle Fälle wird sie sich riesig über die Einladung freuen.« Esther faltete die Rechnung, die sie gerade getippt hatte, schob sie in einen Umschlag und erhob sich von ihrem Schreibtisch.

»Nun habe ich einen Bärenhunger«, erklärte sie. »Und aus Klaras Küche duftet es schon die ganze Zeit so verführerisch. Lasst uns mal schauen, was sie gekocht hat.«

Nach dem Mittagessen und der Arbeit am Schreibtisch fiel Hannah das Poesiealbum in ihrer Tasche wieder ein. Sie nahm das Büchlein sowie ihr Federmäppchen und holte einen Gedichtband aus ihrem Zimmer. Dann rief sie Matys herbei und setzte sich mit ihm an den Tisch im Garten. Sie las dem kleinen Jungen mehrere Gedichte vor, und er hörte ihr aufmerksam zu. Als sie mit Eichendorffs »Mondnacht« geendet hatte, rief der Junge begeistert: »Ja!«

Hannah lächelte. »Das dachte ich mir, dass dir das gefällt.« Sie holte den Federhalter aus ihrem Mäppchen, legte ihn Matys in die Hand und begann, dem Jungen die Hand zu führen.

»Siehst du«, sagte sie, »du kannst auch schreiben. Wir schreiben zusammen das schöne Gedicht in Matildas Album.«

Aufs Äußerste darauf bedacht, keine falsche Bewegung zu machen, hielt Matys den Füller und ließ sich die Hand von Hannah über die Seite des Albums führen, die sich nach und nach mit Eichendorffs Gedicht füllte, in dem die Seele ihre Flügel ausspannt, um nach Hause zu fliegen.

»Siehst du, Matys, nun hat Matilda auch einen Eintrag von dir.« Hannah strich ihm übers Haar, als sie beide das entstandene Werk bestaunten.

Der Junge lachte und sprang stolz davon, um seine Schwester mit dem Buch zu überraschen.

Den Rest des Tages klang Eichendorffs Gedicht noch in Hannah nach. Auch ihre Seele hatte sich einmal erhoben, um in ihrer Sehnsucht und ihren Träumen die Baracken, die Grenztürme und die rauchenden Schornsteine der Krematorien von Auschwitz zu überwinden und nach Hause zum Sandnerhof zu fliegen. Doch nun irrte ihre Seele voller Sehnsucht durch das Land, um den wichtigsten Menschen in ihrem Leben wiederzufinden, den sie verloren hatte. Ohne ihre Tochter Melina würde sie sich niemals wieder irgendwo wirklich zu Hause fühlen.

München

Juli 1951

»Emma, weißt du, wo meine Noten sind?«, fragte die fünfzehnjährige Lina und durchsuchte den Stapel mit Notenbüchern im Wohnzimmer. »Die Mozartsonate? Gestern hatte ich sie doch noch.«

»Dann können sie auch nicht weit sein«, antwortete Emma und kam aus der Küche, um Lina beim Suchen zu helfen.

»Du findest sie schon wieder nicht?«, fragte Lea, die gekommen war, um ihre Freundin zur Orchesterprobe abzuholen. Sie stellte ihre Tasche ab und blickte sich um. »Wie du das bloß machst. Immer verlegst du deine Noten.«

Sie schauten in allen Schubladen und Regalen nach, jedoch vergeblich, und auf einmal kam Lina ein Gedanke. Der kleine fünfjährige Christian, der bei solchen Suchaktionen sonst immer mittendrin herumsprang, saß verdächtig ruhig vor seinem Holzbaukasten.

»Christian! Wo hast du die Noten versteckt?«, rief Lina.

Ein schelmisches Lächeln erschien auf dem Gesicht des kleinen Jungen.

»Los, sag schon, oder ich kitzele dich, bis du es mir freiwillig verrätst«, drohte Lina mit gespieltem Ernst.

Der Junge sprang lachend auf, lief zum Sofa und angelte unter den Polstern das Notenbuch hervor.

»Na warte, du Schlingel, wenn ich nachher heimkomme!«, warnte ihn Lina zum Spaß. »Da erwartet dich was!«

Doch Christian lachte nur. »Dann versteck ich mich, und du findest mich nicht!«

»Dann kannst du jetzt schon damit anfangen, dir ein gutes Versteck zu suchen! Aber es wird dir nichts nützen, ich finde dich überall!«, rief Lina, drückte Emma zum Abschied einen Kuss auf die Wange und verließ mit Lea die Wohnung.

Emma schaute aus dem Fenster den beiden Mädchen nach, die um die nächste Häuserecke verschwanden. Sie hatten großes Glück gehabt, dass ihre Wohnung in der Theatinerstraße nicht ausgebombt gewesen war, als sie aus Miesbach zurückkehrten. Und mit Lea an ihrer Seite hatte sich Lina in München wieder gut eingelebt. Als dann auch noch Christian zur Welt gekommen war, war Lina in ihrer Rolle als große Schwester vollkommen aufgegangen. Sie liebte den kleinen Jungen, der ihr ganz offensichtlich half, den Schmerz über ihren eigenen Verlust zu verarbeiten. Wenn sich Lina auch zu einem fröhlichen jungen Mädchen entwickelt hatte, kannten Emma und ihr Mann doch die Zeiten, in denen sie eine tiefe Traurigkeit überkam, aus der sie nur schwer wieder herauszuholen war. Lina vermisste ihre Mutter nach wie vor so sehr wie nichts anderes auf der Welt. Alle Anstrengungen, etwas über sie in Erfahrung zu bringen, waren jedoch bisher im Sande verlaufen.

Dabei wünschte Emma sich so sehr, dass Lina endlich erfuhr, was mit ihrer Mutter geschehen war.

Berlin

Juli 1951

Der Hörsaal an der Universität der Künste in Berlin war abgedunkelt, der Professor für Kunstgeschichte wechselte das Dia, und die Studenten sahen auf der Leinwand eine in grellem Gelb gezeichnete Raubkatze inmitten einer Komposition aus farbenfrohen Formen, die an die Wildnis eines Dschungels erinnerten.

»›Der Tiger‹ von Franz Marc«, erklärte der Professor. »Wohl eines seiner berühmtesten Werke, der Münchner Maler hat es 1912 fertiggestellt. Marc ist ein Vertreter des Expressionismus, doch das Bild zeigt auch Elemente des Kubismus, deutlich zu erkennen an den geometrischen Formen, in die der Künstler sein Werk aufgeteilt hat. Eine besondere Rolle spielen die kräftigen Farben, die nicht die Wirklichkeit, sondern das Wesen der Dinge wiedergeben sollen.«

David betrachtete fasziniert das Bild auf der Leinwand. Welche Energie es doch ausstrahlte! Er war kein Anhänger des Kubismus, der die Welt auf einige wenige Grundformen wie Kugel, Kegel, Zylinder und Kubus reduzierte, doch der Expressionismus, der sich über die naturgetreue Wiedergabe der Wirklichkeit hinwegsetzte und den Dingen eigene Farben und

Formen verlieh, begeisterte ihn immer mehr. David sah sich im Hörsaal um. Jeden Tag war er dankbar, hier zu sein. Nach seiner kunsthandwerklichen Lehre und dem Abitur an einem Abendgymnasium in Würzburg hatte er sich an mehreren deutschen Kunsthochschulen beworben, und seine Freude war groß gewesen, als er die Aufnahmeprüfung für den Studiengang der darstellenden Kunst an der Berliner Universität bestanden hatte.

»Eines der beliebtesten Tiermotive von Franz Marc sind Pferde«, fuhr der Professor fort und klickte das nächste Dia an. Drei große blaue Pferde waren zu sehen, anmutig den Kopf zur Seite geneigt, vor einer in roten Schwüngen angedeuteten Berglandschaft. Für David drückte dieses Bild etwas Sehnsuchtsvolles und Träumerisches aus. Er saß zwischen seinen Freunden Paul und Viktor, die genauso gebannt wie er die Bilder auf der Leinwand bestaunten.

»Faszinierend«, sagte Paul leise. »Einfach faszinierend.«

Als die Diareihe zu Ende war und die Vorhänge im Hörsaal wieder geöffnet wurden, brauchten die Studenten einen Moment, um sich bewusst zu machen, dass die letzte Vorlesungsstunde des Semesters nun vorbei war.

»So, nun nur noch den Rucksack packen, und es kann losgehen«, meinte Viktor und packte seinen Block und seine Stifte ein.

»Ja, ich kann es schon gar nicht mehr erwarten«, stimmte Paul zu.

»Wo geht's denn dieses Mal hin? Macht ihr wieder eine eurer Städtetouren?«, erkundigte sich Inge, eine junge Studentin mit kurzen braunen Haaren in der Reihe vor ihnen.

»Florenz«, erwiderte David. Wie immer in den Semesterferien besuchten er und seine beiden Freunde eine kunsthistorisch bedeutende Stadt, und dieses Mal war ihre Wahl auf Florenz gefallen, die Wiege der Renaissance in der Toskana. Schon Paris, das sie sich im Frühjahr am Ende des

Wintersemesters angeschaut hatten, war mit seinen unzähligen Kunstgalerien, Kirchen, Museen und Künstlervierteln ein unvergessliches Erlebnis gewesen, doch Florenz würde dies noch übertreffen. Das ganze Semester über arbeiteten und sparten er und seine Freunde, damit sie sich diese Studienreisen leisten konnten. Von Opa Friedrich, der stolz auf Davids Leistungen an der Universität war, kam auch immer ein wohlwollender Zuschuss.

»Wie lange bleibt ihr denn?«, fragte Inge, und David bemerkte, dass sie ihn beobachtete, während er seine Tasche schloss.

»Eine Woche. Mehr können wir uns nicht leisten«, erwiderte Paul.

»Und wann geht's los?«, erkundigte sie sich.

»Heute Abend, wir nehmen den Nachtzug«, antwortete Viktor.

»Super, da könnt ihr doch noch Franziska, Lydia und mich ins Café begleiten und mit uns das Semesterende feiern«, schlug Inge vor.

»Ich muss noch packen«, entgegnete David zögerlich, doch Paul und Viktor überstimmten ihn.

»Dafür brauchen wir doch nicht lange. Klar kommen wir mit.«

Das Café war voll besetzt mit Studenten in Ferienstimmung, und sie ergatterten den letzten leeren Tisch in der Ecke. Aus dem Radio erklang Jazzmusik, von allen Seiten hörte man fröhliche Stimmen und Lachen, Zigarettenrauch lag in der Luft.

»Verreist ihr auch?«, begann Paul das Gespräch, doch die drei Mädels schüttelten den Kopf.

»Nein, wir bleiben in Berlin und jobben«, entgegnete Franziska, ein junges Mädchen mit langen blonden Haaren.

»Paul und ich kehren nach der Woche Florenz auch wieder nach Berlin zurück, und David besucht seine Familie auf dem Sandnerhof«, erklärte Viktor.

»Der Sandnerhof? Wo ist das denn?«, fragte Inge interessiert.

»Das ist ein Weiler in der Nähe von Würzburg. Meine Familie betreibt da eine Sägemühle und ein landwirtschaftliches Gut, außerdem wohnen dort noch einige Arbeiterfamilien«, antwortete David. Er zog seinen Reiseführer von Florenz aus der Tasche und begann, darin zu blättern.

Inge beugte sich über den Tisch und sah ihn an. »Wie haben dir die Vorlesungen von Professor Schulz gefallen?«

Bevor David antworten konnte, kam ihm Lydia, das dritte Mädchen am Tisch, zuvor: »Also mir sagt dieser Expressionismus gar nicht zu.« Sie runzelte die Stirn.

»Mir schon«, entgegnete Inge. »Etwas naturalistisch zu malen, ist natürlich schön, weil es die Wirklichkeit darstellt, aber im Expressionismus legt der Künstler seine ganze Gefühlswelt in das Bild hinein. Er zeigt die Welt nicht, wie sie ist, sondern so, wie er sie wahrnimmt.«

Bei diesen Worten horchte David auf. Inge sprach ihm aus der Seele.

»Das sehe ich genauso«, sagte er und bemerkte ein Strahlen in Inges Augen. »Die Farben und Formen im Expressionismus haben unglaublich viel Aussagekraft. Ein blaues Pferd regt die Fantasie des Betrachters an, ohne dass er es merkt. Es weckt Assoziationen in ihm, die ihm gar nicht bewusst sind.«

Inge stimmte ihm begeistert zu, und nur zu gern legte David nun seinen Reiseführer zur Seite, um sich mit ihr über die verschiedenen Kunststile auszutauschen.

»Wir müssen dann los«, stellte Viktor nach einer Stunde mit Blick auf seine Armbanduhr fest, und er, Viktor und David zahlten für den Kaffee der Mädchen mit.

»Schreibt uns doch eine Karte aus Florenz«, bat Inge beim Abschied, und David versprach es.

Eine Stunde später war der Reiserucksack gepackt, und David ließ seinen Blick noch einmal durch das winzige Zimmer im Studentenwohnheim schweifen. Es war alles aufgeräumt, die Bücher standen im Regal, und die Pinsel, Zeichenblöcke und Malutensilien waren ordentlich verstaut. Er schwang sich den Rucksack über die Schultern, schloss die Tür ab und schlug den Weg zum Bahnhof Zoo ein. Das Abenteuer Florenz konnte beginnen.

Sandnerhof

Juli 1951

Pfarrer Petersen sah aus dem Fenster. Auf der Straße bemerkte er eine junge Frau mit schulterlangem braunem Haar im hellen Sommerkleid. Sie trug eine kleine Reisetasche und war sicherlich mit dem Zug gekommen. Eigentlich kannte Simon alle aus der Gemeinde und auch die meisten Verwandten, die immer wieder mal zu Besuch kamen. Doch diese Frau hatte er noch nie gesehen, obwohl ihm selbst aus der Distanz etwas an ihr bekannt vorkam. Ein paar Minuten blieben ihm noch, bevor er zum Sommerfest gehen wollte. Er trat in die Küche und trank einen Schluck Wasser, als es an der Tür klingelte.

Simon öffnete, und vor ihm stand die Frau, die er eben noch beobachtet hatte.

»Entschuldigen Sie, sind Sie Pfarrer Petersen?«

»Der bin ich«, nickte Simon. Nun, da er sie aus der Nähe sah, verstärkte sich das Gefühl, dass sie ihm bekannt vorkam. An wen erinnerte sie ihn bloß? »Wie kann ich Ihnen helfen?«

»Wenn ich das wüsste«, entgegnete die Frau. »Ich habe keine Ahnung, warum mein Bruder mir vor Kriegsende Ihre Adresse gegeben hat. Mein Name ist Linda Hagen.«

Peter Hagens Schwester! Jetzt war Simon klar, warum sie ihm so seltsam vertraut vorgekommen war. Sie sah ihrem Bruder Peter verblüffend ähnlich, und er erkannte sogar Züge von Melina in ihrem Gesicht. »Ich freue mich, Sie kennenzulernen«, sagte er herzlich. »Ja, ich kannte Ihren Bruder Peter, und ich glaube, ich weiß, warum er Sie zu mir geschickt hat. Aber da gibt es jemanden, der Ihnen das noch viel besser erklären kann. Kommen Sie doch bitte mit, ich bin gerade auf dem Weg zum Sommerfest der Grundschule. Wenn Sie möchten, können Sie Ihre Tasche hier im Flur abstellen.«

Ein wenig verwirrt folgte Linda Simon durch den Vorgarten des Pfarrhofs zur Straße. In der Nähe des Schulgebäudes war schon die Blasmusik zu vernehmen, und als sie den belebten Schulhof betraten, zeigte Simon auf einen leeren Tisch, an dem sie Platz nahmen.

Auf einem Podium in der Mitte des Hofs beendete der Erlenthaler Blasmusikverein gerade seine Darbietung und machte Platz für den Schulchor, der dort Aufstellung nahm.

Linda schaute sich im Schulhof um und sah die vielen Tische, an denen ihr unbekannte Menschen saßen.

Simon bemerkte den ratlosen Blick in den Augen der jungen Frau und sagte lächelnd: »Sie fragen sich gerade, warum wir hier sind.«

»Ehrlich gesagt, ja, ich kenne hier überhaupt niemanden«, gestand ihm Linda.

»Sind Sie sicher? Dann schauen Sie doch mal die Frau da oben auf dem Podium genauer an, die gerade versucht, die Meute der Schulkinder zu bändigen.« Simon sah zu Hannah hinüber.

Linda wandte ihren Blick ebenfalls zur Bühne, wo Hannah gerade den Kindern des Chores ihre Plätze zuwies und anschließend den Dirigentenstab hob.

»Hannah!«, rief Linda aus. »Hannah Rosenberg, meine Geigenlehrerin! Jetzt verstehe ich gar nichts mehr!«

Fragend schaute sie zu Simon, der ihr lächelnd zunickte.

Der Schulchor sang drei Lieder aus dem Liederzyklus von Robert Schumann. Die Gespräche im Hof verstummten, und die Gäste hörten aufmerksam dem Gesang zu.

Linda beugte sich zu Simon. »Das hat sie schon immer gekonnt. Sie zieht ihre Zuhörer in ihren Bann. Die Aufführungen unseres Schulorchesters, die sie dirigiert hat, waren die besten, die wir je gegeben haben. Musik ist einfach ihr Leben.«

»Musik hat Hannah das Leben gerettet«, erwiderte Simon. Linda schaute ihn fragend an.

»Sie wird es Ihnen später erzählen.«

Als die Lieder verklungen waren und die Kinder nach ihrem wohlverdienten Applaus vom Podium gingen, kam Hannah auf Pfarrer Petersens Tisch zu. Plötzlich blieb sie stehen und schaute die junge Frau an, die neben dem Priester saß und sie anlächelte.

»Kann das wahr sein? Linda?«, fragte Hannah ungläubig.

Linda sprang auf und umarmte sie.

»Ich kann es nicht glauben! Linda, wie kommst du denn hierher?«, fragte Hannah und schloss ihre ehemalige Schülerin fest in die Arme.

»Ich glaube, wir haben uns alle sehr viel zu erzählen«, meinte der Priester. »Aber hier ist nicht der passende Ort. In meinem Garten ist es jetzt schön ruhig, da können wir uns besser unterhalten.«

Hannah konnte es kaum erwarten, endlich bei Pfarrer Petersens Haus anzukommen. So viele Fragen brannten ihr auf der Seele, und Linda ging es sicherlich nicht anders.

Im Garten des Pfarrhauses setzten sie sich an einen Tisch unter einem Apfelbaum, und Pfarrer Petersen holte kalte Getränke.

»Woher wusste Peter, dass Sie hier in Erlenthal sind, Hannah?«, fragte Linda. »Als er das letzte Mal mit mir über Sie gesprochen hat, hatte ich nicht den Eindruck, dass ihm etwas über Ihren Aufenthaltsort bekannt war. Es war kurz vor dem Attentat. An dem Abend hat er mir die Adresse von Pfarrer Petersen gegeben, den ich aufsuchen sollte, falls ihm etwas zustieße«, berichtete Linda.

»Doch, damals hat er mich kurz gesehen. Das erkläre ich dir gleich, aber sag mir erst, wusstest du von den Attentatsplänen?«, fragte Hannah.

»Nein, überhaupt nichts. Peter hat uns nichts erzählt. Er hatte sich jedoch in den Wochen davor sehr verändert. An unserem letzten gemeinsamen Abend, als wir auch über Sie sprachen, hat er verlangt, dass wir packen sollten, da wir Berlin verlassen müssten. Er hat Clarissa, seinen Sohn Tristan, die Eltern und mich an einen abgelegenen Ort am Schliersee bringen lassen, mitten in Bayern. Dort wurden wir jedoch einige Tage nach dem Attentat aufgespürt und verhaftet.«

»Wo seid ihr hingebracht worden?«, fragte Hannah.

»Zunächst ins Untersuchungsgefängnis Tegel, wo wir tagelang verhört wurden, dann ins Arbeitslager Ravensbrück. Der siebenjährige Tristan wurde von uns getrennt und kam ins Kinderinternierungslager Bad Sachsa, wo ihm die Nazis einen anderen Namen gaben und versuchten, ihn umzuerziehen, um ihn dann von nazitreuen Eltern adoptieren zu lassen. Das passierte mit vielen Kindern der Attentäter vom 20. Juli, aber zum Glück kam es nicht so weit, denn der Krieg war ja dann einige Monate später vorbei, und wir haben Tristan nach der Befreiung unseres Lagers wiedergefunden.«

Linda hielt einen Moment inne, und Hannah ahnte, wie sehr sie die Erinnerung an diese schwere Zeit aufwühlen musste.

»Tristan war sehr verändert, und Clarissa hat Peter für alles verantwortlich gemacht«, erzählte sie. »Sie hat ihm seine

Entscheidung nie verziehen und den Kontakt zu uns abgebrochen. Ich habe gehört, dass Tristan sehr aufsässig geworden sein soll. Er wächst bei Clarissa und deren Eltern auf, doch die strenge Erziehung tut ihm wohl nicht gut. Bei jeder Gelegenheit reißt er von zu Hause aus, zieht mit einer Horde Jungs durch die Straßen Berlins und stellt dabei alles Mögliche an. Selbst von Brandstiftung war bereits die Rede.«

»Ein Rebell, der auf diese Weise versucht, seinem Zorn über all die Dinge, die er in seinem jungen Leben nicht verstehen konnte, Luft zu machen«, meinte Pfarrer Petersen leise.

»Das ist traurig, Linda.« Hannah legte ihre Hand auf den Arm der jungen Frau.

»Ja, vor allem, weil Tristan mein einziger Neffe ist. Peter hatte sonst keine Kinder.« Linda schwieg bedrückt.

Hannah sah zu Pfarrer Petersen.

Er verstand ihren Blick, stand auf und ging ins Haus. Als er zurückkam, hielt er in der einen Hand einen Brief, in der anderen einige Zeichnungen, die er vor Linda auf den Tisch legte.

Linda betrachtete neugierig die Bilder eines kleinen Mädchens. »Wer ist das?«

Hannah fing Pfarrer Petersens fragenden Blick auf und nickte zustimmend.

»Da Peter Sie zu mir geschickt hat, ist es wohl in seinem Sinne, dass ich Ihnen das sage. Das Mädchen auf den Zeichnungen ist Ihre Nichte Melina, die Tochter von Peter und Hannah«, erklärte der Priester.

Es dauerte einen Moment, bis Linda verstand. Sie schaute auf die Bilder und auf Hannah und rief überrascht aus: »Peter und Sie hatten ein Kind, Hannah? Ich habe eine Nichte?«

»Ja.« Hannah schluckte ihre Tränen hinunter. In diesem Moment schmerzte sie die Sehnsucht nach Melina wieder so sehr, dass es ihr fast das Herz zerriss.

Der Priester gab Linda den Brief, den Peter Hagen kurz vor seiner Hinrichtung geschrieben hatte. »Lesen Sie diesen Brief Ihres Bruders; ich habe ihn kurz nach Kriegsende erhalten. Sie werden dadurch die Motive Ihres Bruders für das Attentat besser verstehen.«

Linda las die Zeilen, die Peter in seinen letzten Stunden geschrieben hatte, und legte die Blätter danach stumm auf den Tisch. Die Bestürzung war ihr anzusehen.

»Das habe ich alles nicht gewusst«, sagte sie tonlos. »Oh Gott, Hannah, Sie waren in Auschwitz! Und Peter hat mit seiner Arbeit dazu beigetragen! Mit dieser Schuld konnte er nicht mehr leben.« Sie schwieg einen Moment. »Aber er war nicht allein schuld, sondern wir alle«, fuhr sie erregt fort. »Auch ich hätte besser nachdenken und das alles hinterfragen können, was in Deutschland passiert ist. Aber ich habe geglaubt, was alle sagten, wir waren stolz auf Peters Karriere!«

»Linda, du warst noch ein halbes Kind«, sagte Hannah.

»Vielleicht am Anfang, aber später nicht mehr«, entgegnete Linda. »Das Alter ist keine Entschuldigung.«

»Aber Sie sind in einem Umfeld groß geworden, das die Gedankenwelt des Nationalsozialismus übernommen hat. Sie haben den Erwachsenen um Sie herum vertraut«, versuchte der Priester, sie zu beruhigen. »Peter hat irgendwann erkannt, welchen Irrlehren er nachlief, und zum Schluss versucht, zu retten, was noch zu retten war.«

Linda blickte den Pfarrer dankbar an. »Er war mein Bruder«, flüsterte sie. Dann fügte sie hinzu: »Und Melina? War sie auch in Auschwitz?«

»Nein, wir wissen allerdings nicht, wo sie ist und ob sie überhaupt noch lebt.«

Hannah hatte sich wieder ein wenig gefangen und erzählte Linda von ihrem missglückten Fluchtversuch.

Linda sah sie betroffen an. »Meine kleine Nichte! Wie gern hätte ich sie kennengelernt. Aber irgendwie scheint es mir bestimmt zu sein, dass ich alle Menschen in meinem Leben verliere.« Ihre Augen füllten sich mit Tränen.

»Hast du denn gar niemanden mehr? Was ist mit deinen Eltern?«, fragte Hannah.

»Vater ist kurz nach dem 20. Juli an einem Herzinfarkt gestorben, er war ja schon alt und hatte ein schwaches Herz, und Mutter starb im letzten Jahr«, erklärte Linda. »Ich bin Erzieherin in einem Kindergarten und wohne in einer winzigen Wohnung in Berlin. Im Moment habe ich Urlaub und wollte nun endlich herausfinden, was es mit der Adresse auf sich hat, die Peter mir vor Jahren gegeben hat. Es hatte mir schon lange keine Ruhe gelassen, aber in den ersten Nachkriegsjahren, vor allem während der Berlinblockade, war es ja gar nicht möglich, aus Berlin rauszukommen.«

»Ich bin so froh, dass du gekommen bist, ich hätte nicht gedacht, dass ich dich jemals wiedersehen würde.« Hannah lächelte. »Ich hoffe, du hast noch keine großen Reisepläne gemacht und kannst vielleicht einige Tage auf dem Sandnerhof verbringen. Dann können wir uns noch viel erzählen«, sagte sie. »Und Geige spielen«, fügte sie lachend hinzu.

»Gern, danke für die Einladung, das ist sehr lieb von Ihnen«, stimmte Linda bereitwillig zu.

»Ich freu mich, dass du da bist, und bitte sag Du zu mir«, entgegnete Hannah.

Florenz

Juli 1951

Florenz war ein einziges Kunstwerk. In den vielen Galerien und Kirchen bewunderten sie Werke von Michelangelo, da Vinci, Raffael, Donatello, sie bestaunten imposante Paläste und genossen den Blick von der historischen Brücke der Stadt, der Ponte Vecchio, die sich als die älteste Segmentbogenbrücke der Welt über den Arno spannt.

»Schade, dass die Woche so schnell vergangen ist«, sagte David. Er saß mit seinen beiden Freunden in einem Straßencafé an der Piazza della Signoria und betrachtete das imposante Gebäude des Palazzo Vecchio und den berühmten Neptunbrunnen. »Ich kann gar nicht sagen, was mir am besten gefallen hat«, stellte er fest, während er in seinem Reiseführer blätterte.

»Natürlich dein Namensvetter, der ›David‹ von Michelangelo«, scherzte Viktor und zeigte auf das Bild einer überdimensionalen Marmorstatue in Davids Buch. Mit gespieltem Ernst fuhr er fort: »Wieso musste der Mann sein bedeutendstes Kunstwerk eigentlich David nennen? Ich finde, Viktor wäre ein viel passenderer Name gewesen!«

Die drei lachten.

»Übrigens scheinst du im Moment mindestens genauso viel Aufmerksamkeit zu erregen wie die berühmte Statue«, sagte Paul zu David. »Die zwei Mädels am Nachbartisch schauen die ganze Zeit herüber, und eine hat anscheinend nur Augen für dich.«

David blickte von seinem Reiseführer auf und folgte Pauls Blick. Am Tisch neben ihnen saßen zwei junge Mädchen und lächelten ihn an. Er lächelte zurück.

»Ja, ja, David mit seinen blonden Haaren und den dunklen Augen ist halt ein Mädchenschwarm. Na los, geh rüber und frag sie, wo sie herkommen«, drängte Paul, doch David schüttelte den Kopf.

»Das ist zwecklos«, meinte Viktor. »Du weißt doch, wie er sich in Berlin benimmt, das ist doch hier nicht anders.«

»Wie benehme ich mich denn?« David runzelte die Stirn.

»Also bitte, nun tu doch nicht so, als ob du noch nicht bemerkt hättest, dass Inge ganz hin und weg ist von dir. Und sie ist nicht die Einzige. Franziska himmelt dich genauso an«, erwiderte Paul. »Ich kann dich nicht verstehen. Wenn ich auch nur einen Bruchteil deiner Chancen hätte!«

»Es war halt noch nicht die Richtige dabei«, versuchte David, dem Thema auszuweichen.

»Nicht die Richtige?«, fragte Viktor. »Inge mit ihren wunderschönen dunklen Augen und lockigen Haaren ist bildhübsch. Wer wäre denn die Richtige für unseren Frauenschwarm David?«

David schwieg einen langen Moment. Dann blickte er versonnen auf das Wasser, das aus dem Neptunbrunnen sprudelte, und sagte leise: »Honigfarbenes Haar müsste sie haben. Dunkle Augen und honigfarbenes Haar. Und sie müsste Melina heißen.«

Viktor und Paul sahen ihn verständnislos an.

Und da erzählte ihnen David die Geschichte von seiner Freundin aus Kindertagen, die auf der Flucht aus Deutschland vor acht Jahren verloren gegangen war.

Viktor und Paul waren tief betroffen.

»Mannomann, David, das erklärt natürlich vieles«, sagte Paul, der als Erster die Sprache wiederfand.

»Und ihre Mutter hat tatsächlich Auschwitz überlebt? Und um sie zu schützen, hat sie Melina zu fremden Leuten gegeben?«

»Ja, aber diese fremden Leute sind leider nicht aufzufinden. Wir können uns nicht erklären, warum sie Melina nicht zurückgebracht haben zum Sandnerhof.«

»Eigentlich lässt das ja nur einen Schluss zu«, meinte Viktor, doch er sprach nicht weiter.

»Nein, das kann nicht sein«, entgegnete David, der Viktors Andeutung verstanden hatte. »Melina ist nicht tot. Ich habe sie damals an Marias Hochzeit vor mir gesehen, als junges Mädchen.«

Und er erzählte den Freunden seinen Tagtraum von damals.

»David, du solltest dich da vielleicht nicht zu sehr dran klammern«, meinte Paul. »In diesem unseligen Krieg ist zu viel passiert. Lass die Vergangenheit ruhen und schau nach vorn.«

»Du meinst, ich soll Melina einfach vergessen?«, fragte David entrüstet.

Paul schwieg. Er spürte wohl, dass es keinen Sinn hatte, auf David einzureden.

Viktor wechselte das Thema. »Nun lasst uns an unserem letzten Tag in Florenz nicht Trübsal blasen. Was schauen wir uns denn im nächsten Jahr an?« Er lächelte David aufmunternd zu. »Venedig, Verona oder Rom?«

Sandnerhof

Juli 1951

Die hellen Sonnenstrahlen fielen durch das dichte Blätterdach der Bäume und zeichneten leuchtende Bilder auf den Waldboden. Es war angenehm kühl, denn die Sommerhitze drang nicht bis in die Tiefe des Waldes vor. Hannah und Linda saßen nach einem langen Spaziergang auf einem Baumstamm am Wegesrand, um sich auszuruhen. Sie hatten viele Erinnerungen an die Zeit in Berlin ausgetauscht, doch irgendwann war Hannah aufgefallen, wie verkrampft Linda versuchte, ein bestimmtes Thema nicht zu berühren: Peter.

»Erzähl mir von ihm«, sagte Hannah und legte ihre Hand auf Lindas Arm. »Ich glaube, das bin ich ihm schuldig.«

Linda schaute auf. »Wo soll ich beginnen?«, fragte sie, und ihr Blick schweifte in die Ferne, als läge dort die Erinnerung an eine längst vergangene Zeit.

»Vielleicht fang ich einfach mit dem Ende an«, meinte sie dann. »An unserem letzten Abend, als er anfing, über dich zu sprechen, musste ich ihm noch einmal den ›Winter‹ von Vivaldi vorspielen, und dabei weinte er. Er wollte nicht, dass ich es sehe, aber ich habe es bemerkt.«

Sie machte eine kurze Pause. »Er hat Geige eigentlich nie besonders gemocht, aber seit er dich kannte, hat er das Geigenspiel geliebt. Auch später noch saß er oft mit seiner Arbeit im Wohnzimmer, wenn ich übte, und hörte mir dabei zu. Eigentlich hätten wir alle bemerken müssen, dass seine Ehe mit Clarissa nur ein Schauspiel war. Aber man sieht wohl immer nur das, was man sehen will.«

Linda machte eine kurze Pause, bevor sie fortfuhr. »Peter hat Clarissa nie wirklich geliebt. Er ist diese Ehe eingegangen, weil es von ihm erwartet wurde und weil er berufliche Vorteile darin sah. Heute verstehe ich, was er mir am Tage seiner Hochzeit eigentlich hat sagen wollen.«

Hannah sah sie fragend an, und Linda begann zu erzählen.

Berlin

April 1935

Der Ballsaal des Hotels Adlon war hell erleuchtet, die Tanzmusik des Orchesters, Stimmengewirr und helles Lachen erfüllten den Raum. Männer in Anzug und Smoking und Frauen in langer Abendrobe aus den höchsten Kreisen Berlins amüsierten sich auf der Hochzeit von Clarissa von Schönwald und Lindas Bruder Peter. Die Stimmung zu dieser fortgeschrittenen Stunde war ausgelassen, man tanzte, lachte und nahm Sektgläser und Erfrischungen entgegen, die von Dienern auf Tabletts angeboten wurden. Das reichhaltige Büfett bot eine große Auswahl an Speisen und Häppchen.

Lindas Mutter Emilie unterhielt sich mit einigen Damen. Das hellblaue Seidenkleid stand ihr vorzüglich, es schmeichelte ihrer etwas üppigen Figur und brachte ihre strahlend blauen Augen zur Geltung. Eigentlich sollte dies ein Tag der Freude für sie sein, doch ihr Gesichtsausdruck war angespannt, und sie versuchte ganz offensichtlich, sich ihre Aufregung nicht anmerken zu lassen. Ihr Blick irrte suchend umher. Unter einem Vorwand löste sie sich aus der Gruppe der umstehenden Frauen und bahnte sich mit ihrem Glas in der Hand einen Weg durch die Menschen, wobei sie immer wieder den Kopf drehte und sich umschaute.

»Wo ist bloß Peter?«, raunte sie Linda zu, die sich am Büfett gerade ein Glas mit Erdbeerbowle füllte. In ihrem cremefarbenen Kleid, das ihre schlanke Erscheinung besonders zur Geltung brachte, wusste Linda selbst mit ihren fünfzehn Jahren, dass sie bezaubernd aussah. Auch die vielen anerkennenden Blicke der Männer, die sie auf sich zog, blieben ihr nicht verborgen.

Sie sah ihre Mutter an, die sorgenvoll die Stirn in Falten gelegt hatte. »Wieso?«, fragte Linda. »Wo wird er schon sein? Bei Clarissa natürlich.«

»Eben nicht«, zischte die Mutter ihr leise zu und setzte ein Lächeln auf, als sich eine Dame im dunkelblauen Abendkleid nach ihnen umdrehte.

Sie packte Linda am Arm und zog sie mit sich in eine ruhigere Ecke des Saales. »Er ist schon seit über einer Stunde verschwunden. Wie kann er uns das antun? Clarissa fragt ständig nach ihm, und ich weiß schon keine Ausrede mehr. Es wird zum Eklat kommen, wenn er nicht bald auftaucht.«

Linda sah sich bestürzt um. Das hatte sie gar nicht bemerkt.

»Er heiratet eine von Schönwald und verschwindet an seinem eigenen Hochzeitstag.« Das Gesicht ihrer Mutter war inzwischen krebsrot geworden, sie war vollkommen aufgelöst und wischte sich mit einem Taschentuch verstohlen den Schweiß von der Stirn.

»Hast du denn keine Idee, wo er sein könnte?«, fragte Linda.

»Nicht die geringste. Clarissa sagt, sie hätte beobachtet, wie er vor mehr als einer Stunde den Ballsaal verlassen hat. Seither ist er nicht wieder aufgetaucht«, jammerte sie. »Ich sehe schon die Schlagzeilen in der Presse!«

Linda überlegte einen kurzen Moment, dann meinte sie: »Ich habe so eine Ahnung, wo er sein könnte. Wir waren dort oft, als ich noch klein war.« Mit diesen Worten legte sie sich ihre Seidenstola über die Schultern und eilte durch den Ballsaal und das Foyer des Hotels hinaus auf die Straße Unter den Linden. Im Schein der Straßenleuchten, die den Pariser Platz erhellten, sah sie die imposante Skulptur der Quadriga auf dem Brandenburger Tor, die Darstellung der Siegesgöttin Viktoria, die in ihrem von vier Pferden gezogenen Streitwagen in die Stadt einzuziehen schien.

Doch Linda hatte an diesem Abend keinen Sinn für das Wahrzeichen Berlins, das sie als kleines Kind so oft an der Hand ihres Bruders bestaunt hatte. Sie lief zielstrebig auf das Tor zu. Und richtig, sie hatte sich nicht geirrt. Da stand er, an eine der Säulen gelehnt, in seinem dunklen Smoking, rauchte eine Zigarette und starrte vor sich hin.

»Peter!«, rief Linda schon von Weitem und stürmte auf ihn zu. »Wo bist du nur? Alle suchen dich. Mutter ist außer sich.«

Als er nicht antwortete, blieb sie unvermittelt stehen. Sie zog sich ihre Stola enger um die Schultern, da es trotz der Sommerhitze in der Nacht kühl geworden war.

Peter stand noch immer bewegungslos an der Säule und zog nur gelegentlich an seiner Zigarette. War er betrunken? Warum antwortete er nicht? Seit wann rauchte er überhaupt?

Sie ging zu ihm hin und rüttelte ihn am Arm. »Was ist los, Peter? Was machst du die ganze Zeit hier draußen?«

Er sah sie an. Sein Blick war klar. Nein, betrunken war er nicht. Mit einer Stimme, die aus weiter Ferne zu kommen schien, sagte er: »Weil ich ein Feigling bin.«

Er wich Lindas fragendem Blick aus, nahm sie am Arm und ging wortlos mit ihr zurück zum Hotel.

Als sie durch die Tür ins Foyer traten, setzte er ein Lächeln auf, doch Linda spürte, wie viel Kraft ihn das kostete.

* * *

Hannah hatte Lindas Erzählung wortlos zugehört. Sie schwieg eine Weile, bis sie endlich ihre Hand nahm. »Danke, dass du mir das erzählt hast«, sagte sie mit bewegter Stimme. »Ich frage mich oft, wie unser Leben wohl verlaufen wäre, wenn wir einfach zu einer anderen Zeit oder an einem anderen Ort aufeinandergetroffen wären.«

»Ihr hättet geheiratet, wärt Melinas Eltern geworden, hättet als Familie zusammengelebt«, entgegnete Linda.

Hannah nickte. »Doch es sollte nicht so sein. 1933 waren die Weichen längst gestellt, die Deutschland in den Untergang führten. Und nun stehen wir vor einem Scherbenhaufen.«

München

Juli 1951

Betrübt kam Lina von der Orchesterprobe zurück.

»Ich höre im nächsten Schuljahr mit dem Orchester auf. Ich spiele nicht mehr mit«, erklärte sie und stellte ihre Geige im Wohnzimmer in die Ecke.

Kurt blickte erstaunt von seiner Zeitung auf, und Emma, die gerade den Abendbrottisch deckte, fragte überrascht: »Was ist passiert? Es hat dir doch immer so gut gefallen? Hast du dich über jemanden geärgert?«

»Heute war ja die letzte Probe vor den Ferien«, erwiderte Lina. »Und Frau Mariani, unsere Dirigentin, hat uns die Musiknoten für das nächste Schuljahr ausgeteilt und verkündet, dass unser Orchester eine Auszeichnung erhalten hat als bestes Schulorchester Münchens. Wir erhalten einen Zuschuss für eine Reise nach Rom im nächsten Schuljahr, wo wir sogar in einer Kirche ein Konzert geben sollen. Frau Mariani stammt aus Rom und hat das arrangiert.«

»Jetzt verstehe ich gar nichts mehr«, entgegnete Kurt mit ratloser Miene. »Das sind doch tolle Neuigkeiten, und da willst du aufhören? Als erste Geige?«

»Das ist es ja gerade, Kurt, ich kann doch nicht ein halbes Jahr lang mitproben, dabei eine tragende Stimme übernehmen und dann nicht mitfahren!«, rief Lina aus.

»Aber warum willst du denn nicht mitfahren?«, fragte Emma.

»Weil wir mit dem Zug fahren. Ihr wisst doch, dass ich das nicht kann!« Lina stürmte in ihr Zimmer.

Kurt und Emma sahen sich betroffen an.

»Ach so«, meinte Kurt. »Jetzt versteh ich erst, warum sie so aufgebracht ist. Ihre Phobie, was Züge und Bahnhöfe angeht.«

»Mit Bahnhöfen verbindet sie halt die schlimmste Erfahrung ihres Lebens, den Verlust ihrer Mutter«, erwiderte Emma bekümmert. »Oh, Kurt, was machen wir bloß? Lina liebt das Schulorchester, es würde ihr so fehlen, wenn sie das jetzt aufgibt. Bei ihrem Talent! Können wir nicht irgendetwas gegen diese Angst unternehmen?«

»Wir lassen sie jetzt lieber in Ruhe, später rede ich noch mal mit ihr. Im Moment hat das wohl keinen Zweck; du weißt ja, wie sie sich in solchen Situationen auch vor uns zurückzieht.«

Emma kannte diese Phasen tiefer Traurigkeit nur zu gut, die von Zeit zu Zeit über Lina hereinbrachen. Das Mädchen vermisste nicht nur seine Mutter, es gab sich auch die Schuld daran, dass sie sie bis heute nicht ausfindig hatten machen können. Als ihr Vertrauen zu Kurt und Emma groß genug geworden war, hatte sie den beiden erzählt, dass Lina nicht ihr richtiger Name sei, dass sie sich selbst jedoch nicht mehr an ihren Namen erinnern könne, sosehr sie sich auch anstrengte.

Emma dachte an das Gespräch mit Doktor Baumann, ihrem Hausarzt.

»Wie kann man denn seinen Namen vergessen?«, hatte Kurt damals den Arzt gefragt, der Lina behandelte. »Sie scheint von ihrem früheren Leben nichts mehr zu wissen.«

»Das ist nichts Außergewöhnliches«, hatte Doktor Baumann geantwortet. »Der Schock damals, der traumatische Verlust der Mutter, die Krankheit. Das alles kann dazu führen, dass die Psyche eines Menschen Geschehnisse tief im Unterbewusstsein vergräbt. Es war damals vermutlich der Wunsch der Mutter, dass das Kind zu seinem eigenen Schutz seinen Namen nicht verrät. Zunächst hat Lina das eingehalten, indem sie gar nicht mehr gesprochen hat. Doch das Sprechen war zu wichtig für sie, also hat ihre Psyche einen anderen Weg gesucht, indem sie ihren Namen verdrängt hat. Lina hat ihren Namen jedoch nicht vollkommen vergessen und auch nicht die Menschen aus ihrer Familie. Eines Tages wird sie das alles wieder wissen.«

»Können wir irgendetwas tun, um ihr zu helfen?«, hatte Kurt den Arzt gefragt.

»Ich fürchte, nein. Aber ich gebe Ihnen den Rat, drängen Sie Lina nicht und machen Sie ihr auch klar, dass sie sich selbst nicht unter Druck setzen darf. Das wäre kontraproduktiv. Ihre Seele muss heilen. Dann findet sie auch ihren Namen wieder.«

Als Emma nach Lina sah, saß diese in ihrem Zimmer im Schaukelstuhl und starrte betrübt vor sich hin. Auf die Frage, ob sie zum Abendessen kommen wolle, reagierte sie gar nicht. Es war wie so oft der kleine Christian, dem es gelang, zu ihr durchzudringen. Er kletterte mit einem Bilderbuch auf Linas Schoß und schmiegte sich eng an sie. Es dauerte nicht lange, da hörte Emma leise Stimmen aus dem Zimmer. Sie atmete erleichtert auf. Lina las Christian aus seinem Buch vor.

Würzburg

August 1951

»Der Krieg mag vielleicht vorbei sein, aber die Wunden, die er gerissen hat, sind noch lange nicht verheilt. Für unzählige Menschen werden sie vermutlich noch ein Leben lang schmerzen«, sagte Pfarrer Martin Becker zu Simon.

Der Gottesdienst in der St.-Burkard-Kirche war gerade zu Ende.

»Schau dir diese Kirche an. Sie ist zwar nach der Teilzerstörung in der Bombennacht vom 16. März 1945 wiederaufgebaut worden, aber einige wunderschöne Kunstwerke sind unwiederbringlich verloren.«

»Der Marienaltar, das Tafelgemälde von St. Burkard, die wunderschöne, mit Schnitzereien verzierte alte Orgel«, stellte Simon fest. »Sie fehlen einfach, und das tut weh.«

»Ja, äußerlich haben wir schnell sehr erfolgreich begonnen, zu renovieren, wiederaufzubauen, zum Alltag zurückzukehren, doch innerlich, da sind die wahren Kriegsschäden«, stimmte ihm Martin zu.

»Wenn ich nur wüsste, wie ich den Sandners und Hannah helfen kann.« Simon seufzte. »Sie trauern alle so sehr um

Melina, auch von Konrad haben sie kein Lebenszeichen. Das Schlimmste ist die Ungewissheit. Solange sie nicht einmal wissen, was mit diesen Menschen passiert ist, können sie nicht wirklich anfangen zu trauern. Das Kapitel Melina und Konrad wird offen bleiben, vielleicht für immer.«

»Die Hoffnung ist alles, was ihnen bleibt.« Martin nickte.

»Ich befürchte ja selbst schon, dass Melina nicht mehr lebt«, gab Simon dem Freund gegenüber zu. »Acht Jahre! Der einzige, der felsenfest von ihrer Rückkehr überzeugt ist, ist David. Er hat mir einmal erzählt, er habe sie in einer Art Tagtraum als junge Frau gesehen. Daran hält er fest.«

»Ich glaube an solche Träume, Simon«, meinte Martin nachdenklich.

»Ich möchte auch so gern darauf vertrauen, denn es tut unglaublich weh, Hannahs Trauer mitzuerleben und nicht helfen zu können. Womit kann ich ihr nur Mut machen?«

»Simon, du musst gar nichts sagen. Hannah weiß selbst, dass du nicht einfach ein Zauberwort sprechen kannst, und Melina ist wieder da. Aber sie spürt, dass du an ihrer Seite bist und mit ihr bangst und hoffst. Das hilft ihr mehr als Worte.«

»Meinst du? Ich komme mir dabei so hilflos vor«, entgegnete Simon.

»Das bist du ja auch, und du kannst Hannah in der Hinsicht auch nichts vorspielen. Für sie ist es jetzt nur wichtig zu wissen, dass du sie verstehst.«

»Danke.« Simon legte die Hand auf die Schulter seines Freundes. »Du hast mir sehr geholfen.«

»Gern. Und vertrau auf David und seinen Tagtraum. Sie kommt zurück.«

Sandnerhof

September 1951

Es war Lindas letzter Abend auf dem Sandnerhof. Auf dem Tisch im Garten standen Brot, Käse und Wein bereit, und sie genossen das Zusammensein im Schein der untergehenden Spätsommersonne.

»Komm doch nächstes Jahr wieder ein paar Tage zu uns«, bat Hannah. Sie wusste, dass sie Linda vermissen würde, denn sie war die letzte Verbindung zu Peter, die ihr geblieben war, seit Melina nicht mehr da war.

Auch Esther hatte sich mit Linda angefreundet; schließlich verband die drei Frauen die gemeinsame Erfahrung, ein Konzentrationslager überlebt zu haben.

»Wie sehr du doch Melina ähnlich siehst«, stellte David fest, der seinen Blick nicht von Linda abwenden konnte. Er war nach seiner Italienreise zum Sandnerhof zurückgekehrt, um hier die restlichen Sommerferien zu verbringen.

»Du hast die gleichen Augen wie sie, die gleichen Grübchen beim Lächeln, sogar deine Art zu sprechen erinnert mich manchmal an sie«, sagte er.

»Das stimmt«, pflichtete Pfarrer Petersen ihm bei. Zu Linda gewandt, sagte er: »Du kamst mir schon damals irgendwie bekannt vor, als du das erste Mal vor meiner Haustür standest.«

»Es ist seltsam, jemandem so sehr zu ähneln und ihn dennoch nicht zu kennen«, antwortete Linda nachdenklich.

»Vor zwölf Jahren haben wir hier im Garten Marias und Georgs Hochzeit gefeiert«, erinnerte sich Friedrich wehmütig. »Es war die letzte Feier in einer heilen Welt.«

Hannah sah ihn an. Der alte Mann war müde geworden. Müde von einem Leben, das so viele Wunden geschlagen hatte.

»Sie sprachen einmal davon, dass das Leben wie ein Blick in den Spiegel ist, Pfarrer Petersen«, sagte Friedrich. »Und dass wir nach unserem Tod einmal die ganze Wahrheit erkennen werden.«

»Das stimmt«, entgegnete der Priester. »Alles, was wir heute nicht verstehen, wird uns dann offenbart werden.«

Friedrich seufzte. »Ich werde viele Fragen haben, doch ich weiß jetzt schon, was meine erste Frage sein wird.«

Alle in der Runde wussten, was er damit meinte, denn auch ihre erste Frage würde lauten: Wo sind Konrad und Melina?

»So lange musst du nicht warten, Opa«, munterte David ihn auf. »Ich weiß, dass sie wieder zurückkommen werden. Und nun schaut mal, wie wundervoll Florenz ist.« Er holte seinen Skizzenblock hervor.

Im Schein der Kerzen auf dem Tisch bestaunten sie die Zeichnungen, die David während seiner Studienreise von den historischen Gebäuden und Kunstwerken der Stadt in der Toskana angefertigt hatte.

Als die Dunkelheit vollends hereinbrach und sich die anderen nach und nach verabschiedeten, zündete Hannah eine Kerze an, holte eine Decke und breitete sie über sich und Linda.

»Ich möchte gar nicht, dass du gehst«, sagte sie. »Seit du da bist, ist Peter wieder ein bisschen lebendig geworden.«

»Aber tut es nicht zu weh?«, fragte Linda vorsichtig. »Ich wusste zuerst gar nicht, ob ich dir von ihm erzählen soll, um keine alten Wunden aufzureißen.«

»Heilen können Wunden erst, wenn man versteht, warum sie der andere einem zugefügt hat. Nur dann kann man verzeihen«, antwortete Hannah. »Und nur im Verzeihen liegt wirkliche Heilung.«

Die beiden Frauen saßen eine Weile schweigend im Schein der Kerze nebeneinander.

»Ich hoffe sehr, dass du nächstes Jahr wieder zu uns kommst«, sagte Hannah. »Ich habe noch so viele Fragen.«

David begleitete Pfarrer Petersen noch ein Stück auf seinem Weg zurück nach Erlenthal.

»Ich freue mich, dass du wieder die Semesterferien hier auf dem Sandnerhof verbringst«, sagte der Priester. »Friedrich erwartet dich immer sehnsüchtig.«

»Ich weiß, er hat so viel verloren und klammert sich an die, die noch da sind«, entgegnete David. »Georg ist tot, mein Vater und Melina sind nach wie vor vermisst. Es ist schwer für ihn.«

»Aber wartet denn nicht auch jemand in Berlin auf einen so netten jungen Mann wie dich?«, fragte der Priester mit einem Lächeln auf den Lippen.

David schwieg. Er sah Inges Gesicht vor sich, wie sie ihn bei ihrem letzten Treffen aus ihren dunklen Augen angestrahlt und vielsagend lächelnd gesagt hatte: »Hoffentlich gehen die Semesterferien schnell vorbei.«

»Ja, da ist ein Mädchen, das sich freut, wenn ich wieder nach Berlin komme. Sie heißt Inge, sie ist sehr nett.« David merkte selbst, wie sehr seine Antwort ein »Aber« erahnen ließ.

Er war froh, dass der Pfarrer nicht nachbohrte, sondern ihn nachdenken ließ, während sie schweigend weitergingen.

»Es ist so schwer für mich«, brach es schließlich aus David heraus. »Ich weiß nicht, was ich machen soll, und ich glaube, mit meinem Verhalten verletze ich Inge. Sie ist sehr nett, sie ist sehr gut aussehend, sie mag mich, begeistert sich für Kunst – es würde alles passen, aber ...« David stockte.

»Aber sie ist nicht Melina«, sagte der Priester leise.

David nickte zustimmend. »Wenn ich nur wüsste, ob Melina jemals wieder nach Hause kommt. Ich vermisse sie. Und es ist für mich so viel schwerer, weil ich nicht nur das siebenjährige Kind vermisse, das damals verloren ging, sondern auch die junge Frau, die ich in meinem Tagtraum gesehen habe. Dieses Bild von Melina trage ich in mir, wie soll es da Platz geben für einen anderen Menschen?«

Der Priester schwieg, und David verstand, warum er nichts sagte. Es gab Fragen, auf die man keine Antwort geben konnte, da die Worte nur inhaltslos und leer klängen. Davids Herz war zerrissen, und kein Trost der Welt konnte daran etwas ändern.

Nach einer Weile brach David das Schweigen. »Es ging damals alles so schnell«, murmelte er und sah wieder das kleine weinende Mädchen auf dem Strohballen neben dem neugeborenen Kälbchen sitzen, das sich so sehr vor der Abreise fürchtete. Er erinnerte sich daran, wie sehr er Melina in den ersten Tagen danach vermisst hatte, noch immer vermisste. Niemand hatte jemals mit so viel Geduld neben ihm gesessen und ihm beim Zeichnen zugesehen wie sie, niemand hatte so herzlich gelacht, wenn er im Sommer Kunststücke auf der Brücke über dem Bach vollführte und dabei gelegentlich ins Wasser fiel, niemand schüttete ihm nun mehr sein Herz aus und ließ ihn an all seinen großen und kleinen Sorgen des Lebens teilhaben.

»Und als uns dann Pfarrer Becker mitteilte, dass die beiden niemals in der Schweiz angekommen waren, begann das große Warten. Warten auf ein Lebenszeichen von Hannah, warten auf das Kriegsende, warten auf eine Nachricht von dem Ehepaar, bei dem Melina sein musste. Warten, warten, warten. Bis heute. Wie lange wird das so weitergehen, werde ich bis an mein Lebensende warten?«

»Unzählig viele Menschen warten noch«, antwortete Pfarrer Petersen. »Familien, Freundschaften, Nationen wurden zerrissen. Und nicht alle Schicksale werden sich aufklären lassen. Werden wir je wieder von Melina hören, werden wir je erfahren, wo dein Vater ist? Wir wissen es nicht. Das ist das Erbe, das wir von diesem Krieg auferlegt bekommen haben. Wir müssen es tragen.«

»Was hat dieser Krieg uns nur angetan. Wie kann man damit leben, nicht zu wissen, ob die Menschen, die man am meisten liebt, noch leben?«, fragte David. Die beiden Männer liefen schweigend weiter.

München

September 1951

Lina saß im Proberaum des Schulorchesters und hörte den Ausführungen ihrer Dirigentin Frau Mariani aufmerksam zu. Das neue Schuljahr hatte begonnen, und die Orchesterleiterin sprach mit den Mädchen über ihre geplante Konzertreise.

»Im Hochmittelalter wurde die deutsche Nationalkirche Santa Maria dell'Anima von reichen Kaufleuten als Kirche für deutschsprachige Rompilger aus dem Heiligen Römischen Reich gestiftet und ist noch heute die Kirche der deutsch sprechenden Katholiken in Rom. In dieser Renaissancekirche finden wir Kunstwerke aus allen Epochen und von Künstlern verschiedenster Nationen«, erklärte Frau Mariani und reichte ein Bild durch die Reihen der Schülerinnen.

Die Mädchen des Orchesters betrachteten die Fotografie, die einen Blick durch den Säulengang der Kirche auf den goldverzierten Hochaltar eröffnete, dessen Mittelpunkt ein Altarbild mit einer Darstellung der Heiligen Familie bildete. Gemeinsam bestaunten sie weitere Fotos von Wandbildern, Reliefs, Heiligenfiguren, Fresken und Engelsstatuen.

»Wir werden dort ein kleines Konzert geben, mit ausgewählten Stücken deutscher und italienischer Komponisten«, fuhr Frau Mariani fort, und als die Bilder durch alle Reihen des Orchesters gewandert waren, rief sie: »Also los, Mädels, wir haben viel zu tun. Als bestes Schulorchester Münchens dürfen wir uns dort nicht blamieren. Wir haben nur einige Monate Zeit zum Proben.«

Die Mädchen rückten ihre Noten zurecht und griffen zu den Instrumenten.

Ganz wohl war Lina nicht bei dem Gedanken an die Orchesterfahrt nach Rom, doch sie hatte in den zurückliegenden Wochen zusammen mit Kurt fleißig daran gearbeitet, ihre Angst vor Zugfahrten zu überwinden. Immer wieder hatten sie Bahnhöfe besucht und kurze und längere Bahnfahrten unternommen, und von Mal zu Mal war Lina zuversichtlicher geworden. Die Aussicht darauf, das Bild von Michelangelo in der Sixtinischen Kapelle zu sehen, hatte schließlich den Ausschlag dafür gegeben, dass Lina der Romreise zustimmte. Davids Lieblingsbild aus Großvaters Buch. Allein um dieses Bild zu sehen, würde sie die lange Zugfahrt auf sich nehmen. Lina hoffte, damit vielleicht ihre Erinnerung aus dem Nebel befreien zu können. Sich möglicherweise an Großvaters Namen zu erinnern und vielleicht auch endlich den von ihr vergessenen Namen des Dorfes ans Licht zu bringen, in dem sie die ersten Jahre ihrer Kindheit verbracht hatte.

Sie spannte den Geigenbogen und blätterte ihre Noten auf. Ein Violinkonzert von Bach. Keine leichte Aufgabe für die erste Geige. Lina wusste, dass monatelange intensive Proben vor ihr lagen.

Sandnerhof

Dezember 1951

Der Winter hatte eine schneeweiße Decke über den Sandnerhof gebreitet, und Hannah und Esther unternahmen lange, ausgedehnte Wanderungen durch den Wald. Sie brauchten diese Zeit für sich, um über ihre zurückliegenden Erfahrungen reden und die traumatischen Erlebnisse verarbeiten zu können. Sie spürten beide, dass die Menschen in ihrer Umgebung nur zum Teil verstehen konnten, was es bedeutete, in einem Konzentrationslager gewesen zu sein. Hannah und Esther hatten in den gleichen Abgrund geschaut und die gleichen Ängste und Schrecken erlebt. Sie verstanden einander, ob sie nun stundenlang miteinander redeten oder nur schweigend nebeneinander herliefen. In der ersten Zeit nach der Befreiung des Lagers hatten sie ihr Glück kaum fassen können und sich immer wieder die Momente ins Gedächtnis zurückgerufen, die ihnen für den Rest ihres Lebens wie ein unglaublich kostbares Geschenk vorkommen würden: die Ankunft der britischen Soldaten, die sie in letzter Minute gerettet hatten, die Ärzte, von denen sie behandelt worden waren, Menschen, die ihnen Nahrung, Kleidung und ein warmes Bett gegeben hatten. Mit der Zeit jedoch wagten sie sich in Gedanken immer weiter zurück in die schwere Zeit der Not, die beherrscht gewesen war von nagendem Hunger, tödlichen Krankheiten und dem endlosen sinnlosen Morden um sie herum. Panikattacken, Albträume und depressive Verstimmungen überfielen sie noch immer von Zeit zu Zeit, und die beiden Frauen gaben sich dabei gegenseitig Halt. Es war Hannah und Esther bewusst, dass Auschwitz immer ein Teil ihres Lebens bleiben würde, so wie die eintätowierte Nummer auf ihrem linken Unterarm. Sie konnten die Zeit, die sie im Lager verbracht hatten, nicht aus ihrem Leben radieren.

München

Dezember 1951

Im Schein der Nachttischlampe las Lina in ihrem Buch. Seitdem sie die Welt der Bücher für sich entdeckt hatte, verschlang sie eines nach dem anderen. Jede Woche trug sie einen Stoß in die Leihbibliothek und kam mit einem neuen zurück. Doch es war nicht nur der Unterhaltungswert, der das Lesen für Lina so unwiderstehlich machte. Sie war auf der Suche. Mit jedem neuen Buch, das sie aufschlug, hoffte sie, auf irgendetwas zu stoßen, das Licht in ihre eigene Lebensgeschichte brachte. Ein Gefühl, eine Situation, einen Namen, der eine Erinnerung in ihr weckte.

Lina sah ihre frühere Heimat und die Menschen, die zu ihr gehörten, in aller Deutlichkeit vor sich, doch außer David und ihrer Mutter Hannah blieben sie alle namenlos. Sie erinnerte sich an Großmutter, wie sie in der Küche saß und Kartoffeln schälte und sich dabei mit dem Handrücken eine Haarsträhne aus dem Gesicht strich, sie hörte die Stimme von Davids Großvater, der den Kindern etwas erklärte und dann irgendwann die Pfeife aus der Hosentasche zog, sie stopfte und zufrieden in den Mundwinkel steckte, sie erinnerte sich an den Priester, der so häufig zu ihnen gekommen war. Lina sah jeden einzelnen Bewohner ihrer Siedlung vor sich. Doch wie war der Name des Dorfes? Wie hieß die Siedlung? Wie sollte sie jemals dorthin zurückfinden, wenn sie sich einfach nicht erinnern konnte?

War ihre Mutter vielleicht schon wieder dorthin zurückgekehrt und wartete auf sie? War sie traurig und enttäuscht und verzweifelt, dass Lina nicht zurückkam? Lebte sie überhaupt noch?

Doch sosehr Lina auch versuchte, sich zu erinnern, es gelang ihr nicht. Immer wenn sie die letzte Seite des Buches, das sie gerade gelesen hatte, umblätterte, musste sie enttäuscht feststellen, dass sie ihrer eigenen Geschichte keinen Schritt näher gekommen war.

Sandnerhof

24. Dezember 1951

Das Weihnachtsfest auf dem Sandnerhof im Kreise der Familie hatte seit den Kriegsjahren viele traurige Momente, denn wenn an diesem Tag die ganze Familie zusammenkam, fiel es besonders auf, wer fehlte. Maria trauerte um ihren Ehemann, Annie, Hans und David vermissten Konrad und Hannah ihre Tochter. Für Hannah war es ein schwerer Tag, das achte Weihnachtsfest ohne Melina, ihr sechzehnter Geburtstag. Wenn ihr kleines Mädchen noch lebte, dann war es mittlerweile eine junge Frau. Sie strich mit ihren Händen über das Geschenk für Melina, das sie wie jedes Jahr liebevoll verpackt hatte und das sie auch dieses Jahr später ungeöffnet in die Kommode in ihrer Stube zu den anderen Geschenken der vergangenen Jahre legen würde, und schaute auf die gedeckte Tafel. Das Fest schien auch in diesem Jahr wieder bereitet für einen Gast, der nicht kam. Hannahs Kehle schnürte sich zusammen.

Es waren die Kinder Georg, Matilda und Matys, denen es wie immer gelang, die trüben Gedanken wenigstens zeitweise zu verscheuchen. Hannah bemühte sich, die Freude der Kinder über das Festessen und die Kerzen am Weihnachtsbaum zu teilen, und holte ihre Geige hervor, um die Weihnachtslieder zu begleiten. Die glücklichen Augen von Georg, der über eine elektrische Eisenbahn jubelte, von Matilda, der Annie ein neues Kleid genäht hatte, und von Matys, der ein Bilderbuch auspackte, zauberten ein Lächeln in ihr Gesicht.

Als Hannah am späten Abend Matys zu Bett brachte und ihm sein Buch vorlas, strich sie ihm durch die Haare.

»Wenn es nur eine Möglichkeit gäbe, dich zu unterrichten«, sagte sie leise. Wie so oft in den letzten Jahren dachte sie zurück an ihr Studium, in dem sie von verschiedenen heilpädagogischen Ansätzen zur Förderung lernbehinderter Kinder gehört hatte. Doch während der Nazizeit waren diese Methoden in Deutschland nicht weiterverfolgt worden. Hannah fragte sich, ob es mittlerweile Fortschritte auf diesem Gebiet gab.

Josefa blieb bei den Kindern, als sich die Erwachsenen auf den Weg machten, um den mitternächtlichen Weihnachtsgottesdienst in Erlenthal zu besuchen. Der Klang der Glocken lag über dem verschneiten Dorf, beim Eintreten in die Kirche empfing sie festliches Orgelspiel, der Frauenchor sang von der Geburt des Erlösers der Welt.

Hannah sah zu Friedrich hinüber, der neben ihr saß, und folgte seinem Blick zu der leeren Nische neben dem Taufbecken. Sie wusste, er wünschte sich nichts sehnlicher, als wieder zu seinem Glauben zurückzufinden. Einem Glauben, für den er die Madonna hatte schnitzen wollen, bevor jener eisige Winter über die Welt hereingebrochen war und ihm seine Lieben genommen hatte. Seitdem war seine Seele von einer Leere erfüllt, die nichts mehr richtig füllen konnte.

Mit Tränen in den Augen wandte Hannah den Blick wieder zu Pfarrer Petersen. An diesem Tag griffen die Gespenster der Vergangenheit nach den Herzen aller, und ihr erging es nicht anders als Friedrich.

Inbrünstig sprach Pfarrer Petersen von der Kanzel und bemühte sich, so gut er konnte, den Menschen das wundervolle Geheimnis der Weihnachtsbotschaft in seiner Predigt zu vermitteln und so ihre Herzen ein wenig zu erwärmen.

Obwohl seine Worte zu Hannah durchdrangen und sie in ihrer Kindheit mit ihrer katholischen Großmutter den Weihnachtsgottesdienst mit seiner besonderen Stimmung immer sehr geliebt hatte, erreichten sie ihre Seele nicht. Worte konnten die vielen tiefen Wunden einfach nicht heilen.

Workuta

Sowjetunion

24. Dezember 1951

Das Ende der Welt. Als Kind hatte Konrad mit diesen Worten das Bild eines großen, weiten Meeres verbunden, das irgendwo fern am Horizont direkt in den Himmel überzugehen schien, doch seit sieben Jahren war Workuta, eines der berüchtigtsten Zwangsarbeiterlager des sowjetischen Gulagsystems, für ihn das Ende der Welt. Workuta, die Stadt am Eismeer, 1 800 Kilometer nördlich von Moskau, war für Konrad auch gleichbedeutend geworden mit dem Wort Hölle. Kälte, Hunger, Krankheiten, Arbeit im Bergwerk, Tote, deren Zahl niemand kannte. Nach der Niederlage der 6. Armee in Stalingrad waren sie damals auf einen Todesmarsch gegangen, der sie tagelang durch Eis und Schnee geführt und den Hunderte von Gefangenen nicht überlebt hatten. In provisorischen Durchgangslagern hatten sie mehrere Monate zugebracht, bis sie eines Tages in einen Eisenbahnwaggon verladen worden waren, in dem sie tagelang

Richtung Norden fuhren. Ewiges Eis. Workuta. Endstation Hölle.

Es war Weihnachten, und Konrad saß mit einigen Kameraden auf dem Boden seiner Holzbaracke beim Skatspiel; sie hielten selbst gemalte Karten aus Papier in der Hand. In der Brusttasche seiner Jacke spürte er eine der Postkarten, die eine Besucherin des Roten Kreuzes am Nachmittag im Lager verteilt hatte. Es war das erste Mal, dass es ihnen erlaubt wurde, in die Heimat zu schreiben. Immer wieder griff Konrad an die Tasche seiner Jacke, um sich zu vergewissern, dass die Karte noch darin steckte. Die Karte an Annie und die Kinder, an seine Eltern, an den gesamten Sandnerhof, die er wie einen Schatz hütete. Im Geiste ging er erneut die Worte durch, die er schreiben wollte. Ein erstes Aufglimmen von Hoffnung in einer schier endlos langen Reihe von Tagen, Wochen und Jahren voller Trostlosigkeit.

München

Februar 1952

»Wie alt war ich auf dem Foto?«, fragte Christian, der mit Lina auf dem Sofa saß und ein Fotoalbum betrachtete.

»Da warst du zwei Jahre alt, damals waren wir alle im Zoo. Siehst du die Giraffen im Hintergrund?« Lina lächelte.

»Und hier?«

»Das war an deinem dritten Geburtstag. Wir bauen da gerade zusammen deine Holzeisenbahn auf.«

Christian blätterte weiter. »Und hier bin ich noch ein Baby«, stellte er fest. »Du trägst mich da gerade.«

»Ja, und hier schiebe ich dich im Kinderwagen«, sagte Lina.

Sie sahen sich weitere Bilder an, als Christian plötzlich feststellte: »Es ist schade, dass es keine Babyfotos von dir gibt.«

Lina nickte. »Das stimmt. Aber du weißt ja, dass ich schon fast acht Jahre alt war, als ich zu Kurt und Emma kam.«

Für Christian, der diese Geschichte schon oft gehört hatte, blieb sie nach wie vor geheimnisvoll und voller Rätsel.

»Und deine Mama ist von den bösen Männern mitgenommen worden«, sagte er. »Aber Papa sagt, eines Tages werden wir sie finden.«

»Ja, das hoffe ich auch«, antwortete Lina.

Christian dachte eine Weile nach. »Aber wenn wir sie finden, wirst du dann weggehen?«, fragte er. »Wirst du uns dann verlassen?«

Lina strich Christian durch das lockige Haar. »Ja, dann würde ich wieder zu meiner Mama gehen«, erwiderte sie sehnsuchtsvoll. »Aber du wirst immer mein kleiner Bruder sein, und Kurt und Emma die besten Pflegeeltern der Welt. Ich würde dich ganz oft besuchen und du mich. Ich zeig dir mal, wie schön es in meiner Heimat ist.«

Sie stand auf, holte Davids Notizblock und zeigte Christian die Bilder.

»Alle dort würden sich sehr freuen, dich kennenzulernen. Und du würdest sie mögen. David würde dich zeichnen, Großvater könnte dir beibringen, wie man Schach spielt, und mit Oma würden wir an Weihnachten Plätzchen ausstechen.«

»Ich wäre traurig, wenn du gehst«, antwortete Christian. Lina dachte, dass das Leben einfach nicht fair war. Das, was sie sich am meisten wünschte, würde den Menschen, die so viel für sie getan hatten und ihr so nahestanden, großen Schmerz zufügen. Und dennoch war es ihr größter Wunsch, nach Hause zurückzukehren.

Sandnerhof

März 1952

Annie wischte sich die Tränen aus dem Gesicht. Wieder und wieder las sie die wenigen Worte, die auf der Postkarte mit dem markanten roten Kreuz auf der Vorderseite geschrieben standen. Es war Konrads Handschrift, und er teilte ihnen mit, dass er noch lebte. Neben ihr standen die ebenfalls in Tränen aufgelöste Klara und Friedrich, der seiner Frau immer wieder beruhigend übers Haar strich und sich selbst mit einem Taschentuch die nassen Augen abtupfte.

Hannah und Esther, die vom Büro aus den Aufruhr in der Küche gehört hatten, eilten herbei.

»Er lebt!«, rief Friedrich ihnen aufgeregt entgegen. »Konrad lebt! Und er kommt zurück! Wir wissen nicht wann, aber er kommt bestimmt zurück!«

»Das erste Lebenszeichen von ihm seit dem Untergang der 6. Armee bei Stalingrad.« Annie konnte ihr Glück kaum fassen. »Esther, lauf schnell ins Sägewerk und hole Hans!«, rief sie. »Und ich muss David schreiben. Er muss es sofort erfahren!«

Esther eilte aus dem Zimmer.

»Pfarrer Petersen wird uns helfen, herauszufinden, wo diese Stadt liegt, die auf dem Poststempel steht«, sagte Hannah.

»Wir schreiben ihm zurück. An die Anschrift auf der Karte. Vielleicht erhält er unsere Antwort.«

»Hauptsache, er lebt«, wiederholte Annie immer wieder. »Hauptsache, er lebt.«

Atemlos kam Hans in die Küche gerannt, gefolgt von Esther. Annie reichte ihm die Karte, und er las die wenigen Worte:

> *Meine liebe Annie, endlich kann ich Dir schreiben. Ich bin in einem Lager im Norden Russlands. Ich bin gesund und vermisse euch. Sag allen, dass ich sie liebe. Konrad.*

»Gott sei Dank, Vater lebt!«, rief der junge Mann mit Tränen in den Augen und zog seine Mutter und seine Großeltern in seine Arme.

München

Juli 1952

Lina hielt ihre Reisetasche und den Geigenkoffer in der Hand und nahm die letzten guten Ratschläge entgegen, die Emma und Kurt ihr mit auf den Weg gaben. Die Monate bis zur Orchesterfahrt waren schnell vergangen, und der Tag der Abreise war gekommen.

»In einer Woche bin ich wieder da«, sagte sie und umarmte Emma und Kurt zum Abschied. Sie standen am Bahnsteig des Münchner Hauptbahnhofs, wo soeben der Fernzug nach Rom einfuhr, auf den die Schülerinnen des Orchesters und Frau Mariani gewartet hatten.

»Mach's gut, Kleiner, denk an mich«, sagte sie zu Christian und strich ihm über das Haar. Sie umarmte Kurt und Emma.

Mit klopfendem Herzen stieg Lina in den Zug und drehte sich an der Tür noch einmal zu den drei Menschen um, die ihre Familie geworden waren.

»Du schaffst das!«, rief ihr Kurt aufmunternd zu, und Lina lächelte ihn dankbar an.

Ohne seine unermüdliche Hilfe und unerschöpfliche Geduld wäre sie heute wohl nicht bei der Reise dabei gewesen.

Sie winkte noch einmal und folgte ihrer Freundin Lea durch das Zugabteil, bis sie zwei freie Plätze fanden. Sie verstauten ihr Gepäck, winkten aus dem Fenster des abfahrenden Zuges und sahen, wie die Menschen auf dem Bahnsteig des Münchner Hauptbahnhofs immer kleiner wurden. Für einen kurzen Moment hatte Lina das mulmige Gefühl, als seien diese drei winkenden Menschen dort am Bahnsteig im Begriff, nicht nur aus ihrem Blickfeld, sondern aus ihrem Leben zu verschwinden. Gewaltsam riss sie sich vom Fenster los und ließ sich von dem aufgeregten Reden und Lachen um sie herum anstecken. Die Orchesterreise nach Rom hatte begonnen.

Rom

Juli 1952

David lief zusammen mit seinen Studienfreunden Paul und Viktor durch das Forum Romanum aus dem antiken Rom. Einige Tage zuvor waren sie in der Ewigen Stadt angekommen, um eine Woche lang die Kunstschätze der Stadt am Tiber zu besichtigen.

»Das Forum Romanum war jahrhundertelang das politische, wirtschaftliche und religiöse Zentrum der Stadt«, las David aus dem Reiseführer vor, während sie die Überreste der Tempelanlagen, Triumphbögen, Markthallen und Regierungsgebäude bewunderten. »Hier wurde Politik gemacht und von hier aus wurde ein Weltreich erobert.«

Gemeinsam schlenderten sie in der warmen Julisonne über das Forum und genossen den Blick auf die antiken Gebäude und Kunstwerke.

»Seine Blüte erlebte es in der Kaiserzeit«, las David weiter vor. »Die Ziegelsteinfassaden der Gebäude und die Säulen ließ Kaiser Augustus mit Marmor verkleiden, Wege und Plätze wurden mit Travertinplatten gepflastert. Das Forum war damals so prunkvoll, dass es verboten war, es in Alltagskleidung zu betreten. Man musste eine Toga tragen.«

»Dann hätten wir damals gar nicht hier herumlaufen dürfen.« Lachend schaute Paul an sich herunter. »Kurze Hosen und ein einfaches Hemd waren zu der Zeit bestimmt nicht standesgemäß.«

»Aber als angesehene Künstler am Hofe des Kaisers wären wir natürlich in feine Gewänder gekleidet gewesen«, stellte Viktor amüsiert fest. »Vielleicht hätten uns unsere Diener sogar in einer Sänfte hier spazieren getragen.«

Alle lachten.

»Aber sobald dem Kaiser unsere Kunstwerke nicht mehr gefallen hätten, wären wir den Löwen zum Fraß vorgeworfen worden«, meinte Paul trocken.

»Das können wir uns dann auch gleich noch anschauen. Dort hinter dem Titusbogen liegt das Kolosseum«, erklärte David. »Da haben die Gladiatorenkämpfe stattgefunden.«

»Schau dir das an«, sagte Lina zu ihrer Freundin Lea. »Hier im Kolosseum haben einst fünfzigtausend Menschen Platz gefunden!«

Die beiden bestaunten die Überreste des antiken Amphitheaters, das im ersten Jahrhundert nach Christus erbaut worden war.

»Brot und Spiele, so lautete das Motto, mit dem die römischen Kaiser versuchten, das Volk bei Laune zu halten«, erklärte Frau Mariani, während sie durch die Zuschauerränge der Ruine gingen. »Mit Gladiatorenkämpfen, nachgestellten Seeschlachten und Tierhetzen haben sie für reichlich Unterhaltung gesorgt.« Frau Mariani blieb kurz stehen. »Die komplette Arena ist unterkellert. Es gab unterirdische Räume für Gladiatoren und Käfige für wilde Tiere. Mithilfe eines ausgeklügelten Systems aus Tunneln, Schächten, Aufzügen und Falltüren konnten zum

Erstaunen der Zuschauer Tiere oder Kämpfer oder Teile einer Kulisse erscheinen und wieder verschwinden. Die Arena wurde sogar geflutet, um Seeschlachten nachzuspielen.«

Lina blickte sich begeistert im Amphitheater um und machte Fotos. Was würde sie nach dieser Reise zu Hause alles erzählen können! Emma, Kurt und Christian würden Augen machen! Sie war so froh, dass sie sich entschlossen hatte, die Orchesterfahrt mitzumachen. Was hätte sie ansonsten alles verpasst!

»So, Mädels, ich glaube, für heute reicht es«, meinte Frau Mariani schließlich mit einem Blick auf die Uhr. »Nun haben wir einen ersten Eindruck vom antiken Rom bekommen. Morgen früh proben wir noch einmal, und am Nachmittag ist dann unser Konzert. Wir nehmen nun den Bus zurück zur Jugendherberge.«

Der Pfarrer der deutschen Kirche Santa Maria dell'Anima hatte sie als Schulorchester aus München angekündigt, und nun erklangen die ersten Töne des fanfarenhaften Eingangsmotivs von Johann Sebastian Bachs Violinkonzert in dem voll besetzten Gotteshaus. Die festliche Musik erfüllte den Innenraum der prachtvollen Renaissance-Kirche. Das Werk des deutschen Komponisten, sehr von der Orchestermusik Italiens beeinflusst, schien geradezu gemacht für ein Konzert in Rom. Lina als erste Geige meisterte den schnellen Allegrosatz meisterhaft und schlug im darauffolgenden langsamen Andante sehr innige Töne an. Der dritte Satz steigerte das Tempo wieder und erklang strahlend und feierlich. Die Zuhörer applaudierten begeistert. Es folgten Stücke der italienischen Komponisten Gabrieli und Corelli, und mit einer Triosonate von Händel endete das Konzert.

Das Münchner Schulorchester erntete wohlverdienten Applaus von einem begeisterten Publikum.

»Sehr gut, Mädchen«, sagte Frau Mariani glücklich strahlend, als sich das Orchester zusammen mit der Dirigentin verbeugte.

»Unsere Proben haben sich gelohnt. Heute Abend wird gefeiert!«

David saß mit Paul und Viktor im Bus, als an einer Haltestelle eine Horde aufgeregt plappernder Mädchen einstieg. Begleitet wurden sie von einer Frau. Kurz sah David von seinem Reiseführer auf. Sie sprachen deutsch. Also eine deutsche Schulklasse mit ihrer Lehrerin. Ungewollt hörte er mit, was sie sagten.

»Ich hatte solches Lampenfieber!«, rief eine Schülerin.

»Beim zweiten Satz hab ich den Einsatz verpasst«, meinte eine andere.

»Ich war mir in einem Takt plötzlich gar nicht mehr sicher, welche Vorzeichen zu spielen waren.«

»Macht euch keine Gedanken«, beruhigte die Frau die Mädchen. »Es hat doch alles bestens geklappt.«

David sah zu Paul und Viktor.

»Die haben wohl gerade irgendwo ein Konzert gegeben«, sagte er.

»Hätten wir das eher gewusst, wären wir vielleicht auch hingegangen«, meinte Viktor.

»Stimmt, das wäre sicher interessant gewesen«, pflichtete David ihm bei und wandte sich wieder seinem Reiseführer zu. Er achtete nicht weiter auf die aufgeregte Mädchenschar in den Sitzen hinter ihnen.

»Was suchst du eigentlich, Lina?«, fragte ein Mädchen, als der Bus gerade wieder anhielt. »Du wühlst die ganze Zeit in deiner Tasche. Hast du schon wieder etwas verloren? Komm, wir müssen hier aussteigen.«

»Natürlich hab ich wieder etwas verlegt, Lea, du kennst mich doch. Meine Postkarten, die ich heute Nachmittag gekauft habe, liegen wahrscheinlich noch in der Kirche.« Lachend eilte sie den anderen hinterher zur Tür.

David horchte auf. Dieses Lachen, dieser Klang in der Stimme. Das kannte er doch! Er schoss in seinem Sitz hoch, wandte sich den Schülerinnen zu, die gerade aus dem Bus gestiegen waren, und sah ein Mädchen mit honigfarbenem Haar.

»Melina!«, rief er und rannte zur Tür, die sich jedoch schon wieder geschlossen hatte. Der Bus fuhr wieder an. Er sah noch durch das Fenster, dass sich das Mädchen nach dem Bus umdrehte.

»Was ist denn los, David?«, erkundigten sich Paul und Viktor, die ihm nachgeeilt waren.

»Das war Melina! Glaubt mir, das war sie!«, rief David völlig aufgelöst.

Paul und Viktor sahen sich an, und David musste sich eingestehen, dass sie schon oft ähnliche Situationen mit ihm erlebt hatten, seit er ihnen von Melina erzählt hatte. Wie viele Male waren sie mit ihm einem Mädchen nachgelaufen, das er für die vermisste Melina gehalten hatte? Doch diesmal, diesmal war sie es wirklich.

Endlich hielt der Bus an der nächsten Haltestelle, und David zerrte seine Freunde hinaus auf die Straße. »Wir laufen zurück zu der Haltestelle, wo die Mädchen den Bus verlassen haben. Vielleicht erwischen wir sie noch.«

Doch als sie wenig später atemlos an der Haltestelle ankamen, standen da nur fremde Menschen.

»Wo gibt denn eine Schulklasse an einem Sonntagnachmittag in Rom ein Konzert?«, überlegte David. »Auf einem Platz? In einer Kirche? In einem Schulgebäude?«

»Das Mädchen, das du für Melina hältst, hat davon gesprochen, dass sie Postkarten in einer Kirche vergessen hat«, erwiderte Viktor.

»Sie sind an der Haltestelle in der Nähe der Piazza Navona eingestiegen, dort waren wir gestern und haben eine deutsche Kirche besichtigt«, sagte Paul. »Das würde doch gut zusammenpassen.«

»Lasst uns einfach mal hingehen«, schlug David vor. »Vielleicht finden wir irgendeinen Anhaltspunkt.«

Auf dem Weg zur Piazza Navona war David sehr schweigsam. War das Melinas Stimme gewesen? Ihr Lachen? Er hatte schon oft geglaubt, sie irgendwo gesehen zu haben, aber so sicher wie heute war er noch nie zuvor gewesen. Das Mädchen, das ausgestiegen war, hatte sich noch einmal zum Bus umgedreht, als er ihr nachgerufen hatte. Hatte sie ihn vielleicht erkannt? Oder war das alles wieder nur Einbildung? Er war froh, dass Paul und Viktor sich nicht über ihn lustig machten, wenn er immer wieder dem Phantom Melina nachjagte.

Sie erreichten die deutsche Kirche Santa Maria dell'Anima an der Piazza Navona, die sie tags zuvor besichtigt hatten.

»Schaut mal, hier sind noch einige Programme!«, rief Viktor und deutete auf die hintersten Kirchenbänke. Er nahm einen Zettel und las: »Orchester des Musischen Gymnasiums München. Hier hat tatsächlich gerade ein Konzert stattgefunden!«

»Das müssen die Mädchen aus dem Bus gewesen sein.« Aufgeregt griff David nach dem Programm. Auf der Rückseite waren die Orchestermitglieder namentlich aufgeführt. Er las mehrmals alle Namen der Mädchen durch, dann ließ er den Zettel sinken. Melina Rosenberg war nicht dabei. Er hätte weinen können vor Enttäuschung, er war sich doch dieses Mal so sicher gewesen!

Wortlos verließ er die Kirche, und Paul und Viktor folgten ihm. Auf dem belebten Platz vor dem Gebäude überredeten sie David, in einem der vielen Restaurants einzukehren, um ihn bei einer Pizza und einem Glas Wein wieder ein wenig aufzumuntern.

»Lass den Kopf nicht hängen, David«, sagte Viktor. »Du hast sie in deinem Tagtraum als junge Frau gesehen. Dann wirst du sie auch wiederfinden.«

Paul war da offensichtlich nicht mehr so sicher und sah David mit schiefgelegtem Kopf an. »David, ich versteh dich ja,« begann er zögernd, »aber es kann inzwischen einfach zu viel passiert sein. Vielleicht solltest du nicht deine ganze Jugend über einem Mädchen nachlaufen, das vielleicht nie mehr zurückkommt.«

David sah ihn betroffen an. »Und wie macht man das? Seine Hoffnung einfach aufgeben? Kann man das überhaupt?«

Darauf hatte Paul keine Antwort.

Als aus dem Glas Wein eine ganze Flasche geworden war, wollte David eine zweite nachbestellen. Seine Freunde mussten ihn davon abhalten, sich sinnlos zu betrinken.

Lina war aufgeregt an diesem Abend. Sie saßen gemeinsam in einer Trattoria und feierten ihr erfolgreiches Konzert, das sie am Nachmittag gegeben hatten, doch Lina konnte den Gesprächen der anderen nicht richtig folgen. Immer wieder dachte sie an den Vorfall im Bus zurück, als sie von der Kirche zur Jugendherberge zurückgefahren waren. Sie war Lea zur Tür nachgerannt, und beim Aussteigen hatte ein junger Mann ihr etwas zugerufen. Einen Namen. Sie hatte ihn nicht richtig verstanden, weil sich in diesem Moment die Bustür wieder geschlossen hatte, doch irgendetwas in ihrem Inneren hatte sofort aufgehorcht. Der Bus war dann wieder losgefahren, und sie hatte nur noch von Weitem einen blonden jungen Mann durch das Türfenster gesehen, der ihr offensichtlich nachgelaufen war. Was hatte er nur gerufen? Warum war es ihr bekannt vorgekommen, obwohl sie seine Worte gar nicht richtig verstanden hatte? Lina grübelte und versuchte angestrengt, sich an die Stimme des jungen

Mannes zu erinnern. Sie hätte in diesem Moment alles dafür gegeben, zu erfahren, welchen Namen er gerufen hatte.

»Unsere erste Geige ist noch ganz in das Konzert vertieft!«, rief Frau Mariani lachend. »Prost, Lina, was ist los, du hast ja noch gar nichts getrunken!«

Lina schaute auf, hob ihr Glas und prostete der Dirigentin lächelnd zu. Doch kaum hatte diese ein Gespräch mit einem anderen Mädchen begonnen, schweiften Linas Gedanken schon wieder ab. Wer war der junge Mann aus dem Bus gewesen und was hatte er gerufen?

Der Petersdom galt nicht zu Unrecht als eine der imposantesten Kirchen der Welt. David und seine Freunde waren zutiefst beeindruckt von den unzähligen Kunstwerken, die sie an diesem Vormittag in der päpstlichen Basilika bestaunten. Am Nachmittag brachen sie auf zu den Vatikanischen Museen im Apostolischen Palast. Bei ihrem Gang durch die verschiedenen Galerien und Räume bewunderten sie beeindruckende Meisterwerke aus aller Welt, die von den Päpsten von Rom über die Jahrhunderte gesammelt worden waren. Griechisch-römische Marmorstatuen, ägyptische Sarkophage, Gemälde, Mosaikböden, Wandteppiche, Fresken – die Kunstwerke schienen kein Ende zu nehmen.

»Hier beginnen nun die Gemächer, die Raffael mit seinen Schülern gestaltet hat«, erklärte Viktor, als sie den ersten von vier Räumen betraten, die mit besonders schönen Wand- und Deckenmalereien versehen waren.

»Ich glaube, man bräuchte mehrere Wochen, bis man in diesen Museen auch nur annährend alles gesehen hat«, staunte Paul.

»Und das Beste kommt erst noch«, sagte David. »Die Sixtinische Kapelle.«

In dem riesigen Raum, dem Ort der Papstwahl, der einige der berühmtesten Gemälde der Welt beherbergte, befanden sich bereits viele Besucher. Als David eintrat, fühlte er sich wie in eine andere Welt versetzt. Er betrachtete das hohe, helle Gewölbe, dessen Wände und Decken über und über mit Gemälden verziert waren. Wo hatte er dies schon einmal gesehen? Natürlich! Genau so einen Raum hatte er in seinem Tagtraum auf Marias Hochzeit gesehen, als er mit Melina getanzt hatte! David bestaunte die Wandgemälde von Botticelli, Perugino und Rosselli, die Szenen aus dem Leben Jesu zeigten. Er legte den Kopf in den Nacken und erblickte die berühmten Deckenmalereien Michelangelos, die die Schöpfungsgeschichte aus dem Alten Testament darstellten. Die Erschaffung von Licht und Finsternis, von Land und Wasser, die Erschaffung Adams.

»Seht ihr, das ist das Bild, das mir mein Großvater immer wieder gezeigt hat«, erklärte er Paul und Viktor.

Zahlreiche Menschen standen in ihrer Nähe und bewunderten das berühmte Bild. David hörte Kommentare in verschiedenen Sprachen, darunter auch die Erklärungen einer Frau, die Deutsch sprach.

»Michelangelo hat vier Jahre lang an diesen Deckenfresken gemalt«, erklärte die Frau, die umringt war von jungen Mädchen. »Er ließ dabei keine Helfer zu und bemalte die fünfhundertzwanzig Quadratmeter große Decke ganz allein. Die Szenen der Genesis bestehen aus einhundertundfünf Figuren.«

David hatte sich nach der Gruppe umgedreht. Mit einem Mal sah er das Mädchen. Sie drehte sich herum, um alle Bilder an der Decke sehen zu können, und lächelte dabei. Er kannte die Farbe ihrer schulterlangen gewellten Haare, ihre dunklen Augen, den Schwung ihrer Nase. Er hatte dieses Lächeln um ihre Lippen schon tausendmal gesehen, das ihre Augen zum Leuchten brachte. Er kannte den Klang ihrer Stimme. Das Bild von dem kleinen Mädchen stieg in ihm auf, mit dem er auf der Hochzeit seiner Schwester getanzt hatte. David wusste für einen Moment nicht, ob er sich in einem seiner Tagträume befand oder ob die Szene vor ihm real war.

»Melina!«, rief er schließlich, und das Mädchen erstarrte.

Da war er wieder, der Name. Ihr Name. Sie erkannte die Stimme aus dem Bus und drehte sich um. Ein junger Mann mit blonden Haaren sah sie mit großen, ungläubigen Augen an. Davids Augen.

»Melina?«, fragte er und ging langsam auf sie zu.

Melina konnte nicht begreifen, was in diesem Augenblick in ihr vorging. Die Tür in ihrem Inneren, die sie noch von ihrem Namen und von ihrer Vergangenheit getrennt hatte, war plötzlich aufgestoßen, alle ihre Erinnerungen waren mit einem Mal wieder da. Sie war Melina Rosenberg, und der junge Mann, der auf sie zukam, war David Sandner.

Melina lächelte.

»Ich kann es nicht glauben«, sagte David und, ohne zu überlegen, nahm er sie in die Arme. »Ich kann es einfach nicht glauben. Ich hab dich wiedergefunden!«

Melina und David blickten einander ungläubig an und konnten nicht fassen, was gerade geschah.

Als Melina endlich begriff, dass das Ganze kein Traum war und in diesem Moment tatsächlich ihr Spielgefährte aus Kindertagen vor ihr stand, galt ihre erste Frage ihrer Mutter. David versicherte ihr, dass Hannah nach dem Krieg wohlbehalten auf den Sandnerhof zurückgekehrt war, und bei diesen Worten stiegen Melina Tränen in die Augen.

Es dauerte eine Weile, bis die überraschte Frau Mariani herausfand, wer der junge Mann war, der Melina so innig umarmte, und als alle den Zusammenhang verstanden, freute sich die ganze Schulklasse mit Melina. Auch Davids Begleitern, die er ihr sogleich vorstellte, hatte es die Sprache verschlagen. Sie konnten nicht fassen, was auch Melina kaum zu glauben wagte: David und sie hatten sich tatsächlich wiedergefunden.

Frau Mariani schlug vor, das glückliche Wiedersehen in einem nahe gelegenen Café zu feiern, und dort erzählte Melina David alles über ihr Leben bei den Schillers in München.

»Anfangs konnte ich nicht mehr sprechen, nur mit Hilfe meiner Puppe Salome habe ich es wieder gelernt«, erklärte Melina. »Aber ich konnte mich nicht mehr an meinen Namen erinnern«, fügte sie hinzu. »Kannst du dir das vorstellen?«

David nickte.

»Alles war weg. Da war nur noch Mamas Anweisung, nicht meinen Namen zu verraten oder den Sandnerhof zu erwähnen.«

»Jetzt verstehe ich, warum alle unsere Suchaktionen nichts gebracht haben«, sagte David. »Wir haben eine Melina Rosenberg gesucht, aber deine Pflegeeltern kennen diesen Namen gar nicht. Und unsere Zeitungsaufrufe waren im Nürnberger Raum geschaltet, dabei wohnst du in München.«

»Die Bilder aus deinem Notizblock waren die einzige Verbindung zu meinem Zuhause«, fuhr Melina fort. »Und nur wegen Michelangelos Bild, das du gezeichnet hattest, bin ich mit nach Rom gefahren.«

David lachte. »Es war also dieses Bild, das uns wieder zusammengeführt hat.«

Melina nickte.

»Du bist so erwachsen geworden«, sagte David leise.

Sie sah in seine Augen. War er etwa verlegen? Bevor Melina etwas erwidern konnte, schlug Viktor David auf die Schulter. »Jetzt musst du aber aufpassen, dass du sie niemals wieder verlierst.«

Alle lachten.

»Sonst müssen wir wieder jahrelang suchen. Du glaubst nicht, was Paul und ich mitgemacht haben. David hat überall nach dir geforscht«, erklärte er, an Melina gewandt.

Sie lächelte David zu.

»Ja, ich dachte gestern schon, ich hätte dich gefunden, als eine Schulklasse aus dem Bus ausgestiegen ist und ich glaubte, dich gesehen zu haben«, sagte David.

»Das war ich!«, rief Melina. »Ich habe dich rufen hören, jedoch den Namen nicht richtig verstanden, aber er kam mir irgendwie bekannt vor.«

»Dann hätten wir uns beinahe gestern schon getroffen! Stell dir vor, einer von uns wäre heute nicht zufällig in der Sixtinischen Kapelle gewesen. Nicht auszudenken!«, erwiderte David aufgeregt.

»Wie geht es jetzt weiter?«, fragte sie. »Unser Orchester fährt morgen wieder nach München zurück. Wann kann ich wieder heimkommen zum Sandnerhof? Ich kann es kaum erwarten, meine Mutter wiederzusehen.«

»Paul, Viktor und ich reisen übermorgen ab«, antwortete David. »Ich werde in München aussteigen und dich und deine Pflegefamilie dort besuchen.«

»Emma, Kurt und Christian werden genauso überrascht sein, wie ich es bin«, sagte Melina. Dann verdüsterte sich ihr Blick, und sie seufzte tief. »Aber sie werden auch traurig sein. Sie sind meine Familie geworden.«

»Natürlich. Sie waren viele Jahre lang deine Eltern. Aber sie verlieren dich ja nicht ganz. Du wirst immer wieder zu ihnen zurückkommen.«

Melina nickte nachdenklich.

»Hauptsache, wir haben dich wiedergefunden.« Davids Augen strahlten zuversichtlich. »Für alles andere finden wir eine Lösung.«

Als der Abend zu Ende ging, fiel es beiden schwer, sich wieder voneinander zu verabschieden.

Melina und Lea saßen noch auf dem Bett im Schlafsaal der Jugendherberge und flüsterten miteinander. Nach einem so aufregenden Tag konnten sie beim besten Willen nicht schlafen.

»Ich kann mich gar nicht daran gewöhnen, dass du nun Melina heißt«, sagte Lea mit gedämpfter Stimme. »Für mich warst du immer Lina.«

»Und ich habe auf einmal das Gefühl, wieder ich selbst zu sein. Lina war nur ein Teil von mir, etwas hat immer gefehlt.«

»Es ist wie ein Märchen, dass David dich heute unter all diesen Menschen erkannt hat«, wunderte sich Lea. »Er ist so nett, und er sieht unglaublich gut aus!«

Melina nickte zustimmend und spürte, wie ihr Herz aufgeregt klopfte. Immer wieder sah sie David vor sich, wie er sie in diesem allerersten Moment mit ungläubigen Augen anstarrte.

»Er hat dich all die Jahre gesucht«, schwärmte Lea weiter. »Mein Gott, Melina, was hast du für ein Glück!«

»Er ist schon auf dem Sandnerhof mein engster Freund gewesen«, erwiderte Melina. Es fiel ihr schwer, den Jungen von damals mit dem jungen Mann von heute in Verbindung zu bringen. »Ich habe mich so oft gefragt, wie es ihm geht und ob er mich wohl inzwischen vergessen hat.«

»Das hat er nicht. Niemand hat dich vergessen, Melina. Sie haben sich alle genauso nach dir gesehnt wie du dich nach ihnen.«

Melina lächelte glücklich. »Stell dir mal vor, Lea, in ein paar Tagen werde ich vielleicht schon meine Mutter wiedersehen. Ich kann es kaum erwarten.«

»Ich freu mich so für dich«, antwortete Lea.

»Es wird mir aber auch unendlich schwerfallen, von Emma, Kurt, Christian und dir Abschied zu nehmen.« Melina sah die Freundin betrübt an.

»Daran will ich noch gar nicht denken«, entgegnete Lea wehmütig. »Du bist meine beste Freundin. Aber München ist nicht aus der Welt. Ich werde zu dir zu Besuch kommen und du zu uns.«

»Ja, Lea, ich werde kommen. Ganz oft«, versprach Melina und dachte zum wohl hundertsten Mal an den einzigartigen Moment am Nachmittag in der Sixtinischen Kapelle, als David ihren Namen gerufen hatte. Ihren Namen, der jahrelang in ihrem Unterbewusstsein darauf gewartet hatte, dass jemand ihn aussprach.

Viktor und Paul schliefen schon, als David noch mit seinem Skizzenblock am Fenster saß und zeichnete. Die Frau auf dem Bild mit den gewellten Haaren und den leuchtenden dunklen Augen war Melina. Wie sehr hatte sie sich doch verändert und war dennoch dieselbe geblieben …

Bevor Viktor sich schlafen gelegt hatte, hatte er David zur Seite genommen und gefragt: »War sie eigentlich schon als kleines Kind so hübsch?«

David strich mit den Fingern über das fertige Porträt. Aus dem hübschen Kind war eine bezaubernde junge Frau geworden, und sie sah genauso aus wie in seinem Tagtraum.

Er malte sich die Reaktionen auf dem Sandnerhof aus, wenn er mit Melina nach Hause kommen würde. Was würde Hannah sagen, Opa Friedrich, Oma Klara?

Plötzlich hatte David Angst, er könnte die Ereignisse des Tages nur geträumt haben. Am liebsten hätte er Viktor und Paul geweckt, doch im letzten Moment ließ er es sein. Er konnte die beiden Freunde nicht überstrapazieren. Hatte er Melina wirklich gefunden? Würde er morgen aufwachen und feststellen, dass alles ein Traum war?

München

Juli 1952

Der Zug fuhr pünktlich in den Münchner Hauptbahnhof ein, und Melina sah Emma, Kurt und Christian am Bahnsteig stehen, als hätten sie die ganze Woche an dieser Stelle ausgeharrt und gewartet, bis sie zurückkam.

Sie sprang aus dem Zug, eilte zu ihnen und fiel ihnen der Reihe nach um den Hals.

»Wir freuen uns so, dass du wieder da bist«, sagten Kurt und Emma, und Christian ließ Melina gar nicht wieder los.

»Ich freue mich auch so, oh Gott, ich freue mich so sehr, euch zu sehen!«, rief Melina aus. »Ihr glaubt nicht, was in Rom passiert ist!«

Doch auch wenn Melina kaum an sich halten konnte, die Neuigkeit zu verkünden, so erkannte sie doch, dass der Bahnsteig, wo die aufgeregten Schülerinnen abgeholt wurden und voneinander Abschied nahmen, nicht der geeignete Ort war. Sie musste sich noch ein wenig gedulden. Doch kaum waren sie in der Wohnung angekommen und hatten das Gepäck abgestellt, da hielt es Melina nicht mehr aus.

»Setzt euch mal hin, ich muss euch etwas Wichtiges sagen«, sagte sie aufgeregt, und als Kurt, Emma und Christian auf dem Sofa saßen und sie mit fragenden Blicken ansahen, begann sie, die unglaubliche Geschichte zu erzählen.

»Ihr erinnert euch an das Bild in meinem Block von Michelangelo? Stellt euch vor, als wir am letzten Tag die berühmte Kapelle besichtigt haben, hat dort jemand meinen Namen gerufen.«

»Lina?«, fragte Emma. »Du meinst, jemand hat Lina gerufen?«

»Nein, Emma, jemand hat ›Melina‹ gerufen! Mein Name ist Melina!«

»Heißt das, dir ist dein richtiger Name wieder eingefallen?«, fragte Kurt. »Du heißt in Wirklichkeit Melina?«

»Ja, und was glaubt ihr, wer meinen Namen gerufen hat?«, fragte Melina und schaute mit strahlenden Augen in die Runde.

In Kurts Gesicht stand zu lesen, dass ihm langsam dämmerte, was Melina ihnen sagen wollte.

»Es war doch nicht etwa David selbst?«, fragte er, und als Melina überglücklich nickte, rief er verblüfft: »David war zum selben Zeitpunkt in Rom wie du?«

»Ja, ist das zu fassen?«, rief Melina und erzählte ihnen dann die komplette Geschichte.

Es dauerte eine Weile, bis die Schillers ihre Erzählung tatsächlich glauben konnten.

Melina sah, wie Emma mit widersprüchlichen Gefühlen kämpfte. Sah die Trauer, loslassen zu müssen, aber auch, wie sehr sie sich mit ihr freute.

»Kind, ich habe dich in all den Jahren noch niemals in solch einer Hochstimmung gesehen«, sagte Emma, nahm Melina in die Arme und gab ihr einen Kuss auf die Stirn.

»Und stell dir vor, Emma, ich werde meine Mama wiedersehen!«, rief Melina und drückte ihre Pflegemutter ganz fest an sich. »Sie war in Auschwitz und hat überlebt. Und nun sehe ich sie wieder.«

Emma und Kurt warfen sich einen vielsagenden Blick zu.

»Die arme Frau«, murmelte Emma in Melinas Haar. »Wir hatten so etwas vermutet. Was muss sie durchgemacht haben. Wir müssen ganz schnell zum Sandnerhof fahren, damit sie ihr kleines Mädchen endlich wieder zurückbekommt.«

Emma sah an diesem Abend noch einmal nach der schlafenden Melina, die sich wie immer tief unter ihre Decke verkrochen hatte. Ihr war, als sähe sie wieder das kleine verstörte Mädchen in Tims Bett liegen, das damals von seiner Mutter in jenem verzweifelten Moment zu ihnen geschickt worden war. Und nun, nach neun Jahren, war der Augenblick gekommen, den sie so sehr herbeigesehnt und zugleich so sehr gefürchtet hatten. Melinas Herkunft hatte sich geklärt, sie kannten nun ihren früheren Wohnort und wussten, dass ihre Mutter noch lebte. Emma spürte große Traurigkeit, denn Melina war ein Teil ihrer Familie geworden, ihre Tochter, die sie ins Herz geschlossen hatten. Dieser Krieg war nun schon seit Jahren beendet, und dennoch schlug er immer noch Wunden.

»Lass uns dankbar sein für die Jahre, die sie bei uns war«, flüsterte Kurt, der leise neben Emma getreten war. »Wir verlieren sie ja nicht ganz.«

»Ich weiß«, antwortete Emma. »Und immer, wenn mir das Herz schwer wird, denke ich an ihre Mutter. Wie sehr wird diese Frau sich freuen, ihr Kind wiederzubekommen.«

Sandnerhof

Juli 1952

Es war Sonntagnachmittag, und das warme Juliwetter hatte die Sandners in den Garten gelockt. Hans holte den Gartentisch heraus und stellte ihn unter einen Apfelbaum, Esther und Hannah deckten eine Kaffeetafel ein, und Maria stellte einen Teller mit Kuchen auf den Tisch. Pfarrer Petersen, der zufällig vorbeigekommen war, hatte sich nur zu gern einladen lassen, und so genossen alsbald alle die warmen Sonnenstrahlen bei Kaffee und Kuchen.

»Davids Romreise müsste schon zu Ende sein«, meinte Friedrich. »In den nächsten Tagen wird er bestimmt kommen und den Rest seiner Semesterferien hier verbringen.«

Hannah bemerkte, wie er bei diesen Worten strahlte. Friedrich freute sich immer sehr, wenn David zu Besuch kam.

»Er wird sicherlich wieder wunderschöne Skizzen aus Rom mitbringen«, meinte Pfarrer Petersen.

»Ja, auf meine Enkel kann ich wirklich stolz sein«, sagte Friedrich und blickte in die Runde. »Maria kümmert sich mit Annie und Klara um den Haushalt und die Tiere, Hans ist meine Stütze im Sägewerk und David unser angehender Künstler.«

Hannah sah ihn an und bemerkte trotz der frohen Worte den wehmütigen Zug um seinen Mund. Sie wusste, dass er genau wie sie in diesem Moment an die beiden Menschen dachte, die auch nach Jahren noch auf so schmerzliche Weise an dieser Kaffeetafel fehlten.

Sie hörten, dass im Hof des Sägewerks ein Auto anhielt. Hannah stand auf und nahm die leere Kanne vom Tisch.

»Ich schaue mal, wer gekommen ist. Ich muss ohnehin noch frischen Kaffee holen.«

Sie lief über die Wiese bis zur Treppe und schaute hinunter zum Hof. Vor dem Werksgebäude hatte ein unbekanntes Auto angehalten. Den Mann, der auf der Fahrerseite ausstieg, und die Frau, die die andere Wagentür öffnete, hätte Hannah unter Tausenden von Menschen wiedererkannt, sosehr hatten sich ihre Gesichtszüge in ihre Seele eingebrannt. Das Ehepaar vom Nürnberger Hauptbahnhof!

Hannah nahm nicht mehr wahr, wie ihr die Kaffeekanne aus der Hand rutschte und mit lautem Klirren auf der Treppe zersprang. Wie im Traum beobachtete sie, wie sich die hinteren Türen des Wagens öffneten und David ausstieg, gefolgt von einem kleinen Jungen und einem Mädchen. Melina! Sie war nicht mehr das kleine siebenjährige Kind, das Hannah am Nürnberger Hauptbahnhof zu dem fremden Ehepaar geschickt hatte, sie war ein hübsches junges Mädchen geworden, das sie in diesem Moment entdeckte und mit großen Augen anschaute. Hannah eilte die Treppenstufen hinunter.

»Mama!«, rief Melina, rannte los und fiel ihrer Mutter weinend um den Hals. »Mama, ich bin wieder da.«

Hannah liefen ebenfalls die Tränen über das Gesicht, als sie ihre Tochter in die Arme schloss. Ihre Melina. Sie lebte. Hannah spürte Melinas Herzschlag an ihrer Brust, fühlte die Wärme ihres Körpers, roch den Duft ihres Haars. Diesen Moment wollte sie auf ewig festhalten.

Sie sah, wie Pfarrer Petersen auf sie und Melina zueilte, gefolgt von Friedrich und Klara sowie der altersschwachen Bella, die ihren schattigen Platz unter dem Apfelbaum verlassen hatte.

Pfarrer Petersen schlug ungläubig die Hand vor den Mund und Friedrich umfasste Klaras Arm, um sich abzustützen.

»Oh, mein Gott«, murmelte Pfarrer Petersen immer wieder. »Kann das denn wahr sein? Melina ist wieder da!«

Und als er in Hannahs Gesicht schaute, strahlte er mit David um die Wette, der neben Hannah und Melina stand und die Szene überglücklich beobachtete.

Hannah und die Sandners waren unendlich erleichtert, als sie erfuhren, dass das Ehepaar Schiller Melina wie eine eigene Tochter angenommen hatte, und als sie Aufschluss darüber erhielten, warum sie nicht schon viel früher zum Sandnerhof zurückgekehrt war. Hannah war begierig darauf, alles über die Jahre im Leben ihrer Tochter zu erfahren, die sie versäumt hatte, und empfand zugleich unendliche Dankbarkeit Emma und Kurt gegenüber. Immer wieder drückte sie Emmas Hand, überglücklich, dass sie damals ihre Tochter diesem Ehepaar anvertraut hatte.

»Ich weiß nicht, wie ich Ihnen danken soll«, sagte sie sichtlich bewegt. »Nicht einmal die Zeit im Konzentrationslager war so schlimm wie meine Sorge um Melina. Es ist das schönste Geschenk in meinem Leben, dass sie zurück ist und es ihr gut geht.«

»Und den größten Anteil an diesem glücklichen Wiedersehen hat David«, stellte Pfarrer Petersen fest. »Er hat immer daran geglaubt, dass sein Traum von damals wahr wird und Melina eines Tages wieder vor ihm steht.«

»Und nun sind wir endlich wieder vereint«, sagte David und lächelte Melina an.

»Melina hat sich immer hierher zurückgesehnt«, berichtete Emma, und Kurt nickte zustimmend. »Sie war ein fröhliches Kind, aber wir wussten, sie würde erst wieder richtig glücklich werden, wenn sie zu ihrer Mutter zurückfindet. Auch wenn es uns sehr schmerzt, sie wieder hergeben zu müssen, freuen wir uns doch von ganzem Herzen für sie.«

»Und ich komme ganz oft zu euch zu Besuch«, versprach Melina. »Nun habe ich zwei Familien!«

An diesem Abend ging Friedrich in seine Werkstatt und holte die eingestaubte halbfertige Madonna aus der Abstellkammer. Er betrachtete sie eingehend, und auf einmal sah er wieder die Figur im Holz, die so viele Jahre schon darauf wartete, dass er sie freilegte. Er griff zu seinem Schnitzmesser, das er so lange nicht mehr benutzt hatte, und führte die ersten Schnitte aus.

»Opa Friedrich, du schnitzt ja immer noch an der Figur«, wunderte sich Melina, als sie mit Christian an der Hand die Werkstatt betrat.

»Ja, weißt du, Melina, die Marienfigur und ich, wir haben auf dich gewartet. Gott musste dich erst wieder zu uns zurückschicken. Und jetzt bekommt er seine Madonna.«

Hannah war glücklich. Sie saß mit Emma und Kurt Schiller über Fotoalben gebeugt am Tisch und versuchte, sich ein Bild vom Leben ihrer Tochter in München zu machen und die verlorenen Jahre mit Leben zu füllen. In stundenlangen Erzählungen wurde die schmerzende Lücke nach und nach gefüllt mit der Gewissheit, dass die Schillers das Beste für Melina getan hatten. Ihre Tochter war in all den Jahren in guten Händen gewesen.

»Wie soll ich Ihnen nur jemals danken«, sagte Hannah, als die beiden nach einigen Tagen schweren Herzens Abschied nahmen, um die Heimreise nach München anzutreten.

»Indem Sie uns ganz oft mit Melina besuchen kommen«, antwortete Emma, was Hannah gern versprach. Nach dem bewegenden Abschied sahen Hannah und Melina dem Auto nach, durch dessen Rückscheibe der kleine Christian ihnen winkte.

Eine Angelegenheit lag Hannah noch bedrückend auf dem Herzen, denn sie hatte einst Pfarrer Petersen versprochen, Melina von ihrem Vater zu erzählen. Es war Melina selbst, die eines Tages bei einem Spaziergang mit ihrer Mutter die Sprache darauf brachte.

»Ich hatte anfangs schlimme Albträume«, berichtete sie. »Ich träumte, ich sei in einem dunklen Wald und hörte immer deine Stimme, fand dich aber nicht.«

»Das war bestimmt die schreckliche Erfahrung, dass ich damals, als ich dich am Bahnhof weggeschickt habe, nicht wie versprochen nachgekommen bin, sondern von den Polizisten abgeführt wurde«, sagte Hannah. »Das konntest du als Kind nicht verstehen.«

»Aber im darauffolgenden Sommer, im letzten Kriegsjahr, haben sich die Träume mit einem Mal geändert«, fuhr Melina fort. »Da habe ich dann plötzlich im Traum die Stimme meines Vaters gehört, und er ist gekommen und hat mich durch die Dunkelheit geführt.«

Hannah horchte auf. Im Sommer des letzten Kriegsjahres? Im Sommer des Jahres 1944?

»Melina, damals ist dein Vater gestorben.« Hannah stiegen die Tränen in die Augen.

»Was meinst du damit, er war doch schon tot, als ich noch ein kleines Kind war?« Melina sah sie erstaunt an.

»Das musste ich dir damals erzählen, weil ich mich nicht getraut habe, dir die Wahrheit zu sagen«, erklärte Hannah zögerlich. »Es wird für dich nicht leicht sein, die Wahrheit zu verkraften, aber jetzt ist der Zeitpunkt gekommen, an dem du sie erfahren musst. Dein Vater hatte in Berlin eine hohe Position inne und war direkt an der Verfolgung der Juden beteiligt. Als er dann jedoch von Pfarrer Petersen erfuhr, dass er dein Vater und unsere Flucht gescheitert ist, da hat er nach uns gesucht. Er hat mich in Auschwitz gesehen und musste annehmen, du seist dort ums Leben gekommen. Das hat ihn zum Regimegegner gemacht. Er war am Attentat auf Hitler im Juli 1944 beteiligt und wurde wenige Wochen später in Plötzensee hingerichtet.«

»Das ist ja furchtbar.« Melina war blass geworden. »Das heißt, in dem Moment, wo er gestorben ist, wurde er für mich in meinen Träumen lebendig.«

Hannah nickte.

»Erzähl mir mehr von ihm«, bat Melina, und Hannah berichtete ihrer Tochter von den wenigen Jahren, die sie Peter gekannt hatte.

Melina hörte sichtlich betroffen zu.

»Ich weiß jetzt gar nicht, was ich für ihn fühlen soll«, murmelte sie, als Hannah ihre Erzählung beendet hatte.

»Das geht mir genauso«, antwortete Hannah. »Mit diesen widersprüchlichen Gefühlen müssen wir wohl leben. Auch das ist ein Erbe dieses unseligen Krieges.«

»Du hast auch einen Halbbruder«, fügte Hannah hinzu. »Mit seiner Ehefrau Clarissa hat Peter einen Sohn, Tristan.«

»Einen Halbbruder?«, fragte Melina überrascht. »Bis vor wenigen Tagen war ich ein Pflegekind und kannte meine eigenen Angehörigen kaum, und nun habe ich eine richtige Familie!«

»Ich möchte nach Plötzensee«, sagte Melina dann nach einer Weile des Schweigens. »Lass uns im Sommer nach Berlin fahren. Ich möchte sehen, wo er gestorben ist. Und ich möchte meinen Bruder kennenlernen.«

Workuta

Sowjetunion

Juli 1952

Am anderen Ende der Welt hielt ein Mann einen Brief in der Hand. Wieder und wieder las er die Zeilen, und Tränen liefen ihm über das hagere Gesicht in seinen ungepflegten Bart. Annies Brief hatte Monate gebraucht, um ihn zu erreichen, aber er brachte ihm so viele Worte der Liebe und Hoffnung aus der Heimat, dass er neuen Mut schöpfte. Annie versicherte ihm, dass es Verhandlungen zwischen der Bundesrepublik und der Sowjetunion über die Freilassung der Kriegsgefangenen in Russland gebe. Bestand also noch Hoffnung, dass er eines Tages zurückkehren würde? Sie informierte ihn auf vielen Seiten über alle Ereignisse aus der Heimat, und Konrad erfuhr, dass Friedrich und Klara noch lebten, dass Hans seinen Großvater bei der Leitung des Sägewerks tatkräftig unterstützte, dass sein Schwiegersohn Georg gefallen war, er jedoch einen Enkel hatte. David hatte Zeichnungen beigelegt und ihm von seinem Kunststudium berichtet. Konrad hatte zum ersten Mal seit

Jahren wieder das Gefühl, Teil dieser Heimat zu sein. Der Mann, der den Untergang bei Stalingrad und den anschließenden Todesmarsch überlebt hatte, der seit Jahren im Kohlebergwerk schuftete, der Hunger, Kälte und Krankheit getrotzt hatte, spürte auf einmal wieder neuen Lebensmut. Er war nicht am Ende der Welt, sondern in den Herzen der Menschen, die ihn liebten. Und er würde wieder zu ihnen zurückkehren.

Sandnerhof

Juli 1952

Davids Semesterferien neigten sich dem Ende zu, und Melina fand ihn beim Packen in seinem Zimmer, wo er seine Zeichnungen in eine Mappe sortierte. Melina und David hatten beide in den zurückliegenden Tagen festgestellt, dass sie nicht einfach an dem Tag wiederbeginnen konnten, an dem sie sich neun Jahre zuvor das letzte Mal gesehen hatten. Sie waren nicht mehr die kleinen Kinder, die zwischen den Bretterstapeln und Baumstämmen im Sägewerk Verstecken spielten, im nahen Bach Fische angelten und Namen für ein neugeborenes Kälbchen suchten. Sie hatten sich verändert. Aus dem ausgelassenen Jungen von damals war ein nachdenklicher junger Mann geworden, und aus ihr, dem fröhlichen siebenjährigen Mädchen, eine junge Frau.

»Darf ich mal sehen?«, fragte Melina und deutete auf die Zeichnungen.

»Klar, das sind die Skizzen, die ich in Rom angefertigt habe«, erklärte David und reichte Melina die Bilder.

»Das haben wir alles auch besichtigt!«, rief Melina begeistert, als sie auf den Zeichnungen den Petersdom, das Kolosseum, die Engelsburg und Teile des Forum Romanum erkannte. Dann entdeckte sie das Bild, das David von ihr gezeichnet hatte.

»Wann ist das denn entstanden?«, fragte sie interessiert.

»Das … das war an dem Abend nach unserem Zusammentreffen in der Sixtinischen Kapelle«, erklärte David. »Ich hatte irgendwie Angst, ich könnte das Ganze nur geträumt haben, und wollte dich zumindest in einem Bild festhalten.«

Melina lachte. »Mir kam das Ganze auch vollkommen unwirklich vor«, sagte sie. »Ich konnte die ganze Nacht nicht schlafen.«

David sah sie an. »Du glaubst nicht, wie viele Suchaktionen wir gestartet haben, um dich zu finden.« Er holte eine andere Mappe mit Zeichnungen aus seinem Schrank.

»Schau mal. Zuerst haben wir dich als siebenjähriges Mädchen gesucht«, sagte David und zeigte ihr die Zeichnungen aus der damaligen Zeit. »Dann wurde uns klar, dass wir dein Bild deinem Alter anpassen mussten. Also habe ich nach Hannahs Angaben und einem alten Foto aus einem Zeitungsartikel ein Bild von deinem Vater gezeichnet und versucht, mir vorzustellen, wie du inzwischen aussehen mochtest. Aber am meisten habe ich mich beim Zeichnen an dem Bild orientiert, das ich mir in meinem Inneren von dir gemacht hatte.«

Melina betrachtete erstaunt das Porträt eines Mannes. Ihr Vater. Der Mann aus ihren Träumen.

»Möchtest du es haben?«, fragte David. »Ich schenke es dir.«

»Oh, vielen Dank. Nun habe ich wenigstens ein Bild von ihm.«

Sie sah sich die anderen Bilder an, die David gezeichnet hatte. Ein etwa zwölfjähriges und ein noch älteres Mädchen. Beide sahen ihr verblüffend ähnlich.

»Meine Güte, das bin wirklich ich«, sagte sie. »Wie konntest du mich so genau treffen?«

David lachte. »Ich weiß nicht, ich wusste einfach, wie du aussahst.«

Melina schüttelte ungläubig den Kopf.

»Erinnerst du dich an Marias Hochzeit, als wir spät am Abend noch einmal getanzt haben?«, fragte David. »Damals habe ich dich vor mir gesehen, in der Sixtinischen Kapelle, als erwachsene junge Frau. Daran habe ich die ganzen Jahre festgehalten.«

Melina nickte. »Wie könnte ich diesen schönen Abend vergessen?«

Der Blick, mit dem David sie ansah, machte sie verlegen, und sie schlug die Augen nieder.

»Ich bin so glücklich, dass du die Hoffnung nie aufgegeben hast und ich wieder zurückgefunden habe zum Sandnerhof und zu meiner Mutter«, flüsterte Melina. »Auch wenn ich mir keine besseren Pflegeeltern als Kurt und Emma hätte vorstellen können und keinen lieberen kleinen Bruder als Christian, so fühlte ich mich doch die ganzen Jahre wie amputiert. Ich hatte meine Familie und einen Teil von mir selbst verloren. Ich hatte nicht einmal mehr meinen richtigen Namen. Wenn du mich in Rom nicht erkannt hättest, wäre ich vielleicht niemals zurückgekommen.«

»Ich habe damals an Marias Hochzeit zu dir gesagt, dass wir einmal heiraten würden«, sagte David. »Erinnerst du dich noch daran?«

»Natürlich«, antwortete Melina und spürte, wie ihr die Hitze in die Wangen stieg.

»Der eine Teil meines Tagtraumes ist in Erfüllung gegangen, als ich dich gefunden habe. Vielleicht ...«, David senkte den Blick, »also vielleicht wird der Rest ja auch noch wahr.«

Melinas Herzschlag beschleunigte sich, doch bevor sie etwas erwidern konnte, sagte David: »Ich muss gehen, der Zug fährt bald. Aber an Weihnachten komme ich wieder heim.«

»Ich freue mich schon«, war alles, was Melina herausbrachte. Ihr Herz klopfte so laut, dass sie glaubte, er könne es hören.

»Ich hoffe, dass du auch noch da bist, wenn ich wiederkomme, und dass ich nicht wieder durch die ganze Welt reisen und dich suchen muss«, sagte er scherzhaft, doch seine Stimme war ernst.

Sie sah in seinen Augen, welche Angst er noch immer um sie hatte. »Ich werde hier sein«, flüsterte sie sanft.

Er umarmte sie zum Abschied, und sie lächelte, als er mit seinem Rucksack auf dem Rücken das Zimmer verließ.

* * *

Er hatte sich nicht getäuscht. Es waren die Klänge von Mozarts Andante, die er zum ersten Mal nach so vielen Jahren wieder aus der kleinen Kapelle am Waldrand vernahm. Simon trat näher und sah Hannah, in ihr Geigenspiel vertieft. Er verhielt sich ganz still, um sie nicht zu stören und ihrem Spiel zu lauschen. Als sie sich nach dem letzten Ton umdrehte und ihn erblickte, lächelte sie. Es war jenes Lächeln, das er so sehr an ihr mochte und von dem er geglaubt hatte, es im Leben niemals wieder zu sehen. Wortlos sah er sie an, während sie auf ihn zukam.

»Ich kann nicht fassen, welch glückliche Wendung das Leben erneut genommen hat«, sagte Hannah sichtlich bewegt. »Die letzten Tage waren so voller aufwühlender Ereignisse, dass ich noch gar nicht dazu gekommen bin, dem Menschen zu danken, der mir geholfen hat, all die schlimmen Jahre davor zu überstehen. Danke.«

»Ich habe doch gar nicht viel getan«, erwiderte er überrascht, doch Hannah schüttelte den Kopf.

»Doch, Sie waren da für mich. Sie haben meine Trauer mitgetragen, mein Schweigen ausgehalten, meinen Schmerz mitgefühlt. Sie haben mir auch dabei geholfen, mit Peter innerlich Frieden zu schließen.«

Simon hörte zwar, was Hannah sagte, doch das Wichtigste, was er ihren Worten entnahm, war eine unausgesprochene Botschaft, die ihn unendlich glücklich machte. Hannah war wieder ganz zurückgekehrt.

Berlin

Plötzensee

8. August 1952

Hannah öffnete die Holztür des roten Backsteingebäudes. Durch die hellen, oben abgerundeten Fenster schien die Sonne herein und tauchte den Raum in strahlendes Licht. Hannah hatte beinahe den Eindruck, sie betrete eine Kirche. Der Raum war kahl, vor den Fenstern war an der Decke noch der Balken befestigt mit den Eisenhaken. In der Mitte stand eine Bodenvase mit Sommerblumen.

Melina trat neben sie. »Ist es hier geschehen?«, fragte sie.

Hannah nickte und legte ihren Arm um sie. »Ja, heute vor acht Jahren.«

Stumm standen sie nebeneinander in der Hinrichtungsstätte des Strafgefängnisses Plötzensee und hingen ihren Gedanken nach.

»Er hat sich so sehr gewünscht, dass wir überleben«, sagte Hannah.

»Ich hätte ihn so gern einmal kennengelernt«, flüsterte Melina.

»Das hast du sogar. Er kam zu mir, um mich vor den Übergriffen der Nazis in der Reichskristallnacht zu warnen. Da hat er dich gesehen, und du hast ihn unentwegt angeschaut.«

Melina schwieg einen Moment. »Warum nur musste alles so kommen?«, fragte sie, doch Hannah hatte darauf keine Antwort.

Nach und nach kamen auch die anderen herein, David, Linda, Friedrich und Klara.

Pfarrer Petersen kam zuletzt und ging zu Melina.

»Du bist dir nicht sicher, was du jetzt fühlen sollst, da er die Juden verfolgt hat und dennoch auch zum Opfer wurde?«, fragte er.

Melina nickte.

»Denk an ihn als deinen Vater, der alles getan hat, um dich zu beschützen. Überlass es Gott, über ihn zu richten. Das steht uns Menschen nicht zu.«

Melina sah ihn dankbar an.

»Beten wir für ihn, für alle Opfer des Krieges und für die Gefangenen, die noch immer in den Lagern Russlands auf ihre Freilassung warten«, sagte der Priester.

»Pfarrer Petersen, erzählen Sie doch noch einmal die Geschichte mit dem Engel, der auf die Erde kommt und das Böse für tausend Jahre in den Abgrund sperrt«, bat Hannah.

Und der Priester rezitierte die Stelle aus der Offenbarung des Johannes. Er endete mit den Worten:

»Ich, Johannes, sah einen neuen Himmel und eine neue Erde.«

Nachwort

Dieser Roman versucht, die Zeit des Dritten Reiches aus verschiedenen Perspektiven zu beleuchten und folgt dabei den geschichtlichen Ereignissen. Die Jüdinnen Hannah und Esther sowie die Bewohner von Erlenthal und dem Sandnerhof sind fiktive Gestalten, auch den Juristen Peter Hagen in Berlin hat es nie gegeben. Auf seinem Karriereweg nach oben gerät er immer mehr in das Umfeld der historischen Personen Reinhard Heydrich, Adolf Eichmann und Heinrich Himmler. Er wird bald deren direkter Mitarbeiter im Reichssicherheitshauptamt und somit mitverantwortlich für die Verfolgung von Juden. Durch die Figur des Peter Hagen war es möglich, die sich immer schneller drehende Spirale der Gewalt gegen Juden aufzuzeigen und die Entscheidungen der Männer an der Spitze des Staates erlebbar zu machen, wenn er etwa an der Wannseekonferenz teilnimmt, geheime Schreiben im Reichssicherheitshauptamt liest, in Prag und dem Ghetto Theresienstadt tätig ist und das Konzentrationslager Auschwitz besucht. Die Gespräche, die er dabei mit seinen Vorgesetzten führt, haben so nie stattgefunden, sie dienen jedoch der szenischen Umsetzung der geschichtlichen Daten.

Die Familie Sandner und die Priester Simon Petersen und Martin Becker stehen für die vielen Menschen, die sich in der dunkelsten Zeit der deutschen Geschichte mutig für ihre verfolgten Mitmenschen eingesetzt, sie versteckt oder ihnen zur Flucht verholfen haben.

Die Jüdinnen Hannah und Esther werden in das Konzentrationslager Auschwitz deportiert. Die Szenen, die dort spielen, sind allein aus ihrer Sicht als Musikerinnen des Frauenorchesters geschrieben und können daher keinesfalls auch nur annähernd das unfassbare Leid, das den Menschen dort widerfahren ist, wiedergeben. Hannah und Esther überleben, doch Millionen Menschen fielen dem Holocaust zum Opfer.

Printed in Germany
by Amazon Distribution
GmbH, Leipzig

23685402R00274